KB038175

공작님을 재단하는 우아한 방법

공작님을 재단하는 우아한 방법 2

초판 1쇄 인쇄 2018년 9월 13일
초판 1쇄 발행 2018년 9월 20일

지은이 나르얀
발행인 오영배
기획 박성인
책임편집 박주애
디자인 권지연
제작 조하늬

펴낸곳 (주)삼양출판사 · 피오렛
주소 서울시 강북구 도봉로 173
대표 전화 02-980-2112 **팩스** / 02-983-0660
편집부 전화 02-980-2116 **팩스** / 02-983-8201
블로그 blog.naver.com/dan_gul
출판등록 1999년 3월 11일 제9-000-46호

ISBN 979-11-283-9522-2 (04810) / 979-11-283-9520-8 (세트)

fioret 은 (주)삼양출판사의 로맨스 판타지 문학 브랜드입니다.

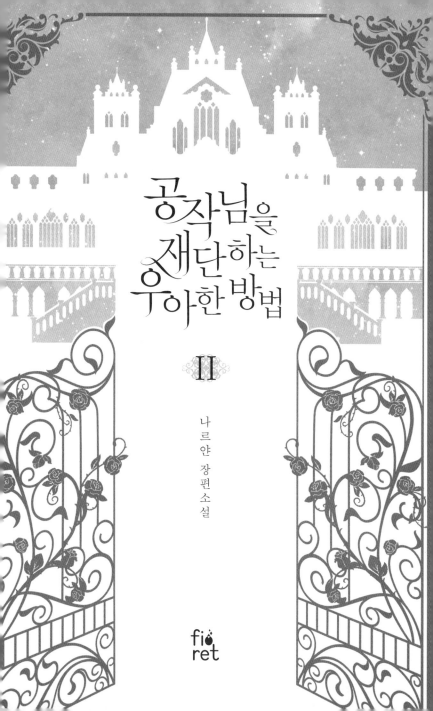

공작님을 재단하는 우아한 방법

II

나르얀 장편소설

fioret

Contents

10.
결혼식

프티 로즈궁.

만발한 장미 정원 안으로 길게 깔린 새하얀 벨벳 로드가 펼쳐졌다. 온통 분홍 장미로 가득 찬 아름다운 궁전의 이 층까지 모두 하객들이 자리했다. 마치 오페라 극장의 객석을 방불케 하는 모습이었다.

펜블렌 공작의 봉신들을 비롯해서, 결혼식에 초청된 귀족들은 그야말로 선별된 손님들이었다.

즉, 귀족이라고 아무나 참석할 수 있는 것은 아니라는 이야기였다.

그래서 귀부인들은 마치 사교 파티라도 온 것처럼 저마다 아름다운 자태를 뽐냈고, 신사들도 멋을 부린 채 결혼식이 시작되기를 기다렸다.

이미 하객들은 눈과 코를 사로잡는 장미 정원으로 인해 황홀한 기분을 맛보고 있었다. 제법 상석에 앉은 멜드레가 콜린에게 말했다.

"아, 내 가슴이 다 두근거리네. 우리 엘리샤, 얼마나 예쁠까!"

"쉿, 조용히 좀 해. 멜드레."

콜린이 주변을 살피면서 멜드레에게 눈치를 주었다. 멜드레는 근처에 앉은 귀부인들의 호화로운 모습에 살짝 기가 죽었지만, 콜린에게 빌린 드레스를 입고 있는 터라 어깨를 당당히 펼치고 있었다.

하객들이 모두 자리를 잡고 앉았고, 최종으로 황태자도 가장 귀빈석에 앉았다.

이내 두 사람을 축복해 줄 노사제가 등장해, 먼저 이 자리에 있는 모든 이들을 위해서 여신께 기도드렸다.

사제가 기도를 마친 뒤, 지팡이로 바닥을 살짝 세 번 두드렸다.

결혼의 시작을 알리는 신호였다. 장미꽃 사이로 연주단의 부드러운 선율이 시작되었다.

음악에 맞추어, 신랑이 먼저 하얀 벨벳을 밟고는 로즈궁의 분수 앞까지 저벅저벅 발걸음을 옮겼다.

공작의 수려한 외모와 기품 어린 걸음걸이는 새삼 감탄을 자아내게 했다. 조각이 살아 움직이는 듯한 아름다움에 귀부인들은 할 말조차 잃었다.

고요하고 성스러운 분위기가 지속되는 가운데 일순 환호성이 터졌으나, 그마저 엄숙한 분위기에 잦아들었다.

선율이 더욱 극적으로 감미로워지면서 하얀 드레스를 입은 화동들이 꽃잎을 뿌리기 시작하자, 벨벳 로드를 따라서 그 꽃잎을 밟으며 공작 부인이 될 신부가 사뿐사뿐 걸음을 옮겼다.

엘리샤의 새하얀 드레스는 우아하고 사랑스러워 마치 한 마리의 백조 같았다. 신부의 아름다운 드레스와 자태에 감탄하는 귀엣말이 여기저기서 터졌다.

"세상에. 저 드레스를 만든 이가 대체 누구죠? 우리 딸이 결혼할 때도 입히고 싶군요."

"글쎄요. 혹시 카미엘 영애가 아닌가요? 그녀의 재봉 솜씨는 대단하니까요."

어느새 그 이야기는 하객들 사이에 퍼져 나가 당사자인 안나의 귀에 들어갔다. 소문내기를 좋아하는 부인 중 하나가 잠자코 있던 그녀의 어깨를 두드렸던 터였다.

"있지요, 카미엘 영애. 혹시 공작 부인께서 입으신 저 드레스. 영애의 솜씨인가요?"

안나는 고개를 저었다.

"그렇지 않아요. 제가 만든 드레스가 훨씬 더 소박하고 볼품이 없지요. 공작 부인께서 입고 계신 드레스는 정말 멋지네요. 저 드레스를 보니 저도 결혼하고 싶을 정도예요."

선선히 웃으면서 아니라고 대답하는 안나의 태도에 귀부인들은 아쉽다는 듯 입맛을 다셨다. 그녀가 만든 드레스라면, 새로운 주문을 넣을 생각이었던 터였다.

안나는 다시금 새 신부의 아름다운 자태를 갈색 눈동자에 확실히 각인시켰다. 그녀가 보기에도 이목을 끄는 화려하고 멋진 드레스였다.

모두의 감탄에도 콜린만은 엘리샤의 드레스를 보고는 머리를 살짝 흔들었다.

분명 엘리샤가 만든 드레스는 화려하고 아름다웠으나, 절제의 미덕이 부족했다.

예쁘고 좋은 것만 골라서 모두 넣은 느낌이랄까. 과한 느낌이 있었다.

디테일한 부분들 하나하나는 무척 잘 만들어 냈으나, 전체적인 조화를 이끌어 내는 데에는 실패한 경우였다.

조금 더 개량의 여지가 있는 드레스였지만 그래도 제 나이다운 발랄한 드레스를 선택한 것, 그리고 예전에 비해 기술적인 부분이 확실히 발전했다는 점은 칭찬해 주고 싶었다.

콜린은 이리저리 엘리샤의 드레스를 뜯어보면서 고개를 갸웃거렸다. 어쨌든 하얀 드레스를 입은 엘리샤가 무척이나 예쁘다는 사실만은 부정할 수 없었다.

콜린은 남몰래 얼굴을 붉히면서 중얼거렸다.

"흰색이 안 어울릴 수는 없지."

뭐가 그리 좋은지 엘리샤는 정말 활짝 핀 한 송이 꽃처럼 화사하게 웃는 낯이었다. 눈앞에 있었다면 그렇게 좋으냐고 한 마디 툭 던져 주고 싶을 만큼.

'엘리샤, 저 애가 정말 결혼을 하는군.'

콜린은 가슴 한구석이 뜨끔하는 걸 느끼면서도 모른 척 엘리샤의 시선이 닿는 상대를 바라보았다.

루자크 드 펜블렌.

테본의 영주이자 공작. 황실의 외척.

그림자 공작이라는 오명을 가지고 있지만, 특출 난 검술 실력과 정치적으로 단단한 입지를 가진 인물이었다.

언변은 모르겠으나, 타고난 가문과 잘난 남자의 표본이라고 할 수밖에 없는 신체적 우월함까지, 모자랄 게 없는 남자였다.

차갑고 까다로운 성격이 유일한 흠이랄까.

그마저도 엘리샤에게는 해당 사항이 없는 것 같았다. 공작은 같은 남자가 봐도 불쾌할 정도로 매력적인 신랑감이었다.

게다가 두 사람은 제삼자가 보아도 무척이나 잘 어울리는 어여쁜 한 쌍이었다. 빌어먹게도 말이다.

문득 콜린은 자신이 왜 이렇게 그들의 결혼에 열을 올리고 있는가에 대해서 생각했다. 옅은 한숨이 흘렀다.

자신은 그저 공작 부인이 된 엘리샤의 재봉 스승 노릇이나 하고, 공작에게서 재정적인 지원을 받으면 그만이었다. 다른 잡생각은 하지 않는 게 정신 건강에 이로웠다.

*   *   *

이 자리에서 그 누구보다도 신부의 아름다운 모습에 깊은 감명을 받은 것은 루자크 공작이었다.

그는 순간 넋이 나갈 정도로 황홀하게 아름다운 제 신부에게서 눈을 떼지 못했다.

"……."

루자크는 뭔가에 얻어맞은 듯한 표정으로 멍하니 엘리샤의 모습을 바라보았다.

그는 그녀에게 날개가 있는지 연신 확인하고 싶었다. 그 정도로 그녀는 천사처럼 순결하고 어여뻤다.

이제 결혼식을 올리면 눈앞의 이 여자가 오롯이 제 아내가 된다는 사실에 그의 가슴이 뿌듯하게 일렁거렸다.

한 걸음, 한 걸음씩 다가오던 그녀가 마침내 제 앞에 마주 섰을 때, 루자크는 쿵쿵 뛰는 심장을 느꼈다.

유난히도 맑고 커다란 눈망울은 고개를 숙이면 쏟아질 듯 출렁거렸다. 어쩜 이리도 투명할까. 보랏빛 호수 같다.

그 눈에는 다른 누구도 아닌 자신의 모습만이 담겨 있었다.

햇살을 닮은 미소가 보스스 되돌아왔다. 서로가 서로를 마주하는 이 순간만큼은, 아무것도 보이지 않는 듯했다. 마치 둘만의 세계에 풍덩 빠진 착각이 들 정도로.

"신랑과 신부에게 여신의 축복을 내리나이다. 서로를 아끼고, 평생을 함께하며……."

기껏 초대해 온 노사제였으나, 그의 축원 기도가 귀에 잘 들어오지도 않았다. 노사제가 기도를 마치고는, 지팡이로 한 번 바닥을 두드렸다.

그러자 은빛의 성스러운 꽃문양이 펼쳐졌다. 그 문양이 바닥을 타고 이동하더니, 이내 신랑과 신부가 발을 딛고 있는 곳에 이르러 넓게 펼쳐졌다.

"와아!"

평화롭던 장내에 누군가의 감탄이 들렸다.

노사제 역시 놀란 눈치였다. 수많은 신랑 신부에게 축복의 꽃을 주었지만, 이리도 커다랗게 꽃이 펼쳐지는 건 처음 있는 일이었다.

"신랑과 신부는 반지를 교환하시오."

사제의 말이 떨어졌다. 반트와 리나가 예물을 방석에 받쳐 들고 가져와, 신랑 신부에게 전해 주었다.

루자크가 먼저 반지함을 열었다.

엘리샤는 레이스 장갑을 벗고 손가락을 내밀었다. 이내 루자크가 그녀의 네 번째 손가락에 반지를 끼워 주었다. 푸른빛으로 반짝이는 다이아몬드가 박힌 반지였다.

루자크의 반지 역시 같은 디자인이었지만 더욱 두껍고, 보석의 크기가 작았다. 반지의 안쪽에는 두 사람의 이니셜을 새겨 넣었다.

반지를 나누어 끼자, 두 사람은 차오르는 기쁨을 눈빛으로 교환했다.

"신랑 신부는 결혼 서약서에 서명을 하시오."

노사제는 두 사람을 흐뭇하게 바라보면서 말했다.

이내 서약서에 두 사람이 각각 서명했다. 이제 이것으로 정식적인 결혼 절차는 끝이 난 셈이었다.

"두 사람의 결혼을 나와 여기 있는 모든 사람들이 증명할 것이오."

성스럽고 숙연하게 식을 마치려는 노사제의 말이 이어졌다. 그는 수염을 쓰다듬고는 말했다.

"이제 신랑은 신부에게 키스하시오."

자리한 하객들도 환호하기 시작했다.

가장 가까운 앞자리에서 결혼식을 지켜보던 라이몬드는 흥미롭다는 듯 눈을 가늘게 뜨며 웃었다.

조금 전 자신을 맞이하던 딱딱한 얼굴의 공작이 제 신부 앞에 서는 아주 다른 표정이었다. 어찌할 줄 모르면서 부드럽고 온화한 것이 전혀 다른 사람을 보는 듯했다.

라이몬드는 속으로 웃음을 흘렸다.

'그래, 지금 많이 행복해 두는 게 좋을걸.'

라이몬드는 주먹 안의 무언가를 으드득, 부수었다. 검은색의 체스 말이었다.

*　　*　　*

만인이 보는 앞이었다.

정중하고 조심스러운 키스를 기대했던 엘리샤는 깜짝 놀랐다. 루자크가 그녀의 허리에 손을 휘감고는 강하게 끌어안아 키스를 퍼부었던 터였다.

지금이 결혼식만 아니었다면, 그를 밀어내든 마법을 부리든 했을 텐데!

루자크의 열정적인 키스에 모두가 환호했지만 엘리샤는 벌겋게 낯이 달아오르고 말았다.

한참 만에 겨우 입술이 떨어졌다. 조금 전까지만 해도 생글거리던 엘리샤는 당황한 채로 목소리를 낮추어 말했다.

"……전 좀 더 신사적인 키스를 기대했어요."

"오늘 둘만이 있는 장소에서 키스하면, 큰일 날지도 모르니까."

루자크가 윙크를 하면서 말했다. 장난인지 진심인지 모를 그의 말에 엘리샤는 불쑥 또 이상한 마음이 들었다.

'……응? 그러니까 큰일 내고 싶다는 뜻이야? 안 내고 싶다는 뜻이야?'

자꾸만 헷갈렸다. 하지만 그날 엘리샤에게 전한 루자크의 마음은 확고한 듯 보였다. 첫날밤에 다가오지 않겠다던 그 뜻 말이다.

엘리샤가 잠시 생각에 잠겨 있을 때 반트가 공작 부부에게 다가와 고했다.

"이제 피로연이 있을 그레이트 홀로 하객들을 모실 예정입니다. 두 분은 잠시 휴식을 즐기시다가 인사를 받으시러 나오시는 게 좋겠습니다."

"아니야. 난 아직 괜찮아. 기왕 해야 할 인사라면 빨리 하고 마치는 게 낫겠군."

루자크의 의견에 엘리샤도 동의했다. 아직까지는 체력이 버틸 만했다.

"좋아요. 저도 괜찮아요."

"흠, 알겠습니다. 그럼 리나, 두 분을 따로 모시도록 하시오. 나는 하객을 맡을 테니까."

그리 말하고는 반트는 종종걸음으로 사라졌다.

리나와 다른 시종들의 시중을 받으면서, 공작 부부는 그레이트 홀로 들어섰다.

테본식 전통 요리와 과일주로 채워진 식탁을 즐기던 사람들은 공작 부부의 모습에 저마다 축복의 말을 전했다.

"두 분 결혼 축하드립니다."

"테본에 진정한 평화가 시작되었군요."

"고맙소, 경들."

펜블렌 공작의 봉신들도 오늘만큼은, 공작의 따사로운 얼굴에 걱정을 한시름 놓은 것 같았다. 혼기가 꽉 찼던 공작이 늘 혼자인 것이 걸렸던 터였다.

혼담 이야기만 나오면 늘 유야무야 일 이야기로 슬쩍 넘어가던 공작이었다.

봉신들이 술을 권하자, 루자크는 오늘만은 기분 좋게 받아 마셨다.

그러나 연회장에 나타난 한 노부인의 등장에 루자크는 눈을 의심했다. 엘리노어 드 카일리. 초청 명단에서 빠뜨릴 수는 없어 결혼식에 초청은 했지만, 절대로 오지 않을 것이라 믿었던 카일리 후작 부인이었다.

그녀의 손녀인 제니아의 일 때문에 카일리 후작 부인이 자신의 결혼을 축복하러 올 거라는 생각은 한 적이 없었던 터였다.

카일리 후작 부인을 빼놓고는 테본의 사교계를 논할 수가 없었다. 사교계의 여왕답게 칠십에 가까운 나이에도 불구하고 엘리노어는 완벽한 모습이었다.

높다랗게 틀어 올린 가발과 풍성한 보라색 드레스를 입은 그녀는 꼿꼿하게 허리를 세운 채, 공작 부부에게로 다가오고 있었다.

그녀를 본 엘리샤가 루자크에게 슬쩍 물었다.

"저분은 누구시죠? 옷차림이 정말 멋진 분이네요."

루자크가 엘리샤에게 짧게 말했다.

"엘리노어 드 카일리 후작 부인. 테본 사교계의 여왕."

그 이야기를 들은 엘리샤가 보라색 눈을 깜빡거렸다.

"대단한 분이시군요."

카일리 후작 부인이 어느새 코앞까지 다가와 부채를 팔랑거리면서 말했다.

"두 분의 결혼을 진심으로 축하드립니다. 이 늙은이가 오래 살긴 한 모양이군요. 공작님이 결혼을 하시는 날도 다 오니 말이에요."

그녀의 인사를 들은 루자크 역시 입술을 열었다.

"저 역시 카일리 후작 부인께서 참석하실 줄 몰랐습니다. 축하해 주셔서 감사합니다."

"사실 오늘 아침까지만 해도 올까 말까 고민이 많았죠."

후작 부인의 시선이 루자크 옆에 있는 엘리샤에게로 옮겨졌다.

"사실은 공작 부인이 궁금해서 왔어요. 아를렌에서 오셨다지요?"

차갑게 돌아가는 회색 눈동자에 엘리샤는 다소 긴장이 되었지만 웃었다. 이제 그녀는 더 이상 어린 영애가 아니라, 어엿한 안주인이었다.

"네, 아를렌에서 왔답니다. 후작 부인께서는 테본 사교계를 주도하는 분이라고 들었어요."

"뭐 누가 성문을 단단히 걸어 잠그고 신경 끄신 덕분에 제 차지가 되었군요."

엘리샤는 딱히 설명을 듣지 않아도 그것이 제 남편에게 하는 말이라는 걸 알 수 있었다. 대놓고 저런 말을 할 정도라니…… 봉신들 그 누구도 루자크 앞에선 함부로 말을 하지 못하는데 대단한 여성이었다.

더 이상 그 자리에 있는 게 가시방석이 된 것만 같은 루자크가 가볍게 인사를 하고는 그 자리를 떠났다.

"그럼, 즐거운 시간 보내시기를."

"그러지요."

카일리 후작 부인과 일대일로 마주하게 되자 엘리샤는 더욱 바짝 긴장이 되었다.

"그리 덜덜 떨 것 없어요. 안 잡아먹을 테니."

"제가 아직 결혼식 때문에 긴장이 덜 풀렸나 봐요, 부인. 하하."

"그 예복은 어디서 맞췄죠?"

"아…… 이건 제가 직접 제작했어요."

"공작 부인께서 직접?"

카일리 후작 부인의 회색 눈이 커다래졌다가 다시 줄어들었다.

"그렇군요. 의외군요."

"……아, 네에."

'아, 어쩌지. 이분 대하는 게 너무 어려워. 사교계에 진출하려면 친해지는 게 좋을 텐데.'

그 밖에도 테본의 여러 귀족들과 인사를 나눈 엘리샤는 어쩐지 카일리 후작 부인이 자신을 바라보던 눈이 자꾸만 생각났다.

마치 평가받는 것 같은 기분이 들어서 정신을 차리게 만드는 그런 눈이었다.

다시 엘리샤의 곁으로 다가온 루자크에게 그녀가 물었다. 그러고 보니 황태자 전하에게 인사를 드려야 하는 것을 새까맣게 잊고 있었다.

"황태자 전하께도 인사를 드려야 하지요?"

"그렇지."

엘리샤는 눈으로 황태자를 찾았지만, 보이지 않았다.

"아무래도 잠깐 어딜 가신 모양인데."

루자크는 멀리서 엘리샤가 다가오기만을 목 빼고 기다리는 멜드레 일행을 보고는 웃었다.

"엘리샤, 저기부터 가는 게 좋겠군."

두 사람이 함께 멜드레와 그의 연인 헨리, 그리고 콜린에게 다가갔다. 격식을 갖춘 인사가 오갔고, 이내 엘리샤가 멜드레의 손을 꼭 붙잡았다.

"멜드레 선생님! 헨리 경이 저분이시군요. 두 분은 언제 결혼하실 거지요?"

"나이가 있으니 조만간 해야 하지 않을까? 그나저나 잠깐만! 오늘의 주인공은 바로 엘리샤 너잖아. 공작 각하와 사이가 무척 각별해 보이던걸. 이제 의젓한 공작 부인이 되었구나. 이 선생님은 네가 행복해져서 정말 기뻐."

두 사람은 흥분한 채 소녀들처럼 손을 꼭 잡고, 홀 밖의 복도를 거닐면서 이야기꽃을 피웠다.

아마 밤새 이야기를 나누어도 모자랐을 테지만 지금 이렇게 만나서 함께 얼굴을 마주하는 것만으로도 꿈만 같았다.

"각하께서는 정말 근사하고 좋은 분인 것 같네."

"이 이상 더 좋을 수 없을 정도로 저한테 잘 대해 주세요."

"너무 잘됐다, 정말. 그나저나 우리 엘리샤아. 오늘 첫날밤 마음 준비는 다 했겠지?"

근황 이야기를 마치자 문득 멜드레가 엘리샤를 놀리듯 말했다. 첫날밤 이야기에 엘리샤는 작게 한숨을 폭 쉬곤 말했다.

"아니에요, 선생님. 마음 준비할 필요 없어요."

"응? 그게 무슨 말이야?"

"실은요."

엘리샤는 자초지종을 털어놓았다. 이야기를 들은 멜드레는 고개를 갸웃거렸다. 믿을 수가 없었다.

"그치만 결혼했는데? 어째서? 세상에. 펜블렌 각하, 그렇게 안 봤는데⋯⋯!"

"분명 저를 위해서 그러시는 거겠죠?"

"에이, 사실 말도 안 돼. 첫날밤을 그럼 너 혼자 두겠다는 거야? 너무하잖아."

"⋯⋯."

멜드레가 엘리샤의 속마음을 콕 집어 이야기하자, 문득 서운함이 울컥 밀려왔다.

"엘리샤, 오늘 밤새도록 그냥 이야기라도 하자고 말해 봐. 아니면 신호라도 보내 보든가. 이를 테면 신혼 방으로 차려진 방에서 기다린다든가! 세상에서 가장 특별한 밤을 혼자 보낼 수는 없잖아."

"맞아요. 그래 봐야겠어요."

"좋은 밤 보내도록 해."

멜드레는 곧 그레이트 홀로 다시 들어섰다. 홀 안을 살펴보니, 어느덧 술이 얼큰히 취한 얼굴들이 많이 보였다.

일부 봉신들이 다 같이 술에 취해서 두 사람을 위해 노래를 부르고 있었다.

나이 먹은 중년과 노년 사내들이 몸을 부대끼면서 부르는 노랫소리는 결코 듣기 좋지 않았다.

루자크가 저벅저벅 걸음을 옮겨서 다가오더니, 엘리샤에게 말했다.

"피로연은 이만하면 되었으니, 엘리샤 당신은 이제 좀 쉬어도 될 것 같소. 많이 고단할 테니."

"각하는요?"

"나까지 빠지면 저들은 누가 감당하지?"

평소 같으면 저리 엉망으로 뒤엉켜 노는 일을 용납 안 하겠지만, 오늘은 테본의 축제와도 같은 날이었다. 부하들의 잘못도 용서하는 날인 터였다.

"그러니 먼저 자도록 해. 데려다주겠소."

"……."

역시 그의 뜻은 아직도 확고한 모양이었다. 못내 서운한 마음이 다시 또 커지고 있었다. 엘리샤는 돌아서서 눈을 질끈 감고는 말했다.

"아뇨. 데려다주지 않으셔도 좋아요. 그럼 올라가 볼게요."

"무척 고단한 모양이군. 그만 올라가 보시오."

"네……."

엘리샤는 그대로 몸을 돌려서 그레이트 홀을 빠져나갔다.

그 모습을 멀리서 콜린이 지켜보았다. 뒤늦게 그가 수도에서 유명한 수석 디자이너라는 사실을 알아챈 두 명의 영애가 그를 가둔 채였다.

"테본에는 어떻게 오시게 된 거지요?"

"눈가의 점이 너무 귀여우신걸요, 자작님."

"……뭐하러 오긴. 옷 만들러 왔습니다만?"

펜블렌 공작 부부와는 1분도 채 되지 않는 인사를 나눈 터라, 콜린은 사실 조금 지루한 상태였다.

아를렌에서 유명 인사였던 그를 꽉 막힌 테본 지방에서는 몰라봐서, 잠시 귀찮지만 설명을 해 주었다.

콜린이 그녀들을 떼어 놓고, 무심코 복도로 나갔을 때였다. 엘리샤의 뒤를 황태자 라이몬드가 따라가고 있었다. 콜린의 눈이 가늘어졌다.

'황태자가 어째서?'

                    *   *   *

'그는 오늘 밤 정말 오지 않을 생각인가 봐.'

'아니야. 그래도 기다리면 오지 않을까?'

두 가지 생각이 교차하는 가운데 엘리샤는 분주히 발걸음을 옮겼다. 층계에 다다랐을 때, 드레스 자락을 붙잡아 주며 리나가 말했다.

"먼저 마님 방으로 모실까요? 옷을 갈아입고, 목욕을 하시는 동안 두 분의 침실을 점검하라고 일러두겠습니다."

"그게 좋겠어요."

엘리샤는 조금 고단한 기색으로 리나에게 대답했다. 두 사람이 다시 발걸음을 옮기려 할 때쯤, 엘리샤의 뒤에서 상냥한 목소리가 들려왔다.

"안녕하세요, 펜블렌 공작 부인. 결혼식에 초청해 주셔서 감사 드립니다. 덧붙여 축하드리고요."

고개를 돌려보니, 젊고 아름다운 낯선 영애가 말을 붙인 터였 다. 그녀는 세련된 옷차림에, 몸가짐도 예의 발라서 엘리샤는 저 도 모르게 시선이 붙들렸다. 무엇보다도 선한 눈매의 미인이라 같은 여자임에도 보는 순간 호감을 일으켰다.

"아, 반가워요……."

엘리샤는 순간 열심히 머리를 굴렸지만, 그녀의 이름이 무엇 인지 감이 잡히지를 않았다.

사실 얼굴도 처음 보는 것 같았다. 엘리샤의 호기심 가득한 보랏빛 눈망울이 물끄러미 향하자, 그녀가 말했다.

"제 소개가 늦었네요. 저는 카미엘 자작의 딸인 안나라고 해 요. 제가 오늘 이 자리에 올 수 있었던 것은 공작 부인께서 보내 주신 초청장 덕분이었어요. 초청해 주셔서 정말 감사합니다."

"카미엘이라면……."

카미엘이라는 가문의 이름을 듣자, 엘리샤의 눈이 커다랗게 뜨였다. 리나에게서 그녀의 이야기를 종종 들은 바가 있었고, 자 신이 직접 초청장을 보내라고 명까지 내렸으니 모를 리가 없었 다.

"당신이 카미엘 영애로군요. 맞아요. 제가 꼭 한번 만나보고 싶어서 초대했어요. 당신에 대한 이야기를 많이 들었거든요."

엘리샤는 그 이야기를 하면서 리나의 얼굴을 한 번 슥 쳐다보 았다. 리나 역시 흐뭇한 표정으로 두 사람을 바라보았다.

"저 역시 꼭 한번 만나 뵙고 싶었는데 먼저 불러 주셔서 감사할 따름이랍니다."

살포시 어린 미소가 청순했고, 성품도 무척 고와 보였다. 엘리샤는 안나의 첫 인상이 몹시도 마음에 들었다. 또래 친구가 없었는데, 왠지 좋은 친구가 될 것만 같아서 기분이 좋았다.

"영애께서는 테본의 유행을 선도한다고 이야기 들었어요."

"과찬이세요, 그건. 저는 그저 옷 만들기를 좋아한답니다."

"어머, 정말요? 역시 그래서 센스도 남다르신 거였군요! 저도 옷 만들기를 좋아해요."

엘리샤의 대답에 안나도 화사하게 웃으면서 말했다.

"저와 부인께서는 통하는 점이 참 많네요. 아, 부인께서도 시간이 되신다면 제가 여는 다과회에 초대하고 싶어요."

"다과회요?"

"네, 무척 즐거우실 거예요. 오셔서 맛있는 차도 음미하시고요."

엘리샤는 고개를 선선히 끄덕였다.

"차를 마시는 거라면 좋아해요. 다른 귀부인들도 오시는 거겠죠?"

"물론이죠. 다과회에서 저는 새로 만든 드레스를 귀부인들에게 선보이기도 하고, 새롭게 유행하는 옷들에 대한 이야기도 나눈답니다. 직접 드레스 의뢰를 받아 제작하기도 하고요. 분명 공작 부인께서도 재미있으실 거예요."

엘리샤의 눈이 반짝 빛났다.

"그렇군요. 안 그래도 테본의 유행을 배우고 싶었던 참이에요. 꼭 가겠어요."

"네, 그날을 고대하고 있겠어요. 그럼, 즐거운 밤 보내시길. 다시 한 번 결혼 축하드려요. 두 분의 앞날에 축복이 있으실 거예요."

안나가 그리 말하면서 인사를 올리고 돌아가려다가, 한 마디를 더 덧붙였다.

"그리고 오늘 너무 아름다우세요, 부인."

"고마워요. 영애도 너무 미인이시라 놀랐어요. 나중에 만나요."

안나는 상냥한 미소를 짓고는 인사를 올리고 물러갔다. 엘리샤는 층계를 올라서면서, 리나에게 말했다.

"카미엘 영애의 인상이 너무나 선하고 좋은걸요?"

"그러게 말이에요. 마님과 좋은 인연이 되었으면 하네요."

"나도 그랬으면 하네요. 사실 아까 카일리 후작 부인은 대하기가 너무 어려웠거든요."

그러자 리나가 걱정스럽게 말했다.

"카일리 후작 부인은 까칠하고 까탈스러운 분이라고 소문이 자자해요. 너무 마음 쓰지 마세요."

그렇게 말하면서도 리나는 마음이 좋지 않았다. 마님께는 알릴 수 없지만 사실 카일리 후작가와 펜블렌가는 결코 유쾌한 인연은 아니었으니 말이다.

＊　　　＊　　　＊

'쳇……'

엘리샤의 뒤를 따라가던 라이몬드는 뜻밖의 인물이 나타난 덕분에, 복도를 뱅뱅 돌다가 다시 연회장으로 들어서고 말았다.

공작이 곁에 없는 틈을 타서 말을 붙일 좋은 기회였는데…….

게다가 자꾸만 자신을 힐끔 바라보는 오렌지색 머리카락을 한 젊은 남자가 거슬렸다.

왠지 그자의 낯이 익은 것도 같은데, 어디서 보았는지 따위는 기억나지 않는다. 주요 명문가를 빼고는 딱히 기억할 필요가 없기도 했다.

하위 귀족 나부랭이들이야 숱하게 많고 많았으니.

연회장에 앉아 있자, 때마침 루자크가 제게로 성큼성큼 다가오고 있었다. 라이몬드는 반가운 척 웃는 낯을 지어 보였다.

"이게 누구신가? 오늘의 주인공이시군."

"……오늘의 주인공은 따로 있지. 아까 너에게 인사하러 찾아다녔는데 보이지 않더군. 그녀가 많이 피곤해 보여서 먼저 들어가 쉬라고 했어."

루자크가 씩 웃으면서 다가와 잔을 부딪쳤다. 라이몬드도 함께 잔을 부딪치곤 쭉 들이켰다.

"이런…… 벌써부터 애처가 노릇을 하겠다는 건 아니겠지? 형님."

"뭐, 그것도 나쁘지 않겠군."

쪼르륵, 지나가던 시종이 루자크의 잔이 비자 냉큼 채워 주었다. 그러자 라이몬드는 자신의 잔도 내밀었다.

라이몬드는 말끔한 새신랑이 되어 있는 그가 못내 얄미웠다. 그가 비틀린 입술 끝을 말아 올린 채 말했다.

"천하의 얼음 군주께서 이리될 줄 누가 알았겠어. 형이 옛날에 냉대하고 울린 여자들이 이 사실을 알아 봐."

"……재미없는 얘긴 그만하지."

루자크가 주변을 살피면서 나직이 말했다. 아직까지는 웃고 있는 낯이지만, 언제 폭발할지 모르는 그런 얼굴이었다.

라이몬드가 아는 루자크는 인내심이 꽤 많은 남자였다. 그런 점이 더욱 건드리는 재미가 있기도 하고.

그럼 좀 더 건드려 볼까?

"아, 아직 결혼 선물을 건네주지 않았는데 말이지."

"나에게 주면 전해 주지."

"그건 곤란해. 신부에게 직접 전해 주고 싶은데. 황후 전하의 성의를 공작 부인께서 저버렸다고 소문이 나면 안 좋을 것 같은데 말이야."

라이몬드는 그리 말한 뒤 웃었다. 루자크의 푸른 눈이 예상대로 일렁거렸다.

"……그녀를 불러오지."

싸늘한 말투였다. 그래, 저것이 그의 진짜 본성이라고 라이몬드는 생각했다. 무감정한 것이 공작의 진짜 얼굴일 것이라고. 그가 어렸을 적 겪은 사고가 이끌어 낸 진짜 모습.

십여 분이 채 지나지 않아서 루자크는 정말로 제 신부를 데리고 왔다. 아무것도 모르는 순진무구한 얼굴이 사랑스러웠다. 아드리안도 저랬었지. 그 티 없이 맑은 순수함을 라이몬드는 사랑했었다.

새하얀 예복 대신에 좀 더 심플한 디자인의 자줏빛 드레스를 입은 엘리샤가 황태자 앞에 예를 올렸다.

"결혼식에 참석해 주셔서 감사합니다, 전하. 미처 인사드리지 못하고 올라간 것을 용서하세요."

"……다름이 아니라 황후 전하께서 결혼 선물을 직접 신부에게 하사하라고 명하셨소. 여기……."

라이몬드는 시종에게 손짓을 했다. 미리 준비한 결혼 선물이 들어 있는 상자를 품에 안고 있던 시종이 조심스레 그것을 내밀었다.

어린 공작 부인이 상자를 열어 보자, 크고 붉은 루비가 팔목을 감싸는 형태의 팔찌가 나왔다. 그녀의 가문인 루비츠 가문을 생각한 선물 같았다.

엘리샤는 입을 크게 벌리곤, 황송한 선물에 몸 둘 바를 몰라 했다.

"……루비츠 가문에서는 루비를 가장 아름다운 보석이라고 생각하지요. 의미 있는 선물 잘 받겠습니다. 황후 전하께 꼭 감사하다고 전해 주세요."

"그리하지요. 팔목이 하얗고, 가느다란 편이라 예쁘겠군요. 목선도 그렇고."

그리 말하는 라이몬드의 시선이 엘리샤의 드러난 팔목과 목선에 향했다. 그 노골적인 시선에 엘리샤마저 고개가 갸웃거려질 정도였다. 엘리샤는 두르고 있던 숄을 더욱 여미고는 말했다.

"전하께서 자상하시니 영애들에게 인기가 많으시겠어요."

"……흥, 영애들이라. 황태자라는 겉모습만 보고 다가오는 것투성이지. 정략결혼이야 뻔하잖소. 서로의 실리만을 추구한 결합이니까. 그래서 다들 결혼 따로, 사랑 따로인 거고."

"……."

"공작 부인께서도 그런 결혼을 했다고 보는데……."

무례한 말이었지만, 상대는 황태자였기에 그 누구도 말을 하지 못했다. 루자크가 얼굴을 찡그리면서 말했다.

"황실 시종은 뭘 하나. 황태자 전하께서 취하신 것 같은데, 이만 쉬시도록 모시지 않고……."

황실 시종이 머뭇거리면서 다가오자, 라이몬드는 손을 내저었다.

"누구의 밑에 있는지도 분간을 하지 못하는 건 아니겠지?"

그러자 시종이 얌전히 제자리로 돌아갔다.

잠자코 있던 엘리샤가 황태자를 바라보면서 말했다.

"그렇지 않습니다. 전하."

"응?"

"저는 결코 전하께서 생각하시는 그런 결혼을 하지 않았어요. 물론, 정략결혼이지만 저는 각하 생각을 하면서 아침에 일어나고, 각하 생각을 하면서 잠이 들어요. 이렇듯, 저분의 생각만 하는 데도 하루가 모자라고요. 그러니까, 정략결혼이라고 해서 모두가 운명의 짝을 만나지 못하는 건 아니에요."

그 말을 하는 내내 엘리샤는 루자크의 얼굴을 연신 살피면서 활짝 웃었다. 정말로 행복해 보이는 표정이었다.

"……."

엘리샤의 말에 라이몬드는 말문이 막혔는지 말이 없었다.

"그럼 이만 물러가지요."

그 말을 마친 채 엘리샤는 공손히 허리를 굽히고는 루자크와 함께 연회장을 빠져나갔다.

돌아서는 그녀의 뒷모습을 훔쳐보던 라이몬드는 심장이 뛰는 걸 느꼈다.

아드리안을 만났던 그때처럼.

그리고 확신했다.

자신은 저 여자를 빼앗을 거라고.

＊　　＊　　＊

모든 일정을 마치자 다리에 힘이 스르르 풀려 버리는 느낌이었다.

아직 전부 끝난 게 아니었다. 적어도 엘리샤에게는 그랬다.

이 바보 같은 공작 각하는 정말 오늘 밤 단 한시도 같이 있지 않을 셈인 건지, 황태자의 부름을 받은 이후에도 엘리샤를 그저 복도 끝에 서서 보낼 뿐이었다.

스킨십도 이마와 뺨에 베이비 키스와 포옹을 한 게 전부였다.

엘리샤가 용기를 내어서 오늘 밤 함께 있고 싶다는 뜻을 내비쳤지만, 그는 말없이 그녀를 꼭 껴안아 줄 뿐이었다.

말이 없다는 건 긍정도 부정도 아니지만, 명백하게 무시를 했으므로 이건 부정에 가까웠다.

엘리샤는 솔직히 조금 상처를 입은 상태가 되어 버린 터였다.

이 남자는 도대체가 첫날밤의 낭만이라고는 전혀 없었다.

그나마 그의 입에서 '잘 자요, 내일 봐요.'라는 밤 인사가 나오지 않은 것을 다행이라고 여겨야 하는 것일까?

아니다. 그런 작은 실낱같은 희망 따위 가져 봤자, 그가 오지 않는다면 배신감만 강해질 터였다.

엘리샤는 조그만 입술을 샐쭉하게 내밀고는, 침대에 늘어지듯 앉아 있었다. 마님의 그런 모습을 심각하게 보고 있던 리나가 말했다.

"마님, 많이 피곤하신가 봐요. 그래도 어서 움직이셔야 해요. 첫날밤 잠자리에 드시기 전 목욕은 필수니까요!"

"아니요. 소용없어요, 리나."

"네에? 그게 대체 무슨 말씀이세요."

리나는 마님의 입술에서 나오는 뚱딴지같은 소리에 할 말을 잃고 말았다.

"첫날밤 준비 같은 거 할 필요 없어요."

어쩐지 평소와 다르게 시무룩해 있는 표정이 마님답지 않았다. 리나가 알고 있는 마님은 언제나 기운 넘치는 생기발랄한 소녀였는데 말이다.

게다가 오늘은 다른 날도 아니고, 첫날밤이었다. 잔뜩 상기된 얼굴로 볼을 불태우서도 모자랄 날인데!

"오늘 각하께서는 오시지 않을 거예요."

"그럴 리가 없잖아요. 두 분은 결혼하셨고, 지금 두 분의 침실도 마련했는걸요. 보시면 정말 깜짝 놀라실 거예요. 얼마나 근사하다고요."

"각하께서 오시지 않는데 그게 다 무슨 소용이에요. 이건 직접 말씀하신 거예요. 함께 밤을 보내는 건 좀 나중으로 미루자고요."

"……세상에, 마님은 그걸 알겠다고 하셨고요?"

리나는 두 사람 다 이해가 가지 않는다는 눈빛이었다. 엘리샤는 살짝 얼굴을 붉히면서 정정했다.

"그걸 제 입으로 싫다고 할 수는 없잖아요."

"……그래요. 일단은 잘하셨어요."

"네?"

의외의 대답에 엘리샤는 리나에게 되물었다. 리나가 회심의 미소를 지으면서 엘리샤의 손을 덥석 붙잡았다.

"마님, 남자라는 생물은 유혹에 약한 법이죠. 마님이 오늘 밤을 혼자 보내실 일은 결코 없으실 거예요."

그리 단언하며 말하는 리나가 신기해, 엘리샤가 고개를 갸웃거렸다.

"어떻게 그렇게 단정 지어요?"

"후후, 제가 누군가요. 저도 한때는 연애 좀 해 본…… 으흠. 아니 아무튼 이제는 마님께서 유혹의 사인을 보내실 차례예요."

"소용없어요. 아까 함께 있자는 뉘앙스로 말을 했는데, 끄떡도 없었는걸요."

"……그래요?"

"네. 말없이 그냥 꼭 끌어안아 주시기만 하셨어요."

엘리샤의 말에 리나가 눈을 빛내면서 말했다.

"그거에요, 그거! 각하께서는 지금 꾹 참고 계신 거죠. 여기에서 마님이 한 번 더 당겨 주면 그냥 넘어오실걸요. 후후."

"……어, 어떻게요?"

"귀 좀 주세요."

엘리샤가 귀를 슬쩍 내밀자, 리나가 유혹할 방법을 속닥거렸다. 시무룩하던 얼굴에 금세 생기가 돌았다.

"좋은 생각이에요. 고마워요, 리나. 그럼 어서 목욕하러 가요!"

곧장 돌변하는 엘리샤의 태도에 리나가 푸훗 하고 웃음을 터뜨렸다.

"우리 귀여우신 마님. 알겠습니다."

*　　　*　　　*

연회장에 남아 있던 귀빈들에게 인사를 마친 루자크는 곧장 서재로 향했다. 마음만은 제 신부 곁으로 달려가고 싶었지만, 그녀가 잠들기 전에는 갈 수 없었다. 자신이 어찌 변할지 몰랐다.

솔직히 말하자면, 지금이라도 아껴 주고 소중히 대하고 기다리겠다는 말 따위 집어치우고 그녀를 품에 안고 싶었다. 싱그러운 몸에 입술을 맞추고, 제 것으로 만들고 싶었다.

루자크는 쓰게 웃었다. 스스로가 이렇게 나약하고 참을성 없는 인간인가를 연신 느끼는 참이었다.

엘리샤로 인해 자신은 계속해서 변하고 있었다.

황태자 앞에서도 거침없이 말하던 영애의 모습이 다시금 떠올라, 루자크는 쿡 웃고 말았다.

그녀의 고백보다도 더한 애정 어린 언사에 자신조차도 허를 찔린 기분이었다.

다만 엘리샤를 향해 있는 황태자의 그 기분 나쁜 적갈색 눈이 내내 마음에 걸렸다. 그 불쾌함은 황실 마차가 떠나가자 단숨에 사라졌다.

똑똑.

누군가 서재의 방문을 두드렸다.

"각하."

"들어와."

루자크는 습관적으로 책상에서 보고서 하나를 집어, 펼쳐 놓기 시작했다. 반트는 기가 막힌 표정으로 그를 보았다.

"하…… 신혼 첫날밤에도 정무를 보시는 겁니까?"

"……그래. 결혼은 결혼이고, 일은 일이니까. 내가 결혼했다고 해서 영지가 멈추진 않지."

한쪽 눈썹을 들어 올리면서 말하는 폼이 어쩐지 썩 내키지 않는 일을 하고 있다는 걸 알려 주었다.

제 주군은 자신을 너무 과소평가하는 모양이었다.

자신이 그를 보아 온 세월이 얼마인데…….

말투와 행동, 아니 눈빛만 봐도 그의 기분이 어떤지 알 수 있었다.

"뭐야…… 아무래도 방을 잘못 들어온 것 같은데. 루자크, 체임버러 양이 얼마나 공들여서 두 분 침실을 마련했는지 모르는 거야?"

슬쩍 보고서로 내리깐 푸른 눈은 좀처럼 움직일 줄을 몰랐다. 그러나 진한 눈썹은 꿈틀거렸다. 루자크는 영혼 없이 대답했다.

"알고 있네."

"……대체 뭐가 문제야? 마님과 사랑에 빠져 허우적대는 것 아니었나?"

저 딱딱하기 그지없는 반트에게서 그런 로맨틱한 대사가 나올 줄은 몰랐던 터라, 루자크는 옅은 한숨을 쉬곤 그에게 한 번 시선은 주기로 했다.

"이봐. 랜디어스 경. 오늘 결혼식 준비하느라 고단했을 텐데 이만 푹 쉬지 그러나?"

"첫날밤 신부를 혼자 두는 법은 어디에서도 못 본 것 같은 데……."

"다 이유가 있어. 내가 알아서 할 거야. 남의 부부 생활에 이래라저래라 참견하지 마."

이쯤 되니 루자크도 슬슬 짜증이 났다.

자신도 지금 그녀를 안지 못해서 겨우 참고 있건만, 이 녀석은
왜 여기 나타나서 자신을 더욱 자극하는 건지 알다가도 모를 일
이었다.

*　　　*　　　*

—각하는 분명 마님을 원하고 계실 거예요. 지금 서재에 게
시다고 하니, 만발의 준비를 하시고 직접 찾아가시는 게 어떨
까 해요. 이 슈미즈 드레스만 입고 가서서 무너뜨리는 거예요,
그 벽을!

엘리샤는 심호흡을 하고는 리나의 말을 상기하면서, 삼 층 복
도를 거닐었다.

최고급 향수 제조사에게서 구한 향수를 뿌린 터라 그녀가 머
문 곳마다 복숭아와 레몬, 시트러스 향기가 가득 채워졌다.

그녀는 얇은 슈미즈 드레스 위에 가운만을 걸친 채였다.

심장이 쿵쾅거리기 시작했다. 드디어 오늘 '그 일'을 하게 되
는 걸까?

엘리샤는 소리라도 꺅꺅 지르고 싶은 심정이었다. 흥분감과
설렘으로 가득 찬 가슴을 안고 어느덧 서재 앞에 다다랐다.

리나의 말에 의하면, 몰래 마주쳤을 때야말로 효과가 극대화
된다고 했다. 엘리샤는 아주 조심스럽게 서재의 문고리를 잡아
당겼다.

'어라?'

문이 잠겨 있는 모양이었다. 그리고 보니 안에서 도란도란 무슨 소리가 들려왔다. 엘리샤는 문에 귀를 바짝 드밀었다.

"……이해가 안 되니 그렇지. 그래서 정말 오늘 침실로 안 갈 예정이십니까?"

"랜디어스 경. 남의 부부 일에 그만 참견하고 자네 볼일이나 보도록."

"혹시 아직도 그녀가 여자로 보이지 않는 거야?"

"……반트."

귀가 의심스러워지는 말들이었다. 대화를 나누는 두 사람은 분명, 랜디어스 경과 루자크가 맞았다.

엘리샤의 안색이 새하얗게 변했다.

이게 대체 무슨 말일까? 여자로 보이지 않는다고?

엘리샤는 더 이상 듣고 있기가 괴로웠다. 믿을 수가 없었다. 공작은 분명 자신을 사랑한다고 고백했다. 더없이 자신을 아껴 주는 그 마음과 행동들에 엘리샤는 수없이 감동하고 기뻐했다.

이제는 자신 역시 그를 좋아하고 사랑이라는 감정에 눈을 뜨고 있었다. 매일매일 그와 함께 있다는 사실이 행복했다.

그런데 그 모든 것이 한 번에 다 무너져 내리는 것만 같았다.

키스를 나눌 때, 자신의 머리칼을 쓸어 넘길 때, 오늘 결혼식에서 자신을 사랑스럽게 바라볼 때.

엘리샤는 단 한순간도 루자크가 자신을 여자로 보지 않는다는 생각을 한 적이 없었다.

엘리샤는 그대로 몸을 돌려서 긴 복도를 터덜터덜 걸어 돌아가기 시작했다.

그가 자신을 아껴 주겠다고 한 이유, 침실에 오지 않겠다고 한 이유를 이제야 알았다.

그것도 모르고 자신은 뭘 기대한 건가.

너무나 바보스럽다.

심장이 끊어질 듯 아렸다.

배신감이 이루 말할 수 없었다.

엘리샤는 제 방으로 돌아가 문을 꼭 잠갔다. 무슨 일이냐 묻는 리나에게 아무 대답도 하지 않고서.

침대에 엎드린 엘리샤는 조용히 눈물을 흘렸다.

처음에는 이해가 되지 않았는데, 곱씹어 볼수록 조금씩 알 것 같았다.

'……그랬구나. 그래서 언제나 나를 여동생 대하듯 예뻐하고 다정했었구나. 사랑이 아니라 보살핌 같은 거였을까?'

베개 위로 눈물방울이 툭 떨어져 번졌다.

'차라리 잘해 주지 말지. 이럴 거면, 이럴 거였으면……'

엘리샤는 루자크가 원망스러웠다.

집사 연기도 능숙하게 했던 그였다. 자신을 사랑하는 것처럼 속이는 것쯤 쉬운 일일지 몰랐다.

자신처럼 어리숙하고, 순진한 여자를 속이는 일쯤은…….

이렇게 심장이 몹시도 아픈 건 그를 향한 마음이 진심이라 그런 거겠지. 이렇게 괴롭고 아픈 짝사랑이라는 걸 알게 될 줄은 몰랐는데…….

가슴이 뻥 뚫린 것처럼 공허하고, 갈증이 자꾸 났다. 슬프고 외로웠다. 아무도 없는 허허벌판에 내던져진 것처럼 추웠다. 엘리샤는 몸을 웅크렸다.

최악이었다.

하필이면 결혼한 날 이 사실을 알게 되다니.

지나간 세월이 너무나도 야속했다. 왜 더 빨리 깨닫지 못했을까? 이대로 아침이 오면, 내일 그의 얼굴을 어떻게 봐야 할까? 지금까지처럼 연극을 해야 할까?

어떻게 하면 좋을지 하나도 모르겠다.

*   *   *

"그건 아닐 테고, 마님을 진심으로 사랑하고 있잖아."

루자크는 깊게 한숨을 쉬고는 이어서 말했다. 이렇게 설명해 주는 것조차 괴롭지만, 이 녀석은 자신을 계속 귀찮게 굴 것이 분명했다.

"……그래, 나조차도 놀랄 정도로 진심이야. 첫날밤을 같이 보내면 내가 그녀를 가만히 두지 않을 거라는 것을 알기 때문에 일부러 다가가지 않는 것이지. 그녀를 소중하게 아껴 주고 싶어서. 2년 후쯤, 그녀가 좀 더 성숙해질 때까지 기다릴 거야."

"……제정신이십니까, 각하?"

"아주 말짱해."

"네가 2년 동안 참고 살겠다고. 그동안 잠시 신이라도 섬길 예정은 아니겠지? 무슨 수로 참아. 우리 각하께서는 아주 건강한 20대 중반의 남성이라는 것, 스스로 잘 알고 있겠지?"

"……참을 수 있어."

"거짓말. 지금도 못 참아서 그렇게 불안하게 몸을 떨고 있으면서 무슨 소린가? 바보 같은 소리 하지 말고, 어서 마님에게 가봐. 여자들은 첫날밤에 대한 로망이 있다고. 아껴 주든, 안아 주든 혼자 두는 건 옳지 못한 일이야. 체임버러 양에게 슬쩍 들었는데, 오늘 밤 단장을 제대로 하시는 것 같던데……."

"……뭐?"

순간 루자크의 귀에는 다른 그 어떤 말보다 반트의 마지막 말이 쏙 박혔다.

　—체임버러 양에게 슬쩍 들었는데, 오늘 밤 단장을 제대로
하시는 것 같던데…….

오늘 밤 단장을 제대로 한다라? 그렇다는 건 엘리샤가 첫날밤 함께 보내기를 기대하고 있는 건가?

"그녀는 그럼 신혼 방으로 도착했으려나? 시종을 불러 줘."

"……조금 전까지만 해도 굳게 안 간다고 하셨던 것 같은데요, 각하."

"아니, 자네 말대로 그녀를 오늘 혼자 두는 건 옳지 않아. 그리고 그녀의 잠든 모습이라도 보고 와야 마음이 놓일 것 같군."

주군의 얼굴에 설핏 웃음이 슥 비치자, 반트는 조용히 방을 빠져나갔다. 제 앞에서만큼은 이렇게 알기 쉬운 인간이었다.

단장을 마친 후, 루자크는 가벼운 발걸음으로 마련된 신혼 방에 들어섰다.

루자크는 조심스럽게 문을 열고는 슬쩍 안을 살폈다.

"……엘리샤?"

그녀의 이름을 부르면서 찾았지만, 대답이 없었다.

아직 오지 않은 것인가? 루자크는 주변을 슥 둘러보았다.

"체임버러 양에게 보상을 주어야겠군."

그 정도로 만족스러운 퀄리티의 침실이었다. 특히 세 사람은 족히 누울 수 있을 만큼 넓은 침대가 가장 마음에 들었다.

루자크의 푸른 눈이 기대감으로 가득 찼다. 아무도 없는 빈 공간에서 혼자서 실실 웃으려니 왠지 멋쩍어졌다.

루자크는 목소리를 흠흠, 가다듬었다. 엘리샤가 도착하면 어떤 말부터 해야 할지 생각해 두기로 했다.

그러나 엘리샤는 오지 않았다. 한 시간여 동안 루자크는 텅 빈 방에서 혼자 이리저리 거닐어도 보고, 침대에 누워도 보고, 할 수 있는 모든 행동은 다 해 본 것 같았다.

그는 더 이상 참지 못하고, 몸을 일으켰다.

아무래도 그녀의 방에 직접 가는 편이 더 빨리 만날 수 있을 것이다.

두 사람의 침실은 루자크의 서재와 가까운 곳에 꾸며져 있었다. 어차피 같은 삼 층 복도였으니, 엘리샤의 방까지 가는 시간은 크게 걸리지 않았다.

루자크는 손등으로 그녀의 방문을 두드렸다. 기척이 없다가, 한참 후 벌컥 문이 열렸다.

새빨갛게 부은 토끼 눈을 하고 있는 제 아내가 힘없이 고개를 떨어뜨린 채 나왔다.

순간 루자크는 그녀가 걱정이 되어서, 어깨를 붙잡은 채 말했다.

"엘리샤? 울었군. 대체 무슨 일이 있었던 거지?"

"아무것도 아니에요. 그나저나 웬일로 오셨어요?"

언뜻 스치는 차가운 말투.

루자크는 단번에 엘리샤가 무언가 제게 서운한 것이 있다는 것을 알아차렸다. 그러나 그 전에 뭐라고 해야 할지 할 말을 잊고 말았다.

"그냥 그대 얼굴을 보러 왔지…… 그나저나 새로 꾸민 침실에서 당신을 기다렸는데, 왜 여기 있었던 거요?"

"……제가 거길 왜 가겠어요? 각하께서는 분명히 오늘 함께할 수 없다고 말씀하셨잖아요."

엘리샤는 루자크의 얼굴을 보지도 않고 말했다. 역시 그 일 때문에 단단히 골이 나 있는 듯했다.

"그래서 그 방은 오늘 버려 둘 참이었어?"

"첫날밤에 남편에게 버려지는 것보다는 나으니까요."

"뭐? ……내가 당신을 버릴 리가 없잖아."

"……."

엘리샤는 단단히 화가 나 있는 것 같았다. 루자크의 말에 그녀는 더 이상 아무 말도 하지 않았다.

자그맣게 앙다문 입술에 그대로 입을 맞추고 싶었지만, 이 분위기에서는 아무것도 할 수 없었다.

"엘리샤?"

"각하, 그만 나가 주세요. 전 오늘 지쳤어요. 쉬고 싶어요."

"……왜 이렇게 화가 난 건지 이야기를 듣고 싶은데. 무슨 이야기라도 좀 들려줘."

그제야 동그란 눈이 제게로 닿았다. 금방이라도 눈물이 터질 것처럼 아련한 눈동자는 서러움을 가득 머금고 있었다.

루자크는 그녀를 부드럽게 어루만지면서 채근했다. 그러자 엘리샤가 입술을 열어 힘겹게 말을 내뱉었다.

"……아까 각하를 뵈러 서재에 찾아갔어요. 랜디어스 경과의 대화를 다 들었고요. 각하께서는 제가 여자로 보이지 않으신다면서요. 또다시 절 속이신 거예요? 사랑한다는 고백은요? 우리가 함께했던 모든 날들은요? 대체 뭐가 뭔지 알 수가 없어요. 당신이란 사람은."

어느새 엘리샤가 훌쩍이면서 어깨를 들썩거렸다.

'하필이면 반트와 그런 이야기를 나눌 때 엘리샤가 들었나 보군.'

순진한 엘리샤는 오해를 잔뜩 해 버린 것이다.

더 이상 참을 수가 없었다. 이 작은 여자는, 어디까지 사랑스러울 수 있는 것인지.

루자크는 말없이 그녀를 꼬옥 끌어안았다. 커다란 눈망울에서 눈물이 떨어지기 시작했을 때, 루자크는 그녀의 눈가에 입술을 댔다.

그러고는 촉촉한 그것을 핥았다.

이윽고 그가 몸부림치는 그녀의 입술에 제 입술을 한 번 맞댔다.

"……읍! 놔요."

엘리샤가 거부하는 탓에 키스는 이어지지 않았다. 루자크는 씩 웃으면서 말했다.

"……타이밍이 나빴군. 확실히 당신은 원래 내 스타일은 아니었어. 하지만 그건 예전 이야기야. 반트는 농담으로 그때 이야길 한 거고. 지금은 달라. 지금 내 눈에 여자는 엘리샤, 그대뿐이니까. 믿지 못하겠다면, 그놈을 데려와서 다시 물어봐."

엘리샤의 작은 몸이 씨근덕거리다가 잦아들었다. 붉어진 눈망울이 다시금 흔들리면서 물었다.

"정말…… 이에요?"

"말한 그대로야. 반트를 지금 데려올까?"

"……."

고개를 설레설레 흔들자, 분홍색 머리카락이 덩달아 흩어졌다. 루자크는 쿡 웃음을 터뜨리면서 엘리샤를 안아 들었다. 그러고는 복도 반대편을 향해 걸어가기 시작했다. 당황한 엘리샤가 물었다.

"……꺅. 어, 어디 가요?"

"우리 침실."

그녀를 지그시 내려다보는 루자크의 눈빛이 몹시 뜨거웠다.

자신을 안아 든 루자크의 눈빛을 확인한 엘리샤는 아무 말도 하지 못했다.

그의 시푸른 깊은 눈이 전신을 휘감았다. 이다음 이어질 일들이 자연스레 연상되었다.

첫날밤.

로맨스 소설을 보면서, 멜드레 선생님의 이야기를 들으면서, 홀로 숱한 상상을 해 왔던 바로 그 순간이었다.

엘리샤는 긴장한 탓에 연신 손톱을 잘근잘근 씹고 있었다.

'어, 어, 아, 어떻게 하지. 결혼식보다도 세 배는 더 떨리는 것 같아!'

엘리샤는 지금 말을 하느니, 그냥 입을 꼭 다물어야겠다는 생각이 들었다. 말더듬이가 될 바에는 그러는 게 나을 것 같았다.

다행히도 루자크 역시 더는 말을 걸지 않았다. 엘리샤는 슬쩍 그를 올려다보았다.

가파른 턱선과 오뚝한 콧날을 거쳐 루자크의 푸르고 깊은 눈을 보았을 때, 엘리샤는 전신이 흔들리는 기분마저 들었다.

숨을 삼켜야 할 만큼 강한 눈동자. 그 푸른 눈동자 안으로 빨려 들어가는 기분이었다.

랜디어스 경의 말을 잘못 듣고 오해한 자신이 우스워질 정도로 그는 뜨거워진 얼굴을 하고 있었다.

차마 올려다보는 것조차 민망했다. 노골적인 눈빛은 찐득함을 넘어서 자신을 꽁꽁 옭아매는 듯했다. 그 시선 때문에 몸을 움직일 수조차 없다.

열정과 욕망으로 젖은 그의 눈빛에, 정신이 자꾸만 흐트러졌다. 엘리샤는 가까스로 입술을 열었다.

"……각하?"

"쉿. 내일 아침까지 나갈 생각 마."

지독히도 섹시한 목소리가 달콤한 귓가를 감아올렸다.

엘리샤의 심장이 콩닥콩닥 뛰기 시작했다. 이런 모습은 어쩐지 낯설었다.

쿵쾅쿵쾅.

자신을 강하게 감싸 안은 그의 단단한 가슴에서 심장 고동 소리가 울렸다. 루자크는 절대로 놓치지 않겠다는 듯 엘리샤에게 시선을 떼지 않은 채, 그대로 천천히 침실을 향해서 걸어갔다.

리나가 세심하게 신경 써서 꾸민 공작 부부의 침실은 무척이나 아름다웠다. 전체적으로 황금색과 하늘색이 조화로운 방이었다.

특히나 황금색 원형 캐노피에 하늘색 벨벳 천으로 장식된 커다란 침대는 로맨틱함을 더하고 있었다.

엘리샤가 침대에 감탄하던 찰나. 그녀의 몸이 침대 위로 내던져졌다.

'깜짝이야!'

너무 놀라면 소리도 나오지 않는다는 말이 정말이었다. 푹신한 시트 탓에 아프지는 않았지만, 깜짝 놀라 정신이 없었다. 그런 그녀를 조그만 강아지 보듯이 내려다보고 있던 루자크가 입을 말아 올렸다.

"……가, 각하?"

루자크의 미간이 슬쩍 좁아지면서 일어나서 앉는 엘리샤의 턱을 한 손으로 잡아 들어 올렸다.

두근두근!

가슴이 어찌나 뛰는지 엘리샤는 눈 한 번 깜빡이는 것조차 어려웠다.

어쩐지 그는 내내 명령조였다. 오늘은 늘 다정하던 공작이 아니었다.

"그 각하 소리 좀 하지 마."

어느덧 그가 침대 위에 올라와 있었다. 그의 존재가 주는 커다란 위압감에 살짝 위축된 엘리샤가 겨우 대답했다.

"……그, 럼 뭐라고 부르죠?"

"이름 불러 줘."

엘리샤 곁에 앉은 루자크가 느른한 말투로 그녀에게 몸을 기댔다. 어느새 구두는 완전히 벗은 상태였다. 부지불식간에 그가 자신을 위에서 내리누를 수도 있었다.

고르지 못한 호흡이 지척에서 느껴졌다.

루자크의 눈이 더욱 갸름해졌다. 방에는 사물을 분간할 수 있는 정도의 황금 촛대 하나만이 불을 비추고 있어서 적당히 어두웠다.

그래서일까.

그가 다가올 때마다 엘리샤는 마른침을 삼켰다. 입술이 바짝 마르는 것 같았다.

'……너무 긴장돼서 죽을 것 같아.'

뻣뻣하게 굳어 있는 그녀의 손 위에 루자크가 깍지를 끼듯 손가락 사이사이에 제 손을 끼웠다. 그것만으로도 움찔 놀랐다.

"불편한가?"

"……아, 아니요. 각…… 루자크."

"듣기 좋은걸."

혈색이 도는 붉은 입술이 길게 늘어졌다. 동시에 그의 긴 손가락 끝이 엘리샤의 턱 끝을 붙잡았다.

그의 얼굴이, 체향이 가까워진다.

눈을 깜박이기 전에 루자크가 입술을 맞췄다. 귀에 들릴락말락한 목소리로, 그가 소곤거렸다.

"……리샤."

"리샤?"

'설마 나를 부르는 것일까?'

엘리샤가 물끄러미 그의 넘실거리는 푸른 눈을 들여다보자, 그가 웃으며 대답했다.

"당신 애칭."

"……리샤는 너무 아기 같잖아요."

엘리샤가 볼을 살짝 부풀리며 말했다. 그 모습이 귀여운지 루자크가 엘리샤의 볼을 검지로 쓰다듬었다. 다른 한 손은 여전히 깍지를 낀 채였다.

기분 좋은 촉감이 볼에 와 닿았다. 이 남자의 손이 닿는 곳은 언제나 따스하고 부드럽다.

"우리 아가씨는 아기 아니었나? 키스 한 번에도 그렇게나 떨면서…… 아기가 맞지."

그가 엷게 미소 지으면서 놀렸다.

"……누, 누가 그렇게 떨었다고 그래요. 그리고 아기라니, 저도 알 건 다 안다고요!"

오해는 풀렸지만 처음에는 여자로 보이지 않았다는 그의 말이 떠올라서 엘리샤는 발끈하고 말았다.

그러나 그 말을 루자크는 다른 의미로 받아들인 것 같았다.

"……알 건 다 알아? 지금 우리가 하려는 것도 전부 알고 있는 건가?"

얼굴이 붉게 달아오르면서도 엘리샤는 일부러 아무렇지 않은 듯 말했다. 도리어 도발적인 눈동자로 그를 보았다.

"어린애 취급하지 말아요. 첫날밤에 부부가 뭘 하는지 정도는 저도 안다고요."

"그럼 더 이상 말은 필요 없겠군……."

차츰 한 뼘씩 다가오는 그의 얼굴에 숨이 막혔다. 어느새 루자크는 엘리샤의 양어깨를 붙잡은 채 그녀를 침대 위로 넘어뜨렸다.

등이 푹신했다. 그녀는 침대에 눕혀졌고, 루자크가 그녀의 몸 위에서 내려다보고 있었다.

한 번의 시선이 얽혔다. 심장이 팔딱거릴 정도로 뛰는 순간,

루자크가 입술을 깊게 포갰다.

이번에는 엘리샤도 지지 않았다. 그녀가 먼저 입술을 벌리고 그를 붙잡으러 갔다. 감미로운 꼬리잡기가 이어지자, 이에 자극받은 루자크도 가만히 있지 않았다.

거칠게 그녀의 혀를 끌어당겼다가 살짝 깨물었고, 쭉 빨기 시작했다.

아찔하고 강렬한 느낌에 엘리샤는 호흡이 가빠졌다. 점점 더 강해지는 입맞춤. 그의 셔츠 안 단단한 가슴이 몹시 뜨거웠다. 입술은 열기를 계속 토해 냈다.

눈처럼 차갑던 그의 속이 이렇게 뜨거울 줄 몰랐다. 그는 한 손을 움직였다.

스르륵. 가운이 벗겨졌다. 그녀는 자신이 지금 얇은 슈미즈 드레스만 입고 있다는 것이 떠올랐다.

리나가 알려 준 방법대로 그를 유혹하려고 그렇게 입었었다. 문득 그 사실이 부끄러워 그만 고개를 돌렸다. 루자크의 시선이 슈미즈 드레스에 닿자, 더욱 깊어졌다.

그의 붉은 입술이 하얗게 드러난 목덜미에서 가지런한 쇄골에 이를 때까지 내려갔다. 촉촉하고 부드러운 감촉과 함께 순간 자지러질 정도로 간지러워서 그만 손바닥으로 그를 열심히 밀어냈다.

"윽! 간지러워요……."

엘리샤가 자그만 손바닥으로 열심히 그의 몸을 밀어냈다. 그러나 루자크는 그만둘 생각이 전혀 없었다. 가운을 벗기자 드러난 슈미즈 드레스가 눈이 부셨다.

낮에는 천사 같더니, 밤에는 영락없이 마녀 같았다.

아, 실제로도 그녀는 마녀의 핏줄을 타고났다고 했다.

그래선지 더 매력적으로 다가왔다.

그녀가 정말 곰인지 여우인지 알 수는 없지만,

순진한 얼굴로 자신을 빠져들게 홀리는 것 하나만큼은 무엇보다 능한 것 같았다.

무엇보다 확실한 건, 그녀가 오늘 밤을 기다렸다는 사실이었다.

생각할수록 우스웠다.

자신은 그녀를 위해서 첫날밤을 지켜 주겠다 다짐하고 그리했는데 정작 엘리샤는 서운해 하고 있었다니…….

그렇다면 더는 고민할 필요가 없었다.

자신은 엘리샤를 원했다. 게다가 그녀 역시 마찬가지.

루자크는 잘게 떨리는 그녀의 속눈썹을 쓰다듬으면서 감기게 하였다. 여리고 고운 목덜미는 몇 번이나 입술을 맞추어도 모자랐다.

슈미즈 드레스 아래로 얼핏 비치는 예쁘고 자그만 몸이 자꾸만 그에게 충동질했다. 어서 사랑해 달라고.

하지만 루자크는 오래도록 천천히 그녀를 보듬고 싶었다. 결코 쫓기듯 조급하게 안고 싶지 않았다.

제 욕망보다는 그녀에게 사랑을 알려 주고 싶었다. 그러나 불쑥불쑥 드는 이 미칠 것 같은 갈증은 그를 어딘가로 내몰았다.

자칫하면 자제력을 모두 잃어버릴 것 같은 불안함이 내내 도사렸다.

사랑스러운 아내를 앞에 두고 참기 어려울 줄은 알았지만 이 정도일 줄은 몰랐다.

시작도 하기 전에 이렇게까지 달아오른 적도 처음이고.

"……리샤."

루자크는 그녀의 얼굴을 양손으로 감싸 안고 중얼거렸다.

"응, 루자크. 듣고 있어요."

고맙게도 그녀는 초롱초롱한 눈망울로 귀를 기울였다.

"나는 그대가 원하는 대로 해 주고 싶어."

"……대, 대체 뭘 물으시는 거예요."

엘리샤는 어쩐지 울 것 같은 얼굴이었다. 루자크는 그 말을 제 입으로 내뱉기 좀 그렇지만 솔직해지기로 했다.

자신이 제대로 한다면, 엘리샤의 몸은 축날 것이 뻔했다. 여자의 첫 경험이라는 건 몹시도 괴롭다는 것을 익히 들은 적이 있었다. 루자크는 그것이 걱정되었다.

"내 아가씨가 아픈 건 싫어."

"아, 아픈가요? 하지만 소설 속에서는 무척이나 좋다고……."

그녀의 말에 루자크는 웃고 말았다. 그러나 머릿속으로는 복잡해졌다. 이 순진한 아가씨를 대체 어디에서부터 가르쳐야 하나. 그런 생각을 하니 눈앞이 캄캄해졌다.

"알 건 다 안다더니, 그건 전부 연애소설에서 습득한 지식인 건가?"

"……."

아무 말도 못 하는 걸 보니 맞는 모양이었다.

"……아! 멜드레 선생님도 있다고요."

"그래. 그렇다고 해 두지. 어쨌든 그건 알아 두었음 해. 여기 들어온 이상 돌이킬 수는 없어."

그렇게 못을 박자, 엘리샤의 눈이 동그래졌다. 이제는 정말로 돌이킬 수 없다. 설령 마음이 바뀌었더라도.

루자크는 다시 그녀에게로 천천히 다가갔다. 엘리샤가 천천히 고개를 끄덕이곤 뒤를 돌더니 슈미즈 드레스를 벗으려 했다.

"저런, 그런 건 또 어디에서 배운 걸까?"

루자크는 그녀의 어깨에 입을 맞추고는, 단추를 하나씩 풀어 내려갔다.

스르륵.

열 개가 넘는 단추를 전부 풀어 내리자, 그녀의 몸통을 통과한 매끈한 실크 드레스는 완전히 벗겨졌다.

이윽고 드러난 엘리샤의 나신에 루자크는 시선을 떼지 못했다. 자기가 먼저 벗은 주제에 그녀는 양손과 머리카락으로 열심히도 몸을 가렸다.

"……소용없는 짓을 하는군."

루자크는 그리 말하고는 엘리샤의 양손을 붙잡아 내렸다. 그녀는 바들바들 떨고 있었다. 촉촉하게 젖은 눈망울을 혀로 건드리고 싶었다.

양손이 제게 붙잡히자, 엘리샤는 숨고 싶은 얼굴을 했지만, 그 모습이 루자크를 더욱 부채질하고 있었다.

하얗게 드러난 나신이 어여쁘다.

봉긋하게 부푼 자그만 가슴, 정점에는 분홍빛이 도드라져 있었다.

특히 가슴 아래로는 쏙 들어간 허리 라인이 기가 막히다. 평소에도 유달리 허리가 가느다란 줄은 알았지만, 이 정도로 허리선이 예쁜 여자는 처음 보는 것 같았다.

"미칠 정도로 아름다워."

"……."

그가 본 그 어떤 여자의 나신보다도 아름다웠지만, 그 말은 빼기로 했다.

엘리샤의 얼굴이 붉게 달아올랐다.

지금은 그녀를 어떤 여자하고도 비교하고 싶지 않았다.

존재 자체만으로도 달랐으니까.

루자크가 허리 아래로 시선을 주자, 엘리샤가 참지 못하고 슬쩍 몸을 돌려 뒤돌았다. 그러자 복숭아처럼 부푼 하얀 엉덩이가 보였다.

"이쪽은 안 부끄러운가?"

루자크가 장난스럽게 그녀의 엉덩이에 손을 댔다. 놀라울 만큼 탄력 있는 감촉이었다.

"앗."

엘리샤는 놀란 듯했지만, 이내 루자크가 만져 오는 손길에 얌전해졌다. 루자크는 허벅지를 천천히 쓰다듬으면서 그녀의 몸을 앞이 보이게끔 돌렸다. 이어서 입을 맞추기 시작했다.

입 안으로 그녀의 혀를 맛보면서 보드라운 가슴 한쪽을 쓰다듬었다. 어쩜 이렇게 살결이 부드러울까.

루자크는 입술을 떼고는, 가슴 한쪽에 입술을 가져갔다.

바짝 몸이 달아오른다.

"……흑."

말캉한 가슴을 천천히 빨아들이면서, 나머지 한쪽도 주물러 주자 이내 엘리샤의 입술에서 이상한 신음이 터졌다.

"……으에, 앗?"

루자크는 개의치 않고, 하던 것에 집중했다.

혀를 부드럽게 살살 굴려서 그녀의 정점을 건드리기 시작했다. 얼마 지나지 않아서 제법 단단해졌다.

한참 동안 양쪽 가슴을 번갈아 그리해 주자, 엘리샤는 몸을 배배 꼬기 시작했다. 흥분하는 모습도 귀여웠다.

그 모습에 루자크는 팽창한 제 것이 엘리샤의 부드러운 허벅지에 닿았다는 사실을 깨달았다.

물론 한참 전부터 이 상태였다. 그녀를 안아 들고 이 방 안으로 들어온 직후부터.

너무 오랫동안 그 상태라 뻐근해져 있을 정도였다.

생전 처음 맛보는 기분에 엘리샤는 어찌할 바를 몰랐다. 가슴 가득 느껴지던 축축하면서도 부드러운 감촉, 그의 입술에 닿았을 때의 그 기분 좋은 느낌이 그녀를 몽롱하게 만들었다.

"아흐읏!"

그 자극적인 느낌에 민망하게도 입술에서는 이상한 소리까지 흘러나왔다. 그렇게 한참 기분이 좋은 와중에, 허벅지에 무언가 뜨거운 것이 쿡 와 닿았다.

몰래 엿본 루자크는 아무렇지 않은 얼굴을 하고 있었다.

엘리샤는 자신도 모르게 그만 그의 이름을 불렀다.

"루자크."

그가 느른하게 입술을 말아 올렸다. 기다렸다는 듯 셔츠를 벗어 던졌다.

탄탄하고도 매끄러운 가슴과 복근이 드러났다. 전에 한번 본 적은 있지만 다시 봐도 가슴이 거세게 쿵쿵 뛰었다. 바지 버클을 푸는 그의 손길이 거칠었다.

옷을 전부 벗어 던진 루자크가 엘리샤의 얼굴을 응시하면서 천천히 다가왔다. 이어지는 깊은 입맞춤.

키스하면서 둘은 손을 맞잡고 누웠다.

단단한 그의 몸이 살결에 닿았다. 그의 몸에서는 기분 좋은 향이 났다. 어느새 그녀의 위로 올라온 그가 손에 깍지를 끼고는 목덜미와 귓불까지 핥기 시작했다.

귓가에 이어지는 목소리. 목소리는 달콤했지만, 그의 눈빛은 몹시도 뜨거웠다. 무서우리만큼.

"……정말로 괜찮겠어? 많이 아플 텐데."

엘리샤는 조용히 고개를 끄덕였다. 그가 아플 거라고 계속 겁을 주었지만, 엘리샤는 그때까지만 해도 별거 아닐 거라고 생각했다. 잠깐만 참으면 될 거라고.

루자크는 다시 키스하면서 그녀를 애무하기 시작했다. 말랑거리는 뽀얀 가슴을 조심스레 만지다가, 입으로 머금었다.

"……아."

기분이 좋아서 엘리샤가 옅은 신음을 뱉자, 루자크는 심술궂은 표정을 지었다. 혀로 살살 굴리던 것을 멈추고, 거칠게 빨아들였던 터였다.

"꺅."

하고 소리를 내지른 엘리샤가 그의 얼굴을 밀어 보았지만, 소용없었다. 제 위에 올라탄 공작은 붙박이처럼 고정되어 좀처럼 움직일 줄을 몰랐다.

온몸이 감전된 것처럼 찌르르 찾아오는 쾌감이 당황스러웠다. 이런 건 처음이었다.

이렇게 자신의 모든 걸 뒤흔드는 감각은.

엘리샤는 괜히 그가 자신을 이상하게 만들고 있는 것 같아서 원망스러워졌다.

뒤이어 천천히 그의 손길이 복부를 타고 내려가, 허벅지를 쓸었다. 가장 깊고 은밀한 그곳으로 그의 손길이 닿자, 까무러칠 만큼 기이한 느낌이 들었다.

그녀가 몸을 비틀고 사렸지만 루자크는 그녀의 다리를 벌리게 했다. 움직이지 못하도록 고정하고는, 마음껏 애무를 시작했다. 시작하기가 무섭게 엘리샤는 마치 울먹일 듯 말했다.

"아흑. 루자크, 그만해요."

"리샤. 아직 시작도 안 했어. 안 했으면 안 했지. 시작하다가 그만두는 짓은 용납 못 해."

루자크가 씩 웃으면서 엘리샤를 괴롭히던 손가락을 입 안에 쏙 넣었다.

"그리고 말인데. 침대에서는 아기 취급해 줄 생각 없으니 각오해."

"……네에에? 헉."

루자크의 마지막 말에 엘리샤가 놀라서 그만 딸꾹질을 했지만 그는 개의치 않았다.

이내 그의 손가락이 그녀의 안으로 침범했다. 움칠거릴 정도로 찌르는 느낌이 따가웠다. 하지만 아파도 괜찮다고 대답한 건 자신이었기에 엘리샤는 꾹 참아 보려 애썼다.

이어 그녀의 두 다리를 들어 올린 루자크가 천천히 몸을 겹쳐 오기 시작했다. 그의 것이 서서히 밀고 들어오자 엘리샤는 급습하는 통증에 얼굴을 찌푸렸다.

그러나 그의 얼굴에 떠오른 황홀한 표정을 보니 차마 그만두자고 할 수가 없었다.

처음 보는 얼굴이었다.

무언가에 홀린 듯 빠져 있는 그의 얼굴은 몽롱한 것이 마치 취한 사람처럼 보이기도 했다.

"……리샤!"

루자크가 엘리샤를 끌어안고 더욱 박차를 가하려 할 때였다.

"……아, 악!"

하복부를 관통하는 지독한 찌릿함. 도저히 참을 수가 없는 통

중이었다.

"아파요, 루자크."

엘리샤는 얼굴이 사색이 되어서 소리쳤다. 하체가 바들바들 떨리는 아픔이었다.

루자크는 엘리샤의 볼을 매만지면서 속삭였다.

"……우리 아가씨가 너무 긴장해서 그런 것 같은데. 몸에서 힘을 좀 빼면 나을 거야."

루자크의 말대로 그러려고 노력했지만, 그게 쉽지는 않았다. 어느새 엘리샤의 눈가에는 눈물이 방울방울 아롱져 있었다.

"……오늘은 무리예요, 루자크. 나 너무 아프단 말이에요."

*　　*　　*

시트를 적신 붉은 선혈이 보이자 루자크는 정말 안 될 것 같다는 생각이 들었다. 그의 것은 상황을 모르는 듯 아직도 그 상태 그대로였다.

엘리샤의 자그만 입술이 달싹였다.

"……미, 미안해요."

루자크는 그녀를 꼭 안아 주었다.

"아냐. 당신은 미안할 이유가 전혀 없지. 내가 더 미안해. 많이 아팠나? 아무래도 더 기다릴 걸 그랬군."

"아니에요. 이렇게 아플 줄 몰랐어요."

"처음이면 그럴 수 있다더군. 나는 괜찮아."

루자크는 누워 있는 엘리샤의 입술에 가볍게 키스한 뒤, 이불을 덮고는 토닥여 주었다. 그러고는 사그라들 줄 모르는 제 몸 위로 가벼운 가운을 걸쳤다.

이렇게라도 하지 않으면 곧장 다시 그녀를 덮쳐 버릴 것 같았다. 솔직히 지금도 그는 혼란스러울 지경이었다.

그녀에게 아파도 조금만 참아 보라고 말을 해 볼까? 살살 어르고 달래서 제 욕망을 채우고 싶은 마음이 간절했다.

아까 전 살짝 몸을 겹쳤을 때의 그 여운과 느낌이 아직 몸에 남아 있었다.

"젠장!"

너무나도 좋았다. 욕설이 나올 만큼 기분 좋은 감각에 루자크는 자신의 입 밖으로 그 말이 튀어나온 줄도 몰랐다.

"……루자크?"

깜짝 놀란 얼굴로 자신을 바라보는 엘리샤의 눈을 마주하자 그제야 인지를 하곤 어색하게 변명을 했다.

"……미안. 당신에게 한 것은 아니야."

'당신이 선사한 끝내주는 쾌감에게 한 거지.'

환장할 정도로 좋은 느낌이었다. 구름에 떠있는 것처럼 황홀했다. 엘리샤의 안에서 느끼는 동안 그는 천국을 노닐고 있었다. 이 정도로 속궁합이 좋았던 상대는 없었는데.

이제 그녀를 아껴 주고 싶은 마음은 슬슬 달아나고, 어떻게 하면 그녀를 적응시켜서 침대로 데려올까 고민스러웠다.

아픈 경험을 했으니 그녀는 당분간 거부할 것이다.

'그건 곤란한데…….'

차라리 몰랐으면 몰랐지, 그녀의 여린 몸을 알게 되었으니 이제는 그 누구도 감당할 수 없다.

이 기분을 2년 정도 후에 알았다면 아마 땅을 치고 후회했을지도 몰랐다. 인간은 참 간사한 짐승이었다. 자신은 유독 더 그러했다.

루자크는 쓰게 웃었다.

어차피 진입은 더 이상 못 할 테고, 오늘 밤은 그녀의 애를 좀 태워 볼까.

루자크는 토닥이던 그녀의 아랫배를 슬쩍 만졌다.

"그렇게 많이 아팠나?"

끄덕끄덕.

흔들리던 고개가 루자크의 너른 어깨로 와 기댔다. 루자크는 제 어깨에 누운 머리의 무게마저도 사랑스러워서 그녀를 품에 꼭 안았다.

그때 엘리샤가 부끄럽다는 듯이 슬쩍 말했다.

"……하지만 각하의 손길은…… 아프지 않고 부드러웠어요."

루자크가 낮게 웃음을 터뜨리면서 말했다.

"……그건 더 해 달라는 뜻인가?"

"몰라요."

그리 말하고는 이불을 눈 위까지 폭 뒤집어써 버린다. 장난스럽게 이불을 끌어 내리자, 버티고 있는지 이불이 쉽게 내려오지 않았다. 루자크는 이불 안으로 들어가 그녀의 손을 꼭 붙잡았다.

"리샤, 좋은 건 좋다고 이야기하는 편이 좋아."

"······좋았어요."

"정말이야?"

"······자꾸 묻지 마요."

이불 안에서 그녀와 나란히 누워서 두런두런 이런 이야기를 나눈다는 사실이 행복했다.

루자크는 가만히 그녀의 가슴을 부드럽게 어루만졌다. 그녀는 새침한 표정을 하고 있지만, 좋다고 얼굴에 쓰여 있었다. 루자크의 입술이 그녀의 귓불에 닿았다.

"사랑해."

"······."

"그대의 대답은?"

"······저도 사랑해요."

루자크가 엘리샤의 풍성한 분홍색 머리카락에 코를 박고는 속삭였다. 복부가 땅겨 올 만치, 서서히 다시 흥분감으로 차오르는 빌어먹을 몸뚱이가 날뛰고 싶어 했다.

"하······ 미치겠군."

루자크는 느슨해진 눈빛으로 그녀를 내려다보았다.

'너를 원한다'는 그런 눈빛으로.

그러나 순진한 보라색 눈망울은 절대 알아먹을 리가 없다. 그의 입술로 다시 말할 수도 없다. 다소 거칠어진 숨결이 얽혔을 때, 엘리샤가 조심스레 말했다.

"다시…… 해 봐요. 천천히."

맑고 투명한 눈. 후각을 마비시킬 만큼 달콤한 향.

그의 몸 아래 깔려 있는 여린 몸의 주인이 그리 말했을 때, 루자크는 제 안에서 뭔가가 투둑 끊어지는 소리를 들은 것 같았다.

루자크는 엘리샤의 입술과 손등에 입을 맞췄다.

그렇게 아파하면서도 다시 허락해 준 그녀가 고마웠다. 이제는 정말로 조심해야 했다. 부서질세라, 깨질세라 조심히 그의 입술이 작고 여린 몸 위에 내려앉았다.

뜨거운 혀가 지나갈 때마다 가느다란 떨림이 느껴졌다. 이윽고, 다시금 그녀를 품자 그녀가 입술을 꼭 깨물었다.

루자크는 꽃봉오리처럼 가느다란 틈을 조금씩, 밀고 들어갔다.

"……흑."

엘리샤의 입술에서 꾹 참는 신음 소리가 들렸다. 바들바들 떠는 그녀가 안쓰러웠다.

하지만 그의 몸은 멈출 수 없이 직진했다.

곧장 하체로부터 뻗치는 강렬하고 부드러운 쾌감이 그의 전신을 뒤덮었다.

루자크는 서둘러 엘리샤에게 입을 맞추었다. 혀가 뒤엉키면서 그들도 함께 그리되었다.

최대한 부드럽게 몸을 흔들었지만 엘리샤는 여전히 움찔거렸다. 아직 제대로 된 사랑을 나누기에는 그녀의 몸은 역부족인 듯싶었다.

루자크는 오늘은 이것만으로 만족해야겠다는 생각이 들었다. 완전하지 않았음에도 그의 쾌감은 극에 달했다. 믿을 수 없었다.

"……당신 대체 어떻게 된 여자야?"

루자크가 아득한 정신으로 그녀에게 속살거렸다. 몸을 겹친 지 얼마 되지 않았는데도 벌써 절정으로 향할 것만 같았다. 그가 살짝 내달리자, 엘리샤의 입술에서 참았던 비명이 쏟아졌다.

"……아, 제발!"

루자크는 이내 격정에 가득 찬 몸을 떨고는 엘리샤에게 키스했다. 겨우 맛본 절정에 아직도 턱없이 부족했지만, 그는 맥없이 풀린 눈으로 엘리샤를 바라보았다.

"이리 와."

그의 말에 엘리샤가 그의 가슴에 폭 안겼다. 더없이 사랑스러운 연인, 그녀를 품에 꼭 껴안고 루자크는 잠이 들었다. 엘리샤도 그의 단단한 품속에 갇혀서 눈동자를 굴리다가 스르륵 곤하게 잠들었다.

11.
달콤한 신혼

아침 햇살이 쏟아지고, 새소리가 들려왔지만 아무도 깨우러 오지 않았다.

평소 같았으면 리나나 다른 시녀들이 앞다투어 단잠을 깨우러 왔을 터인데, 유독 오늘만은 그러지 않았다.

아마도 신혼부부의 첫날밤을 방해하지 않으려고 그런 게 아닐까 싶었다.

엘리샤는 살금살금 루자크의 팔뚝을 들어 올리고는 제 머리를 빼내었다. 그러자 그건 어떻게 귀신같이 알고 루자크가 눈을 감은 채 말했다.

"내 옆에 꼭 붙어 있어."

"이제 곧 아침 식사할 시간인데……."

"아침은 나중에…… 지금은 그 누구도 우리를 방해 못 할걸."

실눈으로 슬쩍 엘리샤를 보면서 나른하게 웃는 그의 모습이 눈이 부셨다. 루자크는 다시 눈을 감았다. 길고 풍성한 속눈썹이 예뻤다.

엘리샤는 그가 잠든 모습을 보는 것이 신기했다.

이런 남자랑 자신이 결혼을 했고, 사랑을 나누었다. 그 모든 것이 신기하고, 또 마법 같았다. 하룻밤 사이에 모든 게 달라진 느낌이랄까.

"……그런데 리샤, 아픈 곳은 괜찮은 건가?"

"아직 조금 아파요."

아직 아래는 뻐근하게 아팠다.

그는 세심하게 배려했지만 그래도 아픈 건 아픈 거였다. 그래도 처음으로 큰일을 치렀으니 한시름 덜었다.

이제는 그도 만족했겠지? 엘리샤는 크게 안심한 얼굴이었다.

"저런. 치료 사제라도 부를까?"

"……아, 아뇨! 그 정도는 아녜요."

그런 일로 의사까지 부르고 싶지는 않았다.

"이런 일이 자주 있을지도 모르니까, 아예 전담 치료 사제를 고용하는 것도 나쁘지 않은데."

"네에?"

엘리샤는 순간 그의 말에 골이 띵해졌다.

─이런 일이 자주 있을지도 모르니까.

─이런 일이 자주 있을지도 모르니까.

"왜 그러지?"

아무래도 빨리 이 방에서 벗어나야겠다는 생각이 들었다. 엘리샤는 고개를 저으면서 말했다.

"아, 아무것도 아니에요. 루자크, 그보다 나 배고파요. 우리 그만 일어나서 식사하러 가요."

루자크의 붉은 입술에 씩 미소가 걸렸다. 그가 몸에 걸치고 있던 이불을 획 걷어 내며 말했다.

"……리샤, 배고프면 날 먹든가."

"무슨 그런 말씀을…… 으아, 네에?"

자연스럽게 유난히 시선이 쏠리는 그곳.

엘리샤의 커다란 눈이 그곳에 향했다.

어떻게 저럴 수 있지? 눈물이 핑 돌았다. 그녀는 얼굴이 새빨개진 채 진심으로 고민했다.

'차라리 그냥 기절해 버릴까?'

*   *   *

열리지 않을 것만 같던 공작 부부의 침실 문이 열렸다. 빼꼼 고개를 내민 마님이 주위를 살피자, 뒤에서 따라나오던 공작 각하가 그녀를 뒤에서 껴안으며 키스했다.

두 사람은 문 앞에서 살짝 엎치락뒤치락하더니, 마님이 먼저

도도도 복도를 가로질러 갔다.

뒤이어 공작 각하가 위엄 어린 척, 단정한 매무새로 뒷짐을 지고 서재를 향해서 걸음을 옮겼다.

그의 입술 끝이 올라가 있었고, 발걸음은 무척이나 경쾌해 보였다.

시녀장 리나와 이하 시녀들은 복도 기둥 뒤에 숨어서 그 모습을 전부 훔쳐보고 있었다.

일어나자마자 시중드는 사용인들이 곧장 대기하고 있으면 혹여 부끄러우실까 배려한 행동이었다.

리나는 흐뭇한 표정으로 안방 침대부터 확인해 보았다. 물론 공작 부부 내외는 사이가 무척이나 좋았으니, 보나마나 거룩한 역사를 쓰셨을 터였다.

다만 어제까지도 걱정에 마음을 졸이던 마님의 보송한 얼굴이 떠올랐다. 혹시나 싶은 것이다.

그러니 두 분이 함께 침실에 드셨다고 해도, 확정을 하지 못하고 있었다. 리나는 괜스레 제 가슴이 다 조마조마했다.

하얀 침대 시트에 선홍빛 얼룩이 남아 있는 것을 확인하곤 그녀는 배시시 웃었다.

다른 시녀들 앞이라서 애써 좋아하는 티는 내지 않았지만, 이미 알 만한 시녀들은 시녀장인 그녀의 얼굴이 환한 것을 보고는 저희들끼리 속닥거리고 있었다.

리나는 그저 행복했다.

제가 모시는 마님이 공작 각하에게 사랑을 받는 일은 자신의 일처럼 기쁘기 그지없었다. 리나는 조금 더 욕심을 부렸다.

'이제 두 분의 귀여운 2세가 태어나는 것도 머지않았어.'

느지막한 시간이었다.

아침이라 하기엔 늦고, 점심이라 하기엔 이른 시간.

반트는 그레이트 홀로 나란히 들어서는 두 사람을 맞이했다.

"좋은 아침입니다."

"그렇군."

"네에, 랜디어스 경."

공작 부부 내외를 살피던 반트는 쿡 웃음을 흘릴 뻔했다. 이렇듯 빤하게 들여다보이는 상황이라니. 주군의 얼굴은 무척 환했고, 마님의 얼굴은 홍당무처럼 빨개져 있었다.

눈치가 빠른 그는 민첩하게 음식을 나르고는 자리를 피해 주었다.

"그럼 저는 잠시 나가 있겠습니다."

"그래."

루자크는 만족스럽다는 얼굴로 반트에게 손을 들어 보였다. 다시 둘만이 남았다.

엘리샤의 상기된 얼굴은 점점 더 붉어지고 있었다. 엘리샤가 목을 축인 뒤, 말했다.

"······랜디어스 경이 '좋은 아침입니다.'라고 하는데, 민망해 죽을 뻔했어요."

"왜지, 리샤?"

다정하게 애칭을 부르면서 루자크가 느긋한 미소를 지었다.

"……지금은 아무리 봐도 아침이 아니잖아요."

엘리샤가 그레이트 홀의 창문을 가리켰다. 창밖에는 제법 따스한 정오의 햇살이 내리쬐고 있었다.

루자이크는 훈제 연어를 잘라서 엘리샤의 접시로 옮겨 주며 말했다.

"그렇게 부끄러워하지 않아도 돼. 이것 맛있어 보이는군."

"고마워요."

사르르 녹는 연어의 맛이 일품이었다.

"너무 맛있어요. 당신도 드세요."

엘리샤도 연어를 한 조각 썰어서 루자크에게 권한 후, 한참 식사에 열중했다.

그녀는 테이블 위에 있는 접시를 하나씩 비워 가고 있었다. 루자크는 흐뭇한 얼굴로 그녀가 먹는 모습을 턱을 괴곤 바라보았다.

엘리샤는 노릇하게 구워진 새우 요리를 한입에 쏙 넣고는 눈빛으로 물었다. 왜 그렇게 빤히 보냐는 눈빛이었다.

"아무것도 아니야."

그 눈을 읽은 루자크는 미소를 짓고는 제 접시로 시선을 돌렸다.

"……거짓말. 아까부터 제가 먹는 모습만 빤히 바라보고 있잖아요. 무슨 할 말이라도 있으신 게 아니에요?"

"아니, 없는데. 그냥 지금을 즐기고 있는 중이었지."

"즐기신다고요?"

"그래. 꿈만 같아서 말이지. 우리가 어제 결혼을 했고, 또 어젯밤 숨결을 같이했고, 지금은 식사를 같이하고 있는 게 신기하군."

"저 역시 그래요. 꿈만 같아요. 모든 게 다."

"……오늘은 무얼 할 계획이지?"

"루자크, 당신은요?"

"아주 중요한 계획이 하나 있지."

"아…… 결혼식 때문에 밀린 일들이 많으신 거겠죠?"

"뭐, 그것도 그렇지만 무엇보다도 중요한 일이 있어."

루자크가 짐짓 강조하면서 말하자, 엘리샤는 그의 의도를 알아차렸다. 쿡 웃은 그녀가 예의상 물었다.

"그게 뭔데요?"

"당신하고 온종일 함께 있기."

"……좋은 계획이네요."

엘리샤가 깜짝 놀라지도 않고 대담하게 응수하자, 루자크가 의외라는 듯 입술을 열었다.

"제법 이제 말도 받아칠 줄 아네. 눈치도 빨라졌고."

"그럼요. 이제 각하의 눈빛만 봐도 안다고요."

엘리샤는 한쪽 눈으로 윙크를 해 보였다. 그 모습이 깜찍하면서도, 왠지 모르게 선정적이랄까.

루자크는 꽃 같은 입술에 부딪치고 싶었지만, 아쉽게도 다소 거리가 멀었다. 그가 투정처럼 중얼거렸다.

"……식탁이 너무 멀군. 대화를 하기에는 좋지 않아."

"그럼, 티 테이블로 옮길까요? 제 방 티 테이블은 아주 작거든요."

엘리샤가 나긋하게 웃으면서 말했다. 그녀는 아무렇지 않게 차를 마시자는 뜻이겠지만, 루자크에게는 다른 의도로 읽혔다. 묘하게 자신을 유혹하는 것처럼 느껴지기도 했으니까.

순진한 눈동자를 깜빡이는 엘리샤를 마주하자, 루자크는 괜스레 목이 말랐다.

잔을 들어서 두 모금을 마시자, 포도주가 향긋하게 입 안을 적셨다. 식사를 마친 그들은 그레이트 홀을 떠났다. 나란히 손을 잡고서.

엘리샤가 갑자기 떠오른 듯 입술을 열었다.

"아, 그러고 보니 피로연은 계속하고 있는 거지요?"

"그럴 거야."

루자크는 별다른 관심이 없다는 듯, 무미건조하게 대답했다. 오로지 그의 시선은 그녀에게만 향해 있었다.

"아, 그러면 인사를 하러 가야겠어요."

"그건 걱정 말도록 해. 신혼부부가 다음날 피로연까지 참석하는 경우는 거의 없으니까. 그들은 지금쯤 본성의 이곳저곳을 누비고 있겠지. 그러니까 리샤, 우리는 우리만 생각하면 돼."

루자크의 다정하면서도 나직한 목소리에 엘리샤는 고개를 끄덕였다.

"……네."

"식사는 마쳤으니, 당신 말대로 차를 마시러 가지."

엘리샤는 곧 티타임을 제안한 자신을 원망했다. 잠깐 식사를 하는 동안 신사적으로 굴던 공작이 다시 욕망이 꿈틀거리는 맹수처럼 돌변했던 터였다.

"각하는 어떤 차로 하시겠……"

"식은 차는 별로 맛이 없는데."

"네?"

그는 엘리샤의 방에 도착하자마자, 그녀의 가느다란 팔목을 끌어당기고는 품에 안았다.

"다른 걸 마실 생각이야."

그가 부드럽게 분홍 머리칼을 넘겨 주면서 귓가에 속삭였다.

열기가 채워진 목소리에 심장이 떨어졌다. 깊고 푸른 눈을 마주하자 심장이 두근거렸다.

두근두근.

이 다음은…… 예상대로 곧장 루자크의 입술이 부딪쳐 왔다. 그가 부드럽게 그녀의 입술을 벌리곤, 한껏 빨아 마시기 시작했다.

집요하게 자신을 붙드는 묵직한 촉감. 엘리샤는 이제 키스가 무언지 조금 알 것 같았다.

천천히 그녀도 용기를 내어서 그를 자극하기 위해 움직였다. 그의 혀를 슬쩍 깨물고 가만가만 건드려 보았다.

그저 키스를 하는 것뿐인데도, 간밤에 그와 나누었던 일들이 떠올라서 엘리샤는 목까지 붉어진 상태였다.

얼굴을 꼭 붙잡고 있던 그의 손이 점차 허리로 내려왔다. 이제 심장은 쿵쿵 거세게 뛰었다.

이대로 가다가는 걷잡을 수 없을 것이다. 어젯밤의 상황이 반복되고 말 거라는 아찔한 예상이 머릿속에 그려지자, 엘리샤는 바들 떨었다가 입술을 뗐다.

입맞춤이 중단되자, 루자크는 왜 그러냐는 듯 그녀의 눈을 바라보았다.

그가 재차 입술을 겹쳐 왔다. 아까보다도 키스를 받아 주는 게 소극적으로 변하자, 루자크는 엘리샤의 목덜미를 쪽 소리가 나게 빨았다.

"흑."

너무 간지러워서 그만 엘리샤가 소리를 내자, 루자크가 짓궂게 웃으면서 말했다.

"대체 뭐가 그렇게 두려운 거지? 내가 또 안을까 봐?"

"……."

정곡을 찌른 그의 말에 엘리샤는 쉬이 대답하지 못했다. 차마 그렇다고 대답을 할 수가 없었다.

하지만 확실하게 의사표시를 해 두지 않으면 괜한 오해만 생긴다는 것을 알고 있었다. 엘리샤는 슬쩍 입술을 깨물었다가 말했다.

"루자크, 당신이 두려운 것은 아니지만 그게…… 나는 익숙하지 않으니까 조금만 배려해 주었으면 해요. 서서히 적응할 수 있도록 말이에요. 남자들이 욕구를 참기 어렵다는 걸 알고 있지만, 하루에 두 번은 무리라고요."

엘리샤의 똑 부러지는 말에 루자크는 하하, 낮게 웃음을 터뜨리고 말았다.

"알고 있어. 리샤가 날 감당하기 버겁다는 것. 하루에 두 번은 바라지도 않았어. 그 말인즉, 매일 하루에 한 번은 괜찮다는 거야?"

루자크가 그녀를 바라보면서 느른하게 웃자, 엘리샤는 아차 싶었다.

매일 하루에 한 번이라니, 그것도 가혹한 일이잖은가. 엘리샤는 도리질을 치면서 정정했다.

"……말이 그렇다는 거예요."

"알겠어. 당신을 위해서라면 참아야지. 하지만 키스는 상관없을 텐데?"

능글맞게 번지는 미소를 물고는 루자크가 입술을 쪽 맞췄다.

"그러니까, 거부하지 마."

그의 혀가 어느새 파고들어 와, 그녀를 자꾸 어딘가로 끌고 들어갔다. 말캉거리는 촉감은 자신이 사랑받고 있다는 만족감으로 온몸을 채웠다.

엘리샤는 두 눈을 감았다.

그의 말대로 키스뿐이라면, 상관없을 것 같았다. 몇 번의 키스 끝에 루자크가 입술을 열었다.

"엘리샤."

"네?"

"사랑해."

심장이 내려앉는 감각이 들면서 엘리샤는 미소를 머금었다.

"나도요, 루자크."

"정확히 듣고 싶은데."

"나도 사랑해요."

제 입술을 바라보던 루자크의 입가가 아이처럼 환하게 벌어
졌다. 엘리샤는 저렇듯 환하게 웃는 루자크를 처음 보는 것만 같
았다.

"그렇게 좋아요? 방금 그렇게 웃는 얼굴 처음 봤어요."

엘리샤의 말에 루자크는 민망한 표정을 지었다. 그제야 억지
로 벌어진 입을 다물려 했지만, 기쁜 낯은 감춘다고 감춰지지가
않았다.

엘리샤는 이 남자가 처음으로 귀엽다는 생각이 들었다.

"흠흠, 이제 티타임을 가질까? 아, 나에게 좋은 생각이 났어."

"어떤 생각이죠?"

"근처 호수에서 뱃놀이를 하고, 프티 로즈궁으로 가서 장미 향
기를 맡으며 애프터눈 티를 즐기는 거야."

"좋아요! 뱃놀이는 처음이에요."

엘리샤 역시 뱃놀이를 가자는 말에 흔쾌히 수락했다. 뱃놀이
는 수도의 귀족들도 자주 즐기는 놀이 중 하나였지만, 엘리샤는
그런 고급문화를 접할 기회가 없었다.

"그럼 반트에게 준비를 하라고 이르지. 엘리샤, 따뜻한 외투를 걸치도록 해. 오늘은 제법 볕이 좋긴 하지만."

"알겠어요."

루자크는 곧장 침대 옆줄을 당겨 시종을 불렀다. 30분이 채 지나지 않아서 모든 준비가 완료되었다.

루자크는 본성의 홀 앞에서 엘리샤가 내려오기만을 기다리고 있었다.

응접실에서 본성의 화랑을 구경하고 나오는 하객들이 공작을 보고는 공손하게 인사를 하고 지나갔다. 곧 엘리샤가 층계를 내려왔다.

그녀는 하늘색의 두꺼운 코트를 파란 드레스 위에 덧입고, 토끼털 목도리와 털모자, 장갑까지 끼고 있었다.

루자크가 엘리샤에게 다가가 에스코트를 하면서 말했다.

"만반의 준비를 했군. 잘했어. 감기에 걸리면 곤란해."

리나가 꼼꼼하게 단장을 해 주었음에도 루자크는 재차 엘리샤의 코트를 더욱 여며 주었다. 다정한 손길이었다.

그러나 엘리샤의 차림과는 다르게 공작은 단출하게 검은 코트만을 입었을 뿐이었다. 평상시에도 그는 아무리 추워도 두꺼운 옷차림을 하지 않았다.

"이렇게 나오실 줄 알았어요, 자요. 각하도 감기에 걸리시면 안 돼요."

엘리샤는 시녀에게 맡겨 두었던 검은색 목도리를 가져와서 그의 목에 둘러 주었다. 세심한 배려에 루자크는 감동한 얼굴이었다. 푸른 눈동자가 흔들렸다.

"고맙군. 언제 내 것까지 챙겼지?"

"어서 가요. 늦겠어요."

"그래."

두 사람을 멀찍이서 기다리던 반트가 다가왔다.

"마차로 모시겠습니다, 각하. 그리고 애프터눈 티는 프티 로즈궁으로 준비하겠습니다."

"알겠네."

"고마워요, 랜디어스 경."

"예, 두 분 잘 다녀오십시오."

두 사람을 태운 마차는 금세 내달려, 성문을 통과했다. 십여 분도 채 지나지 않아서 한적한 호숫가에 다다랐다. 본성의 바로 옆에 위치한 모양이었다.

"도착했습니다, 각하!"

마부의 외침에 엘리샤는 깜짝 놀랐다.

"이렇게 가까운 곳에 호수가 있었어요?"

"어디 호수뿐인가, 조금 더 달리면 강도 있고, 바다도 있는걸."

루자크는 대수롭지 않다는 투로 말했다. 하지만 수도에서 자란 엘리샤는 신기하기만 했다. 이렇듯 자연이 가까이 있으니 말이다.

시야를 가득 채우는 호숫가는 맑고 푸르렀다.

가슴이 트이는 듯해서 기분까지 상쾌해졌다. 엘리샤는 루자크를 돌아보았다. 그는 마부와 뱃사공과 이야기를 나누고 있었다.

저 멀리 눈 쌓인 산맥이 보여서 아름다웠다.

"엘리샤, 이리 와요."

자신을 부르는 목소리에 고개를 돌려 바라보니, 배를 탈 준비가 다 된 것 같았다.

길고 날렵하게 빠진 배였다. 선체는 온통 미색으로 칠해져 있었다.

먼저 배 안에 올라타 있던 루자크가 손을 내밀었다. 엘리샤는 두근거리며 그의 손을 꼭 잡았다. 이 손을 잡으면 어디를 가든 그를 믿고 따라갈 수 있을 것 같았다.

배는 두세 명이 족히 탈 수 있을 만한 크기였다.

배에 오르자마자 살짝 기우뚱하는 느낌에 엘리샤의 얼굴이 새하얗게 변했지만, 루자크는 그녀를 단단히 붙잡았다.

"천천히 앉으면 돼."

"응, 알았어요."

엘리샤는 차분하게 마음을 가다듬고는 자리를 잡고 앉았다. 서로를 마주 보면서 앉자, 루자크가 양 손으로 노를 젓기 시작했다. 그 모습이 매우 능숙해 보였다. 소매를 살짝 걷은 팔뚝이 단단했다.

느릿하게 움직였지만 배는 금세 호수 가운데 떠 있었다. 햇살이 반짝이는 통에 추위도 잊을 만큼 한가롭고 평온한 기분이 들었다.

엘리샤의 입가에는 내내 미소가 번졌다.

"기분이 너무 좋아요."

"나도 굉장히 좋군."

힘껏 노를 젓던 루자크는 힘든 기색도 없었다.

"루자크는 자주 즐겼던 것 아니에요? 노 젓는 솜씨가 보통이 아닌데요?"

"그런가. 나도 처음인데."

"정말요?"

"응. 저런 걸 왜 하는가 싶은 것들 중 하나였어. 뱃놀이나 댄스, 피크닉 같은 아주 시시콜콜한 것들. 시간 넘치는 한심한 족속들이나 즐긴다고 생각했지."

그의 말에 엘리샤가 흐드러지게 웃었다.

"맞아요. 저도 그런 생각 했었어요. 제가 누리지 못하는 거라서 부러웠나 봐요."

엘리샤는 메이플 성에서의 시절을 회상하면서 씁쓸하게 웃었다. 테본에 오기 전 그녀의 삶에서 여유나 놀이 따위의 단어는 눈 씻고 찾을래야 찾을 수가 없는 말들이었다.

시녀들보다도 더한 노동에, 가족들의 무관심과 천대뿐이었으니.

그녀의 기분이 다소 침울해졌다는 걸 알아차렸는지 루자크가 말했다.

"이제부터라도 알았으니 자주 가졌으면 해. 이런 여유, 이런 시간들."

어쩐지 그 말이 엘리샤는 눈물 나게 고마웠다. 그는 무덤덤하게 던졌지만, 자신을 위로하고 있었다. 엘리샤는 애써 밝게 웃었다.

"꼭 그러도록 해요, 루자크."

아름다운 호수처럼 마음에 일렁이는 작은 물결들. 이 사람과 함께라서, 이 사람과 결혼해서 참 다행이었다. 테본에 오기 전까지만 해도 두려운 것투성이였는데, 이제 루자크가 없는 삶은 생각할 수 없을 정도였다. 그렇게 그는 제 안에서 커다란 존재가 되어 가고 있었다.

엘리샤는 자신을 향하는 푸른 눈동자를 가만히 바라보았다. 그의 눈을 보는 건 호수를 바라보는 것보다도 더 기분이 좋아지는 일이었다.

청명하고, 말간 빛이 가득한 눈, 어쩜 저렇게 푸를까.

"근데 엘리샤. 한 가지 궁금한 게 있는데."

루자크가 진지한 얼굴로 말하자 엘리샤는 귀를 기울였다.

"당신은 언제부터 그렇게 예뻤지?"

"네에? 푸홋, 그게 뭐예요? 진지한 얼굴이라 긴장했잖아요."

"내 딴에는 진지하게 묻는 건데."

"각하도 참."

엘리샤가 더욱 웃음을 터뜨리자 둘은 함께 마주 보면서 웃었다. 나직한 웃음소리가 고요한 호숫가로 퍼졌다.

뱃놀이를 마치고, 프티 로즈궁으로 이동한 두 사람은 아늑한 소파에 나란히 몸을 기댔다.

그곳에서 두 사람을 기다리고 있던 반트가 티 테이블로 안내했다.

"뱃놀이는 즐거우셨습니까?"

반트의 물음에 루자크보다 엘리샤가 먼저 답했다.

"네, 너무너무 좋았어요. 자주 갈 것 같아요. 반트도 이다음에 한번 다녀오도록 하세요."

마님의 말을 듣고 있던 반트는 흐뭇한 표정을 짓다가 뒷말에서 다소 안색이 굳어졌다.

"마님께서 아주 만족하신 모양이라 기쁘군요. 저는 괜찮습니다. 혼자 즐기기에 과한 여흥입니다."

"……그녀랑 같이 가면 되잖아요."

"그녀라니요."

"리나 말이에요. 두 사람 나잇대도 비슷하니까, 자주 어울리면 좋잖아요."

엘리샤의 살가운 말에 반트가 안경을 힘껏 밀어 올렸다. 덕분에 그의 차가운 인상이 더욱 또렷해졌다.

"체임버러 양이라. 시원시원한 성격에 미인이고 그녀가 훨씬 아까운데?"

루자크가 말을 보태자, 반트의 눈은 어느새 세모꼴이 되어 있었다. 콱 그냥 신혼이고 뭐고, 처리할 일들을 다시 상기시켜 주고 싶은 충동이 들었지만 꾹 참고 그는 입을 열었다.

"……그건 제게 하실 말씀은 아닌 것 같습니다만, 각하. 아무튼 차가 식겠습니다. 어서 드십시오."

한껏 차려져 있는 티 테이블을 본 엘리샤는 감탄했다.

밀크티가 담긴 새하얀 티 포트(Tea Pot)와 찻잔들, 이어서 들어온 3단 트레이에는 보기만 해도 먹음직스러운 베이커리들로 풍성했다.

1단에는 닭 가슴살 샌드위치, 2단에는 노릇노릇한 스콘과 잼, 생크림이 있었고 3단에는 달콤한 케이크와 쿠키가 미각을 자극했다.

"너무 예뻐요."

"뱃놀이를 하고 나시면 시장하실 것 같아서 민스첼에게 주문했습니다."

간단하게 대답한 반트는 두 사람이 자리에 앉자, 쪼로록 차를 따라 주었다.

"최상품의 찻잎으로 우려낸 밀크티입니다."

"고마워요, 랜디어스 경. 잘 먹을게요."

"자네가 우려낸 차는 언제나 최고지."

두 사람은 그를 칭찬하면서 티타임을 즐겼다. 왠지 경건한 마음가짐으로 즐겨야 할 것만 같은 훌륭한 티 테이블이었다.

시간이 훌쩍 지나갔다. 저녁이 되자, 루자크는 넌지시 엘리샤의 표정을 살폈다. 오늘 밤도 당연히 함께 보내겠지, 하는 생각으로 혹시나 하고 그가 물었다.

"엘리샤, 오늘은 몇 시쯤 잘 계획이지?"

"아, 오늘은 조금 늦게 잘 것 같아요."

"뭔가 할 일이라도 있는 거요? 그렇다면 나도 일을 좀 하다가 침실로 가지."

조마조마한 눈빛으로 루자크가 빠르게 물었다. 그러자 엘리샤가 우물쭈물하다가 말했다.

"아뇨, 기다리지 마세요. 실은…… 오늘 저녁은 멜드레 선생님과 시간을 보내고 싶은데 괜찮지요?"

"저녁 식사 약속인가?"

"음……."

"함께 들지 그럼. 당신 이야기를 듣고 싶으니까."

"아뇨, 저녁을 먹기에는 지금 너무 배부르게 먹었어요."

"그럼?"

"오늘은 멜드레 선생님과 잘게요."

"뭐?"

루자크의 얼굴이 급격하게 굳자, 엘리샤가 물었다.

"그래도 괜찮겠죠? 너무 오랜만에 만났어요. 하고 싶은 이야기가 아주 많거든요."

"……물론이지. 그렇게 하도록."

루자크가 아무렇지 않은 듯 싱긋 웃어서, 엘리샤는 그의 기분이 상했다는 것도 모른 채 그를 폭 껴안으면서 말했다.

"오늘 너무너무 즐거웠어요, 루자크!"

"나도 즐거웠어."

웃으며 엘리샤의 등을 토닥거렸지만 루자크는 계획대로 되지 않은 상황이 마음에 들지 않았다.

*   *   *

루자크는 신혼이 한창인데 오늘밤은 홀로 보내야 한다는 사실이 믿기지가 않았다.

마치 보기 좋게 차인 기분이었다.

자신은 너그러운 남자가 아니지만, 그렇다고 그녀의 기대를 저버릴 수 없었다.

뱃놀이에 티타임까지 완벽한 시간을 보냈는데도 엘리샤가 없다는 것 하나로 루자크는 기분이 푹 꺼진 것만 같았다.

"와인이나 할까. 아니면 땀이라도 흘릴까."

어느 쪽이든 안돌프와 보내는 시간이다. 물론 그는 충직하고 믿음직스러웠지만 제 아내인 엘리샤에 비할 바는 아니었다.

"……젠장."

보고 있어도 보고 싶고, 곁에 있어도 그립다. 매일 매시간 함께 붙어 있어도 모자란 것을. 잠시만 떨어져도, 아니 그녀가 다른 생각을 품고만 있어도 서운해진다.

이건 비정상이라도 된 것만 같은 기분이었다.

더 이상 스스로가 아닌 것 같았다.

너무나도 많이 변해 버렸다. 루자크 드 펜블렌이 이런 고민을 하게 될 줄 누가 알았나.

그럼에도, 이런 고민을 하고 있는 이 순간에도 루자크는 엘리샤의 생각부터 떠올랐다.

자신의 인내심이 더욱 짧아지는 것 같았다.

어젯밤 고통스러워하던 엘리샤를 생각하면 제 마음이 찢어지는 것 같다가도, 그녀를 보듬을 때면 불쑥 욕망이 솟구쳤다.

그녀를 위해서 참고 또 참자.

그리 결심해 보지만, 키스라도 나누는 순간에는 파도가 지나간 모래성처럼 굳은 결심들이 단번에 무너졌다.

"미치겠군. 아주 볼만해."

애가 닳고 닳아서 이미 없어진 상태다.

그래도 키스로 그쳤던 예전과는 달랐다.

그녀가 아직 견디기 힘들어했지만, 사랑을 나눌 수 있었으니까. 엘리샤를 품에 넣었을 때 느꼈던 그 황홀한 감각만 생각하면 그는 아직도 가슴이 쿵쿵 울리고 짜릿해졌다.

그의 현재 감정 상태를 병으로 치자면 이건 정말 심각한 수준이다.

*   *   *

어느덧 피로연도 모두 끝나고, 그들이 결혼을 한 지도 보름이란 시간이 흘렀다.

멜드레 선생님과 하룻밤을 보낸 이후부터 엘리샤는 하루도 빠짐없이 루자크와 함께 잠들어야 했다. 다음날 아침 그는 엘리샤가 없으니 하룻밤도 자지 못했다고 실토했던 터였다.

"그러니까 당신이 날 재워 줘야 해."

"……휴, 알겠어요."

게다가 그는 이틀에 한 번씩은 함께 잠자리에 들기를 원했다.

물론 사랑을 나누지 않는 날에도 자신의 팔베개를 베고 잠들어야 한다는 조건도 덧붙였다.

엘리샤는 아직도 자신이 공작 부인이 되었다는 사실이 믿기지 않았다. 그녀는 커다란 깃털이 달린 모자를 착용하고, 거울 앞에서 미소를 지어 보았다.

거울 속에는 우아함과 성숙함이 느껴지지는 않아도 어여쁘고 사랑스러운 소녀가 들어 있었다.

오늘은 혼자서 프티 로즈궁으로 나설 참이었다.

그녀와 마주치는 사용인들마다 모두 얼굴이 밝아서 엘리샤의 기분도 더욱 좋아졌다.

뭐랄까.

그녀를 대하는 그들의 태도도 이전보다 공손했고, 무엇보다도 결혼식을 하고 나니 그들도 더욱 안정되어 보인다고 해야 할까?

왠지 공작 부인으로서 인정을 받는 것 같아서 약간 뿌듯한 마음도 들었다.

층계를 내려가던 엘리샤는 낯익은 주홍빛 머리카락과 마주쳤다.

"콜린 자작님? 오랜만이에요!"

결혼식 피로연 이후 그는 테본의 시내에 낼 오트쿠튀르 준비로 분주하다고 들었다. 엘리샤의 반가운 인사에도 콜린은 시니컬한 말투로 말했다.

"공작 부인을 뵙습니다."

"둘이 있을 때는 편하게 부르시라니까요."

"……그랬다간 오해받기 십상일 겁니다. 아니면 제가 막대하는 게 좋으십니까? 그 하녀 근성은 여전하시군요."

"존댓말로 비난받으니까 뭔가 더 모욕적인데요, 콜린?"

엘리샤가 제 이름을 부르자, 콜린의 눈이 가늘어졌다.

"예, 무슨 볼일이십니까?"

"……으음. 아뇨, 그저 콜린을 성에서 다시 만나니 반가워서요. 그나저나 오트쿠튀르 준비는 잘되어 가고 있나요?"

"공작 각하께서 지원해 주신 탓에 수월합니다. 그나저나 부인께서는 재봉이 아닌 쪽으로는 영…… 벌써 잊으신 겁니까. 제가 부인의 가정교사를 맡게 되었다는 것 말입니다. 이제 매일 보겠군요."

"……네? 잠깐만. 콜린이 본성에서 지낸다는 말이에요? 테본의 시내에서 지내실 줄 알았어요!"

"저 역시 그러려고 했습니다만, 수많은 사용인들과 여러 편의 시설을 두루 갖춘 블랙 윈터 성의 풍요로운 생활환경을 무시할 수는 없더군요. 제 취향 아시지 않습니까. 솔직히 이럴 때가 아니면 제가 언제 이렇게 큰 성에서 지내보겠습니까."

"아아. 그렇긴 하지요. 콜린이 까탈스러운 건 만인이 아니까요."

의외의 반격에 콜린이 눈을 가늘게 떴다.

"제법이십니다."

"농담이었어요. 그럼 언제부터 재봉 수업을 들을 수 있을까요?"

"저도 제 개인 생활이 있으니, 일주일에 두 번 정도가 적당하겠습니다."

"와, 정말이죠? 좋아요."

엘리샤가 환하게 생긋 웃자, 콜린이 못마땅하다는 듯 말했다.

"각오하시는 게 좋을 겁니다. 수업 중에는 신랄하게 비판해 줄 테니까."

"그건 제가 바라던 바에요, 콜린 선생님."

콜린의 날카로운 말에도 엘리샤는 웃으면서 대답했다.

*　　*　　*

"누구 마음대로 벌써 수업을 시작하지?"

그의 말에 찻잔을 감아올린 가느다란 손가락이 멈췄다.

"……그치만 콜린을 데려오신 건 바로 루자크 당신이라고요."

"그건 알고 있어. 그런데 이렇게 급하게 시작할 건 없지. 우리가 결혼한 걸 잊은 건 아니겠지?"

루자크는 엘리샤가 프티 로즈궁에서 티타임을 즐기고 있다는 소식을 듣고 한달음에 달려왔다. 그런데 기껏 들은 첫 마디가 이번 주부터 재봉 수업을 시작한다는 소식이었다.

이제 한창 달콤한 신혼을 즐길 때인데 저 아가씨는 자신을 버려두고 재봉에 빠질 생각을 하다니, 서운함이 삐쭉 솟을 수밖에 없었다.

물론 그녀의 일을 지지하고 존중하지만, 그건 차차 해도 되는 일이었다.

이제야 신혼이란 단꿈에 젖어 보나 했는데…… 자신 역시 바쁘기로 따지면 엘노아 제국의 황제에 버금가는 몸이었다.

엘리샤가 찻잔을 붙잡았던 손을 내밀어 루자크의 손 위에 올렸다.

"루자크. 재봉 수업을 듣는다고 해서 우리가 함께하는 시간이 줄어들거나 하는 일은 결코 없을 거예요."

"아니. 내 생각은 조금 다른데……."

루자크는 지난 며칠을 회상했다.

첫날밤 이후, 그는 이틀에 한 번씩은 엘리샤와 함께 잠자리를 갖기 원했으나 엘리샤는 '피곤하다.', '옷을 만들어야 한다.'와 같은 핑계를 대면서 빨리 잠들어 버렸다.

그때 루자크는 직감했다.

엘리샤가 여전히 자신과의 밤을 버거워하고 있다는 것.

물론 그녀가 처음이니만큼, 그도 강하게 밀어붙이지는 못했다. 배려하고 양보했다.

하지만 재봉 수업을 벌써부터 시작한다라. 그는 콜린의 오트 쿠튀르가 테본에서 성공적으로 자리를 잡게 하기 위해서 일찍 데려온 것이지, 신혼을 방해하라고 미리 데려온 것은 아니었다.

그렇지만 솔직히 말하면 반대할 명목은 없었다. 재봉 수업을 듣는 시간이라고 해 봐야 몇 시간 되지 않을 것이다. 괜히 반대해서 속 좁다는 인상을 줄 필요는 없었다.

"좋아. 엘리샤, 기왕 시작하기로 한 것 수업을 듣도록 해."

"당신이 이해해 줄 줄 알았어요. 고마워요, 루자크."

엘리샤가 웃으면서 그의 품에 안겼다. 루자크는 그런 그녀의 뺨을 어루만지면서 말했다.

"대신에 조건이 있어."

"조건?"

"앞으로는 밤새워서 과제를 한다거나, 옷을 만드는 건 자제해 주었으면 해."

"네에? 하지만 그건……."

엘리샤에게는 청천벽력 같은 말이었다. 밤마다 그녀는 테일러 키트를 사용해서 옷을 만들었던 터였다.

"그 시간에는 내 곁에 당신이 있어 주었음 해. 옷은 다른 시간에 만들면 될 거라고 보는데. 밤낮으로 당신을 빼앗기고 싶지 않아."

그는 이미 엘리샤에게 이기적이라고 욕먹을 각오까지 한 상태였다.

"루자크, 하지만 이따금씩 내가 밤에 옷을 만들 수밖에 없다는 거 잘 알고 있잖아요."

"마법 도구로 옷을 만드는 것 때문이라면, 사용인들에게 아무도 들어오지 말라고 명을 내리면 돼. 나 말고 당신 방문을 벌컥벌컥 열어젖힐 사람은 아무도 없으니까."

아, 그럼 되겠구나. 루자크의 말을 듣던 엘리샤가 혼잣말 후에 고개를 끄덕이며 말했다.

"당신 말이 맞아요. 내가 좀 예민했나 봐요."

"그래, 당신이 걱정할 것은 아무것도 없어."

루자크는 엘리샤를 제 품 안에 넣고는 오래도록 토닥였다.

＊　　＊　　＊

한적한 나날은 불과 한 달도 채 가지 않았다. 언제 그랬냐는 듯이 공작이 쉴 틈 없이 바빠지기 시작했던 터였다. 때문에 신혼 생활을 오롯이 즐기고자 했던 그의 의지와는 다르게, 그는 요 며칠 사이 엘리샤의 얼굴조차 제대로 보지 못했다.

그동안 밀린 행정 처리를 하느라 몸이 열 개라도 모자랄 판이었다. 주군이 결혼을 했다고 다소 해이해진 봉신들의 기강을 굳세게 잡아 놓을 필요성도 있었다.

몰아치듯 회의를 마치고 나면 영지 시찰이 그를 기다렸고, 그걸 해치우고 나면 산더미 같은 서류가 정무실에 굴러다녔다.

밤늦은 시간이 되어서야 침실에 쓰러지듯 도착한 그는 그제 야 잠든 그녀의 얼굴을 살짝 볼 수 있을 뿐이었다. 그럴 때면 그를 기다리다가 지쳐서 잠이 든 엘리샤는 그에게 폭 안기며 고단한 하루를 날리는 입맞춤을 해 주었다.

어떤 날은 아예 새벽에 들어가, 말 한 번도 못 붙이는 날도 있었다.

내심 루자크는 그녀에게 미안한 마음뿐이었다. 그러나 그녀를 사랑하는 만큼 테본 영지를 보살피는 일은 소홀히 할 수 없었다.

오늘도 밤늦게 침실로 도착한 루자크는 자고 있을 엘리샤를 위해서 조심스레 들어왔다. 하늘색 침대에서 자고 있는 제 아내를 사랑스럽게 내려다본 루자크는 살금살금 침대 시트 안으로 들어갔다.

파스락거리는 솜이불 소리에 잠시 멈칫했으나 안정적으로 침대에 눕자, 한숨이 절로 터졌다.

자신 쪽을 향해 옆으로 누운 그녀에게서 달큰한 숨결이 간헐적으로 느껴졌다.

루자크는 어둠 속에서 미소를 지었다.

피곤했던 하루였지만 이렇게 함께 누워 있는 지금만큼은 다른 일은 전부 잊어버릴 수 있었다.

배 아래로 내려온 이불을 그녀의 목이 있는 곳까지 덮어 주자, 느닷없이 가느다란 팔이 자신의 몸을 감싸 안았다. 잠결에 엘리샤가 한 행동임을 잘 알지만 가슴이 두근거리는 건 어쩔 수 없었다.

그러고 보니, 입술을 맞추고 살결을 비빈 것도 벌써 며칠 전일. 한창 서로 꼭 붙어 있어야 할 신혼인데, 루자크는 안타깝기만 했다. 자신이야 외로움을 모를 만큼 정신없이 업무를 처리하면서 하루를 보냈지만 엘리샤는 그렇지 않을지도 몰랐다.

―마님께서 요즘 부쩍 테본의 다른 귀족 영애와 부인들 이야기를 자주 꺼내시는 것 같습니다.

어제 반트가 말할 때는 그냥 '그렇군.' 하고 슥 지나쳤는데 돌이켜 생각해 보니, 그녀는 이 테본 지역에 아는 이라곤 자신밖에 없었다.

군이 더 보태자면 이 본성의 사용인들, 그리고 재봉 선생 콜린이 있겠지. 그를 제외하면 엘리샤가 친분을 나눌 만한 지인이 없었다.

내일은 짬을 내어서 그녀와 사교를 나눌 만한 이들의 명단을 작성하고 모임에 참가하는 것을 도우라고 명을 내려야겠다.

그날 결혼식의 분위기를 봤을 때 분명 테본의 사교계는 여왕의 탄생을 기다리고 있었다.

물론 루자크는 시끄러운 사교계에 대해서 긍정적이지는 않지만, 엘리샤의 재봉 능력을 펼치는 가장 좋은 무대가 바로 그것임에는 부정할 수 없었다.

테본 영지의 예술, 문화의 교류와 발전 따위의 이점도 있었다.

다만 한 가지 조금 걸리는 것은 아직까지도 현 사교계에 많은 영향을 끼치는 존재가 바로 카일리 후작 부인이라는 사실이었다. 그리고 그녀가 엘리샤에게 절대로 호의적이지 않을 거라는 것도.

루자크가 이런저런 분주한 생각을 하고 있을 때쯤이었다. 잠든 줄로만 알았던 엘리샤가 그의 이름을 불렀다.

"……루자크."

"응? 이런, 나 때문에 잠에서 깼군."

"아니에요. 오늘은 잠이 오지 않았거든요."

"왜지?"

"당신이 걱정되어서요. 하루에 네다섯 시간도 못 자면서 일하고 계시잖아요."

엘리샤의 걱정 어린 목소리에 루자크는 살포시 웃으면서 말했다.

"이 정도야 끄떡없지. 그래도 이렇게 깨어 있는 리샤를 보니까 좋은걸."

"일부러 자는 척 기다렸어요."

"그랬군."

앙큼하게도 그랬단 말이지. 루자크는 내심 기분이 좋았다.

쪽.

촉촉한 것이 입술에 와 닿았다가 멀어졌다.

"오늘은 내가 먼저."

엘리샤가 그렇게 말하면서 그의 가슴에 얼굴을 기댔다.

"……하려면 제대로 해."

루자크가 상체를 일으키곤 그녀를 내려다보았다.

방금 그걸로는 성에 차지도 않는다. 아이 장난 같은 뽀뽀 대신에 그는 깊게 키스하기 시작했다.

곧장 마주 닿는 말캉한 혀가 미끄러진다. 과실에서 나는 것처럼 달콤한 타액이 제 목구멍으로 끝없이 넘어갔다. 그제야 갈증이 좀 가시는 것 같았다.

이 느낌이 못내 반가웠다.

갈수록 야릇해지는 몸은 열기를 띠었다. 루자크는 욕망이 그 득한 눈으로 엘리샤를 더듬었다. 할 수만 있다면 제 몸에 단단히 옭아매고 싶었다.

키스를 나누면서 확장되어 가던 욕망 어린 손길이 움직였다. 그녀의 곧은 등을 쓸어내리듯 매만지면서 서둘러 단추를 풀었 다.

단추를 서너 개 풀자, 얇은 슈미즈 드레스의 앞섶은 쉽게 젖혀 졌다. 이내 고이 드러난 봉긋한 가슴은 눈이 시릴 정도로 하얗 다.

루자크가 엘리샤의 가슴을 부드럽게 어루만졌다. 엘리샤 역 시 거부하지 않았다. 보드라운 감촉에 손이 사르르 녹아내릴 것 같았다.

보라색 눈동자가 살짝 풀려 갔다.

"……으응!"

마치 배를 만져 주면 기분이 좋아서 갸르릉거리는 고양이 같 다.

루자크는 더 이상 참지 못하고, 엘리샤의 가슴 끝을 살살 자극 했다. 살짝 베어 물면, 말캉거리는 과일 푸딩처럼 톡 터질 것만 같았다.

그는 아직도 망설이고 있었다. 하고 나면 엘리샤는 또 고통에 찬 얼굴을 하고 있을 테니까.

여기까지만, 아니 조금만 더.

그의 내면의 세계에서는 수도 없이 갈등이 오갔다.

그런 갈등을 깨부수는 일이 곧 일어났다.

"……."

그의 목이 훅 잡아당겨졌다.

"리샤?"

엘리샤는 말없이 그에게 시선을 고정한 채, 손으로 그의 셔츠를 벗겨 내려갔다. 루자크가 그 손을 살짝 붙잡아 멈추게 만들었다. 이 아가씨는 오늘 왜 이렇게 용감할까? 오늘 자신을 건드리면, 감당하기 힘들 텐데…….

그동안 참고 참았던 욕망을 모두 분출해 버릴 텐데?

"……감당, 할 수 있겠어?"

루자크의 눈꼬리가 가늘어졌다. 그 말에는 많은 뜻이 내포되어 있었다. 한번 시작하면 멈추지 않겠다는 뜻이었고, 아무리 고통에 찬 신음을 흘려도 봐주지 않겠다는 뜻이었다.

꾹 다물고 있던 엘리샤의 입술이 이내 열렸다. 선홍빛 입술은 통째로 깨물고 싶을 정도로 매혹적이다.

"감당, 해 보려고요."

"……좋아. 그렇다면 받아들이지."

*   *   *

"아훗!"

침대 위에서의 공작이 평상시와 다르다는 건 익히 알았지만 오늘은 유달리 그러했다.

실전에 돌입하자 그는 상냥하지도, 친절하지도 않았다.

오로지 욕망에 눈이 먼 사내가 되어서 그녀를 벼랑으로 내몰고 있었다.

엘리샤는 그제야 깨달았다.

이 남자의 진짜 본성은 이것이라고.

"……흑."

엘리샤는 양손으로 침대 시트를 붙잡아 당기면서 신음을 삼켰다. 그럼에도 잇새로 소리가 흘러나오는 건 어쩔 수 없었다.

생각보다 더 고약한 통증이 하복부를 관통했다. 사납게 질주하는 준마처럼 그는 단단한 몸을 움직였다.

벌써 두 번째…….

이미 체력이 고갈한 엘리샤는 그를 받아들이기 위해서 이를 악물었다. 이제 허리는 물론이고, 허벅지까지 저려 오는 수준이었다.

그의 밤 스킬은 접하면 접할수록 현란하고도 놀라워서, 엘리샤는 정신이 몽롱해져 눈을 끔벅였다. 전신이 짜릿하면서도 아득해지는 느낌에 발바닥까지 전기가 통하는 것 같았다.

"……벌써 정신을 잃으면 곤란해."

그가 어느새 축 늘어진 엘리샤에게 키스했고, 귓불을 훑으며 속삭였다. 꼭 붙어 엉켜 있는 나신에서는 끊임없는 열기가 피어올랐다.

"……루자크, 아!"

엘리샤가 몇 번이고 하느작거리자 루자크는 그제야 만족한 미소를 지으면서 절정으로 향했다.

"아, 정말이지 당신 몸은, 환장하겠군."

그의 탄탄한 가슴을 타고 흐른 땀방울이 엘리샤의 가슴에 톡 떨어지자, 그가 혀로 핥았다.

뜨겁게 전해지는 기운에 엘리샤는 숨을 몰아쉬었다.

이제 끝났다.

새로 태어나는 느낌이 이러할까? 이 남자라면 무엇이든 용서할 수 있을 것 같았다. 무엇이든.

엘리샤의 입술이 달싹였다.

"루자크……."

"응, 리샤."

그런 그녀를 가만 끌어안으면서 그는 나른한 표정으로 누워 웅얼거렸다.

"……사랑해. 나는 당신과 지금 이 시간을 함께하려고 태어난 것 같아."

엘리샤가 그를 바라보았다. 이제는 웃을 기운조차 없어서 희미하게 미소를 지었다.

약속했다는 듯 두 사람이 얼굴을 맞댔다.

그러곤 느릿하게 서로의 입술을 찾아, 숨결을 마신다.

오롯이 서로만으로 채워지는 시간.

새벽 별이 가장 빛나는 이 시간, 두 사람은 서로의 품 안에서 지쳐 잠이 들었다.

메이플 성.

한가로운 오후였다.

레오나드 백작이 모임을 나간 터라 성안은 더욱 조용했다. 푹신한 벨벳 침대에 나란히 드러누운 모녀의 손톱을 어린 시녀 둘이서 정성을 다해 손질하고 있었다.

소피아의 손톱 위에는 금가루가, 코넬리아의 손톱 위에는 곱게 빻은 루비가루가 올라갔다.

소피아가 딸을 돌아보면서 붉게 칠한 입술을 열었다.

"애, 코넬리아. 오늘은 오트쿠튀르에 드레스를 맞추러 갈까? 선샤인 거리에 있는 콜린 자작의 가게가 인기가 많다는구나."

소피아의 말에 코넬리아는 안타깝다는 듯 대꾸했다.

"아, 거긴 안 돼요. 요즘 콜린 자작이 자리를 비우고, 테본 지역으로 갔다고 하던걸요? 안 그래도 늘 바빠서 제작을 의뢰하기가 힘든데 더 힘들어졌다고 요즘 말들이 아주 많아요. 글쎄, 어떤 영애는 의뢰를 하기 위해서 두 달째 기다리고 있대요."

"쯧, 그러니? 아니 그냥 돈을 찔러 넣을 것이지. 그러면 득달같이 달려들어서 먼저 만들어 줄 텐데 말이야. 미련하기는……."

"콜린 자작은 뒷돈을 안 받기로 유명해서 그럴 수가 없어요. 아무리 지체 높은 귀족이라도 봐주지 않는다고 하던걸요. 저도 저번에 의뢰하려고 줄 섰다가, 취소했어요."

"허, 그놈 참 시건방지구나. 그건 그렇고 그럼 어디로 가지?"

"요즘 마샬이라는 재봉사가 인기 있대요. 그를 불러 봐요, 어머니. 마침 입을 옷이 하나도 없어요. 이러다가는 황태자 전하께서 초대하셔도 갈 수가 없겠는걸요."

"아가, 그러니 미리 준비를 해야지. 그런데 황태자 전하께서 너를 무척이나 눈여겨보셨다고?"

소피아가 흐뭇한 얼굴로 묻자, 코넬리아는 마냥 싱글벙글 웃으면서 고개를 주억거렸다.

"당연하죠. 전하께서 저만 바라보신다니까요. 분명 저한테 푹 빠지신 게 틀림없어요."

"옳지, 잘하고 있구나."

코넬리아의 말에 딸을 보는 소피아의 눈빛이 더욱 부드러워졌다. 그때였다. 시종 하나가 다급히 문을 열고 들어왔다.

"마님, 아가씨! 펜블렌 공작이 이미 결혼식을 올렸다 합니다."

"……뭐라고?"

"지난 주말 블랙 윈터 성에서 황태자 전하와 테본 지역 귀족들이 참석한 가운데 결혼식이 열렸다 합니다."

시종에게 말을 전해들은 소피아와 코넬리아는 기가 찬 얼굴이었다.

"아니, 우리에게는 한 마디 말도 없이?"

"어머니. 그것 좀 보세요. 엘리샤 계집애가 나날이 막 나간다니까요? 그나저나 황태자 전하께서 오시는데도 나를 안 부르다니, 일부러 그런 게 틀림없어요!"

코넬리아의 말에 소피아가 표독스러운 눈빛으로 엘리샤를 떠올렸다.

고 발칙한 년이 감히 가문에 알리지 않은 채 결혼식을 치렀다는 이야기였다. 물론 그들의 결혼을 축복해 주고 싶은 마음은 눈곱만큼도 없지만, 황태자와의 차후 미래를 위해서라면 참석하는 것이 당연지사였다.

짜증이 솟구친 소피아는 돌연 그 소식을 가져온 시종의 얼굴을 노려보았다.

짜악!

적잖은 덩치임에도 시종은 주인마님의 따귀에 몸을 주춤했다.

"그걸 왜 이제야 알아 온 것이냐?"

"죄, 죄송합니다. 테본과 수도가 거리가 있다 보니……."

"멍청한 놈. 테본이 멀리 있으니까 네놈더러 이 일을 시킨 것이 아니냐! 꼴도 보기 싫으니 썩 꺼져."

시종이 부은 뺨을 붙잡고 물러가자, 소피아는 깡마른 팔목을 가볍게 풀었다.

"이건 우리 루비츠가를 무시한 것과 다름이 없는 일이구나. 이대로 가만히 있을 수는 없지."

"맞아요. 그런데 어떻게 해야 하죠? 이미 결혼식도 끝났잖아요. 게다가 상대는 공작인걸요."

"코넬리아. 아버지가 돌아오시걸랑 당장 이 소식을 전하렴. 그리고 테본으로 가자꾸나. 엄연히 우리 루비츠가가 지켜보고 있다는 것을 펜블렌가에 알릴 필요가 있겠어."

"맞아요. 가서 본때를 보여 주어야 해요."

제 어머니의 말에 코넬리아도 맞장구를 쳤다. 펜블렌가로부터 결혼 선물로 받은 금화와 보석 상자도 이제 슬슬 바닥을 보이고 있었다.

레오나드 백작은 미래의 황태자비를 위한 투자라는 명목으로 그 재물은 온전히 코넬리아와 소피아의 사치를 위해서 쓰는 것을 허락했다.

'펜블렌가 정도의 재력이라면, 지난번의 두 배를 주지 않을까?'

두 모녀는 같은 생각을 했는지 의뭉스럽게 웃었다.

* * *

골드 메어릿 차를 우려내던 반트의 손끝이 잠시 멈추었다. 아침부터 그의 머릿속을 채우는 일이 한 가지 있었다.

　─엘리샤의 첫 사교 진출을 돕도록 해. 흠집 하나 없이 그녀가 사교계에서 자리를 잡았으면 하는군.

그것이 바로 주군으로부터 떨어진 명령이었다.

물을 머금은 메어릿이 노란 꽃잎을 활짝 펼쳤다. 첫 번째 피운 꽃은 마님께 가져다드렸고, 두 번째 꽃은…….

"어라, 랜디어스 경께서 저를 불러 놓고 차를 타고 있는 광경은 처음 보는데요?"

생기 넘치는 목소리가 들려오자 반트가 슬그머니 그녀를 바라보았다. 어깨 위에서 찰랑거리는 녹색 머리카락과 늘씬한 몸매는 오늘도 보기 좋았다.

'잠깐, 내가 지금 무슨 생각을 하는…….'

반트는 안경을 밀어 올리고는 최대한 사무적으로 말했다.

"왔군요. 체임버러 양의 견해를 구하고 싶어서 말이오."

"흐응, 일단 이야기나 들어 보죠."

리나가 팔짱을 슥 끼고는 테이블 앞에 앉았다. 그녀 앞에 반트가 찻잔을 내려놓았다.

그러자 그녀의 새카만 눈동자가 반짝였다.

"어머나?"

"골드 메어릿으로 우려낸 꽃차입니다."

"이런, 제게는 너무 값비싼 차인데요? 대체 무슨 이야길 꺼내시려고?"

반트를 슬쩍 살피던 리나는 일단 천천히 음미하듯 한 모금을 마셨다. 이 차를 마시니, 자신이 귀부인이라도 된 것 같았다.

리나의 입꼬리가 올라가 있는 것을 확인한 반트가 이야기를 시작했다. 아마 이 여자도 좋아할 만한 이야기일 터였다. 그리고 자신보다도 그녀가 훨씬 더 잘해 낼 일임이 틀림없다.

"마님의 사교계 진출을 지원하라는 각하의 명이 떨어졌소. 아무래도 가문을 이끌어 주실 어른이 계시지 않으니 제게 맡기셨습니다만, 저 역시 사교계에 대해선 별로 아는 바가 없어서."

그가 말을 거기까지 했을 때, 리나는 이 순간을 기다렸다는 표정이었다. 그러고는 이상한 표정으로 웃기 시작했다.

"후후, 후후후."

"……저기, 체임버러 양?"

반트는 뭔가 등골이 오싹해짐을 느꼈다. 이 여자는 역시 알수 없는 위화감이 든단 말이지.

"으흠, 아무튼 그래서 말인데…… 현재 테본의 사교계가 어떻게 돌아가는지 알아야 할 필요성이 있겠습니다만."

딱!

반트의 말에 리나가 손가락을 튕겼다.

"그렇죠. 예전 제 인맥 좀 동원해 볼까요. 우리 마님께서 사교계에 자리를 잘 잡으시려면, 카일리 후작 부인의 전폭적인 지지가 필요해요. 하지만, 아시다시피 각하는 카일리 후작가랑 일이 좀 있었잖아요? 지금은 다 지난 옛날 일이라지만. 그래도 카일리 후작 부인의 취향을 면밀하게 파악해서 공략해야 해요. 제가 카일리 후작가에서 일하는 시녀장을 알고 있어요."

반트는 그녀의 말을 반은 이해하고, 반은 이해하지 못했지만 일단 긍정의 손을 들어 주기로 했다.

"그게 좋겠군요."

"네, 하루 이틀 정도의 외출이 필요해요."

"승인은 내가 받아 두지요. 경비가 필요하다면 얼마든지 요청해도 좋고."

"오호? 좋네요. 경을 알게 된 이래로 최고로 마음에 드는군요.

차 잘 마셨어요."

시원스럽게 인사를 하고 나가는 리나의 뒷모습을 보면서 반트가 나직이 중얼거렸다.

"저 여잘 끌어들인 게 잘한 짓일까? 뭐, 문외한인 나보다는 낫겠지."

＊　　＊　　＊

"뭐라고? 엘리샤가 결혼을 했다니?"

집으로 귀가한 레오나드 백작 역시 그 소식을 접하고는 인상을 찌푸렸다.

"글쎄 그렇다네요. 아무리 그래도 당신이 거두어들여 키워 주었건만 배은망덕하기가 이를 데가 없어요."

소피아가 표독스럽게 고기를 씹으면서 말했다.

"어쩜 그리 제 어미 년을 쏙 빼닮았는지!"

"허, 부인! 아무리 그래도 애 앞에서 말이 험하군."

백작이 소피아를 흘깃 노려보면서 주의를 주었다. 식탁에는 코넬리아도 앉아 있던 터였다.

불쾌해진 그녀가 불만스럽게 물었다.

"흥, 당신은 아직도 그 여자가 그립기라도 한 거예요?"

"말도 안 되는 소리 하지 말고, 내일 당장 테본으로 가야겠소. 가만히 있으면 펜블렌가에서 우리를 우습게 보고 말 거요."

"……옳으신 말씀이에요, 아버지. 보상이라도 받아야 마땅해요."

*　　　*　　　*

첫 수업을 앞둔 날이었다.

엘리샤는 서재 책상에 앉아 한 땀 한 땀 바느질에 열중하고 있었다.

결혼식 이후 처음으로 잡아 보는 바늘과 골무였다. 단단한 바늘을 잡으니 마음이 편안해지는 기분마저 들었다. 그동안 손가락이 놀고 있으니 얼마나 좀이 쑤셨던지!

"난 역시 재봉 일이 천성에 맞나 봐."

혼자서 배시시 웃던 엘리샤는 바느질을 마치고 실을 어금니로 툭 끊어 냈다. 재봉 바구니에 가위가 들어 있었지만, 급할 때 나오는 버릇이었다.

엘리샤는 헝겊을 곱게 펼쳐 놓고는 바느질이 꼼꼼히 잘되었는지 뒤집어 확인했다.

설레는 마음으로 첫 수업을 기다리다가, 손 풀기로 이것저것 그동안 익혀 온 바느질을 해 보기로 한 것이다.

그녀가 심심해서 시작해 본 바느질 기법들이 어느덧 전문적인 자수를 놓는 것으로 바뀌었다.

가장 자주 쓰이는 홈질과 박음질에서부터 여러 종류의 스티치(stitch—바느질 방식), 공그르기, 감침질 등등. 엘리샤가 할 줄 아는 스티치 종류만 해도 서른 가지가 넘었다.

가장 좋아하는 아를렌식 로즈 스티치로 마무리를 하고 나자, 어느새 시간이 훌쩍 지난 것 같았다. 엘리샤는 아랑곳하지 않고 로즈 스티치의 표면을 만져 보았다. 꽃잎의 모양이 탱글탱글하게 잡혀서 마음에 들었다.

바느질 연습을 한 헝겊들은 무려 마흔 장이 넘었다. 그것들을 잘 정리해서 바구니에 담은 엘리샤는 책상 밑에 놓아둔 테일러 키트를 들어 올렸다.

달그락!

손길이 닿자마자 반응하는 녀석들이 가여웠지만 지금은 테일러 키트를 사용할 생각이 없었다.

엘리샤는 손등으로 테일러 키트의 나뭇결을 어루만지듯 쓸었다.

"조금만 참아. 곧 다마스크를 제작할 생각이니까. 그때 마음껏 움직이라구."

포목상인 제라드에게 의뢰받은 다마스크는 총 100장. 이번 주 동안 다마스크를 제작하고, 다음 주쯤 넘기면 되겠다. 아예 미리 200장을 만들어 두는 것도 나쁘지는 않다. 아니야, 일단은 의뢰받은 것만 만들자.

'일단 차근차근 자금을 모으자. 실력부터 쌓는 게 순서니까.'

그런 생각들을 분주히 하고 있을 무렵, 문을 두드리는 소리가 들렸다.

"마님, 리나입니다. 들어가도 될까요?"

활달한 목소리였다.

"잠깐만요, 리나!"

"예."

엘리샤는 갑작스러운 그녀의 등장에 테일러 키트 생각부터 났다. 그것들을 얼른 책상 아래에 숨기고는 의자를 깊숙이 밀어 넣었다.

"엣헴!"

가볍게 기침을 하고 엘리샤는 문고리를 뚫어져라 바라보면서 살짝 중얼거렸다.

'잠금 해제.'

찰그락.

곧 소리가 나면서 문이 저절로 열렸다. 엘리샤는 일어서서 책장에서 책을 한 권 꺼냈다. 그제야 여유로운 미소를 지은 채 리나에게 말했다.

"이제 들어와도 좋아요."

"네, 알겠습니다."

리나가 문을 열고 들어왔다. 엘리샤는 책을 읽던 척을 멈추고, 그녀를 바라보았다.

리나가 생긋 웃으면서 말했다.

"독서 중이셨군요, 마님. 차를 한 잔 타 올까요?"

"아니에요. 아까 랜디어스 경이 메어릿 차를 내어 주었는걸요."

"그랬군요. 참, 마님. 저 급한 일이 있어서 내일 온종일 외출을 다녀와야 할 것 같아요."

"급한 일이라고요? 무슨 일이라도……."

엘리샤는 걱정스러운 얼굴로 물었다.

"아, 별일은 없답니다. 그저…… 만날 사람이 있어요."

리나는 뭔가 말하고 싶어서 입술이 근질거리는 듯싶었지만, 말을 제대로 하지는 않았다. 엘리샤는 고개를 갸웃하다 사정이 있겠지 하며 넘어갔다.

"네, 내일은 급한 일이 없으니 다녀오도록 하세요. 마차도 타고 편하게 다녀와요."

"감사합니다. 마님."

*　　*　　*

찌뿌드드함을 털어 내려 자리에서 일어난 루자크는 최근 이상한 점을 하나 발견했다. 그의 충실한 부하이자, 기사단장인 안돌프가 영지 시찰을 다니는 일에 무척 매진하고 있다는 사실이었다.

처음에는 그게 대견하다 여겼는데, 자신과 함께 영지 시찰을 나갈 때보다 혼자 나갈 때 훨씬 더 오랜 시간을 돌고 오는 것을 알게 되었다.

'이 녀석, 뭘 하고 돌아다니는 거지. 연애라도 하나?'

그 꽉 막힌 순박한 시골 청년 안돌프가 연애한다는 것은 상상하기조차 힘든 일이었지만 루자크는 괜스레 궁금해졌다.

오늘은 내부에서 처리할 일들은 어느 정도 해 놓았으니, 잠시 기사단에 들러 보아야겠다.

다녀오면 아마도 저녁 시간. 엘리샤와 오랜만에 저녁을 먹을 생각을 하니 기분이 좋았다.

루자크는 몸을 좀 움직일 요량으로 마차도 타지 않고 기사단으로 향했다. 본성의 동문에 위치한 기사단 건물 앞 훈련장에선 기사들이 오늘도 검을 휘두르고 있었다.

그러나 선두에서 지휘를 하고 있는 인물은 안돌프가 아닌, 부단장 칼이었다. 그는 30대의 나이로 매우 노련하지만, 다리 부상 이후로 실력이 다소 하락한 자였다.

공작이 다가오는 것을 발견한 칼이 고개 숙여 예를 표했다. 칼이 기사들을 향해 외쳤다.

"모두 위대한 펜블렌 공작 각하께 예를 표한다."

일사불란하게 움직인 기사들이 공작 각하 앞에 무릎을 꿇고는 양손으로 검을 바닥에 박았다.

루자크가 앞으로 한 걸음 나와서 말했다.

"제군들은 모두 일어나라. 지금도 저 척박한 땅 크라우프에선 끊임없이 도적 떼들이 약탈을 일삼고, 몬스터들이 출몰하는 지역도 있다고 한다. 우리 역시 결코 마음을 놓아서는 안 된다. 내 말이 무슨 뜻인지는 제군들이 더 잘 알고 있을 것이다."

"예, 각하! 명심하겠습니다!"

우레와 같은 함성이 쏟아져 나왔다. 부단장인 칼과 따로 이야기를 나누던 중 루자크가 물었다.

"훈련 중 별다른 일은 없었지?"

"예, 문제없습니다."

"그래, 경과 가이시 경을 나는 무척 깊이 신뢰하고 있네."

"감사합니다, 각하."

"그런데 최근, 산에서 내려온 정체불명의 들짐승이 민가를 덮치는 일이 종종 있다는 보고가 있었어. 인원을 꾸려서 마을을 보호하도록 해."

"예, 안 그래도 수색대를 꾸려 놓았습니다. 각하."

"잘했군. 그럼 내일부터 당장 시작하도록."

"예."

루자크는 말을 마치고 훈련장을 빠져나왔다.

다그닥다그닥!

그때, 말 한 마리가 급히 기사단을 향해서 달려오고 있었다. 루자크는 쿡 웃었다. 안돌프였다.

"이랴!"

주군 앞에 다다른 안돌프가 말의 등에서 훌쩍 뛰어내렸다.

"각하! 어쩐 일이십니까?"

투구를 벗은 안돌프의 눈이 동그래졌다.

"뭘 그리 놀라나. 내가 내 기사단을 방문하는 게 잘못된 일이라도 되나?"

"그, 그게 아니라……."

공작의 농에 안돌프는 말을 더듬었다. 루자크의 푸른 눈이 가늘어졌다.

"흐음, 잠깐 둘이 이야기 좀 할까."

"아, 예."

루자크가 칼 부단장에게 눈치를 주자 그가 자리를 떠났다. 자연스럽게 둘만 남게 되자, 루자크는 자신보다 키가 큰 안돌프를 슬쩍 올려다보면서 물었다.

"요즘 틈만 나면 영지 시찰이군?"

"아…… 그건. 음, 각하께서 바쁘시니 제가 대신 자주 다녀야 할 것 같아서, 마, 말입니다."

루자크는 날카롭게 말했다.

"말은 왜 더듬나? 자네, 혹시……?"

루자크가 그리 운을 띄우자, 안돌프의 얼굴이 순간 벌게지면서 당황했다.

"호, 혹시? 아닙니다. 각하께서 생각하시는 그런 것은 아닙니다. 저는 오직 각하께 충성을 맹세했습니다. 믿어 주십시오."

"……나는 아무 말도 안 했는데. 그러니까 더 수상하잖나. 내가 물으려던 건 자네 혹시 연애하나? 이거였어."

"예에에? 그, 그럴 리가 없지 않습니까. 그럴 시간도 없는데다가…… 저는…….."

"그래, 알고 있어. 여자 앞에만 가면 부끄러워서 쳐다도 못 본다는 거."

"……네, 그렇습니다."

"그럼 정말 아무것도 아닌 건가? 영지 시찰을 이렇게 촘촘히

다니는 다른 이유라도 있는 게 아니고?"

"……."

이 순박한 시골 청년은 얼굴에 속마음이 다 드러나서 탈이었
다. 그 점이 더 마음에 들었지만.

"그, 그게 실은 말입니다."

"대체 뭔가."

잠깐 머뭇거리는 듯하더니 이내 안돌프가 영지 시찰을 다녀
온 진짜 이유를 말하기 시작했다.

"그건 마님의 명이 있었습니다."

안돌프의 입에서 나온 '마님'이라는 단어에 루자크는 좀 놀랐
다.

"그래? 그 명에 대해서 좀 더 자세히 들려주겠나?"

"예…… 마님께서는 영지민들의 의복 실태에 대해서 조사해
달라고 하셨습니다. 그것 때문에 영지 시찰을 나가는 시간이 길
어졌습니다."

"영지민들의 의복 실태?"

"예. 테본의 기후가 추운데도 제대로 갖춰 입지 못하는 영지민
들이 태반입니다. 그들에게 추위를 막을 수 있는 의복을 지원하
고 싶으신 모양입니다. 사실 가난한 영지민들에게는 두꺼운 옷
이 너무 비쌉니다."

"허, 그런 생각을 하고 있을 줄은 미처 몰랐군."

"각하께도 말씀을 드린다고 하셨는데, 아직인 모양이군요."

"그래, 전혀 듣지 못했어. 분명 내 도움이 필요한 일인 것 같은

데 말이지. 일단은 난 모른 척하겠네. 그녀에게도 뭔가 생각이 있을 테니 말이야."

루자크는 웃으면서 안돌프의 어깨를 두드렸다. 그녀는 제법 대견한 생각을 하고 있는 듯했다. 그는 그녀가 자신에게 도움을 바라는 손길을 직접 내밀 때까지 기다려 주기로 했다. 생각할수록 기특하달까.

'아무래도 내가 결혼 하나만큼은 잘한 것 같군.'

홀로 걸음을 재촉하는 내내 루자크의 얼굴에는 흐뭇한 미소가 가시지를 않았다. 빨리 그녀에게로 날아가서 그 사랑스러운 두 뺨에 키스를 퍼붓고 싶었다. 엘리샤를 향한 애정이 퐁퐁 샘솟는 듯했다.

*   *   *

"마님, 각하께서 오늘 저녁 식사를 함께하자고 하셨어요. 문 홀에서요."

"그러니?"

"예! 정말이어요."

제 나이 또래 시녀의 말에 엘리샤도 보스스 미소를 지었다. 모처럼 그와 함께하는 저녁 식사라니, 그녀도 기쁜 마음을 감추지 않았다.

"그럼 드레스를 갈아입는 게 좋겠는데."

눈치를 살피던 시녀가 말했다.

"아, 리나 시녀장님을 불러올까요?"

엘리샤는 고개를 저었다. 리나는 내일 외출을 다녀온다고 했으니 개인 시간을 주는 게 좋을 듯했다.

"아니야. 내가 직접 고를게. 이따 드레스 입는 것만 도와줄래?"

"네, 알겠습니다. 마님."

"내 또래로 보이는데, 이름이 뭐야?"

뜻밖의 질문과 함께 시선이 돌아오자, 시녀는 쑥스러운 듯 웃으면서 대답했다. 수줍음이 많지만 착해 보이는 아가씨였다.

"아, 저는 데이지라고 해요."

"그렇구나. 종종 보았으면 좋겠다."

엘리샤의 말에 데이지가 얼굴을 붉히면서 대답했다.

"네, 마님."

"그럼 잠깐 여기에서 기다려."

데이지를 남겨 둔 채 엘리샤는 옷 방으로 향했다. 색깔별로 분류된 옷장 속 드레스들을 이리저리 살펴보면서 엘리샤는 무얼 입을지 고민했다. 사랑하는 이에게 어여쁘게 보이고 싶은 마음으로 가득 차오른 탓일까.

드레스를 고르는 것뿐인데도 입가에는 미소가 가시지 않았다. 길게 늘어뜨린 분홍색 머리카락과 잘 어울리는 색을 찾다가 하늘색 드레스에 손길이 닿았다.

"이게 좋겠다."

레이스로 꽃 자수가 놓아진 하늘색 공단에, V자로 덧대어진 상의 보디스에는 금색의 수술들이 달려 있어 전체적으로 화려하면서도 우아한 드레스였다.

엘리샤는 곧장 데이지를 불러, 드레스를 갈아입는 것을 도와달라고 요청했다.

드레스를 입고 나자 데이지의 눈이 휘둥그레졌다. 눈앞에 마치 겨울 나라의 공주님이라도 나타난 것만 같았다.

"와아……."

데이지가 입을 벌리면서 감탄하고 있자, 제 손으로 긴 머리채를 둘둘 감아서 올리던 엘리샤가 물었다.

"저기, 데이지. 머리는 역시 올리는 게 나을까?"

친근하게 물어 오는 어조에 데이지가 고개를 끄덕였다.

"네에. 길게 푸신 모습도 예쁘지만 이 드레스에는 올림머리가 훨씬 보기 좋으세요."

"의견 고마워."

아직 시중을 드는 일이 익숙지 않은 듯 데이지가 어쩔 줄을 몰라 하자, 엘리샤가 친근하게 말했다.

"거기 뒤쪽에 있는 서랍장에서 머리핀 하나만 꺼내 줄래?"

"네!"

멍하니 손 놓고 있던 데이지가 그제야 분주하게 서랍을 열었지만, 다시 몸이 굳고 말았다. 서랍장에는 온갖 보석과 비단 끈으로 장식된 고운 머리핀 수십 개가 들어 있었기 때문이었다.

"두 번째 줄에서 네 번째에 있는 진주 머리핀으로."

"……네! 여기 있어요."

"고마워."

엘리샤는 어렵지 않게 올림머리를 하고는 옆머리도 살짝 빼내어 늘어뜨렸다. 거울에는 영롱하게 아름다운 모습이 비쳤다.

"정말…… 아름다우세요, 마님."

엘리샤를 보면서 감탄을 흘리던 데이지에게 그녀가 명했다.

"고마워. 데이지, 가서 각하께 준비가 다 되었다고 말씀드려 줄래?"

"네, 마님."

데이지는 쏜살같이 사라졌다가 다시 돌아왔다.

"각하께서는 문홀에서 미리 기다리고 계신대요."

그저 함께 식사를 하는 것뿐인데도 가슴이 뛰고 기대감이 들었다. 그와 저녁 식사를 함께한 것도 무척 오래전 일이었다. 꽃이 벌어지듯 웃으면서 엘리샤가 말했다.

"그래? 벌써 와 계실지도 모르겠네. 어서 가야겠어."

마님의 두 뺨이 복숭아처럼 발갛게 물드는 것을 본 데이지는 덩달아 기쁜 마음이 들었다.

흰색의 펌프스가 총총걸음으로 복도를 울렸다. 그녀의 뒤를 따르던 데이지는 생각했다.

아직 시녀 일이 익숙하지 않지만, 잘 적응해 나갈 수 있을 것이라고. 마님을 곁에서 모실 수 있게 되어서 행운이라고.

아직 미숙한 자신을 자연스럽게 이끌어 주는 모습에 데이지는 왠지 그녀를 더욱 잘 모셔드리고 싶었다.

12.
재봉 수업

긴 식탁에 앉아 있던 루자크는 계속해서 문 쪽을 바라보고 있었다. 오늘처럼 초조하게 그녀를 기다린 날은 퍽 오랜만이었다.

턱을 괴고 앉아 있기도 하고, 혼자서 무슨 생각을 했는지 옅게 웃음을 터뜨리기도 했다.

그 모습을 내내 지켜보던 반트가 보다 못해 말을 걸었다.

"그리도 좋으십니까?"

"음? 뭐가 말인가."

반트가 말을 걸자, 웃음기를 싹 지우고 루자크는 억지로 근엄한 척 얼굴을 굳혔다.

"역시 신혼이 좋긴 좋은 모양입니다. 각하의 낯빛을 보면 말이지요."

"흠. 말로 하면 뭣 하나, 입만 아플걸? 자넨 이 기분 모를 거야. 아니, 쭉 모르려나."

"그거…… 혹시 제 인격 비하입니까? 기분이라. 사실 그다지 알고 싶지도 않습니다만. 솔직히 혼자가 편합니다."

"자네가 독신주의라는 걸 비난하는 건 아닐세. 나 역시 그렇게 살고 싶어 했잖나."

"지금은 테본에서 가장 행복한 신혼을 보내는 남자로 살고 계시지요."

반트가 슬쩍 빈정거리듯 말했지만, 루자크는 개의치 않았다. 그의 진심을 알고 있기 때문이었다. 누구보다도 자신이 행복해지길 바라던 친구가 바로 반트였다.

"그래, 반트. 참 마법 같은 일이지. 나를 이렇게 변하게 만든 건……"

루자크가 말을 채 마치기도 전에 사뿐한 걸음으로 다가오는 그림자가 나타났다.

하늘색 드레스 차림의 엘리샤를 먼저 본 반트가 루자크에게 속삭였다.

"각하를 그렇게 만든 마법사님께서 도착하셨군요."

"무슨 이야기를 그렇게 재미있게 나누고들 계세요?"

이윽고 청아한 하이톤의 목소리가 들려왔다. 목소리의 주인을 반기기 위해 자리에서 일어나기까지 한 루자크는 그녀의 모습을 말끄러미 바라보았다.

푸른 눈동자에는 별을 본 것처럼 영롱한 반짝임이 느껴졌다.

"겁이 날 정도로 나날이 예뻐지는군. 오늘은 백조처럼 우아해. 머리를 올린 모습도 잘 어울리고."

귓가를 적실 만큼 촉촉이 젖어 드는 목소리였다. 어느새 엘리샤의 바로 앞까지 다가온 루자크는 그녀의 손등에 입술을 쪽 맞추었다.

"각하도 참……."

발그레 볼을 붉히는 공작 부인과 그녀를 따스하게 바라보는 공작.

이제 반트는 그들이 어떤 애정 행각을 해도 아무렇지도 않은 표정을 지을 수 있게 되는 경지에 이른 것 같았다.

시녀들이 열심히 음식을 날랐지만, 두 사람은 서로의 얼굴만을 바라보면서 열심히 눈빛 교환을 하고 있었다.

"얼마 만에 함께하는 저녁인지 모르겠어요."

입가를 냅킨으로 닦으면서 엘리샤가 말했다.

"그동안 그대를 너무 혼자 둔 것 같아서 미안하군. 앞으로 저녁은 종종 함께 먹도록 노력하겠어."

"정무가 바쁘시니 그럴 수밖에요. 저는 괜찮아요, 각하."

엘리샤가 생긋 웃었다. 루자크는 그런 그녀를 바라보면서 넌지시 물었다.

"음…… 엘리샤."

"네, 각하."

"그대는 평소에 하고 싶었던 일 같은 것 없어?"

"하고 싶었던 일이라면 뻔하지요. 옷 만드는 일이죠."

"아니, 그건 나도 알고 있지. 그러니까, 우리 테본 영지를 위한 일이나 영지민을 위한 일이라거나 말이야."

루자크가 그리 말하면서 은근슬쩍 엘리샤의 기색을 살폈다. 이쯤 말하면 이제 엘리샤가 제게 지원 요청을 해 오지 않을까, 싶었다.

"아, 물론 생각한 일이 하나 있기는 해요."

"그게 무엇이지?"

루자크가 눈을 빛내면서 물었다.

"음, 아직은…… 나중에 말씀드릴게요. 준비가 되면요."

엘리샤가 미끼를 물지 않자 루자크는 다소 섭섭하면서도 아쉬운 마음이 들었지만, 그녀 나름의 생각이 있다고 여기면서 화제를 돌렸다.

"그러고 보니, 내일인가? 재봉 수업 첫 시간이."

"……아, 기억하고 계셨네요."

"당연하지. 당신의 일인데. 내일은 나도 마침 시간이 나서 잠깐 들를까 하는데 말이야. 수업이 어떻게 진행되는지 궁금하기도 하고."

말은 그렇게 했지만 루자크는 속으로 이렇게 외치고 있었다.

'두 사람, 뭐하는지 내 두 눈으로 지켜보겠어!'

＊　　＊　　＊

한껏 세련된 옷차림을 한 채로, 콜린은 고상한 아침을 즐기고 있었다.

본성에서 지낸 지 며칠이 지났지만, 항상 아침 일찍 테본의 시내로 나갔기에 성에 머무를 시간이 별로 없었다.

콜린은 온통 호화로운 가구로 장식된 널찍한 방 안을 둘러보면서 차를 홀짝였다.

"나는 전생에 성주였을지도 모르겠군."

그 정도로 본성의 느긋하고 여유로운 생활이 마음에 꼭 들었다.

안락한 소파는 잠이라도 다시 한숨 청할 수 있을 만치 편안해서 일어나기가 싫었다.

"이런 사치를 누릴 시간이 없다니, 기절할 노릇이야."

벽의 한구석을 차지하고 있는 시계를 바라본 콜린은 소파에서 몸을 일으켰다.

그대로 재봉 도구가 담긴 가죽 케이스를 들고 나가려다가, 걸음을 다시 되돌려 전신 거울 앞에 섰다. 방을 나서기 전에 옷매무시를 다시 한 번 점검했다.

이상했다. 콜린 폴드가 긴장 따위를 다 하다니 말이다.

정갈하면서도 멋스럽게 목을 감싸는 스톡, 주름 하나 없이 빳빳하게 세운 셔츠의 칼라. 갈색 톤의 격자무늬 웨이스트 코트를 차려입은 그는 초상화가들이 앞다투어 모델로 선호할 만큼 매력적이었다.

"음, 이제 가 볼까."

재봉 수업이 이루어지는 공간은 블랙 윈터 본성 4층에 위치한 빈 방이었다. 성큼성큼 걸음을 옮긴 콜린은 목적지에 다다랐다. 화려한 금빛 문고리를 두 번 잡아당기자 나무로 된 문이 쿵 울렸다.

회랑 안으로 들어서자, 커다란 책상에 여러 가지 재봉 도구들과 원단들이 정돈되어 있었다.

수업을 위해서 필요한 물건들이 무엇인지 랜디어스 경이라는 작자가 물은 적이 있었다. 인상은 마음에 안 들지만 일 처리는 나쁘지 않은 듯했다.

방을 둘러본 콜린은 책상 앞에 반듯한 자세로 앉아 있는 엘리샤를 발견할 수 있었다.

"첫 수업이로군요, 부인."

"어서 오세요, 콜린."

"오랜만이군."

이어서 들려온 또 다른 목소리는 분명…….

흠칫하고 놀란 콜린의 가느다란 눈이 다이아몬드 형태로 크게 뜨였다.

"이게 대체…… 뭡니까?"

"무례하군."

심기 불편한 목소리가 들려왔다. 자신이 방을 잘못 찾아온 줄 알았다. 콜린이 뒤늦게 제 입술을 틀어막았지만 그게 그의 솔직한 심정이었다.

"죄송합니다. 잠깐 놀랐습니다. 무례함을 용서하십시오."

"으음, 거봐요. 콜린이 놀랐잖아요."

엘리샤 외에도 여기 있으면 위화감이 드는 인물이 한 명 더 있었던 터였다. 콜린은 평정심을 되찾고는 입술을 열었다.

"펜블렌 공작께서 옷에 까다로우신 줄은 알았지만, 재봉에도 관심이 있으신 줄은 미처 몰랐습니다."

"내 부인이 관심 있어 하는 일인데 나 역시 관심을 안 둘 수가 없었네."

싱긋, 웃는 공작을 본 콜린이 썩어 들어가는 표정을 감추지 못했다. 역시 이곳에 오는 게 아니었다. 그때 제안을 거절했어야 했다.

"……콜린, 걱정 말아요. 각하께서는 오늘 수업 첫날이라 호기심에 잠깐 들르신 것뿐이에요."

콜린이 어쩔 줄을 몰라 하는 표정을 짓고 있자, 엘리샤가 그리 말해 주었다. 그러나 공작은 팔짱을 낀 채 '어디 한번 해 봐'라는 자세를 고수하고 있었다.

"그래, 나는 신경 쓰지 말고 수업을 진행하도록."

'대놓고 감시하는 듯한 눈빛을 하고 있는데, 대체 어떻게 신경을 쓰지 말란 건지…….'

콜린의 입가가 살짝 씰룩거렸지만, 그는 인내심을 가지고 찬찬히 말했다.

"알겠습니다. 먼저 공작 부인께서 어느 정도 기본 실력을 갖추고 계신 건 알고 있으니 기초 테스트만 몇 가지 드리겠습니다."

잠자코 앉아 있던 엘리샤의 눈이 동그래졌다.

"기초 테스트라고요?"

"네. 평소 실력대로 보시면 되겠습니다."

테스트라는 말에 엘리샤는 살짝 긴장한 얼굴이었지만, 말 그대로 첫 수업이기에 어느 정도 실력인지 가늠해 보기 위함이었다.

물론 콜린이 그때 보았던 엘리샤의 감각이나 재봉 실력은 천재적인 수준에 가까웠던 게 사실이었지만, 보다 체계적인 수업을 위해서는 재봉에 대한 전반적인 지식수준을 알아야 했다.

콜린은 가방에서 뭔가를 꺼냈다. 무려 오십 장이 넘는 원단을 작게 자른 것이었다.

"이게 무엇인 줄 아십니까?"

"아…… 원단을 작게 자른 것이네요."

"무슨 용도일지는 가늠이 되십니까?"

콜린이 엘리샤가 앉은 책상 위에 그것을 올려놓았다.

엘리샤는 더 생각해 볼 것도 없다는 듯 입술을 열었다.

"콜린의 작업실에서 봤어요. 이건 원단이 감겨 있는 두루마리에 어떤 원단인지 표시해 두는 용도로 쓰이지요."

콜린은 속으로 그 정도는 예상했다 생각하면서 미소를 지었다.

"정확하십니다. 부인, 그렇다면 이 원단들의 이름, 전부 알고 계십니까?"

엘리샤는 그것을 들어 책장처럼 차르륵 넘겨 보았다. 그러고는 고개를 주억거렸다.

"네, 전부 외우고 있어요. 가장 첫 번째 것은 플란넬이네요. 방모사를 사용해서 평직이나 능직으로 직조해요. 이건 평직이군요. 부드럽고 촉감이 좋으며, 탄력이 있어요. 보통은 노르두아의 커다란 방직 길드에서 제작되는 플란넬을 가장 상품으로 친대요."

엘리샤의 입술에서 원단들의 이름과 더불어 특징과 생산지까지 줄줄이 나오자, 콜린은 물론 루자크까지 깜짝 놀라면서 그녀의 얼굴을 다시 한 번 살폈다.

"다음은……"

엘리샤는 정말로 원단 오십 개의 이름을 전부 외우기 시작했다. 마흔 개가 지날 때쯤 콜린의 초록 눈동자가 흔들렸다.

'엘리샤 녀석, 기본적인 건 다 준비한 모양이네.'

"그쯤이면 된 것 같습니다. 다음은 바느질 방법입니다. 하실 줄 아는 바느질의 종류가 어느 정도 되시는지……."

콜린이 말을 채 끝내기도 전에 엘리샤가 주섬주섬 바느질을 해 놓은 헝겊들을 나란히 테이블 위에 깔아 놓았다.

"어제 수업을 앞두고 내가 할 줄 아는 게 뭔지 정리하다가 해 본 것들이에요."

"……예지능력이라도 있으신 겁니까?"

콜린의 농담에 엘리샤는 웃으며 대답할 뿐이었다.

"안타깝지만 그런 건 없어요."

엘리샤가 꺼내 놓은 건 근 사십여 가지에 달하는 바느질이 꼼꼼히 되어 있는 헝겊들이었다.

거기에는 콜린 자신에게도 난이도가 높은 스티치도 포함되어 있었다. 콜린은 속으로는 놀랐지만, 대수롭지 않은 척하면서 말했다.

'……말도 안 돼! 이럴 수는 없지 않나. 이 많은 바느질을 할 줄 안다고? 고작 저 꼬맹이가!'

"흠흠. 기본 바느질은 어느 정도 연습만 있으면 숙달된 솜씨를 갖출 수 있습니다. 그러나 옷을 만드는 일에서 가장 중요한 건 바로 감각입니다. 감각은 쉽게 익히기 어렵지요. 결혼식에서 직접 만드신 드레스는 무척 아름다웠지만, 화려함이 조금 과하더군요. 무조건 예쁘고 좋은 것을 다 모은다고 해서 아름다운 옷이 만들어지는 게 아닙니다."

콜린의 지적에 엘리샤는 고개를 주억거렸으나 루자크는 못마땅한 얼굴이었다.

"이쯤 되면 칭찬 한번 해 줄 법한데, 자작은 깐깐한 선생이로군."

"죄송합니다만 각하. 제 교육 방침에 대해서는……"

"아아, 알겠네. 나는 어차피 이만 일어서려 했어. 앞으로 잘 부탁하지. 내가 보기에 그녀는 미래에 자네를 능가할 능력을 가진 것 같거든."

씨익, 기분 나쁠 만치 상큼한 미소를 짓고는 공작이 몸을 일으켰다. 콜린이 눈을 가늘게 뜨면서 자연스럽게 그를 관찰했다.

'관상하기에 참 좋은 몸이군.'

공작은 지위와 배경이 없었어도 먹고살 만큼 아름다운 얼굴과 훤칠한 몸매를 지니고 태어났다.

무엇보다 늘씬하게 뻗은 몸과 적당히 벌어진 어깨 때문에, 옷걸이 하나만큼은 괜찮았다. 그가 엘리샤의 귓가에 무어라 속삭이고는 인사를 하고 나갔다.

순간 무척이나 다정한 그들 부부의 모습에 콜린은, 알 수 없는 심술이 나는 것만 같았다. 입가에 비틀린 미소를 지으면서 그가 말했다.

"……부인, 최근에 구상 중인 드레스가 있으십니까?"

"아뇨, 콜린. 지금은 없어요. 우리 둘이 있을 때는 편하게 말씀하세요."

"제가 하대하고 함부로 말해도 괜찮다는 뜻입니까?"

"인격 모독 같은 아주 고약한 말만 하지 않는다면 괜찮아요. 콜린은 원래 그랬잖아요. 배우는 입장에서 그편이 더 마음 편하기도 하고요."

엘리샤의 말에 잠시 그녀를 바라보던 콜린이 눈을 감았다 뜨곤 말했다.

"뭐, 좋습니다. 분명히 스스로 원하신 일입니다. 이후에 어떤 원망도 하지 마십시오."

엘리샤가 의외라는 표정으로 말했다.

"콜린도 겁을 다 내는군요?"

"누가 겁을 낸다고 그래? 엘리샤, 그럼 진짜 수업을 시작하도록 할까."

"좋아요."

엘리샤가 씩씩하게 대답했다.

반짝거리는 눈망울, 호기로운 표정이 예전 아를렌에서 만난 촌뜨기 소녀를 떠올리게 했다.

스르륵.

콜린이 벽에 바짝 붙어 있던 마네킹의 천을 벗겨 냈다. 오트쿠튀르에서 보았던 일반적인 마네킹과는 조금 다르게 생겼다. 관절이나 마디가 구부러질 수 있도록 설계된, 인체와 꼭 닮은 마네킹이었다. 그의 초록빛 눈이 날카로워졌다.

"이제부터 한 시간 동안 이걸 그리도록 해. 마네킹은 관절을 움직일 수 있게 해 놓았으니까, 다양한 자세를 만들어 보는 것도 좋겠지."

"……으음, 콜린. 그런데 이게 재봉 수업과 연관이 있는 것인 가요?"

"너 설마, 나를 의심하는 거야? 이 마네킹은 내가 특수 제작한 거라구. 옷을 만드는 사람이라면, 인체에 대한 지식은 필수지."

"그렇군요."

콜린의 말에 엘리샤는 정신이 번쩍 드는 것만 같았다. 그녀는 어떻게 해야 아름다운 옷을 만들까만 고민했는데, 이런 것은 생각해 보지 않았던 터였다.

콜린이 뒷짐을 지고 방 안을 왔다 갔다 하는 동안 엘리샤는 미색의 종이 위에 스케치를 하기 시작했다.

정자세부터 걷는 모습, 춤을 추는 모습까지 마네킹을 이런저런 자세로 연출하며 그리는 것에 열중했다.

시계를 바라보던 콜린이 외쳤다.

"그만. 끝났어."

엘리샤가 급하게 스케치를 마무리하고 있는데, 콜린이 그것을 획 낚아채어 갔다.

"앗, 조금만요."

"시간 다 됐어."

스케치를 바라보던 콜린은 눈을 의심했다. 엘리샤는 무려 30여 장이 넘는 스케치를 했는데, 멈춰 있는 마네킹을 보고서도 역동적으로 그려 냈다.

게다가 그 위에 상상력을 더해서 옷을 그려 넣기까지 했다. 주로 테본에서 입을 법한 무거운 재질의 코트나 드레스였다.

"……내가 옷을 그리란 이야긴 한 적 없을 텐데?"

콜린은 짐짓 언짢은 투로 말했다. 엘리샤는 아랑곳하지 않고 대답했다.

"마네킹의 역동적인 자세를 보니, 자연스럽게 떠올라서 그려 봤어요. 부자연스러운가요?"

"……."

"콜린?"

그는 사실 조금 당황스러웠다. 엘리샤가 자꾸만 다음 수를 읽어 버리니, 내놓을 수가 적어지는 탓이었다.

사실 그다음에 옷을 입힌 모습도 시킬 예정이었는데, 이렇듯 다 미리 해 버리면 어떡하냔 말이다.

콜린은 이를 잘근 씹고는 말했다.

"……이봐, 내가 시킨 것만 하란 말이야!"

도대체가 이 계집애는 한 가지를 시키면 열 가지를 해 버리니, 하나씩 하나씩 차근차근 가르치는 맛이 없었다.

"콜린 혹시 화났어요?"

자신도 모르게 버럭 소리를 지른 것을 깨달은 콜린은 당혹스러워하는 엘리샤에게 뒤늦게 변명을 했다.

"……크흠, 아, 아니. 화가 나긴 누가 났다고 그래!"

"콜린이 지금 저에게 소리 지르고 있잖아요."

엘리샤는 담백하게 콜린의 행동을 짚어 주었다. 콜린은 찌푸렸던 눈살을 펴고, 헛기침을 하곤 말하기 시작했다.

"그게 아니라…… 뭐, 네가 좀 뛰어난 건 알겠지만 일단은 나를 따라와 줘야지. 무슨 일이든 다 단계라는 게 있단 말이야."

차분히 그의 말을 들으면서 선선히 고개를 주억거리던 엘리샤가 대답했다.

"음. 무슨 말인지 알겠어요. 제가 눈치가 없었군요."

그녀가 순순히 인정해 버리자, 콜린은 자신이 너무 열을 올리고 있었던 사실이 민망해지고 말았다.

"……어쨌든 오늘 수업은 여기까지 하지."

"네, 콜린 선생님."

엘리샤가 생기발랄하게 대답했다. 분홍 장미처럼 싱그러운 그녀의 미소에 콜린의 입가에도 미소가 엷게 퍼졌다. 그 모습을 놓치지 않고 보고 있던 엘리샤가 말했다.

"콜린도 자주 좀 웃고 살아요. 웃으면 그렇게나 예쁜데."

"……야! 너까지 예쁘다고 할 거냐?"

콜린이 성난 고양이처럼 꽥 소리를 질렀다.

칭찬을 했는데 돌아오는 건 분노에 담긴 목소리라는 것이 역시 콜린답긴 했지만 엘리샤는 내심 깜짝 놀라긴 했다.

콜린은 남자치고는 목소리에 고음이 섞여 있었다.

"예쁜 걸 예쁘다고 하지, 뭐라고 말하나요?"

엘리샤가 커다란 보라색 눈을 끔벅이면서 그를 올려다보았다.

콜린은 후우, 하고는 한숨을 흘렸다.

'그러는 네가 지금 더 예쁘다고, 멍청한 계집애야.'

그런 콜린의 속마음을 알 리가 없는 엘리샤는 그의 한숨에 잠자코 침묵했다.

콜린이 잠시 머뭇거리다가 자신의 눈가에 난 점을 손가락으로 긁으며 입술을 열었다.

"……있지, 나 말야. 어려서부터 예쁘장하다고 들을 때마다 뒤따라오는 말이 계집아이 같다는 소리였어. 그래서 예쁘단 말 듣고 싶지 않아. 적어도 너한테는. 이제 설명이 되었냐?"

콜린의 말을 다 듣고 난 엘리샤는 그에게 미안해졌다.

"몰랐어요. 콜린에게 그런 속사정이 있을 줄은……."

"됐으니까 그런 미안한 표정 짓지 마. 보기 싫어."

"알겠어요. 근데 콜린, 오트쿠튀르 준비는 잘되어 가세요?"

"어이, 좀 수상한데? 뭔가 바라는 게 있는 눈이야."

"헤헤헤…… 아시잖아요. 제가 테본의 트렌드에 대해서 아무것도 모른다는 거."

"그래서?"

그러자 엘리샤가 콜린의 옷깃을 살짝 잡고는 말했다.

"콜린의 오트쿠튀르 준비를 도우면서 테본의 유행도 배우고, 재봉도 배우고 그러면 여러모로 좋지 않을까요?"

"공작 각하께서 너를 그렇게 새끼 강아지처럼 품 안에 싸고도는데, 가당키나 해?"

"윽. 뭐예요! 그 표현은. 하나도 안 맞거든요?"

콜린이 고개를 절레절레 저었다.

"아니, 이보다 완벽한 표현이 없지."

"그러니까 콜린에게 부탁을 하려는 거잖아요."

엘리샤의 눈망울이 다시금 초롱초롱해졌다. 물론 지금처럼 콜린에게 재봉 수업을 받으면서 천천히 테본의 유행이나 재봉을 배워도 좋겠지만, 엘리샤에게는 한 번 보면 외울 수 있고, 심지어는 만들 수 있는 능력이 있었다.

타고난 재능이 있는데 본성에서 지내다가 끝나고 싶지 않았다. 그러기 위해서는 콜린의 협조가 조금 필요했다.

물론 루자크가 승낙하지 않는다고 하면 안 할 생각이지만, 적어도 의사 표현 정도는 할 수 있지 않은가!

"뭐, 일단 네가 각하께 말해 보도록 해. 난 그럴 재간 없으니……."

"정말이죠? 고마워요, 콜린!"

"호들갑스러운 건 여전하십니다, 공작 부인. 체통을 좀 지키시는 게 어떠실는지?"

"그런 농담은 하나도 안 웃겨요."

"농담이 아니라 진담하고 있거든?"

"어찌 되었든 각하의 승낙을 받아 두어야겠어요."

"흐응…… 좋으실 대로."

콜린은 어깨를 으쓱해 보였다.

무슨 일이든 생각하자마자 바로 실행하는 것이 가장 좋다는 게 엘리샤의 지론이었다.

엘리샤는 결심한 즉시, 루자크의 서재로 찾아갔다.

똑똑.

"루자크, 나예요."

엘리샤의 목소리를 들은 그가 반사적으로 몸을 일으켰다.

"엘리샤, 당신이군. 내 방에 들어올 때 굳이 물어보고 들어오지 않아도 돼. 당신이 언제 찾아올지 몰라 항상 문을 열어 두었거든."

루자크가 부드럽게 웃으면서 그리 말했다.

"그래도 정무를 보고 있는데, 어떻게 그래요."

엘리샤가 애교 섞인 목소리로 말하자, 그가 느른하게 웃으면서 곁으로 다가온 그녀의 손을 꼭 잡았다. 루자크는 다른 한 손으로는 보고서를 한쪽으로 치우고, 책상 앞에 서 있는 엘리샤에게 집중했다.

"괜찮아. 나도 가끔씩 숨통은 트여야지. 그런데, 무슨 할 말이라도 있는 거야? 그런 눈친데?"

역시 루자크는 눈치가 빨랐다.

"맞아요. 실은 건의하고 싶은 게 있어요."

"안 돼."

루자크는 엘리샤가 말을 채 꺼내기도 전에 대답했다.

"잠깐만요! 루자크, 들어 보지도 않고 거절하는 거예요?"

"콜린 자작의 오트쿠튀르 준비를 돕고 싶다는 거지? 성 밖으로 외출도 하고."

그의 입에서 자신의 생각이 읊어지자 엘리샤는 머릿속이 새하얗게 되었다.

"세상에. 당신 내 머릿속에 들어갔다 나오신 건가요?"

루자크가 큭, 하고 웃음을 터뜨렸다.

"당신 눈빛만 봐도 이제 무슨 말을 할지 알 수 있거든."

"루자크."

엘리샤는 그 어느 때보다도 간절한 눈망울로 그를 바라보았다. 루자크는 심장이 쿵, 하고 뛰었다.

"그런 눈으로 보는 건 반칙인데."

"허락해 주실 거죠?"

"……그래도 시내에 나가는 건 안 돼."

"어째서요?"

"안전한 곳이 아니니까. 무엇보다 내 시선 밖에 벗어나는 거 원치 않아. 그리고 콜린 자작도 엄연히 남자인데."

"……."

단호한 그의 태도에 엘리샤는 잠시 생각한 후, 그를 설득하기 시작했다.

"알겠어요. 하지만 호위 기사인 안돌프와 함께 간다면 문제없을 거예요. 그리고 콜린은 제게는 그냥 스승님일 뿐이에요. 한 번도 그를 남자로 여긴 적이 없는걸요."

엘리샤가 진심을 담아서 간절히 이야기했지만 여전히 단호한 루자크의 대답이 들려왔다.

"그래도 안 돼."

그는 변함이 없었다. 겨우 용기를 내서 찾아왔는데 루자크를 설득하기에는 역부족이었나 보다.

"그렇군요. 알겠어요. 그냥, 내 욕심이었어요. 정무에 방해를 했어요, 가 볼게요."

어깨를 추욱 늘어뜨리고 가는 엘리샤의 뒷모습에 루자크도 마음이 좋지 않았다.

하지만 탐탁지 않은 건 사실이었다. 그녀가 제게서 멀어진다는 생각만 해도 눈앞이 새카매지는데…….

하지만 엘리샤의 말대로 안돌프를 호위 기사로 두면 괜찮지 않을까 싶었다.

"엘리샤, 가지 마."

뒤돌아서 가려던 엘리샤의 발걸음이 멈췄다.

짧은 시간 그의 두뇌에서 엘리샤를 보내 줄 것인가, 말 것인가 사투를 벌인 끝에 결정을 내린 루자크가 입술을 열었다.

"엘리샤. 당신을 믿으니 보내 주겠어."

"각하."

그의 말에 엘리샤의 보랏빛 눈동자가 커다래졌다. 그녀가 곧장 도도도 달려와, 그의 품에 폭 안겼다.

"고마워요, 정말로."

품에 안긴 엘리샤의 머리카락에 코를 묻으면서 루자크가 말했다.

"하지만 콜린을 믿지는 못하겠군. 끝나는 즉시 성으로 돌아오도록 해. 해가 저물 때까지 안 들어오면, 부부 싸움 날지도 몰라."

아직도 탐탁지 않은 투로 말하는 루자크의 입술이 살짝 튀어나온 것이 귀여웠다. 엘리샤는 그의 입술에 키스를 하곤 말했다.

"꼭 그럴게요."

엘리샤가 그대로 몸을 돌려 나가려 했지만, 손목이 그의 손에 붙들렸다.

"잠깐."

"네?"

"내 키스도 받고 가야지."

엘리샤의 몸을 부드럽게 끌어당긴 루자크가 그녀의 입술에 입을 맞췄다. 은은하고도 긴 키스에 엘리샤는 감미로움을 뒤로한 채 그의 귓가에 속삭였다.

"밤에 더 길게 해요, 우리."

탁탁탁!

그리 말한 엘리샤는 뒤도 돌아보지 않은 채 그의 서재를 빠져나갔다. 그녀를 아쉬운 얼굴로 바라보면서 입맛을 다시는 루자크를 못 본 채.

"……매정한 아가씨 같으니. 그렇게 옷 만드는 일이 좋을까?"

혼자 중얼거리던 루자크는 피식 웃었다. 그러다가도 마냥 웃을 수만은 없었다. 자신보다 더 자주 콜린 자작과 붙어 있을 엘리샤를 생각하니 벌써부터 피가 끓어오르는 듯했다.

"후…… 진정하자."

루자크는 열을 식히고는 다시 보고서에 집중하기로 했지만 마음속은 온통 엘리샤 생각뿐이었다.

그녀를 오롯이 사랑하는 남자가 되는 길은 생각보다 멀고도 험했다.

＊　　＊　　＊

콜린의 오트쿠튀르는 테본의 시내에서도 제법 목이 좋은 곳에 위치하고 있었다. 광장에서 멀지 않은 상점가는 많은 사람이 드나드는 곳이었다.

덜컹이던 마차가 멈추자, 맞은편에 앉아 있던 콜린을 힐끔 바라보던 엘리샤는 그에게 마차에 탄 이후 처음으로 말을 걸었다.

"이곳인가요?"

"예, 여깁니다."

콜린은 가볍게 고개를 끄덕이면서 대답했다. 오는 내내 데이지와 이야기를 나누던 엘리샤와는 달리 그는 약간 목이 잠긴 상태였다.

사실 콜린은 이 장황한 인원이 함께 제 오트쿠튀르에 도착한 것이 못마땅했다. 하기야 펜블렌 공작이 엘리샤를 그냥 혼자서 보낼 리 없었다.

콜린은 곁에 데이지가 있음에도 노골적으로 불만을 터뜨렸다.

"공작 부인, 아무래도 다음부터는 그냥 본성에 계시는 편이 여러모로 편할 것 같군요……."

"어머, 코, 콜린도 참! 이제 와서 마음 바꾸기 없기예요."

엘리샤가 무안해져 어색하게 웃으면서 말했다.

사실 엘리샤 자신도 조금 민망하기는 했다. 마차가 멈추자 루자크의 명대로 호위 임무를 맡은 안돌프를 비롯한 네 명의 기사들도 말을 멈췄다.

콜린의 입장에서는 이곳이 대체 무슨 국경 지역이라도 된 것만 같은 기분에 휩싸인 터였다.

"콜린, 빨리 구경만 하고 사라질게요. 그럼."

그러자 콜린이 어림없는 소리 말라는 듯 말했다.

"재봉을 배우고 싶으신 것 맞습니까? 내가 이런저런 불평을 터뜨리는 건 하루 이틀 일이 아닐 텐데요."

또 저 변덕이다. 엘리샤는 콜린의 오락가락하는 태도에 그럼 어쩌라는 건지 묻고 싶었다.

엘리샤는 찬찬히 가게를 둘러보았다. 가게 안은 아를렌에서 일하던 점원 한 명과 새로운 점원 둘이서 준비를 꾸려 나가고 있었다.

가게 안을 비추는 커다란 샹들리에와 전체적인 구조가 마치 오페라 극장을 생각나게 했다. 준비 중인지, 무대에는 아직 발가 벗은 마네킹 몇 개만 놓여 있었다.

그걸 본 엘리샤가 말했다.

"구조가 꽤나 특이하네요. 꼭 연극이나 오페라 공연의 무대 같은데요?"

그제야 입을 꼭 다물고 있던 콜린이 대답했다.

"오페라 극장을 개조해서 만들었다고 하더군요. 무대 쪽에 가장 중요한 의상을 진열해 둘 생각이죠."

"그렇군요. 좋은 생각인데요. 그런데 의복을 많이 제작하셔야겠어요, 콜린."

엘리샤의 지적처럼 오트쿠튀르는 가게 규모에 비해서 의상이 턱없이 부족해 보였다. 콜린은 안 그래도 그것 때문에 골치를 앓고 있었다.

"수도에서 가져온 옷들이 이곳 트렌드와는 맞지 않아 새로 만드는 중인데, 아무래도 저 혼자서는 무리가 있군요."

콜린의 이야기를 들은 엘리샤가 자신을 손가락으로 가리키면서 말했다.

"그럼 저를 쓰세요. 빨리 만드는 것 하나만큼은 자신 있다고요!"

그러자 콜린이 한심하다는 듯 말했다.

"그건 절~대로 용납 못 합니다. 옷을 얼렁뚱땅 빨리 만드는 것보다는 제대로 제작하자는 게, 이 콜린 폴드의 신념이란 말입니다. 제 명성에 흠이 갈 일 있습니까?"

콜린의 말에 엘리샤도 살짝 발끈해 말했다.

"……그 말 당장 취소해요!"

"제가 틀린 말 하지는 않은 것 같습니다."

콜린은 여전히 거만한 어투로 말했다. 엘리샤는 아무리 비난하는 게 취미인 콜린이라지만, 이번 발언은 너무 심하다는 생각이 들었다.

"난 옷을 빨리 만들긴 했지만, 한 번도 얼렁뚱땅 대충 만들어본 적이 없어요, 콜린."

한편 콜린 역시 당황했다. 늘 생글생글 웃기만 하던 순한 엘리샤가 조목조목 따져 들었기 때문이었다. 그녀는 진심으로 화가난 것 같았다. 그러나 이제 와서 사과하는 것도 자존심 상하는일이었다.

"흥, 그나저나 언제까지 그렇게 계실 겁니까? 시내 구경을 하러 가든지, 아니면 오트쿠튀르에서 옷이라도 스케치하든지 해서야……"

"알겠어요."

대답은 순순히 했지만 엘리샤는 마음속으로 다짐했다.

'두고 봐. 언젠가 콜린이 만든 것에 뒤지지 않는 옷을 꼭 만들거야.'

그녀의 눈동자가 타오른다는 것을 깨달은 콜린도 속으로 생각했다.

'그래, 이 정도면 자극 좀 받았겠지?'

늘씬한 체구의 리나는 남색 외출용 드레스를 입은 채, 낯선 방 안에서 메리를 기다리고 있었다.

메리는 카일리 후작 부인의 수족과 같은 존재였다. 까다로운 후작 부인의 취향이라거나, 제니아 아가씨 이야기 등등 그녀가 얻을 것은 많았다.

리나는 손에 낀 깍지를 풀어서 긴장을 풀기 위해 노력했다. 그러곤 방을 살펴보았다. 살짝 낡았지만 제법 깨끗하게 단장한 방이었다.

그러면서 리나는 머릿속으로 생각을 정돈하고 있었다.

테본의 사교계는 카일리 후작 부인을 빼놓고 이야기할 수가 없다. 후작 부인은 이제 노부인이 되었지만, 펜블렌 전 공작 부인과도 쌍벽을 이룰 만큼 젊어서부터 아름다움으로 유명했고, 많은 귀부인들의 존경을 받고 있었다.

'설원의 레이디'라는 그녀의 호칭은 테본을 대표하는 여성이라는 뜻으로 사람들이 붙여 준 것이었다.

또한 그녀와 친목을 다져서 사교계의 평판이 올라가면, 좋은 혼담이 오기도 하고 선망의 대상이 되었다.

그러나 현재 마님은 그 첫 단추를 채우기도 전부터 불안한 상황이었다. 자신이 그렇게 애지중지하는 손녀의 고백을 거절한 공작과 결혼한 마님의 존재를 카일리 후작 부인이 못마땅하게 여기게 될 것은 불을 보듯 빤한 일이었다.

그래도 넘을 수 없는 산은 없는 법!

일단 유리한 정보를 모아야 한다.

이윽고 달칵 소리와 함께 방의 주인인 메리가 얼굴을 드러냈다.

"리나! 많이 기다렸니?"

"메리 언니!"

두 사람은 서로를 보자마자 꼭 얼싸안았다. 그녀는 처음 리나가 다른 귀족가에서 시녀 일을 시작했을 때부터 함께 일했던 동료 사이로, 그녀와 친자매나 다름이 없었다.

메리는 마흔이 넘었지만, 조금 수척해 보이는 걸 빼면 미모는 여전했다. 리나의 뺨을 어루만지면서 메리가 말했다.

"리나, 살이 조금 올랐네? 보기 좋구나."

"언니는 왜 이렇게 수척해졌어요? 그래도 예쁘지만."

"나이를 먹으니 자꾸 살이 빠지는구나. 그래, 잘 지냈니?"

"나야 아주 잘 지내고 있어요."

"오우, 잘됐네. 참, 그분들 이야기 좀 들려줘. 펜블렌 공작 각하의 결혼으로 오랜만에 테본이 시끌벅적하단다. 여기 후작가의 사용인들도 전부 그 이야기뿐이야. 후후."

리나 입장에서는 먼저 펜블렌 공작 내외 얘기를 꺼내 준 메리가 고마웠다.

"말도 마세요. 그분들은 정말 예술이에요."

"으응? 그렇게나 고약하니?"

강조하는 어조에 메리가 깜짝 놀라면서 물었다.

"아뇨, 그 반대라고요. 언니."

리나가 특유의 시원한 미소를 지어 보였지만 메리는 쉬이 이해가 가지 않는 듯한 표정이었다.

"특히 우리 마님께서는 상냥하고, 선하고 인격적으로 배려를 잘해 주시는 분이에요. 무엇보다 어쩜 그렇게 귀여우신지! 그 차디찬 공작 각하마저 사르르 녹이셨다니까요."

"뭐어? 의외로구나. 우리 제니아 아가씨께는 그렇게 매몰차게 대하시던 분이……."

"……그러게 말이에요. 어쨌거나 각하가 사랑에 푸욱 빠지셨어요. 낯빛부터가 밝아지셨고, 자주 웃기까지 하시고. 최근에는 마님을 위해서 자그만 별궁을 온통 장미로 가득한 정원으로 만들어 선물하시기까지 했어요. 그뿐 아니라……."

그러나 리나의 이야기를 듣고 있던 메리의 표정은 조금 씁쓸했다.

"그것참 잘된 일이구나. 하지만 우리 제니아 아가씨 앞에선 입도 뻥긋하지 말아야겠다."

오래전, 카일리 후작가의 아가씨가 펜블렌 공작에게 사랑을 고백한 적이 있었다. 공작은 그 당시 숱한 여인들과 짧게 만났지만, 교제한 적은 단 한 번도 없었다고 들었다.

나쁜 남자 같으니……. 그랬던 공작이 지금은 저렇게 절절하게 사랑을 하는 모습을 보면 임자는 따로 있는 모양이었다.

'아차, 내가 너무 눈치 없이 굴었네. 자자, 원래 목적을 상기하

자! 리나 체임버러!'

"제니아 아가씨는 요즘 어떻게 지내고 계신가요? 제니아 아가씨 정도라면 좋은 혼처가 많이 들어오실 텐데."

"말도 말려무나! 평생 독신으로 살 거라고 하셔서 집안이 한바탕 뒤집어졌었지. 그것도 모자라서 검술의 길을 가겠다고 가출하셨어. 지금 정확히 어디 계시는지도 모른단다. 마지막으로 서신을 보낸 곳이 리마 공국의 국경 지역이었지만."

"하루빨리 귀국을 하셔야 할 텐데요, 후—"

리나는 빠르게 티내지 않고 한숨을 한 번 쉬고는 말했다.

"그나저나, 리나. 날 찾아온 용건이 있는 거 아니었어?"

메리의 물음에 리나는 조심스럽게 말을 꺼냈다.

"제가 요즘 이쪽 바닥으로는 영 어두워서, 소식이 궁금해서 말이지요. 실은 언니에게 도움을 요청하러 왔어요. 언니라면 빠삭하게 알고 계시잖아요. 사교계의 여왕님 카일리 후작 부인의 시녀장이시니까요. 후작 부인에 대해서는 무엇이든 알고 계시겠죠?"

리나는 눈을 찡긋 윙크하면서 메리의 손에 무언가를 쥐어 주었다.

"으응? 거, 거야 그렇지. 아니, 세상에. 이게 뭐니?"

메리는 손안에 든 영롱하게 빛나는 둥근 보석을 바라보았다.

"진주라는 보석이에요."

"아니 이 귀한 것을 왜 나에게……."

"제가 궁금한 게 아주, 아주 많거든요."

리나는 봉급으로 받은 보석 중 하나를 내놓았지만 전혀 아깝지 않았다. 공작은 보석을 포함해서 봉급을 후하게 주는 일에 인색하지 않았다.

그게 바로 사용인들을, 특히 리나를 충성하게 만드는 가장 큰 요인이기도 했다.

그러니 마님의 성공적인 사교계 진출을 위해서라면 이런 투자 쯤 하나도 아깝지 않았다.

일이 잘되면 펜블렌 공작은 수십 배에 달하는 타당한 보상을 내릴 것이다. 풀 때는 풀고, 당길 때는 당겨야 한다. 그게 바로 그녀의 인생 지론이었다.

* * *

재봉 수업이 없는 날이지만, 엘리샤는 콜린의 오트쿠튀르로 나갔다. 이틀 동안 그녀가 그려 넣은 스케치만 해도 모아서 책을 만들 정도로 꽤 두툼해졌다.

엘리샤는 마차에서 오고 가면서 보거나 상상한 옷들을 스케치했고, 콜린이 제작한 의상을 그리기도 했다.

슥슥.

어찌나 손이 빠른지 곁에서 지켜보는 사람의 눈에도 무척 신기해 보였다. 빠르면 1분이 채 되지 않아서 옷본을 뚝딱 그려 내곤 했다.

"화가를 하시려는 겁니까?"

가봉을 하던 콜린의 가시 돋친 말에도 엘리샤는 아랑곳하지 않은 채, 꿋꿋하게 오트쿠튀르 안에 걸려 있는 모든 옷을 따라서 스케치했다.

이제 그녀는 눈을 감고도 옷을 그릴 수 있을 것 같았다. 그렇게 그려 낸 옷본을 추려 내자, 오십여 장 정도가 되었다.

조용히 옷본을 정리하던 엘리샤는 우연히 아래층에 있는 콜린과 점원의 대화를 듣게 되었다.

"아무래도 다음 주 오픈을 미루어야겠어."

"하지만, 이미 한 번 미루셨잖아요."

"어쩔 수 없잖아. 기후가 추운데 의복을 얇게 만들 수도 없고. 원단을 만지는 데 더 손이 많이 가. 당연히 시간도 많이 들고."

"그건 그렇지만…… 자작님, 견본일 뿐이잖아요. 어차피 주문한 고객들은 사이즈를 재서 다시 만들어야 할 텐데."

"견본용 드레스라도 최선을 다해야 해. 내 옷의 가치를 스스로 떨어뜨릴 수는 없어."

엘리샤는 그의 말을 들으면서 피식 웃음이 났다. 역시 콜린은 멋진 재봉사이자, 디자이너였다.

오십여 장의 옷본을 추려서 가방에 담은 엘리샤는 잠시 잠이 든 데이지의 어깨를 흔들었다.

"데이지, 다 됐어. 가서 안돌프와 기사들에게 성으로 돌아갈 채비를 해 달라고 해."

"아, 벌써 돌아가시나요?"

"응. 오늘은 일찍 들어가야겠어."

"예, 마님!"

*   *   *

라이몬드는 요즘 무엇을 하든 손에 일이 잡히지 않았다. 그는 행복하게 웃음 짓던 엘리샤의 얼굴을 떠올렸다.

새하얀 얼굴에 반짝이는 보라색 눈동자. 금방이라도 훨훨 날아가 버릴 것처럼 생기 있게 움직이는 몸짓을 가진 그녀는 정말 작은 새 같았다.

그러나 지금은 그녀를 볼 수도, 소식을 들을 수도 없었다. 공작은 평소에도 왕실과 친근하게 지내는 스타일이 아니었던 터라 만날 구실도 부족했다.

테본 지역으로 곰 사냥이라도 떠나지 않는 한.

그런데 라이몬드는 뜻밖에도 의외의 곳에서 그녀의 흔적을 접할 수 있었다.

"황후 전하께서 오셨습니다."

"어머니께서?"

와인이라도 한잔할까 했는데, 그 계획은 접어야겠다. 그가 황후를 맞이하러 문밖으로 나가자, 그녀가 환한 미소를 지으면서 들어왔다.

"이것 좀 보렴, 라이몬드."

황후가 손에 들고 있는 것은 섬세하게 짠 레이스 손수건과 장갑이었다. 황가의 문양과 이니셜까지 수공하여 만든, 제법 솜씨가 훌륭해 보이는 것이었다.

"웬 손수건입니까?"

별다른 관심은 없었지만 어머니가 크게 기뻐하고 계시니 물어
는 봐야겠다 싶었다.

"내가 보낸 선물에 대한 보답으로 펜블렌 공작 부인이 선물을
보내왔단다. 보아하니 옷 만드는 것을 좋아한다는구나. 폐하와
네 것도 있어."

황후는 라이몬드에게 금사로 수를 놓은 크라바트를 내밀었다.

"어쩜 마음씨처럼 솜씨가 참으로 곱기도 하지. 라이몬드, 나
도 이렇게 수더분한 며느리를 얼른 보고 싶은데. 대체 언제쯤 짝
을 고를 거니?"

"……때가 되면 그리되겠지요. 그나저나 공작 부인의 솜씨가
여간 괜찮은 게 아니군요."

"그렇지? 내 마음에도 꼭 드는구나."

라이몬드는 엘리샤가 직접 만들었다는 크라바트의 표면을 쓰
다듬었다. 보드랍고, 향기가 좋았다.

'옷 만드는 재주라……'

적당한 구실을 찾을 수도 있을 것 같았다. 라이몬드가 환하게
웃었다.

＊　　　＊　　　＊

본성으로 돌아온 엘리샤는 저녁을 먹고, 서재 책상에 앉았다.

하루 온종일 옷본만 그렸는데도, 옷에 대한 생각을 지울 수가 없었다.

엘리샤는 오십여 장이 넘는 옷본들을 하나씩 훑어보았다. 테본의 유행에 맞는 디자인과 추위를 이길 수 있는 소재를 고안하느라 버거웠다. 마음에 들지 않는 부분은 몇 군데 지우고, 다시 수정을 했다.

그러다 문득 아까 콜린과 점원이 나누었던 이야기가 떠올랐다.

─아무래도 다음 주 오픈을 미루어야겠어.

─하지만, 이미 한 번 미루셨잖아요.

─어쩔 수 없잖아. 기후가 추운데, 의복을 얇게 만들 수도 없고. 원단을 만지는 데 더 손이 많이 가. 당연히 시간도 많이 들고.

괜히 신경이 쓰였다. 이곳은 수도 아를렌과는 기후가 달라서 더욱 어려움을 겪는 모양이었다.

엘리샤는 고민하다가, 자신이 만든 옷본들을 내려다보았다.

"어쩌면 내가 그를 도울 수 있을지도 몰라. 이따 본성에 돌아오면 콜린과 한번 상의를 해 볼까?"

실력은 그보다 한참 부족할 터이지만, 자신도 콜린의 제자이니까 그의 허락을 받고 몇 벌 도와주는 것 정도는 가능하지 않을까?

그러나 콜린의 눈에 차는 옷을 만들어야만 가능한 일이었다.

"콜린은 아직 안 왔을까?"

엘리샤는 사 층에 있는 콜린의 방으로 올라가 문을 두드렸다. 평소라면 돌아왔을 시간인데 아직인 듯싶었다.

"오픈 준비로 정말 바쁜가."

응접실에 내려온 엘리샤는 반트와 마주쳤다. 반트는 주군에게 가져다줄 페퍼민트 차를 만들고 있었다. 오늘 봉신이 찾아온 탓에 엘리샤 역시 그의 얼굴을 보지 못했다.

"마님, 차를 드릴까요?"

"아뇨, 괜찮아요. 각하께서는 언제 쉬시나요?"

"아마 새벽쯤에 끝날 것 같습니다. 오늘 밤은 마님 먼저 주무시는 게 좋겠다고 하셨습니다."

반트의 말에 엘리샤는 고개를 주억거렸다.

"알겠어요. 참, 콜린 자작이 성에 돌아오면 내게 알려 주시겠어요? 그의 오트쿠튀르 준비를 돕고 싶어서요."

"그리하겠습니다, 마님."

엘리샤는 루자크와 콜린 두 사람 모두를 기다렸지만, 결국 두 사람 다 만날 수 없었다.

"흐아암. 오늘은 이만 자야겠어."

뜨개질을 하면서 기다리려고 했지만, 몇 번이나 졸아서 고개가 떨어져 내렸다. 엘리샤는 그대로 소파에서 잠이 들어 버렸다.

무척 곤하게 잔 것 같았다. 다음날 아침 엘리샤가 눈을 떴을 때는 포근한 감촉이 느껴지는 이불 안이었다.

"어?"

그제야 간밤이 떠올랐다. 소파에서 그대로 잠이 들었던 것 같은데, 어째서 여기 있지?

"루자크?"

방에 들어온 루자크가 그녀를 안아서 침대로 옮긴 모양이었다. 심지어 이불까지 잘 덮여져 있는 상태였다.

엘리샤는 얼른 일어나 옆자리를 더듬었지만, 아무도 없었다.

"고마워요, 루자크."

그는 자신이 일어나기도 전에 벌써 정무를 보러 간 모양이었다. 채 몇 시간도 잠들지 못했을 루자크를 생각하니, 안쓰러웠다.

엘리샤는 리나를 불러서 단장을 마친 뒤, 밖으로 나왔다. 마침 반트가 복도를 지나고 있었다.

보아하니, 각하의 서재에서 나온 것 같았다.

"마님, 안녕히 주무셨습니까?"

"네, 저는 푹 잤는데 각하는 얼마 못 자신 것 같아서 걱정되네요."

엘리샤가 묻자, 반트가 염려 말라는 듯 말했다.

"오늘 오전에 바로 또 회의가 있으셔서, 끝난 뒤에는 쉬게 해 드릴 참입니다."

"그럼, 각하를 뵈려면 오후에나 가능하겠네요."

"그렇게 될 것 같습니다. 마님, 혹시 적적하시다면……."

"아니에요. 저도 할 일이 있어요. 그러고 보니 콜린 자작은 아직도 귀가를 안 했나요?"

반트가 고개를 끄덕였다.

"예, 아직입니다."

"그렇군요, 아무래도 오늘 오트쿠튀르에 다시 가서 말해 보아야겠어요."

"예, 식사는 드시고 가시는 게 좋겠습니다. 그 후에 마차를 대기할까요?"

"그래 주세요."

엘리샤가 오트쿠튀르에 도착했지만 콜린의 모습이 보이지 않았다. 점원 마샬에게 엘리샤가 물었다.

"마샬, 자작님과 의논을 하고 싶은데 자리를 비우셨나요?"

"네에……, 잠시 원단이 부족해서 직접 보러 가신다고 자리를 비우셨어요. 오픈을 미루었지만 그래도 여전히 촉박하거든요."

"언제쯤 돌아오실까요?"

"저희도 잘 모르겠어요."

"그런가요. 사실 일부러 이야기를 엿들은 건 아니고, 의상이 준비되지 않아서 또 오픈이 미루어질 수도 있다는 이야기를 들었어요. 혹시 괜찮으시다면 제가 도움을 줄 수 있을까 해서요."

"공작 부인께서요? 그렇다면 좋을 것 같지만 제가 판단할 일은 아니라서요."

"네, 일단 자작님이 돌아오시면 제가 만나고 싶다고 꼭 좀 전해 주세요."

"알겠어요."

오트쿠튀르를 나섰지만, 엘리샤는 왠지 마음이 찜찜했다. 더군다나 시일이 촉박하다니 어찌 해야 하나 싶었다. 곁에 따라온 안돌프가 물었다.

"마님, 본성으로 바로 돌아가시겠습니까?"

엘리샤는 잠시 뜸을 들였다. 아직 콜린과 이야기는 못 했지만, 미리 만들어서 보여 주는 게 나을 것 같았다. 시간이 없었다.

"네. 가서 해야 할 일이 있어요."

엘리샤는 성으로 돌아가 곧장 드레스를 만들기로 했다.

"아차!"

달그락.

방문을 걸어 잠그는 것을 깜빡한 엘리샤는 마법을 사용해 문을 단단히 잠갔다. 불시에 누군가 문을 열어도 끄떡없을 터였다.

"이제 마음 놓고 옷을 만들어 볼까?"

테일러 키트를 책상 위에 올려놓기만 했는데도 덜그럭거리는 소리가 점점 거세졌다.

도구들도 엘리샤의 손길을 기다려 온 모양이었다.

오십여 장의 옷본을 죽 펼쳐 놓은 엘리샤는 그중에서 콜린의 가게에 있는 것과 비슷한 드레스를 분류해 한곳에 넣어 두었다. 되도록 겹치지 않는 디자인을 진열해 두는 게 좋을 것이다.

콜린의 가게에는 특히, 소재가 두꺼운 겨울용 코트나 드레스, 재킷 등이 많이 부족했다.

"그려 줘."

베이직한 코트의 옷본을 집어 든 엘리샤가 초크를 바라보면서 속삭이듯 말했다. 너무 크게 외치면 사용인들이 문을 두드릴 것 같았기에.

그러자 초크가 살금살금 조심스럽게 움직여, 엘리샤의 생각대로 옷본을 수정했다. 면직물을 따뜻한 모직으로 바꾸고, 상세 사이즈도 다 바꾸었다. 바꾸지 않고 그대로 만들면 직물이 다르기 때문에 옷의 전체적인 사이즈가 줄어들고 만다.

"좋아, 잘했어. 그럼 다음은⋯⋯."

마법의 옷감과 가위가 나설 차례였다.

"잘라 줘."

싹둑, 사람이라면 이렇게 자르기 힘들었을 텐데 금빛 가위는 두꺼운 모직을 쉽게도 잘라 냈다.

"오늘따라 힘이 넘치는구나?"

엘리샤는 가위를 향해 웃었다. 옷본대로 잘라진 패턴을 가지런히 책상 위에 올려놓고는 엘리샤는 실과 바늘에게 말했다.

"꿰매 줘."

유독 신나게 움직여 주는 재봉 도구들 덕택에 금세 옷들이 완성되었다. 두껍고 가봉이 까다로운 재질들도 도구들에게는 전혀 문제가 되지 않았다.

도구들은 그야말로 미친 속도로 옷을 만들었다. 물론 이 옷들이 콜린의 눈에 차지 않을 수도 있겠지만, 엘리샤는 자신 있었다.

그동안 콜린의 오트쿠튀르를 드나들면서 보고 배운 것, 짧지 않은 테본의 생활에서 느낀 점을 토대로 옷본을 만든 터였다.

옷 만들기에 매진한 지 얼마나 됐을까. 점심과 저녁도 거른 채였다.

밤이 되어서야 엘리샤는 코트와 드레스까지 총 여섯 벌에 달하는 옷을 완성할 수 있었다.

확실히 지난번보다 속도가 훨씬 빨랐다. 그녀는 이제 테일러 키트를 다루는 것에 대해 능숙해졌다. 한쪽에서는 재단을 시키고, 동시에 바느질을 시키기도 했다.

무엇보다도 가장 큰 비결은 바로 이거였다. 엘리샤는 검지에 낀 골무를 사랑스럽게 바라보았다. 골무를 이용하면 작업 속도를 두 배 더 빠르게 만들 수 있었다.

하루 만에 완성한 거라고는 믿기지 않을 속도의 작업 분량을 마친 재봉 도구들은 작업을 마치자 파들거리기 시작했다.

엘리샤는 마지막으로 그들이 작업한 옷들을 꼼꼼히 살피고 있었다. 콜린의 말대로 아무리 견본이라도 훌륭하게 마무리가 되어 있어야 했다.

꼬르륵.

작업을 마치자마자 긴장이 풀린 모양인지 허기가 밀려왔다. 시간은 이미 자정을 향해 달려가고 있었다.

"윽. 그러고 보니 시간이 너무 흘렀네. 각하가 지금쯤 깨셨을까?"

본성에 돌아온 후 정오 때부터 기절하셨다고 하니, 일어날 시간이 되었을지도.

그러나 지금 도저히 뭔가를 먹지 않고서는 못 참을 것 같았다. 살짝 문을 열고 고개를 내민 엘리샤는 마침 복도를 지나던 데이지를 불렀다.

"저기, 데이지."

"마님!"

온종일 서재 안에서 무언가에 집중하시는 마님을 방해하지 않고자, 데이지 역시 조용히 마님이 방에서 나오시기를 기다리던 차였다.

"늦었지만 먹을 걸 좀 가져다줄 수 있을까?"

"아, 사실 마님께서 저녁을 거르셔서 걱정 중이었습니다. 금방 따스하게 데워서 가져올게요."

"정말 고마워! 데이지."

"별말씀을요."

데이지는 환하게 웃으면서 리나의 조언을 떠올렸다. 마님께서 서재에 들어가 계시는 동안은 절대 방해를 하지 말고, 오랜 시간이 걸린다면 먹을 것을 미리 준비해 놓으라는 조언이었다.

* * *

삐걱.

침실 문이 슬쩍 열리곤, 살금살금 고양이 걸음으로 누군가 다가오는 기척이 느껴졌다. 루자크는 이미 침대에 몸을 누인 채 아무 내색도 하지 않았다.

이불이 가볍게 들리는 감촉과 함께 옆자리에 엘리샤가 돌아눕는 것이 느껴지자, 루자크가 나직이 말했다.

"……등 돌리지 마."

아직도 자고 있을 거라 생각한 그의 목소리가 들려오자, 엘리샤는 뜻밖이라는 듯 눈을 동그랗게 떴다.

"응? 루자크. 고단했을 텐데 벌써 깨어나셨어요?"

"당신이 오기를 기다렸지."

이윽고 등에 닿는 단단한 루자크의 품이 느껴져 엘리샤는 포근함을 느꼈다. 그러나 그것도 잠시, 루자크가 몸을 그대로 밀착시키며 그녀의 귓가에 대고 말했다.

"당신을 보지 못해서 미치는 줄 알았어."

"나도 보고 싶었어요."

"……근데 왜 이렇게 늦은 거야? 그도 아니면 나를 일부러 기다리게 한 건가? 애태우려는 작전이야? 그렇다면 성공했군."

중저음의 목소리가 이토록 달콤할 수 있다니, 엘리샤는 왠지 귓가가 민감해지는 느낌마저 들었다.

그는 언제나 한결같았다. 말과 행동으로 쉴 틈 없이 몰아붙여서 그녀가 아무 생각도 할 수 없게 만들어 버린다.

그가 이런 식으로 나올 때마다 엘리샤의 심장은 쿵쾅 뛰고, 정신은 아찔해졌다. 매혹적인 그의 기세에 살짝 눌린 그녀는 아무 말도 잇지 못했다.

"리샤? 왜 아무 말이 없지?"

그러나 루자크는 조용한 그녀에게 더욱 조급증이 나는 중이었다. 그녀가 자신 아닌 다른 것에 몰두하는 것은 참지 못하겠다. 그게 그녀가 사랑해 마지않는 옷 만드는 일이라고 해도…….

그녀의 우선순위는 자신이 차지해야 옳았다.

그런 사고를 하는 자신에게 조금은 질린 느낌이 들었지만, 어쩔 수 없었다. 그만큼 이 여자에게 속해 있고 싶었다. 오롯이. 아무런 여과 없이 투명하게.

그녀와 살결을 부대끼는 순간에도 같은 생각이 들었다.

"음……."

엘리샤는 한 번 숨을 고르고는 뒤돌아 그와 마주 보았다. 가만히 그의 푸른 눈을 들여다보자, 그는 다른 눈을 하고 있었다.

"말 대신 몸으로 표현해 주어도 상관없지만."

엘리샤가 싱긋 웃었다.

"……좋은데요, 그거."

"제법이군?"

이윽고 두 사람은 말 대신 눈빛으로 말하기 시작한 듯했다. 루자크가 먼저 몹시도 끈적한 눈빛을 보내왔던 것이었다.

아니, 그냥 끈적하다는 표현으로는 적절하지 않았다. 촉촉하게 젖은 듯하면서도, 불이 이는 것처럼 뜨거운 그런 눈빛이었다.

엘리샤도 결혼을 한 지 이제 제법 되었고, 눈치라는 것이 자랐다. 이 분위기는 뭔지 알 것 같았다.

루자크가 무얼 원하는지도.

촛불이 널찍한 침실에 아른아른거렸다.

엘리샤는 일부러 그쪽으로 고개를 슬쩍 기울였다. 그의 이야기를 기다린다는 표시였지만, 그 바람에 그녀의 연분홍빛 슈미즈의 한쪽 끈이 스르륵 내려왔다.

덕분에 그녀의 새하얀 쇄골이 노출되었다. 루자크의 눈이 가느다랗게 된 순간 그가 다가왔다.

쪽.

그러곤 동그란 어깨에 입을 맞추었다. 그의 뒤통수가 엘리샤의 코끝을 스쳤다. 엘리샤는 그 순간을 놓치지 않고, 그의 머리카락을 부드럽게 움켜쥐었다.

"싱그러운 향이 나요."

대답 대신 돌아오는 건 그의 입술이었다.

콕콕 눌러 찍듯이 내려앉는 따스한 입술에 엘리샤는 가만히 눈을 감았다.

"당신 향기가 좋아요."

정말이었다. 그의 체취에 몽롱해질 것만 같았다.

루자크는 손쉽게 그녀를 벗기는 대신에, 색다르고 에로틱한 방법을 찾은 모양이었다.

그가 슈미즈의 나머지 끈을 이로 살짝 베어 물고는, 그것을 슥 잡아당겼다.

스슥.

조금 시간은 걸렸지만 엘리샤를 놀라게 하는 효과라면 탁월했다.

슈미즈가 어느덧 엘리샤의 가슴 아래까지 내려갔을 때, 그는 심술궂게도 다시 그녀의 몸 위를 타고 올라왔다.

이런 민첩함은 야생에만 존재하는 줄 알았기에 그녀는 감탄할 겨를조차 없었다.

엘리샤는 가슴 위로 굴려지는 살덩이의 감촉에 전신을 흔들었던 터였다.

"아앗."

터져 나온 비명에 그는 작정한 사람처럼 굴었다. 기이한 마찰음이 날 정도로 엘리샤의 가슴을 한가득 물었다가 빨기를 반복했다.

현기증이 날 만치 탐욕스럽고 강한 움직임.

오늘만은 그 앞에서 어른스럽고 섹시한 여자처럼 굴고 싶었는데, 도저히 참을 수가 없었다.

밀려드는 쾌감에 엘리샤의 얼굴은 온통 울상이 되어 버리고 말았다.

그녀의 몸이 별도리 없이 튕겨질 지경에 이르렀을 때, 루자크는 만족한 듯 옷자락을 벗었다.

완벽한 조각상처럼 늠름한 자태의 그가 그녀를 보면서 웃었다.

루자크는 그녀의 허리에 걸려 있는 슈미즈를 간단히 벗긴 후 다가갔다. 살결을 맞대자 엘리샤가 괜찮은 척 해도 이내 긴장으로 떨고 있다는 사실을 알 수 있었다.

루자크는 그녀의 머리를 감싸 안아주고는 눈동자를 똑바로 마주했다.

"괜찮으니까 긴장 풀어, 내 아가씨."

"알아요."

입술을 파고들면서 루자크는 엘리샤의 다리를 벌려, 천천히 몸을 겹쳐왔다.

진입하자마자 내밀하게 닿는 속살이 주는 만족감에 루자크는 쾌감에 젖어왔다. 엘리샤 역시 긴장을 풀고, 그를 천천히 받아들이자 가득 채우는 강렬한 느낌에 몸이 붕 뜨는 듯했다.

가없이 흔들리는 둘은, 곧 서로를 부둥켜안고선 사랑을 속삭였다. 절정으로 치달렸을 때쯤에는 루자크는 멍한 얼굴이었다. 다디단 술에 취한 듯, 정신을 차릴 수가 없었다.

입술을 빨아들일 것처럼 깊은 키스를 나누고 난 뒤에야 루자크는 그녀를 놓아주었다.

"루자크."

"응?"

"난요. 처음에는 당신이 대화를 시작하려고 일어난 줄 알았는데…… 눈빛을 보고 아니란 걸 깨달았어요."

엘리샤의 말에 루자크가 쿡쿡 웃었다. 그녀가 말하는 전부가 귀여웠다.

"제법이군. 이제는 내 마음도, 몸도 읽을 줄 알고."

나긋한 말투에 고개를 주억거리던 엘리샤가 움직임을 딱 멈췄다. 여기에서 얼굴이 붉어지지 않으려면 어떻게 해야 할까 그녀는 고민했다. 그리고 말했다.

"일은 어땠어요?"

그래, 좋았다. 방금 제법 자연스럽게 화제 전환을 한 것 같았다. 엘리샤는 정신을 단단히 차리겠다는 의지로 눈을 크게 떴다.

"……일 이야기를 묻다니, 오늘 사랑이 부족했나?"

"흑? 뭐라고요!"

경기를 일으킬 듯 소리 지르는 엘리샤의 등을 다독이면서 루자크가 느른하게 말했다.

"아니, 우리 아가씨가 평소와 다르게 너무 말짱해서 말이지."

그가 턱을 문지르면서 웃었다. 엘리샤는 역시 이 남자를 당해 내려면 자신이 몇 단계는 성숙해져야, 아니 뻔뻔해져야 된다는 결론을 내렸다.

"어때? 정신 흐려질 때까지 한 번 더?"

"……맙소사! 짐승! 하루에 한 번이면 충분하지 않은가요?"

턱없이 모자란 횟수였지만 루자크는 그녀의 말에 씨익 입가 를 말아 올렸다.

"하루 한 번이라. 그럼 이제부터 단 하. 루. 도. 건너뛰지 않겠 다는 뜻인가? 적극적이라 좋군. 당신의 뜻에 따르지."

"……아뇨!"

그 말이 그 뜻이 아니라는 건 자신이 더 잘 알면서!

엘리샤는 억울해서 그만 이불을 잘근잘근 씹었다. 그야말로 기가 딱 막혀서 할 말을 잃어버린 터였다.

이건 불공평했다. 그는 성적 스킬에 있어서 완전히 우위에 있 지 않은가.

엘리샤의 정색에 루자크는 알았다면서 곧 장난을 철회했다. 진즉에 그럴 것이지, 하는 얼굴로 엘리샤는 고개를 끄덕였다.

"루자크. 당신, 고단하지 않아요?"

엘리샤가 벙긋 웃으면서 침대에 먼저 누워 그를 손짓해 불렀다.

"당장 기절해도 이상하지 않을 정도로 신기하군. 당신 곁에만 있으면 잠이 와."

낮부터 충분한 수면을 취했지만, 엘리샤에게 홀리고 나면 이렇게 정신이 아득해지고 만다. 그의 몸이 잔뜩 풀리고 나른해졌다.

루자크가 침대 속으로 파고들자, 엘리샤는 그를 토닥였다.

"이제 기절해도 좋아요."

이내 그는 정말로 기절한 듯 색색거리면서 잠들었다. 웬만한 미인보다도 예쁘게 감긴 속눈썹을 슬쩍 훔쳐보던 엘리샤도 그를 따라 잠에 들려고 노력했다.

그의 품에서라면 정말로 곤하게 잘 수 있었다.

다음날 아침, 응접실로 내려온 엘리샤는 마주치는 얼굴에 반갑게 인사를 던졌다. 외출을 나갔던 리나였다.

"리나! 벌써 돌아온 거에요?"

"……네, 생각보다 일이 술술 풀렸거든요."

"응? 무슨 일인지 모르지만 잘됐네요."

"호호호, 마님은 아무 걱정 마시고 그저 저만 믿으시면 되어요!"

리나가 엘리샤의 손을 꼭 붙들고 그리 말하자 엘리샤는 어리둥절했다.

"네?"

"아, 아무것도 아니에요. 어머나, 오늘은 아침 햇살이 참 반짝거리죠?"

"무언가 기분 좋은 일이라도 있나 보군요."

"좋은 일은요. 아, 참. 차라도 타 드릴까요?"

"아니에요, 이미 마셨어요."

엘리샤는 아침 식사 후에 루자크와 함께 짧은 티타임을 갖곤

헤어진 차였다.

"참, 오늘은 재봉 수업이 있는 날이시죠?"

"그러네요. 오늘 입을 옷은 제가 고를게요."

엘리샤는 리나에게 콜린이 본성에 돌아왔는지 물으려다가 말았다. 수업이 있는 날은 꼭 지키는 그였으니…….

"그럼 필요한 일이 있으시면 찾아 주세요."

"그럴게요."

그리 말하면서 콧노래까지 부르면서 사라지는 리나를 보고는 엘리샤가 고개를 갸웃거렸다.

"리나가 저렇게 기분 좋아하는 건 처음 보네. 외출을 자주 보내 줘야겠어."

*   *   *

자못 경박스러워 보이는 그녀의 태도에 반트는 눈살을 찌푸렸다.

"세상에, 하마터면 오다가 마님에게 전부 털어놓을 뻔했지 뭐예요? 카일리 후작 부인의 마음을 사로잡을 방법을 제가 알고 있다고 하면 마님도 분명 놀라실 테니 말이에요!"

"……."

"지금 내 말 듣고 있나요, 랜디어스 경?"

리나가 자신의 말에 집중하지 않는 그를 흘겨보다가 목청을 돋웠다.

"체임버러 양. 내 청각은 멀쩡하니까, 목소리를 낮춰요."

"대답을 안 하시니 그렇죠."

참으로 시끄럽고 피곤한 여자였다.

"어쨌든 카일리 후작 부인에 대해 모든 걸 알아 왔다는 게 사실이오?"

"고작 하루 만에 그게 가능해요? 전부는 아니지만, 전부 알게 될 거에요. 정보통이 생겼다는 게 중요한 거라고요."

하도 호들갑을 떨기에 전부 알아 오기라도 한 줄 알았지만, 뭐 이 정도의 성과만 해도 쾌거였다.

"아무튼 수고했소."

"그래서 말인데요, 앞으로 종종 외출을 다녀와도 되겠지요? 물론 제 개인적인 의도는 조금도 포함되어 있지 않아요."

반트의 눈이 가늘어지자 리나가 말을 덧붙였다.

"근데 조금 문제가 있어요."

"문제라니?"

"아무리 마님이 카일리 후작 부인의 마음에 들어도 변하지 않는 사실이 있잖아요."

"……직접적으로 말해 주면 좋겠군요."

그러자 리나가 답답하다는 듯 말했다.

"카일리 영애 말이에요! 독신을 주장하고 집을 나가셨다고 하는데…… 그 원망이 다 어디로 가겠느냔 말이에요. 펜블렌 공작가로 향하고 있겠죠. 그걸 풀어 주려면 카일리 영애가 새로운 짝을 만나시는 게 가장 이상적이라고요."

"그래서 카일리 영애의 짝을 구해 주기라도 하자는 거요?"

"그렇다면 좋겠지만…… 영애께서는 어차피 지금은 이 나라에 계시지를 않아요. 그냥 그게 목구멍에 가시가 하나 걸린 것처럼 신경 쓰인다, 이 말이에요."

리나의 말에 반트가 안경을 들어 올렸다.

"……그래서 결론은?"

"결론은 카일리 영애가 당분간은 돌아오지 않기를 바라야죠, 뭐. 타국의 원정 전투에 참여했다고 하셨거든요."

"허, 대단히 건설적이고 용맹한 영애시로군요."

웬만한 검 쓰는 남자들도 그리 하기가 쉽지 않은데 여자의 몸으로, 그것도 귀족 영애가 그랬다고 하니 굉장해 보였다.

"혹시 랜디어스 경께서 반하기라도 하셨나요? 음, 당신 정도라면 카일리 영애와의 가능성이……"

"그만, 그만. 너무 간 거 아닙니까?"

장난스러운 리나의 표정에 반트는 왠지 모르게 불쾌해졌다.

"농담도 못 하나요?"

"정도라는 게 있는 법이오."

반트가 불쑥 일어나더니 홱 몸을 돌려서 나가 버렸다. 도무지 정숙함이라곤 한 톨도 찾아볼 수 없는 여자였다. 그런 그의 모습을 보고는 리나가 어깨를 으쓱했다.

"왜 저런담?"

13.
콜린 폴드

"고마워요, 모두."

엘리샤는 간밤에 만든 드레스를 데이지와 함께 수업이 이루어지는 방으로 옮기고, 마네킹에 입혀 놓았다. 콜린이 들어서자마자 바로 볼 수 있도록.

내심 떨리고 두근거렸다.

과연 이 옷들이 까다로운 스승의 마음에 들까 궁금해서 조마조마했다.

엘리샤는 조용히 수업이 시작될 때까지 자리로 돌아가서 앉아 있었다. 곧 금빛 문고리가 움직이면서 문이 열렸다.

오늘은 어쩐지 퀭한 눈을 하고서는 콜린이 들어왔다. 그가 오렌지빛 머리카락을 거칠게 쓸어 넘기고는 엘리샤에게 말했다.

"좋은 아침."

"네, 콜린."

어쩜 저렇게 강의실 안팎으로 사람이 다를 수 있을까. 아마 본성의 식당에서 마주쳤으면 그녀에게 공손히 고개를 숙였을 터였다.

그러나 이곳은 강의실 안이었고, 여기에선 그의 말이 절대적이었다. 거기에 응한 건 엘리샤 자신이었으니 불만을 쏟아 내기도 차마 그랬다.

"오늘은 입체 패턴과 평면 패턴에 대해서 수업을 진행할 거야. 그 차이점은……."

콜린이 직접 만든 교재를 펼치면서 읽기 시작했다. 엘리샤는 이쯤 되면 그의 시력이 의심스러울 정도였다.

어떻게 그녀가 만든 옷들을 한 번도 돌아보지 않을 수 있는 건지.

수업이 끝날 때까지도 콜린이 옷들에 대해서 말이 없자, 엘리샤는 결국 이를 꼭 물었다.

'분명 내가 만든 옷들이 보일 텐데, 어째서?'

한 번이라도 봐 줄 거라 생각했는데 답답했다. 그냥 대놓고 직접 물어봐야겠단 생각에 엘리샤는 손을 들었다.

"콜린."

"뭐지?"

"어제오늘 무척 바쁘셨나 봐요. 사실 의논을 하려고 당신을 찾아다녔는데, 갈 적마다 안 계셨어요. 본성에도 안 들어오고,

정말 괜찮은 거예요?"

걱정스러운 엘리샤의 말에 콜린은 짧게 대꾸했다.

"의논이라니?"

"마샬에게 이야기 듣지 못했나요? 사실은 오트쿠튀르 오픈이 늦어졌다는 이야기를 들었어요. 그래서 당신을 돕고 싶어서요."

그러나 콜린의 반응은 싸늘했다. 그는 왠지 엘리샤의 시선조차 피하고 있었다.

"아, 이야긴 들었지만 그건 내가 알아서 할 문제야. 게다가 뭐? 나를 도와?"

생각보다 차가운 반응에 엘리샤가 조심스레 말했다.

"……시일이 너무 촉박하다고 해서 옷을 한번 만들어 보았어요. 콜린의 오트쿠튀르에 겨울 의복이 부족할 것 같아서…… 어떤가요? 마네킹에 입혀진 옷들을 한 번만 봐 주세요."

그러자 콜린이 차갑게 대답했다.

"민폐야."

"……."

민폐, 라는 두 글자에 엘리샤의 가슴이 덜컥 내려앉는 것만 같았다. 차라리 옷이 마음에 들지 않는다고 말했더라면 이렇게까지 나락으로 떨어지는 기분이 들지는 않을 터였다.

"잠깐만요. 콜린, 민폐…… 라고요?"

"오지랖이 과하면 민폐가 아니고 뭔데?"

이건 아무리 콜린이 재봉 선생이라고 해도 이해가 되지 않는 언사였다. 도와주려고 노력한 사람에게 민폐라는 단어를 쓰다니.

"당신과 미리 상의하지 못한 것은 미안해요. 하지만, 당신과 이야기할 틈이 없었어요. 콜린의 오트쿠튀르가 오픈에 어려움을 겪고 있어서 도움이 될까 싶어서 만들었던 거예요."

"쓸데없는 짓을 하셨군."

계속되는 그의 말에 엘리샤의 기분이 가라앉았다.

"……굳이 그렇게 말하지 않아도 잘 알겠네요."

"내 가게에 네 옷을? 대체 저의가 뭐야? 난 말이지, 내 이름을 걸고 하는 가게에서 다른 누군가가 만든 옷 따위 걸고 싶지 않아. 그게 너라서가 아니라, 네가 아닌 다른 누구라도 마찬가지였을 거야. 엘리샤, 오늘 수업은 여기까지 하도록 하지. 오트쿠튀르 일은 네가 신경 쓸 일 아니야."

다다다, 쏟아지는 콜린의 독설에 엘리샤는 얼굴에 차가운 얼음물을 들이붓는 것만 같았다. 마음이 아팠다. 하지만, 서러운 것도 잠시 콜린의 말도 일리가 있다는 생각이 들었다.

오트쿠튀르는 그의 이름을 내걸고 하는 가게였으니, 엘리샤가 옷을 만들었다는 사실이 그의 자존심을 상하게 했을지도 몰랐다. 생각이 거기까지 미치자, 자신이 먼저 사과를 해야 할 것 같았다.

엘리샤가 조용히 그를 올려다보았다.

"……당신 입장을 제대로 생각하지 못하고 멋대로 행동한 건 사과할게요. 하지만 그렇게 심하게 말할 것까지는 없잖아요. ……콜린? 내 말 듣고 있어요?"

고작 일 분도 되지 않는 침묵이었지만, 엘리샤에게는 무척 길게 느껴졌다. 콜린이 입술을 열었다.

"내 말이 심해? 더 심한 말 해 볼까? 공작 부인이 되더니 오지랖이 과하시군. 네가 만든 옷을 내 가게에 걸면, 불타나게 팔릴 줄 알았어? 넌 이게 한 마디 사과로 끝날 일이라고 생각해?"

분명 듣고 있는데도, 믿을 수가 없었다. 어떻게 저런 말을 할 수 있을까. 엘리샤는 아랫입술을 꼭 깨물며 말했다.

"콜린, 저는 당신의 디자이너적인 신념과 철학을 깊이 존경하고 있어요. 당신 같은 사람이 되고 싶었고, 배우는 동안 너무 영광이라고 생각했어요. 당신을 돕고 싶었던 제 진심이라도 알아 주길 바랐는데, 사과로도 안 되는 일이었네요."

말하는 동안 점점 눈시울이 붉어졌다. 그를 도우려고 했던 일들이, 전부 쓸모없는 일이 되어 버렸고, 사과해도 받아 주지 않는 그가 야속했다. 더 이상 여기 있을 수 없었다.

엘리샤는 그대로 방을 떠났다.

"야! 저 바보가 대체 뭐라는 거야!"

콜린이 소리를 버럭 질렀지만, 들을 수 있는 사람이 남아 있지 않았다. 그 애에게 본심과는 다른 뾰족한 말들을 잔뜩 쏟아 내고 말았다.

아마도 진짜 바보는 자신이겠지만, 그는 구태여 그걸 억지로 깨닫고 싶지는 않았다.

자신을 그저 그냥 가만히 놔두었으면 했다.

저 어리버리한 계집애가 제 맘속을 헤집어 놓지 않았으면 했다. 콜린은 제 심장이 더 불편해지는 것 같았다.

쿵쿵쿵, 열기를 띤 채 커다란 무언가가 자신을 거세게 들이받았다.

"……빌어먹을."

그제야 엘리샤가 마네킹에 입혀 놓은 옷들에게로 콜린은 시선을 주었다.

옷들은 근사했다. 콜린 자신의 실력 이상은 아니지만, 분명히 어느 가게에 내놓아도 견줄 수 있는 평균 이상의 가치 있는 옷들이었다.

알고 있다. 엘리샤에게는 분명 재능이 있고, 탁월한 감각이 있다는 것을.

사실 문제는 바로 자신에게 있었다.

제 마음을 움직인다는 것, 그렇게 만드는 그녀가 두려워 더욱 화를 내고 거칠게 말했다. 그러면 상처를 입고 적당히 거리를 둘 줄 알았다.

많은 사람들이 그랬으니까. 그러나 엘리샤는 아니었다.

밀어내면 할수록, 더욱 다가선다. 콜린은 그게 더 두려웠다. 차라리 다른 이들처럼 자신이 냉대해 그냥 멀어지면 좋겠다.

오로지 매 순간 진심으로 살아가는 소녀에게, 콜린은 겁이 났다.

스스로의 마음을 애써 부정할수록 자신을 끌어당기는 느낌에 겁이 났다. 더욱이 그녀는 가까이해서는 안 되는 존재가 아닌가.

무려 공작 부인이시니 말이다. 콜린은 스스로에게 비웃음이 났다. 자신이 이렇게 유치한 짝사랑을 시작할 줄은 몰랐다.

"최악이야. 콜린 폴드."

엘리샤. 이번에야말로 진짜로 상처받았겠지.

그 붉어진 눈은 진짜였다.

'그래, 날 더 미워해.'

*　　*　　*

이건 아무래도 병이 아닐까 싶었다.

어떻게 된 게 엘리샤가 재봉 수업을 들으러 가는 날만 되면, 이렇게 집중력이 저하되고 온몸의 신경이 그쪽으로 쏠리느냔 말이다.

수업을 받으러 가는 엘리샤의 모습을 몰래 훔쳐보던 루자크는 씁쓸한 얼굴이었다. 그는 마치 수업을 하는 두 시간 동안 엘리샤를 콜린 자작에게 온전히 뺏긴 것만 같은 기분까지 들었다.

"이 정도면 중증이러나."

응접실로 내려온 루자크는 반트와 얼굴을 마주했다. 그가 의외라는 듯, 시계를 다시 보곤 말했다.

"······차가 필요하십니까?"

"아니."

"안색이 좋지 않으십니다."

"······그런가."

"예."

루자크는 억지로 씨익 웃었다. 제 아내가 재봉 수업을 들으러 갔다고 토라진 어린아이가 되고 싶지는 않았으니까. 그것도 다름 아닌 제 친우 앞에서 말이다.

"……뭔가 흥미가 당기는 일이 없을까."

반트의 눈빛이 날카로워졌다. 이제 갓 결혼한 남자에게서 나올 법한 말은 아니었기에.

"잠깐 기분 전환이라도 하시고 싶은 거군요."

"그래, 기분 전환. 그게 좋겠어."

무언가 소중한 걸 잃어버린 듯한 표정으로 그가 고개를 끄덕였다. 오늘 그의 주군은 확실히 상태가 살짝 이상해 보였다.

"경매소에 한번 다녀오시는 게 어떻겠습니까?"

"경매소?"

"예, 혹시 모르지요. 마님께 드릴 만한 선물이라도 있을지……."

"당장 가지."

'마님'이라는 단어 하나가 나왔을 뿐인데, 루자크의 눈동자는 전에 없이 빛나고 있었다. 반트는 생각도 하기 전에 대답하는 그의 태도가 귀여워 그만 웃고 말았다.

"채비를 하겠습니다."

경매소에 도착한 두 사람은 순서를 기다리지 않고 곧장 입장할 수 있었다. 테본을 다스리는 주인이 바로 그였으므로, 줄을 서서 기다리는 일은 결코 없었다.

그러나 조각상, 도자기, 파이프 등 몇 개의 물품들을 지켜보면서 루자크는 하품이 나오려는 것을 참았다. 저런 것들은 그의 창고에도 잔뜩 쌓여 있었다. 곁에 앉은 반트에게 루자크가 말했다.

"흐음, 딱히 쓸 만한 물건이 없군."

"각하, 조금 더 지켜보는 게 좋겠습니다."

"그래."

그때 루자크의 관심을 끄는 물건이 나왔다.

"이번 물건은 아주, 아주 특별한 물건입니다. 바느질에 관심 있는 부인을 두신 분들께 희소식입지요. 이름하여 재봉기입니다. 이웃 나라에서 들여온 녀석으로, 기존의 나무 재봉기를 금속으로 개량해 무척 튼튼합니다. 1분에 무려 168바늘이나 꿰맬 수 있습니다."

"재봉기…… 가 뭐지?"

"바느질을 빠르게 할 수 있는 기계라는군요."

루자크의 갸름한 푸른 눈이 일순 커다래졌다. 바퀴와 바늘 따위가 달린 괴상한 생김새였지만, 바느질을 할 수 있는 기계라는 말에 그는 단번에 손을 들었다.

"천만 골드!"

경매가 시작되기도 전에 엄청난 고액을 부르자 경매 진행자도, 좌중도 일순 얼어붙었다. 결국 다른 누구도 입찰을 하지 않아 재봉기는 루자크가 차지했다.

'엘리샤가 돌아와서 좋아하면 좋겠군.'

그녀의 반응이 어떨지 사뭇 궁금해서 루자크는 가슴이 두근거리기까지 했다.

* * *

방으로 돌아온 엘리샤는 가슴이 아팠다.

존경하는 재봉 스승님을 도우려고 했던 일들이 전부 허사로 돌아갔다. 아니 상황이 더욱 안 좋아졌다. 그가 입이 험하다는 건 알고 있었지만, 이번에는 가시 같은 말들이 엘리샤의 심장을 콕콕 찌르는 것 같아 마음이 안 좋았다.

이제 앞으로 그의 얼굴을 어떻게 봐야 할지 모르겠다. 자존심 강한 콜린은 아마 그녀를 모른 척할 것만 같았다.

똑똑—

문을 두드리는 소리에 엘리샤는 마음을 가라앉히고 문을 열었다. 리나의 얼굴이 보였다.

"마님. 재봉 수업은 끝나셨나요? 오늘도 오트쿠튀르에 나가실 참이지요?"

"아니요. 오늘은 가지 않을래요. 참, 각하께서는 정무실에 계신가요?"

"아까 랜디어스 경과 함께 외출 나가셨답니다. 이제 곧 오실 때가 되었는데……."

"각하께서 외출을요? 어디로 가셨나요?"

"행선지를 밝히지 않고 나가서서 거기까진 모르겠어요. 하지만 오래 걸리지 않는다고 했어요."

엘리샤는 고개를 끄덕이고는 점심 식사를 준비하겠다는 리나의 말을 거절하고, 잠시 쉬겠다면서 다시 방문을 닫았다.

오도카니 침대 앞에 앉아 있던 엘리샤는 수업을 하던 방에 재봉 도구를 놓고 왔다는 걸 깨달았다. 콜린과 그렇게 싸운 것이 내내 마음 쓰여서 피할까 하다가, 그래도 용기를 냈다.

엘리샤가 다시 올라가 보았지만 콜린의 모습은 보이지 않았고, 그녀가 제작한 옷들은 그대로 남아 있었다. 혹시나 기대했지만 역시나였다.

"옷들도 마음에 안 들었구나."

이윽고 아래층에서 소란스러운 소리가 들려왔다. 창밖을 내다보자, 경매소에서 돌아온 루자크와 반트 일행이 보였다.

창문을 열고 내다보니 마차에서 무언가를 싣고 온 모양이었다.

"저게 뭐지?"

"엘리샤!"

기분 좋게 울리는 저음에 엘리샤는 깜짝 놀라 손을 흔들었다. 루자크가 자신을 발견한 터였다.

그를 보자마자 단숨에 가라앉았던 기분이 조금 풀리는 것을 느끼며, 엘리샤는 루자크를 맞이하러 층계를 내려갔다.

*　　　*　　　*

본성 홀에서 만난 두 사람은 마치 오랫동안 헤어졌다가 만난 연인처럼 화기애애했다.

루자크는 층계를 깡충거리면서 뛰어 내려오는 엘리샤를 보곤 자연스럽게 양팔을 벌렸고, 그녀 역시 넓은 그 품에 쏙 안겼던 터였다.

시종 둘이서 분주하게 움직이면서 물건을 들고 성안으로 옮겼다. 그 모습을 물끄러미 바라보던 엘리샤가 물었다.

"어딜 다녀오신 거예요, 각하? 저 물건은 무엇이고요?"

"그대에게 주는 선물."

루자크가 그녀의 분홍빛 머리칼을 쓰다듬고는 대답했다.

"선물이라고요?"

"응, 바느질을 하는 기계라는군. 당신이 관심 가질 물건 같아서 사 와 봤어."

바느질을 하는 기계라는 소리에 엘리샤의 눈이 동그랗게 떠졌다.

"아…… 커다란 방직 길드에서는 쓴다는 이야기를 들었는데, 직접 보는 건 처음이에요."

엘리샤가 다가서자, 루자크의 손짓에 시종들이 잠시 옮기다가 대기했다.

"1분에 168바늘이나 꿰맨다는데. 대단하지?"

"어머, 정말요? 굉장해요."

말은 그렇게 했지만 엘리샤는 속으로 그냥 그렇구나, 라는 생각을 할 수밖에 없었다. 그도 그럴 것이 테일러 키트의 골무를 사용하면 훨씬 더 빨랐으니까.

그러나 루자크의 저 기대 만발한 얼굴에 찬물을 끼얹을 수는 없었다.

사람이 하는 일을 기계가 대신한다니 약간은 신기하기도 했다. 엘리샤에게는 마법이 있었지만 일반 사람에게는 마법 같은 일이 생기는 것일 터였다.

"콜린에게도 보여 주고 싶······"

'바보 엘리샤. 방금 전까지 콜린과 그렇게 싸워 놓고······.'

엘리샤의 입술에서 콜린의 이름이 흘러나오자, 루자크 역시 의아한 기색이었다.

"자작은 그쪽에 몸담고 있으니 잘 알고 있겠지. 그나저나 오늘은 오트쿠튀르에 나가지 않았군."

그의 말투에는 퉁명스러움이 묻어 있었다.

"네, 오늘은 각하와 시간을 보내려고요."

그러자 그가 수상한 듯한 눈초리를 보냈다.

"무언가 이상한데. 재봉을 가장 사랑한다던 엘리샤가 말이지."

속으로는 좋아 죽겠으면서도 루자크는 짐짓 아닌 척 그리 말했다. 늘 자신보다도 옷 만드는 일에 관심을 두는 엘리샤에게 서운했던 그였는데, 오늘은 그가 먼저라니 안 좋을 수가 없었다.

입술은 그렇게 말하고 있었지만 이미 그의 얼굴 표정은 싱글벙글 상태였던 터라 엘리샤는 옅은 웃음을 쏟아 냈다.

"내가 가장 사랑하는 남자가 당신인 건 변함없으니까, 걱정 말아요."

"진심이지?"

"그럼요."

애타는 푸른 눈동자가 마구 흔들렸다. 이 남자를 어떻게 사랑하지 않을 수 있을까. 그의 뺨에 키스를 하고는 엘리샤가 말했다.

"뭘 하죠? 체스를 둘까요? 말이라도 탈까요?"

"그런 것들 말고 딴 거."

달콤한 시럽이라도 뿌려 놓은 것처럼 반짝거리는 눈빛에 엘리샤는 얼굴이 달아올랐다. 다른 사용인들이 있기도 했고, 아직 콜린과의 일이 마음에서 사그라지지가 않았다.

"농담이야. 로즈궁에서 차나 한잔하지."

"좋아요."

사실 루자크도 엘리샤의 표정이 평소와 다르게 살짝 어둡다는 것을 눈치챈 터였다. 다른 사람들은 알 수 없었지만, 그만은 알고 있었다.

향긋한 장미 내음이 코끝을 간질이자, 루자크는 엘리샤의 손을 제 손 위에 올려놓았다.

"……여자들이 왜 꽃을 좋아하는지 알 것도 같군."

그의 말에 엘리샤는 살포시 웃으면서 고개를 끄덕였다.

"맞아요. 보고 있으면 마음이 예뻐져요."

"무언가 고민이라거나, 마음에 걸리는 일 같은 게 있다면……."

루자크의 말에 그녀는 내심 놀랐다. 전혀 티를 내지 않았다고 생각했는데, 어떻게 그는 단번에 알아챘을까?

"아뇨, 별일 없어요."

"정말 괜찮은 건가?"

엘리샤는 고개를 끄덕였다. 굳이 싸웠다는 이야기를 하면 괜히 루자크의 신경을 쓰이게 할 것 같았다.

"무언가 있는 것 같은데? 사랑하는 여자의 감정 상태도 눈치채지 못할 정도로 둔하지는 않은데 말이지."

예전에 엘리샤의 마음을 몰라줬던 건 이제 기억도 나지 않는 모양이었다.

엘리샤가 쉬이 말을 하지 않자, 루자크가 그녀를 꼭 끌어안으면서 조심스레 물었다.

"……무슨 일이야?"

등을 토닥이는 손길을 느끼면서 엘리샤는 그의 가슴에 어깨를 묻었다.

"……그냥요. 재봉 수업을 듣는 일이 갑자기 버거워져서."

루자크에게는 듣고 있어도 좀처럼 믿기지 않는 말이었다. 엘리샤가 가장 좋아하는 것이 재봉 수업일 터인데, 그게 힘들 거라는 상상은 한 번도 해 보지 못한 터였다.

"자세한 건 모르지만, 어려운 게 있다면 수업을 더 천천히 진행하자고 제안을 해 보는 건? 콜린 자작이라면 까칠하긴 해도 실력은 최고니까. 따라가기 버겁다면 그렇게 하는 게 좋겠군."

의외였다. 루자크가 콜린의 좋은 점을 말한 건 처음이었다.

"루자크는 콜린을 싫어하는 거 아녔어요?"

"······딱히 좋아하진 않아. 당신의 존경을 받는다는 점에서는 아직도 질투가 나고. 하지만, 그의 실력은 인정하지."

"그렇군요."

그건 엘리샤도 인정하는 바였다.

"게다가 제자로 스카우트 제의까지 했으니 당신을 확실히 키우고 싶은 걸 거야. 다만, 조금 불안한 건 내 아가씨가 마음이 여리다는 점이 신경 쓰이는군."

"······."

"사작이 말은 험해도 인성이 악한 자는 아니니, 분명 입에는 써도 도움이 되는 말들일 거야."

아까 일에 대한 한 마디 말도 하지 않는데, 어쩜 이렇게 제 마음을 살살 긁어서 풀어 주는지.

엘리샤는 고마워 그의 품속으로 파고들었다. 루자크가 그녀의 등을 토닥거렸다.

*   *   *

"수도로 돌아갈까."

오트쿠튀르의 작업실에 틀어박혀 있던 콜린은 문득 속마음을 중얼거렸다. 다 내팽개치고, 도망가 버리고 싶었다. 거기에는 엘리샤가 없으니까 뭐라도 집중할 수 있지 않을까.

"하······."

콜린은 그답지 않은 행동을 반복하고 있었다. 머리카락을 거칠게 쓸어 넘겼고, 어제 입은 코트를 오늘 다시 입고 나왔다. 평상시의 그라면 있을 수 없는 일이었다.

점원 마샬이 내려와, 조심스레 물었다.

"자작님, 오픈이 곧인데 의복은 어떻게 좀 작업이 되셨어요?"

"보면 몰라? 아직이야."

마샬이 걱정스럽게 말했다.

"그럼 어떻게 하지요? 차라리 펜블렌 공작 부인의 도움을 받는 게 어떨까요?"

"이봐, 마샬. 뭐 잘못 먹었어? 여기는 콜린 폴드의 가게야. 내가 만든 옷을 걸어야 한다고. 고객들을 속일 순 없잖아?"

콜린은 인상을 쓰면서 고개를 저었다. 이건 분명 디자이너의 자존심이 걸린 문제이기도 했다.

그의 눈치를 보던 마샬이 조심스레 말을 꺼냈다.

"그렇긴 하지만, 다른 사람도 아니고 공작 부인께서는 자작님의 제자잖아요. 스승의 가게를 제자가 도와주는 일은 왕왕 있기도 하구요. 잊으셨나 본데, 자작님께서도 옛날 옛적 견습 시절에…… 아무튼 공작 부인께서 직접 만든 드레스라고 밝히면 고객을 속이는 건 아니니까요."

"……."

마샬의 말에 콜린의 초록 눈동자가 연신 깜빡이기만 했다. 그가 머리끝을 헤집으면서 고민에 빠졌다.

콜린의 마음속에서는 두 가지 생각이 계속 충돌하고 있었다.

'하지만 한 번도 그런 적이 없었잖아. 게다가 공작 부인의 덕

을 본다는 이야기도 들을지 몰라. 없어 보이게.'

'아니야. 그래도 엘리샤는 내 제자이니까, 마샬의 말대로 충분히 가능성이 있어. 공작 부인의 드레스라니 도움이 되었으면 되었지, 해가 될 일은 없지. 엘리샤의 드레스 역시 훌륭했고.'

머리를 쥐어뜯으면서 고민하던 그가 불쑥 자리에서 일어났다.

"으악!"

"어떻게 할까요?"

마샬이 기다렸다는 듯이 물어 오자, 콜린이 손을 들고는 작업실로 다시 내려갔다. 그 뒷모습을 보면서 그녀가 고개를 절레절레 저었다.

작업실로 내려오는 동안 콜린은 엘리샤에게 자신이 쏟아 낸 독설들이 하나하나 생각났다.

―민폐야.

―쓸데없는 짓을 하셨군.

―내 가게에 네 옷을? 대체 저의가 뭐야?

절대로 안 된다 생각하던 일이었지만, 엘리샤는 남이 아니라 자신의 제자였으니 자존심이 크게 상할 문제도 아니었다.

자신은 엘리샤의 노력을 무시하고, 사과조차 받아 주지 않았다. 빈정거리면서 마음에도 없는 말로 상처를 주었다.

찌질하고 못나게도 굴었다. 이제라도 사과한다면, 그녀가 받아 줄까?

스스로 엘리샤를 칭찬하고 싶지 않았던 옹졸함. 빛이 나는 그 애를 깎아내리면서까지 제 마음을 숨기고 싶었던 걸지도 몰랐다.

비틀어진 마음, 시작할 수도 없는 마음.

그냥 그런 것들이 뒤섞여서 엘리샤에게 모욕의 말을 쏟아 냈던 것이다. 어른답지 못하게. 그래, 자신은 어른답지 못했다.

죄책감이 몰려들었다. 어떻게 해야 할지 모르겠다.

엘리샤에게 사과를 하긴 해야 할 텐데…….

그러나 그녀에게 사과하기란 죽기보다 싫었다.

차라리 정말 수도로 도망치고 싶다.

하지만 그래서는 영영 끝이다.

엘리샤가 자신을 도우려고 했으니, 자신 역시 그녀에게 무언가 도움을 주었으면 좋겠다는 생각이 스쳤다.

곧장 본성으로 돌아온 콜린은 방에 가서 옷을 갈아입은 후, 지나가는 시종을 붙잡았다.

"저어…… 공작 부인은 어디에 계시지?"

"서재에 계십니다."

대답을 들은 즉시 콜린은 고개를 끄덕이면서 층계로 향했다. 한층 아래 복도로 들어선 콜린은 자신도 모르게 꼴깍 침을 삼켰다.

한 발자국씩 걸어갈 때마다 긴장되는 것 같았다.

'후, 별거 아닌데 왜 이렇게 발이 안 떨어지는 거냐.'

그는 어렵사리 엘리샤의 방문 앞에 다다랐다. 이제 문만 두드리면 되는데, 손이 말을 안 듣는다.

달칵.

그러나 노크하기도 전에 문이 열렸다. 깜짝 놀란 콜린은 그대로 굳어 버리고 말았다.

구불거리는 분홍 머리카락의 소녀가 보라색 눈으로 자신을 보자마자 지나쳐 갔다.

스윽.

마치 유령이라도 본 것처럼. 아무렇지 않게.

자신이 알던 밝고 명랑한 엘리샤의 모습이 아니었다.

'단단히 화났구나.'

적잖은 충격이 전해지면서 더욱 그녀에게 미안한 감정이 더해졌다. 콜린은 겨우, 입술을 벌렸다.

"저어, 부인. 드릴 말씀이 있는데……."

엘리샤는 돌아보지 않고 고개를 숙인 채 복도를 계속해서 걸어갔다.

"엘리샤! 나하고 잠깐 이야기 좀……."

꾸르르르.

윽. 그러고 보니 한 끼도 제대로 먹지 않았다. 하필 이 순간에 울릴 건 뭐람.

눈치 없는 뱃고동 소리가 들려오자, 콜린이 작게 중얼거렸다.

"망할……."

너무 창피해서 그 순간 사라지고 싶다는 생각마저 들었다. 그러나 놀랍게도 등을 돌려 가려던 엘리샤가 우뚝 걸음을 멈추었다.

"할 이야기가…… 뭔데요?"

그녀답지 않게 착 가라앉은 목소리였다.

"그, 그날 일에 대해서……."

꾸르르, 꾸르륵.

제기랄, 아까보다 더 심하게 위장에서 요동을 쳤다. 콜린이 새하얗게 질린 얼굴로 말했다.

"아니, 그, 아무것도 아닙니다."

사과고 뭐고, 창피해서 죽을 지경이 되자 콜린은 당장 이 자리를 탈출하고 싶었다.

급하게 가려는 콜린의 옷깃을 엘리샤가 붙잡았다.

"잠깐만요."

"뭐, 뭡니까."

"식사는 했나요?"

콜린이 고개를 저었다. 어쩐지 엘리샤 앞에서는 거짓말을 못하겠다. 엘리샤의 보라색 눈동자가 또르르 구르더니, 어쩔 수 없다는 듯 실소를 터뜨렸다.

"……이렇게 늦은 시각까지요? 맙소사, 데이지에게 식사를 가져다 달라고 할게요."

"됐습니다. 생각, 없습니다."

꼬르륵!

다음 순간 자신을 애잔하게 바라보는 엘리샤의 눈빛에 콜린은 더욱 얼굴이 타오르는 것 같았다.

"그것 봐요. 배고프잖아요. 아니면 식당으로 갈까요? 랜디어스 경에게 말하면 되잖아요."

"그건 절대 안 됩니다."

"어째서요?"

"그자에게는 먹었다고 했습니다."

"아휴, 콜린도 참. 인생 피곤하게 산다니까요."

엘리샤가 고개를 절레절레 저었다.

"그럼, 내가 배고픈 것처럼 데이지에게 야식을 요청할게요. 잠깐 내 서재에서 먹어요. 알겠죠?"

"……예에."

도무지 거절할 수 없는 명령이었다.

엘리샤는 아까부터 자신을 힐끔거리면서 얼굴이 새빨개졌다가, 고개를 돌리며 식사를 하는 콜린의 모습이 조금 이상했다.

"덕분에 시…… 식사 잘했습니다. 그럼 저는 이만."

콜린이 벌떡 몸을 일으키고는 문 쪽으로 어정쩡하게 걸어가기 시작했다. 엘리샤가 재빨리 말했다.

"잠깐만요, 콜린!"

우뚝, 그가 걸음을 멈추고는 뻣뻣하게 뒤를 돌아보았다.

"……예?"

"나에게 할 이야기가 있다고 했잖아요."

"예, 뭐."

콜린이 다시 몸을 되돌려 테이블 앞에 앉았다. 엘리샤 역시 그

앞에 마주 앉았다.

"내가 너무 경솔했어…… 상처를 받았다면 미안해. 진심이야, 엘리샤."

"……."

"그날 했던 말들은 전부…… 잊어 줘. 응?"

더듬더듬 잘못을 시인하는 말이 들려왔고, 콜린의 초록 눈동자가 엘리샤를 향했다. 진심 어린 사과의 말들.

어느새 마음이 누그러진 엘리샤는 그를 향해 생긋 웃어 보였다.

"돌이켜 보니 콜린의 말이 옳아요. 제가 당신의 자존심을 건드렸어요. 나도 미안해요."

"아니, 내가 사과하러 왔는데 왜 네가 또 사과해. 사람 더 미안하게……."

사과하는 순간에도 역시 콜린다웠다.

"뭐에요, 콜린."

"너야말로."

어쩐지 어색하지만 나쁘지 않았다. 조심스럽게 오가는 시선과 말, 행동들.

엘리샤는 눈을 곱게 휘었다.

역시 콜린도 같은 마음이었나 보다. 그에게 서운했던 마음들이 금세 사르르 사라지는 것 같았다.

이내 콜린의 초록 눈동자는 엘리샤와 눈을 마주치자마자 다른 곳을 바라보았다. 엘리샤가 쿡, 소리를 내면서 웃었다.

자못 민망해진 콜린이 주황빛 머리카락을 연신 쓸어 넘기면서 말했다.

"야, 내가 원래 좀 성질머리가 고약한 거 알잖아. 나쁜 뜻은 없었다만 그…… 입에서 제멋대로 나올 때가 있단 말이야."

"콜린, 당신이 좋은 사람인 거 알아요. 그치만 나는 당신이 조금만 더 솔직해지면 좋겠어요."

"……나 지금 대단히 솔직하게 잘못을 인정하고 있거든?"

"평소에 말이에요, 평소에. 오늘은 제법 솔직하세요."

정곡을 찌르는 엘리샤의 말에 콜린이 다시금 당황해 허둥지둥하면서 얼굴이 붉어졌다. 그는 어서 할 말을 마치고 자리를 피하고 싶은 마음에 벌떡 일어섰다.

하지만 마샬과 이야기를 나누었듯이 정식으로 엘리샤에게 도움을 요청하는 것이 남았다.

"……아무튼 서로 오해는 풀렸으니 이걸로 끝났네."

엘리샤가 가볍게 고개를 끄덕이면서 말했다.

"네, 비록 도움은 못 되었지만 오트쿠튀르 오픈 무사히 마치시길 바라요."

"어, 아니 잠깐만. 엘리샤, 생각을 곰곰이 해 봤는데 말이지. 넌 내 제자니까 내 가게에서 네 옷이 걸려도 명성에 흠이 가거나 하진 않을 것 같아."

콜린의 말에 엘리샤의 눈동자가 이내 커졌다.

"공작 부인께 정식으로 도움 요청 드립니다. 제 오트쿠튀르 드레스 제작을 부탁드립니다."

콜린이 엘리샤에게 정중하게 고개를 숙이면서 말했다. 엘리샤는 자못 감동한 눈빛이었다.

"기꺼이 도울게요. 일단 제가 만든 드레스와 옷본을 정리해서 시종을 통해 콜린의 방으로 보내드릴게요. 그중에 마음에 드는 게 혹시 있을까요?"

"그래, 내가 보고 판단할게. 그리고 내일 안 바쁘면, 오트쿠튀르에 꼭 나와. 알았지?"

내일은 수업이 있는 날도 아니었는데 의외였다. 엘리샤는 눈이 동그래져서 말했다.

"엇? 콜린이 먼저 오트쿠튀르에 나오라고 말 꺼낸 건 처음이에요."

"이제부터 날 적극적으로 도울 거잖아. 괜한 거에 감동받지 마. 그럼 간다."

콜린은 구둣발로 바닥을 톡톡 두드리곤, 엘리샤의 방을 빠져나갔다.

혼자 방 안에 남겨진 엘리샤는 고개를 갸웃거리면서 중얼거렸다.

"콜린이 웬일이지? 혹시 좋은 소식이라도 있을까?"

엘리샤 입장에서는 콜린과 화해했으니 그게 가장 좋은 소식이었지만.

신이 난 엘리샤는 곧장 자신이 만든 드레스와 옷본을 정돈하러 갔다.

복도로 나선 콜린은 원치 않는 얼굴을 마주쳤다. 반트 랜디어스, 첫 만남부터 별로 내키지 않는 자였다. 오늘은 홀 입구에 보이지 않기에 안 마주치나 했더니…….

샌님같이 생긴 데다가 반듯한 태도를 하고 있지만 속마음을 전혀 내비치지 않는 게 왠지 마음에 들지 않았다.

"삼 층에는 무슨 볼일이십니까. 식사는 어떻게 하셨습니까?"

"……웬일로 제게 관심을 주십니까?"

"펜블렌 공작 각하께서 폴드 자작님이 저녁 식사를 하시고 나면, 집무실에서 뵙자고 청하셨습니다."

아하, 그러니까 제 주인이 그리 명을 내려서 식사를 했는지 어쨌는지 챙겨 주는 거란 뜻이었다. 다른 사용인과는 달리 유독 저 자만은 그에게 꼿꼿하게 굴어서 삐딱하게 보였다.

"저녁은 먹었으니, 바로 각하를 뵙지요."

"알겠습니다. 따라오십시오."

콜린도 공작의 집무실이 어디에 위치해 있는지 알고 있었지만, 굳이 저자는 자신이 대집사이고 콜린은 그저 손님이라는 것을 알려 주듯이 굴고 있었다.

"각하, 폴드 자작께서 도착했습니다."

"들어오라 전하게."

친절하게도 문까지 직접 열어 주고 나서 반트는 물러갔다. 콜린은 공작의 서재로 들어서면서 말했다.

"집사장께 따로 명이라도 내리신 모양입니다. 오늘 유독 친절하시더군요."

마치 털을 잔뜩 곤두세운 고양이처럼 삐죽해져 있는 콜린을 바라보던 루자크는 최대한 관대하게 말했다.

"굳이 그랬던 기억은 없는데. 그럼 평소처럼 하라고 이르지."

"그게 편하겠습니다."

"오트쿠튀르 준비는 수월한가?"

콜린은 고개를 끄덕이며 말했다.

"……예, 금주에 오픈할 계획입니다."

"오호, 생각보다 빠르군."

"에, 공작 부인께서 커다란 도움이 되어 주실 것 같습니다."

"그런가. 다행이군. 자네 마음에 들기란 여간 쉽지 않을 텐데. 자넨 나만큼이나 까다로우니까 말이야."

"그렇지 않습니다. 저보다는 각하께서 조금 더."

"하하, 그건 칭찬으로 듣지. 가게를 운영함에 있어 부족한 것이 있으면 얼마든 지원할 의향이 있네."

"아직까지는 없습니다. 한 가지 계획은 있습니다만……."

"그게 뭔가?"

"오트쿠튀르를 제대로 홍보하고 싶습니다만, 그 일환으로 공작 부인께서 직접 저희 가게의 의상을 입어 주셨으면 합니다. 오픈 일에 테본 사교계의 많은 숙녀를 초대할 생각이라, 선보이기 좋은 자리가 될 것 같습니다. 결혼식 이후로 공식적인 사교 활동이 없었던 부인께도 즐거운 자리가 될 것이라 생각합니다."

"흐음, 괜찮은 생각이군. 하지만 그건 그녀 본인의 의사를 반영하는 게 좋겠네. 우리가 이러쿵저러쿵하는 것보다는."

"예, 혹여나 반대하실까 봐 미리 말씀드리는 겁니다. 각하께서는 마님을 무척이나 아끼시는 듯해서 말입니다."

"저런, 내가 그녀를 아끼지만 앞길을 막을 생각은 없어."

루자크는 왠지 듣고 보니 살짝 불쾌해지는 것을 느꼈지만 참았다.

"그럼 알겠습니다. 부인께도 전하겠습니다."

"그러도록 하게."

싱긋. 루자크는 더없이 인자한 주군의 미소로 답했고, 콜린이 빠져나갈 때까지 시선을 주었다. 이윽고 멍하니 생각에 잠기던 루자크는 혼잣말을 중얼거렸다.

"잠깐, 그러고 보니 엘리샤의 사교 활동에 도움을 주겠다는 건가? 그건 내 몫인데! 왠지 얄밉군."

＊　　＊　　＊

자박자박.

작은 발걸음 소리가 귓가에 울렸다. 공작의 서재에서 나와 아직 복도에 머물고 있던 콜린은 그것이 엘리샤의 발소리라는 것을 문득 깨닫고는 재빨리 기둥 뒤에 몸을 숨겼다.

사삭.

바람처럼 엘리샤가 지나간 후에야, 콜린은 몰래 그녀의 뒷모습을 훔쳐보았다. 슈미즈 드레스 차림으로 콩콩 뛰어가는 엘리샤는 한눈에 보기에도 행복해 보였다.

분명 공작에게로 가는 것이겠지. 신혼인 그들은 매일 밤을 함께 보낸다고, 시녀들이 소곤대는 것을 들은 적이 있었다.

'젠장. 남의 사생활에 관심 갖지 말자, 콜린.'

알아서 득 될 거 하나 없는 사실들인데 어쩜 그리 귀에 쏙쏙 박히던지!

콜린은 잠시 눈을 감았다 떴다.

아까 마주친 엘리샤의 투명한 보라색 눈동자가 눈앞에 선연히 떠올랐다.

―콜린, 당신이 좋은 사람인 거 알아요. 그치만 나는 당신이 조금만 더 솔직해지면 좋겠어요.

그 멍청이가 대체 그딴 말은 왜 한 걸까. 솔직해지라고? 그가 진짜 솔직해지면 자신이 곤란해진다는 사실을 전혀 모르는 거겠지.

'네가 신경 쓰여서 못 참겠어, 엘리샤.'

제 마음에 툭 떠오른 입에 담지 못할 생각에 콜린은 얼굴에 다시 열이 올랐다.

"왓! 잠깐, 내가 지금 대체 무슨 생각한 거야. 진짜 미쳤군. 아무리 정신이 나가도 어떻게 그런……."

콜린은 제 뺨을 톡톡 두드리면서 빠르게 발을 놀려 제 방으로 향했다. 차라리 몰랐으면 좋았을 것들을 최근에는 너무 많이 보고 듣고 느끼고 있었다.

"어휴, ……짜증 나게 심장 아파."

               *   *   *

삐걱 소리가 들려오자 침대에 모로 누워 있던 루자크는 귀를 쫑긋 세웠다. 엘리샤가 도착할 시간이라, 일부러 문을 약간 열어 두었다.

살금살금 다가오는 자그만 그림자마저 사랑스러워, 그는 더 이상 참지 못하고 몸을 일으켰다.

스르륵.

가운을 벗어 내리자, 탄탄하고 매끈한 복근이 드러났다. 그의 섹시한 자태를 본 엘리샤는 방 안에 들어와서 그 어떤 말 한 마디조차 하지 못하고 숨을 꼴깍 삼켰다.

유달리 빛나는 눈동자에 그의 몸이 확실히 각인된 터였다.

"……루자크?"

저를 올려다보는 엘리샤의 얼굴과 몸을 루자크의 시선이 훑어 내려갔다. 아직 아무것도 몰라요, 하는 순진하고 하얀 얼굴. 그와는 다르게 여성스러움을 한껏 품은 여리고 미끈한 몸.

루자크는 조금 거칠어진 숨을 고르고는 엘리샤에게 다가가, 그녀의 손등에 입술을 맞추고 비볐다.

"기분이 좋아 보이는군."

"아, 실은 콜린과 오트쿠튀르 준비로 살짝 부딪쳤는데, 모든 게 다 잘되었어요."

루자크는 '콜린'이라는 이름을 들을 때마다 문득문득 치밀어 오르는 묘한 질투감을 삭이고는 물었다.

"부딪쳤다고?"

"별일 아니에요."

"당신 말이 맞아요. 그는 훌륭한 사람이에요. 그의 오트쿠튀 르에 제 드레스가 걸리게 될 것 같아요. 벌써부터 긴장되네요."

"잘되었군. 그럼 이제 우리에게 집중해 볼까?"

쪽.

곧장 날아오는 입술이 무척 따스했다. 엘리샤는 그의 입술에 똑같이 버드키스를 쪽 해 주었다.

어느새 그의 손은 그녀의 허리를 감은 채였다. 오늘따라 유독 유혹적으로 구는 루자크의 모습에 엘리샤도 가슴이 쿵쾅거렸 다.

스윽.

침대로 향하기도 전에 그의 손길이 스쳐 지나가자 옷자락이 나풀거리며 바닥으로 툭 떨어졌다.

푸른 눈빛이 더욱 젖어 들며 엘리샤의 전신에 와 닿았다. 그녀 역시 촉촉한 눈망울로 그를 바라보았다.

눈빛으로만 말하기.

본격적인 사랑에 들어가기 전 두 사람의 암묵적인 룰이었다.

뒤에서 그녀를 폭 껴안은 루자크는 한참을 그러고 있었다. 포근하면서도 놀랄 만치 뜨거운 그의 체온이 등 뒤에 바짝 느껴졌다.

보드라운 가슴을 쓸어내리면서 그가 빙글 웃었다. 서로의 살을 맞대고 있는 것만으로도 휴식을 취하고 있는 것만 같았다.

그가 평온한 얼굴로 중얼거렸다.

"참으로 이상해."

"뭐가요?"

"아무것도 하지 않아도, 이러고만 있어도 세상을 다 가진 것 같아."

그러자 엘리샤가 눈을 빛내며 물었다.

"그럼 내일 아침까지 이러고 있을까요?"

"그럴 생각은 조금도 없어."

엘리샤의 도발에 그는 느릿하게 입술을 가져와 부딪쳤다. 그녀도 천천히 눈을 감았다.

오늘 하루 고단했다며, 어루만져 주는 치유의 입맞춤 같았다. 한참 동안이나 이어진 감미로운 키스를 나누던 둘은 아늑한 침대로 올라갔다.

*　　　*　　　*

"하앗."

시작은 부드러웠지만, 끝으로 갈수록 격렬해지고 있었다.

그녀의 몸 위에 올라탄 루자크는 미약을 마신 것처럼 정신을 차릴 수 없음을 느꼈다.

그녀와 사랑을 나눌 때면 도무지 자기 자신이 아니게 되는 듯했다.

아니 아예 새롭게 태어나는 기분이었다.

이 여자를 만나기 전에는 대체 어떻게 살아왔던 것인지.

그 이전까지 여자를 몰랐던 것도 아닌데, 참으로 놀라웠다.

사랑을 나누는 행위는 그저 욕구를 푸는 것으로만 생각했던 자신이 어리석을 정도였다.

육체적인 접촉이 그의 온 내면을 지배할 정도로 정신적으로도 강력한 교감을 이끌고 있었다.

이건 단순히 궁합이 좋다는 말로는 부족했다. 엘리샤는 참으로 그와 잘 맞는 여자였다.

그의 단단한 몸 아래서 여린 살결을 떨고 있는 그녀가 더욱이 사랑스럽게 보였다. 엘리샤를 부여잡고는 루자크는 황홀함에 온 감각이 열리는 것 같았다.

한 가닥, 한 가닥 신경이 깨이는 기분.

송골송골 맺힌 땀방울이 주르륵 등줄기를 타고 흘렀다.

매끈해진 몸이 가없이 겹쳐지고, 그는 그녀의 목덜미와 어깨에 키스를 퍼부었다.

루자크는 진심으로 엘리샤가 고마웠다.

그녀가 있어 그는 진짜 남자가 되는 기분이었다.

아직 엘리샤에게 말을 하지는 않았지만, 그는 보름 정도 영지 시찰을 위해 본성을 비울 계획이었다.

그래서 이토록 애틋한 밤을 보내는 것도 하지 못한다 생각하니 하루, 아니 한 시간이라도 모자랐다.

그녀를 더욱 제 곁에 꽁꽁 묶어 두고 싶었다.

*　　*　　*

짹짹짹!

다음날 아침 창가로 와서 지저귀는 새소리에 엘리샤는 눈이 자연스레 떠졌다. 격정적인 밤을 보내고 깊이 잠이 들었던 터라, 몸이 약간 무거웠다.

게다가 간밤에는 그와 세 번이나 사랑을 나눈 탓에 체력이 바닥났었다.

평소라면 두 번도 무리라고 단호하게 못을 박았을 테지만 왠지 요즘에는 그럴 수 없었다.

그에게 신경을 덜 쓰고 옷을 만드는 일에만 집중을 한 게 미안했고, 루자크가 말은 하지 않았지만 안타까운 눈으로 자꾸만 자신을 바라보는 게 마음에 걸렸던 터였다.

아무래도 성을 비울 일이 생겨서 그런 게 아닐까.

그런 예측도 불현듯 들었다.

"일어났군."

엘리샤의 이마에 키스하면서 루자크도 몸을 일으켰다. 이렇게 나란히 눈을 뜬 건 오랜만인 것 같았다.

꼭 두 사람 중 한 명이 먼저 깨서 일어나는 일이 많았다.

오늘은 침실에서 아침을 먹을까, 고민하는데 곧 들이닥친 소식에 평화로운 아침이 깨지고 말았다.

리나가 다급하게 문을 두드리자, 엘리샤의 어깨에 가운을 걸쳐 주고 자신도 옷을 챙겨 입은 루자크는 그제야 문을 열었다.

"······휴식을 방해해 죄송합니다, 각하."

"괜찮아, 체임버러 양. 아침부터 대체 무슨 일인가?"

정말 급박한 일이 아니고서야 리나가 이렇게 그들의 침실에 들이닥칠 일이 없다는 건 그도 잘 알고 있었다.

"루비츠 백작가의 마차가 본성에 당도했습니다. 마님의 친정 식구분들이라고 하시는군요. 이른 시간이니 조금만 기다려 달라고 양해의 말씀을 드렸지만, 막무가내로 지금 각하와 마님을 뵙게 해 달라고 하셔서 말이에요."

"그게, 사실인가요? 어째서······."

"네, 세 분이 함께 오셨어요."

엘리샤의 안색이 새파랗게 변했다. 만나고 싶지 않은 사람들의 갑작스러운 방문이었다. 거기에 세 분이라니, 클라우스 오라버니가 함께 올 것 같지는 않은데······.

어쩐지 더욱 불안해졌다. 곁에 있던 루자크는 엘리샤의 어깨를 보듬으면서 일단 그녀를 안정시키며 말했다.

"······엘리샤, 만나고 싶지 않으면 그러지 않아도 돼. 나에게 맡기고 여기서 쉬고 있어."

그러나 엘리샤는 고개를 저었다.

"아니에요. 그래도 내 가족인걸요. 내가 나서서 해결해야 하는 게 맞아요. 당신에게 전부 맡길 수는 없어요."

루자크는 일어서려는 엘리샤를 다시 살짝 밀어서 눕히고는 이불까지 덮어 주었다.

"당신은 그저 잠깐 아프다고 누워 있으면 돼. 모든 건 내가 알아서 하지. 분명 이렇게 다 같이 찾아오신 건 따로 연유가 있을 테니까. 아마도 엘리샤가 아니라 내게 용무가 있으신 걸지도 몰라."

루자크가 차분하게 말했다. 엘리샤 역시 그 생각이 들기는 했다.

"……그럴지도 모르겠어요. 뭐든 꼬투리를 잡아서……"

뜯어낼 것이다. 정말 창피하지만 그들은 속물이었으니까, 머나먼 펜블렌가의 블랙 윈터 본성까지 찾아왔으니 분명 빈손으로 돌아가지는 않을 터였다.

"그런 거라면 해결이 빠르지."

"루자크! 안 돼요. 절대로 이 성의 그 아무것도 넘겨주지 말아요. 내가 알아서 해결할게요. 끝을 내도 내가 내는 게 맞아요."

엘리샤가 루자크의 손을 잡고 이야기하자, 그도 잠시 고민을 하더니 고개를 주억거렸다.

"당신 정말 괜찮겠어?"

"난 괜찮아요. 일단은 단장할 준비가 필요해요. 당신은 잠자코 기다리세요."

"그러지."

"리나, 드레스부터 골라 줘요. 화려한 게 좋겠어요."

"알겠습니다, 마님."

엘리샤는 살짝 긴장한 상태로 가슴 부분을 짚고 있었다.

리나가 재바르게 나가자, 루자크는 다시금 그녀를 토닥였다.

"엘리샤, 너무 긴장하지 마. 내가 있잖소."

"⋯⋯루자크. 고마워요. 당신에게 늘 도움만 받는 것 같아요."

"아니. 당신의 남편으로서 당연히 해야 할 일이지."

루자크는 느긋하게 그녀를 끌어안았다.

*　　　*　　　*

코넬리아의 눈에서는 화르르륵, 불길이 치솟는 것 같았다.

여길 봐도 반짝, 저길 봐도 반짝이었다. 블랙 윈터 본성이 유령 성이라고 한때 그 누가 떠들었던가!

횅뎅그렁한 유령 성은 아닐지라도 적어도 낡고 오래된 크기만 큰 성을 생각했던 코넬리아의 상상은 박살 나고 말았다.

성의 내부로 발을 들이기 전까지는 본성이 이렇게 고급스럽고 우아한 곳인 줄은 또 미처 상상도 하지 못했던 터였다. 메이플 성과는 비교할 수조차 없었다.

이런 으리으리한 성에서 엘리샤가 늘 자고 일어나고 숨을 쉰다니! 열통이 터지고 샘이 바짝 났다.

그건 코넬리아의 곁에서 홀을 누비던 백작 부인 소피아마저도 마찬가지였다.

"어휴, 세상에. 말이 안 나오는구나."

"어머니, 엘리샤가 우리 집안에게 백 번은 감사하고 절해야 할 판이에요!"

집사장이 말을 옮길까 싶어, 차마 대놓고 하지는 못하고 두 모녀는 서로 쑥덕거리면서 엘리샤의 욕을 하고 있었다.

루자크가 층계를 내려오는 모습이 비치자, 루비츠가의 세 사람은 각각 가면이라도 바꾸듯 안면을 슥 바꾸었다.

본성의 곳곳을 탐욕 어린 시선으로 뜯어보면서 엘리샤의 행복에 대해 분노하던 이들이, 공작 앞에서는 아닌 척했으나 그래도 영 떨떠름한 얼굴들이었다.

루자크는 적당한 미소를 가볍게 지으면서 그들에게 다가갔다.

"뜻밖의 방문이시라 조금 놀랐습니다만, 먼 길 오시느라 고생하셨습니다."

이번이 레오나드 백작과의 세 번째 만남이었으나, 어딘가 석연치 않은 눈동자는 여전했다.

"결혼식은 잘 치렀다고 들었소."

"……그렇습니다. 아주 의미 있는 결혼식이었습니다."

"듣기로는 무척 성대했다고 하던걸요? 하지만 초청을 하지 않으신 건 너무하셨어요. 제가 얼마나 고대했었는데요. 아름다운 성에, 아니 아름다운 결혼식에 초대를 하지 않으시다니. 너무하셨어요."

그들 부녀를 제치고, 깡마른 인상의 중년 부인이 공작에게 인사했다.

"우리가 갑자기 찾아와 좀 정신이 없겠어요. 처음 뵙는군요, 펜블렌 공작님. 저는 두 딸아이의 어미랍니다."

선뜻 살갑게 구는 여인의 인상은 코넬리아와 꼭 닮아 있었다.

"아, 처음 뵙겠습니다. 백작 부인."

엘리샤의 어머니는 돌아가셨다고 했으니, 백작의 정실부인이 틀림없었다.

다시 레오나드 공작이 끼어들었다.

"결혼식 일은 대체 어찌 되었던 건지…… 적어도 피로연에는 우리가 와야 했소. 초청이 누락된 것은 아닐 테고……."

"그 누락이 맞습니다."

루자크가 상큼한 미소를 지으며 말하자 세 사람 모두 기가 차다는 얼굴이었다.

말도 안 되는 변명이었지만, 그런 변명을 공작이 하고 있다는 게 더욱 믿기 어려운 상황인지라 그 누구도 쉽게 입술을 열 수 없었다.

"근데 그 애는 어디에 있나요? 우리가 왔는데."

루자크는 미소를 지우고 말했다.

"오랜만에 식구들을 뵙는다고 준비가 한창인 모양입니다. 오늘 모처럼 찾아오신 연유가 그럼……."

"딸아이가 시집간 곳에 찾아오는 게 어디 꼭 이유가 있어서인가요? 우리야 보고 싶어서 왔지요."

백작 부인은 참으로 딸아이를 보고 싶다는 듯, 눈웃음을 지으면서 제 남편에게 슬쩍 눈치를 주었다. 공작에게 본론을 꺼내 보라는 표시였다.

"흠, 공작. 기왕 왔으니 단둘이서 이야길 나누고 싶소."

"아, 그녀가 곧 나올 텐데. 저와 단둘이 말입니까?"

"그렇소."

"예, 좋습니다. 제 서재로 가시지요."

예상은 했지만 레오나드 백작은 생각보다 더 크게 작정하고 테본으로 들이닥친 모양이었다. 그는 참으로 노골적이고도 명확한 뜻을 내비쳤다.

"결혼 선물로 보낸 것의 두 배에 달하는 금화를 원하오. 그 정도면 우리 루비츠가의 명예에 걸맞게 딸애를 단장해서 황실에 시집보낼 준비를 할 수 있을 것 같소."

루자크는 입술을 굳게 닫은 채 잠시 상념에 빠졌다. 그 정도 되는 액수를 요구하리라 예측은 했지만, 그 명분이 참으로도 터무니가 없는 것이었다.

엘리샤의 언니, 즉 그에게는 처형인 코넬리아가 황실로 시집가기로 확정이 된 것도 아닌데 그들은 돈을 요구하고 있었다. 부탁이라고 해도 쉽사리 들어주기 힘든 것인데, 참 당당한 태도였다.

"……결혼 선물로 보낸 액수로는 모자랐습니까? 불과 몇 달 되지 않았습니다만."

그러자 백작이 주름진 눈을 가늘게 뜨면서 말했다.

"솔직히 테본의 영주가 내 사위인데, 아무래도 좀 부족한 감이 있었소이다."

"……요구하신 액수를 드리겠습니다. 백작께 감사한 일이 한 가지 있기 때문입니다."

"하하, 그럴 줄 알았소. 역시 테본의 주인답군. 참으로 고맙소. 그런데 감사한 일이라?"

드디어 원하는 말을 들은 레오나드 백작이 만면에 웃음꽃을 활짝 피우며 물었다.

"예, 코넬리아 영애 대신에 엘리샤를 제게 보내 주셔서 참으로 감사하다는 말씀을 덧붙이고 싶습니다."

그러자 백작의 표정이 묘해졌다.

"아, 에…… 엘리샤라니? 대체 그게 누구인지 모르겠군."

레오나드 백작은 시치미를 뚝 떼고 모른 척을 했다. 엘리샤라는 이름을 인정하면, 자신이 코넬리아 대신에 엘리샤를 공작에게 시집보낸 것을 인정하는 꼴이었다.

그리 되면 루비츠가 펜블렌가의 명예를 크게 실추시키는 것이 된다.

레오나드 백작의 암갈색 눈동자가 미세하게 떨렸다. 루자크는 차가운 눈으로 그를 보면서 말했다.

"모르셨습니까? 어릴 적부터 사용하던 애칭이라고 하더군요."

루자크가 그리 말하자, 백작은 겨우 숨을 돌린 얼굴로 말했다.

"아, 이제야 기억나는군. 어릴 적 그 애 애칭이 엘리샤였지. 허허, 공작께서 그 애를 살뜰하게 보살펴 주시니 아비로서 참 고맙구려. 앞으로도 어여삐 여기고 아껴 주도록 하시오."

"물론입니다. 저는 엘리샤를 괴롭게 하는 것들은 두고 볼 수 없습니다."

서슬 퍼런 푸른 눈동자로 공작이 말을 마쳤다. 묘하게도 자신을 얼어붙게 만드는 그의 행동에 레오나드 백작은 찝찝함을 느꼈다.

"요구하신 액수의 다섯 배로 드리겠습니다. 대신 한 가지 조건이 있습니다."

"그게 무엇이오?"

다섯 배라니, 돈만 준다면 백작은 무엇이든 들어줄 용의가 있었다.

"다시는 이렇게 테본 본성에서 만나 뵙게 되는 일이 없기를 바랍니다."

"뭐, 뭐라고 했소? 다시 보지 말자는 것이오? 아무리 그래도 그렇지."

"자세히 설명 드리지 않아도 백작께서는 아시리라 믿습니다."

"……엘리샤가 뭐라고 말한 거요?"

"만약 싫으시다면, 서재에서 나눈 모든 이야기는 없었던 것으로……"

공작이 그전 이야기까지 거두려 하자, 백작은 마음이 급해진 모양이었다. 그의 머릿속으로 계산이 빠르게 휙휙 돌아갔다.

그 정도 자금이라면, 코넬리아가 원 없이 사치를 누릴 수 있을 뿐만 아니라 메이플 성을 증축하거나, 병력까지도 꾸릴 수 있을 정도의 액수였다. 쉽사리 만져 보기 힘든 큰돈이 굴러들어 올 수 있는 기회를 날릴 수는 없었다.

물론 공작을 평생 동안 벗겨 먹으려면 지금 이 제안을 받아들이지 않아야 했지만, 약속은 본디 깨라고 있는 것이었다.

무엇보다 눈앞의 목돈이 탐이 났다.

"좋소이다. 다시는 이곳에 오지 않겠소."

"약속을 지키지 않으신다면 후회하실 일이 있을 것입니다."

"반드시 지키겠소."

"예, 황태자 전하가 저와 사촌 지간이라는 사실 잘 아실 터이니 약속을 지키시리라 믿습니다. 금화는 마차로 준비하겠습니다."

무척이나 공손한 태도로 루자크가 말했지만, 그것은 여지없는 협박이었다. 약속을 지키지 않으면, 황태자비가 되기 어려울 거라는 무언의 협박.

레오나드 백작은 어쩐지 기분 나쁜 예감이 들었지만, 엘리샤에게는 혈육의 정이라는 것이 없었다. 다만 펜블렌 공작과의 연을 이어 갈 수 없는 것이 아쉬울 따름이었다.

*   *   *

단장을 마친 엘리샤는 손톱을 잘근 깨물었다.

분명 제 아버지, 레오나드 백작이라면 펜블렌가의 본성을 보고 어마어마한 액수를 불렀을 터였다.

엘리샤는 진심으로 그에게는 쌀 한 톨 주는 것도 아까웠다.

자신 때문에 루자크의 재산이 루비츠가로 흘러드는 꼴을 가만히 구경하고 있어야 한다니, 답답할 노릇이었다.

그때 마침, 리나가 돌아와 고했다.

"마님!"

"리나, 각하께서는 뭘 하고 계시죠?"

"서재에서 방금 나오셔서, 랜디어스 경에게 마차를 따로 준비하라고 말씀하셨습니다."

"벌써요? 내가 어서 내려가 보아야겠어요."

루자크라면 자신을 위해서는 아낌없이 재산을 베풀어 그들이 원하는 돈을 내어 주고, 조용히 돌려보낼 터였다.

그러나 엘리샤는 그러고 싶지 않았다.

엘리샤는 드레스 자락을 말아 쥐고는, 거울을 보면서 미소를 쿡 지었다.

정말로 루비츠가라면 지긋지긋했다.

*　　　*　　　*

또각또각.

영롱한 다이아몬드 목걸이가 그녀의 새하얀 목 위에서 빛났다. 붉은 벨벳 드레스는 그녀의 하얀 피부와 대조적으로 어울려 매혹적이었다. 무엇보다 화사하게 빛나는 엘리샤의 자태는 오늘 그 어느 때보다 완벽했다.

찰랑거리는 분홍 머리카락을 손으로 넘기면서 엘리샤가 내려왔다.

루비츠가의 세 사람 역시 엘리샤가 많이 달라졌다며 놀라고 있었다.

"잠깐…… 뭔가 이상해."

코넬리아는 고개를 갸우뚱거렸다. 어쩐지 뭔가 이상한 기분이 들었다. 공작도 마찬가지로 위화감을 느꼈다.

"어, 어…… 쟤가 왜 분홍 머리를 하고 있죠, 아버지?"

코넬리아가 제 아버지 레오나드 백작에게 그렇게 귓속말을 건네자, 백작 역시 당혹스러움을 감추지 못했다.

분홍 머리, 그리고 공작이 아까 불렀던 엘리샤라는 이름. 어쩐지 자꾸 위화감이 들었다.

'대체 일이 어떻게 돌아가고 있는 것이지?'

그야말로 테본의 안주인에 걸맞는 자태로 엘리샤가 응접실에 다다르자, 세 사람의 눈동자가 그곳으로 쏠렸다.

특히 코넬리아는 놀라고 당황한 모양인지 표정이 시시각각으로 변했다. 엘리샤는 그들을 조소하듯 가볍게 웃다가 한 사람을 발견하곤 다시 얼굴을 굳혔다.

변함없이 짜증 나는 두 사람 옆에, 오랜만에 마주치는 이가 있었다. 바로 코넬리아의 어미이자 백작의 정실부인인 소피아였다.

제 어머니를 무척이나 미워하고 괴롭히던 악독한 여자. 엘리샤를 늘 벌레 보듯 했었던 여자로, 다시 얼굴을 보는 것조차 경기가 일어날 만큼 싫었다.

짜악! 짝!

—시, 싫어!

게다가 어린 엘리샤에게 손찌검을 일삼기도 했었다. 엘리샤는 손이 부들부들 떨려 왔지만, 정신을 바짝 차리기 위해 눈에 힘을 주었다.

"어머, 모두들 오랜만이네요."

"그러게, 코코. 이제 너를 밖에서 만나면 몰라보겠구나. 그런데 너, 머리 색이 그게 뭐니? 분홍 머리로 염색이라도 한 거니?"

코넬리아의 빈정거림에 대꾸하지 않고 엘리샤가 말했다.

"아버지와 언니, 그리고 새어머니까지 이 먼 태본까지는 무슨 일로 오셨나요?"

"무슨 일이긴, 너를 보러 왔다."

레오나드 백작이 그리 대답하자, 엘리샤는 옅게 웃으면서 말했다.

"……그건 핑계고 돈이 필요해서겠죠?"

"아버지께 그 무슨 시건방진 말이니? 버르장머리는 여전하구나? 하긴, 그러니 우리에게도 결혼 사실을 알리지 않았겠지. 뭐? 누락? 하, 기가 막혀서 원. 황태자 전하나 다른 귀족들이 우리를 뭐라고 생각했겠니?"

소피아가 엘리샤를 씹어 먹을 것처럼 노려보면서 말했다.

"참으로 끝까지 역겹게 구시네요. 당신들은."

생긋, 엘리샤가 미소를 지으며 말하자 소피아와 코넬리아가 동시에 달려들려고 했다.

그러나 뒤에 사용인들도 있었고, 공작이 곧 이쪽으로 성큼 걸음을 옮기고 있던 탓에 백작이 제 아내를 붙잡았다.

"좀 참으시오."

"이거 놔요! 저 물건이 이제야 악독한 본성을 드러내는 꼴 좀 보세요. 추잡한 제 어미를 닮아서 근본 없는 것 좀 보시라고요."

엘리샤의 눈동자에 파사삭 열이 오르는 것 같았다.

순간 그때 코넬리아의 방에서 느꼈던 그것처럼 제 온몸으로 마력이 도는 것 같았다.

지금 당장 소피아를 죽이고 싶었다.

츠츠츳.

엘리샤의 내면에서 뭔가가 일어나려 할 때, 루자크가 그녀의 어깨를 꼭 붙들었다.

그가 전부 들은 모양이었다.

얼굴이 굳은 루자크가 입술을 열었다.

"방금 제가 이상한 말을 들은 것 같습니다만…… 저는 분명 제 아내가 루비츠가에서 사랑받으며 자랐다고 믿어 왔습니다. 그렇지 않소, 엘리샤?"

뒤늦게 백작이 궁색한 변명을 대기 시작했다.

"물론 저 애는 그리 자랐소. 내 아내는 오랜 지병이 있어서 가끔 신경이 날카롭지."

"……."

엘리샤는 그들이 참으로 한심하고 미웠다.

어디까지 추락할 것인지 궁금하지도 않았다.

그저 그들과의 인연이란 끈을 끊어 버리고 싶은 마음뿐.

"아버지. 이제 그만하세요. 공작 각하께서는 전부 알고 계세요."

담담한 말에 백작이 인상을 찌푸렸다.

"뭐, 뭘 말이냐."

"코넬리아 언니 대신에 제가 그녀로 위장하고, 펜블렌 공작가로 혼인한 것 말이에요. 이건 명백히 사기 결혼이에요."

백작과 코넬리아, 그리고 소피아까지 눈이 휘둥그레졌다.

엘리샤는 말을 이었다.

"보세요. 그 증거가 이렇게 눈앞에 있잖아요. 저 말이에요. 내 이름은 엘리샤이고, 레오나드 백작의 서녀이며 붉은 머리가 아닌 분홍 머리를 가지고 있잖아요."

"미친 계집애! 입 닥쳐! 우릴 모욕할 셈이야? 가만두지 않겠어!"

흥분한 코넬리아가 포악한 얼굴로 엘리샤에게 덤벼들었지만, 펜블렌 공작이 가로막았다. 그는 낮은 음성으로 경고하듯 말했다.

"더욱 그녀의 말이 명백한 사실이라는 것, 잘 알겠소."

"아, 아니에요. 각하! 쟤가 전부 꾸며서 말하는 거라고요!"

코넬리아가 흥분해 소리를 빽 질렀고, 백작 역시 외쳤다.

"그럴 리 없어. 이건 말도 안 되는 모함이야! 우리는 그런 적 없소. 기필코!"

"……더 이상 듣지 않겠습니다."

한사코 아니라 우기던 백작은 루자크가 말이 없자, 털썩 그 자리에서 주저앉았다.

엘리샤가 말을 이었다.

"……그럼에도 각하는 절 받아들이셨어요. 루비츠가에 그 어떤 책임도 묻지 않으시고요. 그러니까, 그러니까 제발 낯 뜨거운 일들 그만 만들고 돌아가세요."

"엘리샤의 말 그대로입니다. 이만 돌아가시는 게 좋겠습니다."

루자크의 덧붙임에, 백작은 아까의 약속이 생각나 말을 꺼냈다.

"그, 그래도 약속을 하지 않았소? 아까 다섯 배를 주겠다고……."

"약속이 아니라 거래였습니다만, 결렬되었습니다."

공작이 차분한 어조로 말했다.

그들은 허망한 얼굴들이 되어 버렸다.

레오나드 백작은 불만을 토로했다.

"허, 그런 법이 어디 있소?"

그러자 엘리샤의 입술이 달싹였다.

"당신들이 펜블렌가를 모독한 것을 황가가, 세상이 알게 되어도 상관이 없을까요?"

명백한 협박이었다.

루자크가 조용히 말했다.

"여기까지 오신 것에 대한 소정의 여비는 마차에 함께 싣겠습니다. 그럼, 반트."

루자크는 반트를 불러 다시 지시를 내렸다.

이윽고 분노와 적의로 가득 찬 눈동자를 한 채, 루비츠가의 세 사람이 마차를 타고 떠났다.

＊　　＊　　＊

노란 건물 앞에 선 콜린은 푯말을 재차 확인했다.

푯말에는 커다란 보따리를 짊어진 금빛 고블린이 그려져 있었고, 길드 명까지 적혀 있었다.

<황금 고블린 길드 : 무슨 일이든 해결해드립니다>

문을 두드리고 안으로 들어가니 건물 안은 의뢰를 맡길 사람들로 바글거렸다. 콜린의 행색을 살핀 의뢰 담당 매니저가 걸어왔다. 대기표를 나누어 주면서 그가 말했다.

"무슨 일로 오셨죠?"

"의뢰를 하나 맡기고 싶소…… 일정이 아주 급해요."

"특급 의뢰를 추천드립니다."

"특급?"

"보수를 두 배로 받지만, 좀 더 빠른 처리가 가능하죠."

매니저인 남자가 사무적인 미소를 지으면서 말했다.

그러자 콜린이 대답했다.

"좋소. 특급으로 하겠소."

"이쪽으로 모시겠습니다."

남자가 안내한 방에는 우아한 가발을 쓴 풍만한 몸매의 귀부인이 있었다.

그녀의 인상도, 드레스도 어쩐지 눈에 익었다.

'저 드레스. 기억나.'

"특급 의뢰입니다, 마스터."

그러자 마스터의 눈이 콜린에게 향했다. 그녀는 콜린을 보곤 깜짝 놀란 얼굴이었다.

"오우. 세상에! 콜린 자작님이잖아! 어서 이리 와서 앉으세요."

뜻밖에도 자신을 알아보는 상대가 있자, 콜린은 헛기침을 하고는 거들먹거리는 표정으로 어깨를 활짝 폈다.

"뭐어, 그렇소만. 부인께서 이곳 길드 마스터요?"

"아, 임시지만 그렇게 되었어요. 콜린 자작님, 만나 뵙게 돼서 영광이로군요. 자작님께 이 드레스를 맞추기 위해서 아를렌에 직접 간 적도 있는데……."

"물론 기억하고 있소."

"그나저나 특급 의뢰라니 대체 무슨 일인가요?"

한결 상냥해진 마스터의 태도에 콜린은 마음 놓고 의뢰를 이야기했다.

"테본에도 오트쿠튀르를 낼 거요. 내일이 오픈인데, 당장에 사교계의 여러 인사들에게 알리고 싶소. 내일 거리에서도 행사를 할 생각이지만, 그걸로는 부족할 것 같아서 말이오."

그걸 들은 마스터의 눈이 커졌다.

"호오, 듣던 중 반가운 소식이로군요. 그건 걱정 마세요. 제가 자주 나가는 비공식 사교 모임이 있는데, 거기에 자작님의 오트 쿠튀르 이야기를 슬쩍 흘리지요. 테본 사교계가 워낙 좁아서 말들이 참 많아요. 그 모임에서 어지간한 말들은 다 돌고 돈답니다. 어느 집 남편이 속옷이라도 거꾸로 입고 들어왔다고 한번 말 나오면, 삽시간에 퍼지죠. 불과 몇 시간 안 걸려요."

"……그 정도로 빠르게 퍼진다면 내가 바라던 바요."

"걱정 마세요, 자작님."

"그렇다면, 이것을 부탁하겠소."

콜린은 미리 준비해 온 초청장을 내밀었다.

"호오, 알겠어요."

"이건 극비지만, 소문이 나도 상관이 없겠지. 공작 부인께서 직접 제작하신 드레스를 입고 선보이실 거요. 물론 내가 만든 훌륭한 드레스들도 많을 테고."

마스터의 눈이 빛나면서 포동포동한 손으로 콜린의 손을 꽉 잡았다.

"더할 나위 없군요. 완벽해요!"

*   *   *

조금은 두근거리는 마음으로 엘리샤는 콜린의 오트쿠튀르 안으로 들어섰다. 한결 정돈된 분위기가 곧 오픈이 임박했음을 알리고 있었다.

"어서 오세요, 펜블렌 공작 부인!"

"네, 콜린 자작님은 어디 계세요?"

"곧 돌아오실 거예요. 직접 초청장을 이곳저곳에 전달하시겠다고 나가셨어요."

"그래요? 열성적이라 좋군요."

참으로 잘된 일이라 생각하는 엘리샤에게 점원이 초청장을 하나 가져와 보여 주었다.

"여기 초청장이에요."

초청장에는 간단명료한 문구 하나만이 적혀져 있었다.

<최고의 옷을 만듭니다. 콜린 폴드의 오트쿠튀르 테본 지점.>

최고의 옷을 만든다는 심플하지만 자신 넘치는 문구였다. 그가 아니고서야 감히 쓸 수 없는 말이었다.

"풋, 그답네요."

엘리샤가 오트쿠튀르의 내부로 몇 걸음 옮겼을 때 순간 그녀의 눈이 커다래졌다.

"엇, 저 옷들은……?"

바로 자신이 만든 옷들이 무대 중앙 마네킹에 걸려 있었던 탓이었다. 엘리샤는 단숨에 입이 함지박만 하게 벌어졌다.

"이게 어떻게 된 거예요?"

놀라서 점원에게 달려오려던 엘리샤는 발걸음을 멈췄다.

오트쿠튀르로 들어서던 콜린과 눈이 마주쳤던 터였다.

"콜린!"

"어, ……왔어. 아, 오셨습니까?"

"네, 저게 대체 어떻게 된 일이에요? 콜린, 제 옷이 저기 진열 되어 있잖아요!"

엘리샤는 기뻐서 흥분한 어조로 말했지만, 정작 콜린은 심드 렁한 표정이었다.

"뭐긴 뭡니까. 가게 오픈을 위해서 부인께서 만드신 의복을 사 용해 진열했습니다. 부인께서는 엄연히 저의 제자가 아니십니까?"

그 말은 자신을 인정해 주겠다는 뜻 같아서 엘리샤는 그에게 다가와 와락 안겼다.

화아악, 하고 콜린의 얼굴이 믿을 수 없이 새빨개지는 것도 모 른 채 엘리샤가 말했다.

"고마워요, 콜린. 이걸 보여 주려고 내게 오트쿠튀르로 나오 라고 한 거군요?"

"……잠깐, 무슨 짓입니까?!"

콜린이 화들짝 놀라 엘리샤를 슬며시 밀어 냈다.

그러곤 제 구겨진 옷자락을 툭툭 털어 냈다.

"앗, 미안해요. 그저 고마움의 표시였어요."

"……부인께서는 제가 남자라는 걸 조금 더 자각하시는 게 좋 겠군요."

정색하며 콜린이 말하자, 그제야 엘리샤는 조심스러워졌다.

"아아, 알겠어요. 멜드레 선생님께 하던 버릇이 들어 버려서."

엘리샤의 말을 들은 콜린의 고개가 비뚜름해졌다.

"……그건 제가 멜드레와 동급이란 말씀이시군요."

"아니, 그런 게 아니라. 저는 두 사람 모두 좋아하고 존경하는 걸요."

"크흠, 됐습니다. 아무튼 제가 부인을 직접 부른 것은 따로 드릴 말씀이 있어서입니다."

엘리샤가 귀를 쫑긋 세웠다.

안 그래도 그가 할 말이 무엇인지 내내 궁금했었다.

"그게 뭐죠?"

"내일 우리 오트쿠튀르의 오픈일에 부인께서 직접 드레스를 입고, 무대에 올라가 주셨으면 합니다. 사교계의 여러 인사들이 방문할 겁니다."

"네에? 제가 어떻게……?"

"부인께서는 결혼 후 공식적인 사교 활동이 없으셨으니 이번 기회에 첫 발걸음을 이 콜린의 오트쿠튀르와 함께하시는 겁니다. 그리 나쁜 제안은 아니지 않습니까?"

"아…….."

엘리샤는 그의 말에 떨리기 시작했다.

테본에서의 공식적인 사교 활동.

확실히 자신은 아직 그럴 만한 기회가 없었다. 갑자기 모임을 이끌어 나가기에는 경험도 없고, 얼굴을 아는 이도 드물었다.

콜린 말대로 괜찮은 시작이었다. 그것도 제법.

"하겠어요."

"좋습니다. 내일 우리 가게 옷들을 여러 벌 입으시고, 홍보해 주시면 됩니다. 화가도 초빙했으니 부인의 초상화도 직접 그리는 행사를 가질 겁니다."

"앗, 초상화까지 그리는군요. 그런 건 처음인데."

"그리 긴장하실 필요 없습니다."

"네, 잘해 낼게요."

엘리샤의 씩씩한 대답에 콜린이 피식 웃으면서 말했다.

"그럼 부인의 단장을 도와줄 시녀를 대동해서 내일 아침에 오트쿠튀르로 나와 주시죠."

"알겠어요."

엘리샤는 가볍게 고개를 주억거리고 있었지만, 속으로는 놀라움과 설레임으로 가득 차 있었다.

'으, 떨린다. 내…… 내가 잘해 낼 수 있을까?'

물론 옷을 만드는 일에는 자신이 있었지만, 오트쿠튀르를 대표해서 여러 사람들 앞에서 드레스를 선보이는 자리였다.

사교계의 여러 인사도 참석한다니, 더욱이 잘해 내야 했다. 내일 어떻게 하느냐에 따라서 앞으로 자신의 사교계 행보가 결정될지도 모르는 일이다.

그런 생각을 하자 엘리샤는 무척이나 떨리고 조바심이 났다.

콩닥콩닥 가슴이 뛰고 목이 자꾸 말랐다.

엘리샤는 콜린의 옷자락을 잡아당기며 슬쩍 물었다.

"콜린, 그런데 초상화는 왜 그리는 거죠?"

"부인의 초상화를 의상 홍보 목적으로 사용하고 싶습니다만."

"……그 말은 내 얼굴을 많은 사람이 보게 된다는 거예요?"

"예."

"윽. 그건 조금……."

엘리샤의 반응에 콜린이 눈을 가늘게 뜨고 콧등을 찡그렸다.

"부인께선 사교계에서 유명해지고 싶으신 게 아니었습니까?"

그의 말을 들은 엘리샤는 가벼이 고개를 끄덕였다.

"그렇긴 하지만, 제 재봉 실력으로 주목을 받는 게 아니잖아요."

"왜 아닙니까?"

"네?"

콜린이 말을 이었다.

"내일 입게 될 드레스에는 부인께서 직접 제작하신 드레스도 포함되어 있습니다."

"아…… 정말요?"

엘리샤의 눈동자가 순간 커다랗게 뜨였다. 입술이 헤 벌어졌다.

"그렇습니다. 제가 설마 부인을 저희 마네킹 대신으로만 했겠습니까?"

씨익, 입을 다물며 콜린이 웃었다.

*　　*　　*

와락!

두근두근.

쿵쿵 울리는 심장.

가빠지는 호흡.

특히 그 푹신함이 감히 침대 따위에 비할 바가 아니었다.

달큼한 체향은 또 어떻고.

재단 책상에 앉아서 도구를 정돈하던 콜린은 얼굴을 마구 쓸어 넘겼다.

해 지는 노을처럼 붉어진 건 비단 그의 머리 색뿐만이 아니었다. 얼굴이며, 목, 귀까지 온통 새빨개져서 그는 아무런 사고도 하지 못하는 상태였다.

그 애 앞에서는 겨우 참아 냈지만 오롯이 저 혼자 있는 작업실에서는 문까지 꼭꼭 걸어 잠근 채, 아까의 상황을 곱씹어 보고 있었다.

아무에게도 말할 수 없는 비밀.

불쑥불쑥 치미는 이 감정들, 더 깊어지면 안 된다.

하지 말라고, 안 된다고 스스로를 다그칠 때마다 더욱 선명하게 떠오르는 그녀의 얼굴에 콜린은 어떻게 해야 할지를 몰랐다.

똑똑.

"콜린? 안에 있어요?"

문득 들려온 목소리에 콜린은 차라리 귀를 막고 싶었다.

"젠장. 어쩌자고 나는……."

콜린이 다음 말을 삼켰다. 어쩌자고 여기까지 왔을까.

상대는 기혼 여성이었다.

그것도 그녀를 끔찍하게 사랑해 주는 남편이 있는 공작 부인.

제발, 이성적으로 생각하자. 콜린 폴드.

몇 번이고 거칠게 제 머리칼을 넘긴 콜린은 문을 벌컥 열었다.

새초롬한 보라색 눈동자가 눈에 들어왔다.

"콜린, 있잖아요. 드레스를 미리 입어 보는 게 좋지 않을까 해서요. 어떤 건지 미리 알려 주면……."

"그런 시시콜콜한 것까지 제게 물으실 참입니까? 마샬에게 물어보십시오."

"미안해요, 근데 갑자기 왜 그렇게 말투가 차가워요? 화가 다 풀린 것 아니었어요?"

스윽.

분홍 머리칼이 한층 가깝다.

손을 뻗으면 닿을 수 있는 거리.

그녀는 동그랗게 눈을 뜨고 자신을 올려다보며 걱정스런 표정을 지었다.

그런 걱정 따위는 당신의 공작 각하에게나 하란 말이야.

이 바보 같은 계집.

천하의 콜린 폴드가 수준 낮게 질투하는 꼴이란…….

낯설고 생경해서 당황스럽다.

빌어먹을, 이래서 여자가 싫다니까.

"……화 안 났습니다. 오픈이 다가와 예민해진 것뿐입니다."

자그만 머리통이 연신 이해한다는 듯 고개를 주억거렸다. 바보처럼 아무것도 모르는 주제에.

"아, 그럴 만도 해요. 정말 오랫동안 준비했잖아요. 힘내세요.

잘될 거예요."

"네, 잘되어야죠. 부인과 공작 각하의 지원까지 받았으니."

그가 시니컬하게 말했지만 엘리샤는 고개를 저었다.

분홍색 실크처럼 흔들리는 머릿결.

"아니에요. 전부 콜린이 이룬 거잖아요. 저도 콜린처럼 이렇게 멋진 가게를 내는 게 꿈이에요. 콜린은 저의 우상이에요."

어쩐지 이상한 기분이 든다.

쿠웅.

이번에는 울림이 제법 깊었다.

맑은 보라색 눈동자 속 가득히 제 얼굴이 오롯이 담긴다.

콜린은 자신도 모르게 엘리샤 쪽으로 한 걸음 다가갔다.

"……우상?"

"그래요. 늘 존경해 왔어요."

그 말에 콜린은 마치 그녀가 고백이라도 한 것처럼, 심장이 몹시도 뛰었다.

특히 저 새틴보다 반짝거리는 눈동자가.

벨벳보다 부드러울 것 같은 입술이.

쿵쿵쿵, 쿵쾅쿵쾅.

아무래도 미친 게 틀림없었다.

콜린은 손을 뻗어 엘리샤의 어깨를 꼭 붙들었다.

이내 놀란 그녀가 고개를 갸웃거리면서 그를 올려다보았다.

"콜린?"

"……."

"왜 그러는 거예요?"

아무 말은 없지만 그의 초록빛 눈동자가 더욱 깊어졌다.

호흡은 더욱 빨라지는 듯했다.

게다가 붙들린 어깨가 몹시 아파서 엘리샤는 얼굴을 찡그리며 그에게 말했다.

"아프니까, 이거 좀 놓고 말해요."

"……엘리샤."

그의 입술에서 겨우 들릴락 말락 하는 자그만 소리가 기어 나왔다.

"놓고 말해요, 콜린!"

엘리샤의 외침에 그제야 정신이 번쩍 든 콜린은, 급히 고개를 숙인 채 말했다.

"미안. 아무것도 아냐."

그는 이내 작업실을 빠져나갔다.

콜린의 뒷모습을 본 엘리샤가 그를 따라가려다가 걸음을 멈췄다.

제기랄.

엘리샤의 귓가에까지 다 들리는 욕설.

지금은 그냥 콜린에게 혼자만의 시간을 갖게 두는 것이 나을 것 같았다.

14.
꿈을 위한 첫 걸음

차창 밖을 내다보던 루자크는 엘리샤를 태운 마차가 언제 들어오는지 확인하고 있었다.

이번이 무려 다섯 번째였다.

루자크는 마침 제 서재 겸 집무실에 들어서던 반트에게 말을 걸었다.

"······시간이 꽤 늦었군."

주군의 말에 반트는 눈치를 채곤 답했다.

"오늘 마님께서는 콜린 자작의 오트쿠튀르에 나가셨습니다. 내일이 오픈 일이라고 하니, 그것 때문에 늦어지시는 게 아닐지."

"그건 나도 알고 있네. 그걸 감안해도 너무 늦어."

"사람을 보낼까요?"

걱정 가득한 얼굴로 목덜미를 문지르던 루자크는 기어이 셔츠의 윗단추를 답답한 듯 풀었다.

"아니. 마차를 준비해 줘."

그러자 반트가 놀라 물었다.

"직접 가실 참입니까?"

"내 아내가 늦는데 내가 가야지, 누가 가겠나?"

"안돌프가 호위 기사로 함께 갔으니 그리 걱정하지 않으셔도……."

"내 눈으로 보고 데려와야겠어."

"알겠습니다. 채비를 하겠습니다."

부하를 믿지 않는 건 아니었지만, 루자크는 그냥 직접 보고 싶었다. 자신의 손으로 엘리샤를 데려와야 안심이 될 것만 같았다.

그리고 자작의 오트쿠튀르가 어떤지 자못 궁금하기도 했다.

펜블렌가의 마차는 곧장 오트쿠튀르 앞에 당도했다.

마차에서 내리는 주군의 얼굴을 확인한 안돌프는 뜻밖의 방문에 고개를 숙였다.

"각하!"

"자네가 고생이군."

"아닙니다."

"그래, 마님은 아직 오픈 준비를 돕느라 일에 집중하고 있나?"

"아무래도 그러신 것 같습니다."

그러자 루자크의 얼굴이 살짝 굳어졌다.

"으음. 콜린 자작이 아무래도 그녀를 너무 부려먹는 것 같은
데……."

루자크는 거리낌 없이 오트쿠튀르 안으로 들어섰다.

갑작스런 공작의 방문에 점원들은 놀라면서도 얼굴에 화색이
돌았다. 그의 수려한 외모와 훤칠한 체구는 보는 것만으로도 상
대의 호감을 불러일으켰다.

"그녀는 어디 있소?"

점원 마샬은 공작이 자신에게 말을 걸자, 얼굴을 붉히며 엘리
샤가 있는 곳까지 안내를 해 주었다.

"고맙소."

루자크는 제 시선이 엘리샤에게 닿은 후에야 안심한 내색을
비쳤다.

엘리샤는 작업실 소파에 둥글게 몸을 말고 곤히 잠들어 있었
다.

많이 고단했던 모양이지.

이렇게 불편하게 잠을 잘 바에는 성으로 일찍 들어왔더라면
좋았을 텐데.

루자크는 자고 있는 엘리샤의 얼굴을 측은하게 바라보았다.
그녀 옆에는 가지런히 드레스들이 놓여 있었다.

잠든 엘리샤를 그대로 번쩍 안아 든 루자크가 물었다.

"내 아내가 추가로 더 처리해야 할 일이 있소?"

마샬이 말했다.

"아닙니다. 펜블렌 부인께서는 만반의 준비를 다 마치셨어요.

나머지는 저희가 정리하겠습니다. 오늘은 이만 성으로 들어가시는 게 좋을 것 같아요."

"알겠소."

그리 말하면서 루자크는 오트쿠튀르의 내부를 살펴보았다.

내일이 오픈이라 아직 어수선한 감은 있었지만, 오페라 극장을 개조해서 만든 의상실이란 점은 무척 특이했다.

시내에는 예쁘고 화려한 가게들이 무척 많았지만, 이곳은 특유의 독특한 분위기가 느껴졌다.

마차 안에 엘리샤를 조심히 태우던 루자크는 제 목에 감기는 가느다란 팔을 느끼자, 흠칫했다.

조심조심 그녀가 깨지 않도록 움직이려고 했던 터였다.

"……엘리샤?"

하지만 대답은 들려오지 않았다. 잠버릇으로 잠시 뒤척였던 모양이었다.

루자크는 입가를 늘이면서 엘리샤의 몸 위로 자신의 코트를 벗어 덮어 주었다.

마차를 타고 지나가는데 익숙한 뒷모습이 보였다.

분명 콜린 자작이었다. 그는 술집으로 들어가고 있었다.

평소 술을 즐기는 성향은 아닌 것 같았는데, 루자크는 입술 안쪽을 슬쩍 깨물었다.

어쩐지 신경이 쓰였지만 마차를 멈추지는 않았다. 그에게는 엘리샤를 본성으로 데려가는 것이 우선이었다.

"……으음."

잠이 깬 엘리샤는 자신이 루자크의 품속에 있다는 것을 알아
차렸다. 자신을 꼭 끌어안은 채 잠깐 졸았던 모양인지 곧 그녀의
움직임을 파악한 느른한 목소리가 들려왔다.

"……엘리샤? 잠이 깼나? 좀 더 푹 자도록 해."

"아, 오트쿠튀르에서 저를 직접 데려오셨군요?"

"그래."

"당신이야말로 고단하실 텐데 푹 주무세요."

그리 말하면서 제 품을 벗어나려 하는 엘리샤를 놓아주지 않
은 채, 루자크는 그녀를 더욱 폭 껴안았다.

"……조금만 더 이대로 있었으면 좋겠군."

"저 사실 내일 중요한 일이 있어요."

엘리샤가 살짝 몸을 빼내면서 말했다.

"알고 있어. 콜린 자작의 오트쿠튀르 오픈 때문이지?"

"네. 자작님이 제게 제작된 드레스를 입어 달라는 부탁을 하
셨어요. 사교계 진출에 분명 도움이 되겠죠?"

생기 넘치는 엘리샤의 목소리에 루자크도 웃음이 번졌다.

"자작에게 들었소. 그렇게 시작하는 것도 괜찮아 보여."

"네, 하지만 조금 긴장되는걸요. 잘 해낼 수 있을까요?"

루자크가 엘리샤의 머릿결에 입을 맞추면서 말했다.

"당신이라면 누구보다 멋지게 해낼 거야. 결혼식에서도 당신
은 드레스와 미모로 세간의 주목을 받았었지."

그의 말에 엘리샤는 사뭇 민망해졌다.

"……그건 결혼식의 주인공이었으니까 그렇지요."

"내일도 당신이 주인공이 될 거야."

루자크가 싱긋 웃었다.

그 말에 엘리샤는 큰 용기가 나는 것 같았다.

"맞아요. 제 초상화를 그리는 행사도 한다고 했어요. 사실 초상화를 맡겨 본 적이 없는데, 그 많은 사람 앞에서는 더더욱 말이에요."

"초상화라. 그러고 보니 우리 부부도 초상화를 맡기면 좋겠군. 기왕이면 입을 맞추는 장면으로."

"각하!"

"농담이야. 근데, 오늘 밤에도 할 일이 남은 거야?"

"아까 다 해 두긴 했지만⋯⋯."

"긴장되어서 뭐라도 만들고 싶은 건가?"

끄덕끄덕.

"저런, 그보다는 반트에게 차를 우려 달라고 할 테니 그걸 마시고 다시 자는 게 좋겠어."

"하긴, 시간이 너무 늦었네요. 자정이 훌쩍 넘었으니."

"그래, 자든가 아니면 다른 걸 하든가. 둘 중 하나지."

"다른 거?"

엘리샤의 입술이 달싹이자, 루자크가 야릇한 눈빛을 보냈다.

"⋯⋯아, 안 돼요, 각하. 오늘만은 봐줘요. 기운 빠지면 내일 못 일어난다고요."

"쳇, 알겠어."

"대신에 다녀와서 함께 붙어 있으면 되잖아요."

"너무 늦어."

루자크가 심술궂게 대답하곤, 엘리샤를 다시 응시했다.

"당신에게 해 둘 말이 있소. 다음 주부터 영지 시찰을 다녀올 계획이라 성을 비울 거요. 크라우프의 숲 속까지 갈 거라 여정이 꽤 걸려. 일이 주 정도?"

뜻밖의 말에 엘리샤의 눈이 커졌다.

"아…… 그렇게 길게요? 게다가 그곳은 위험지역이 아닌가요?"

그녀의 걱정스러운 어조에 루자크는 엘리샤의 머리 위로 제 고개를 얹어 놓고는 꾹 눌렀다.

그것은 보기에 애교스러운 동작이었지만 엘리샤는 머리가 무겁게 짓눌리는 바람에 살짝 놀랐다.

"내 걱정은 하지 마. 다만 엘리샤 당신을 혼자 둔 채 가야 한다는 사실이 나도 몹시 괴롭군."

"저는 괜찮아요."

"나와 한 가지 약속해 줘."

루자크가 그녀를 뒤에서 끌어안으면서 향기로운 머리칼에 얼굴을 묻었다.

엘리샤는 뒤돌아 그를 안으면서 말했다.

"좋아요. 뭐든 말해 봐요."

"내가 돌아올 때까지 성 밖으로 외출은 자제했으면 좋겠어."

"아, 콜린의 오트쿠튀르에 가는 일도요?"

루자크는 말없이 고개를 끄덕였다.

"알겠어요. 당신을 걱정시키고 싶지는 않아요."

"그래, 이해해 줘서 고마워."

"당신도 한 가지 약속해요. 다치지 않겠다고."

엘리샤의 말에 루자크는 보드라운 입술에 쪽 입을 맞추고는 대답했다.

"꼭 지키도록 하지."

이어서 루자크의 손이 익숙하게 그녀의 허리를 감았다. 엘리샤 역시 눈을 스륵 감고는 그에게 다가갔다.

겹쳐지는 입술의 촉감을 느끼면서 엘리샤 역시 그의 단단한 가슴 위에 손바닥을 가져갔다.

벌써부터 그가 그리웠다.

그가 다치기라도 하면, 견딜 수 없을 것 같았다.

더욱 자신을 옭아매는 입맞춤에 빠져들면서 엘리샤는 그를 꼭 끌어안았다.

*   *   *

블랙 윈터 본성으로 들어서던 콜린은 제게 닿는 눈빛에 숨이 턱 막히는 것 같았다.

안경 너머 시선은 긍정도 부정도 아니었지만, 지금의 콜린에게는 그것마저 불쾌했다.

이건 술에 잔뜩 취해서가 아니었다. 그냥 저 작자 눈빛은 기분이 나빠. 고개를 끄덕이면서 슥 지나가려는데, 역시나 들려오는 목소리가 있었다.

"귀가가 퍽 늦으셨습니다."

"……내 귀가 시간까지 확인하는 줄은 미처 몰랐는데 말이오."

"본성에 기거하시는 동안은 제게 자작님을 보살필 책무가 있습니다. 저는 이곳의 대집사입니다."

"하, 그런 관심은 조금도 필요 없소. 공작 성의 주인에게나 충성을 다하시오."

비아냥이 틀림없는 말투에 반트가 안경을 들어 올렸다.

"많이 취하신 모양입니다."

비틀거리는 걸음걸이가 영락없이 취객의 그것이었다. 반트는 마음에 들지 않았다. 자신이 완벽하게 가꾸어 놓은 블랙 윈터 본성이 흐트러지는 것을 보고 싶지 않았다.

그에게 자작은 자꾸 신경을 거슬리게 하는 존재였다. 리나 역시 그랬지만, 콜린은 그녀와는 또 다른 의미로 그러했다.

저벅저벅.

때마침 층계를 내려오는 공작의 모습이 보였다.

콜린은 그가 내려오자 괜스레 고개가 수그러들었다. 부리나케 꾸벅 인사를 하고는 지나가려는데 그런 그의 발목을 잡는 목소리가 들려왔다.

"자작. 기왕 마신 술, 나랑 한잔 더 들겠나?"

콜린은 목소리의 주인을 돌아보았다.

"반트, 마실 와인을 좀 챙겨 줘."

"예."

딱히 거절의 말을 할 틈도 없이 루자크의 명이 떨어지자, 콜린은 순순히 따라갈 수밖에 없었다.

삼 층의 테라스.

차갑게 볼을 때리는 바람에 콜린은 조금 정신을 차렸다. 어쩌면 공작의 앞이라서 그랬는지도 모르겠다.

콜린은 말없이 그저 루자크가 하는 양을 지켜보았고, 공작은 친히 잔에 와인을 따라 주었다.

쪼로록.

자줏빛이 도는 검붉은 색의 와인이 잔에 담겼다.

굳이 맛을 보지 않아도 무척이나 도수가 높은 술임에 틀림이 없었다. 이미 주점에서 보리주를 마시고 온 후라, 콜린은 아직도 얼떨떨한 기분이었다.

"내가 보유한 와인 중에 두 번째로 독한 거라네."

"……."

"자네 표정이 침울해 보여서 말일세. 일단 건배나 할까?"

"사양하는 건 실례이니 마시겠습니다."

콜린의 대답에 루자크의 푸른 눈이 가늘어졌다.

"이런, 내키지는 않는 모양이군."

루자크는 웃었지만, 콜린은 웃지 않았다.

대신에 입가로 와인을 가져갔다.

"그래. 자, 마시고 무엇이든 털어놓게. 오늘은 무슨 이야기든 들어 줄 테니까."

루자크가 분위기를 잡으면서 와인을 한 모금 마셨다.

입 안으로 가득 퍼지는 와인의 씁쓸하면서 깊은 맛이 한 번, 두 번 톡 쏘듯이 올라왔다.

"……그런 것 없습니다."

"거짓말."

"……."

"거짓말이 어설프군. 누가 보아도 자네 얼굴에 고민스러움이 역력한데?"

"그저 좀 긴장해서 그런 것뿐입니다, 각하."

"흐음. 그런가? 엘리샤도 내일 일로 잔뜩 긴장한 것 같아 기운을 북돋아 주고 오는 길일세."

엘리샤 이야기에 콜린의 찢어진 눈매가 크게 뜨였다.

루자크는 그걸 놓치지 않고 보고 있었다.

"……공작 부인께서 크게 긴장하실 만한 일은 아닙니다. 오늘 길드에 의뢰했고, 입소문이 날 만한 사교 모임에 오트쿠튀르 소식이 쫙 퍼졌다고 보고를 받았습니다. 분명 잘될 겁니다."

평소보다 조심스럽고 차분한 그의 어조에 루자크는 답했다.

"그렇다면 자네도 그리 우울해할 필요는 없는 것 같은데, 뭔가 다른 문제라도 있나?"

"없습니다."

루자크의 푸른 눈이 콜린에 행색에 닿았다.

평소의 그답지 않게 정갈하지 않은 옷차림, 구겨진 셔츠와 서너 개나 풀어진 단추들.

의미심장한 눈빛으로 루자크는 질문했다.

"자네는 엘리샤 그녀를 어떻게 생각하나?"

루자크의 질문을 들은 콜린은 순간적으로 몸이 멈칫 굳었다.

열이 파르르 오르고 당황한 탓에 어떤 대답도 하지 못할 것 같았지만, 가까스로 침착해진 콜린이 되물었다.

공작의 의도가 도리어 궁금해졌다.

"그게 무슨 말씀이십니까?"

다소 뾰족한 어투에 루자크는 질문을 정정했다.

"이런, 질문이 부적절했나? 그녀의 재봉 솜씨를 두고 보았을 때 장래가 어떤지 궁금해서 물어본 것인데."

공작이 의도한 것인지 아닌지는 몰라도, 자신을 당황하게 한 것은 분명한 사실이었다.

어쩐지 목구멍이 따가웠지만 콜린은 입술을 열었다.

"공작 부인께서는 천재에 가까운 실력을 가지고 있습니다. 제가 직접 수도에서 처음 그 실력을 알아보고 제자로 삼으려고 했으니까요."

콜린의 말에 루자크도 새삼 놀란 눈치였다.

"허, 역시 그랬군. 나는 그녀의 재능을 위해 모든 지원을 해 줄 생각이야."

콜린은 단 한 마디로 그의 말을 딱 잘랐다.

"그렇다면 그냥 내버려 두시지요. 자유롭게."

미간을 좁힌 루자크가 말했다.

"……그녀는 지금 아주 자유롭게 살고 있어. 나는 그녀가 원하는 모든 것을 들어줄 생각이고."

그러나 콜린은 루자크의 눈을 똑바로 마주하며 말했다.

당돌함을 넘어 무례함이 느껴지는 차가운 눈빛이었다.

"실례지만, 각하. 지나친 애정과 과보호는 자유라고 말하기 어렵습니다. 부인께서는 재봉에 계속 임한다면 자력으로도 얼마든지 저보다도 실력이 좋은 디자이너나 재봉사가 될 가능성이 높습니다."

"그럼 자네는 내가 그녀를 구속하고 있다는 말인가?"

테본의 주인에게 감히 그 누구도 꺼내지 못했던 말이었다. 그러나 자작은 입 밖으로 서슴없이 그것을 내뱉었다.

"자네는 나를 비난하고 있군."

공작은 아무렇지 않아 보였지만, 이내 그의 내면에 휘몰아치는 소용돌이를 느낄 수 있었다.

푸른 눈빛은 얼음처럼 차가워졌다.

그제야 자신이 다소 지나쳤다는 것을 깨달은 콜린은 조금이나마 무마를 하려 했다.

"감히 그럴 의도는 없었습니다, 각하. 불쾌하셨다면 사과드립니다."

그러나 이미 공작의 마음은 벌어진 것 같았다.

"아닐세. 자네 말이 아주 틀린 것은 아닐지도 모르겠군. 하지만 나는 그녀를 내 울타리 안에서 보호할 생각이야. 그녀가 조금이라도 위험에 빠지는 것은 보고 싶지 않으니까."

"……제 말은 그저 흘려들으십시오. 취해서 그만, 주제넘은 소릴 했습니다."

"흐음. 내일은 중요한 날이니 이만 쉬도록 하게. 나도 짬이 난다면 참석하도록 하지."

"……그러실 필요까지는."

"나도 자네가 보고 싶어서 가는 것은 아니야."

싱긋.

유려한 미소를 지은 채, 루자크가 콜린의 어깨를 두드리면서 몸을 일으켰다.

그 말에 담긴 속뜻은 대놓고 '네가 싫어'라는 것과 같았다.

콜린을 등지고 가던 루자크가 걸음을 멈추고 다시 뒤를 돌아보면서 말했다.

"그녀를 지키러 가는 것이지."

"……."

순간 느껴진 싸늘한 시선.

마치 엘리샤를 자신에게서 지킨다는 말로 들려서 콜린은 무어라 말할 수 없었다.

저벅저벅.

이내 공작의 모습이 완전히 사라진 후에야 콜린은 몸을 일으켰다.

불현듯 불안한 생각이 스쳤다.

그냥 넘기기에는 공작의 태도나 말투 같은 것이 의미심장했다.

'혹여, 뭔가 눈치챈 것일까.'

그러기에는 자신은 아무것도 한 것이 없었다.

그저 호숫가에 던져진 돌멩이가 일으키는 파문처럼, 점차 커져 가는 마음 때문에 괴로울 뿐이다.

*　　*　　*

오트쿠튀르 전날.

까르르, 호호호.

연신 끊이지 않는 웃음소리와 경쾌한 음악의 향연.

사교 모임이 열리는 날이면, 카미엘 자작가로 숱한 사람들이 들락거렸다.

오늘따라 유독 사람들이 더욱 많이 참석한 듯해서 안나는 뿌듯했다.

예쁜 티 포트와 달콤한 디저트가 놓인 테이블 주변에는 저마다 호화롭게 차려입은 귀부인들과 아가씨들이 자태를 뽐냈다.

여자들만 모이는 게 아니라, 가끔은 젊고 잘생긴 음유시인과 음악가, 작가, 화가, 철학자들까지 모여 마음에 드는 아가씨를 만나는 청춘의 장 역할도 하고 있었다.

카일리 후작 부인의 공식적인 사교 모임이었다면 생각하지도 못할 진풍경이었다.

안나는 그녀를 존경하긴 해도, 그런 딱딱하고 재미없는 모임은 질색이었다.

"카미엘 영애. 오늘 입은 드레스도 직접 제작하신 거지요?"

자주 보는 사이인 마가렛 부인의 말에 안나는 고개를 끄덕였다.

"네, 저는 드레스를 맞춰 본 적이 거의 없어요."

빙그레 웃으면서 그리 대답해 주자, 감탄이 돌아왔다.

모두들 그녀를 선망하고, 부러워한다.

"카미엘 영애는 어쩜 젊은 나이에 미모와 실력까지 다 겸비했을까요? 게다가 사교성도 참으로 좋아요. 그 어떤 테본의 귀족이라도 카미엘 영애만큼 이렇게 많은 사람을 모을 수는 없을걸요?"

마가렛의 칭찬에 안나는 쑥스러운 듯 미소를 지어 보였다.

"과찬이세요. 저 역시 큰 무도회 한번 가 보지 못한 촌뜨기인걸요."

"아유, 그건 우리 모두가 마찬가지잖아요. 무도회를 열 만큼 커다란 성이 있는 곳도 드물구요. 후작 성이나 공작 성이라면 모를까⋯⋯."

카일리 후작 부인이 주최하는 사교 모임은 오로지 여성만이 갈 수 있었으니, 그녀가 무도회를 열 가능성은 희박했다.

그렇다면 남은 것은 블랙 윈터 공작 성.

하지만 거기도 가능성이 낮았다. 테본의 주인인 펜블렌 공작은 단 한 번도 성을 개방하고 파티를 연 적이 없었다. 일반적으로 수확기에는 추수 감사제를 기념하는 파티라도 열 텐데⋯⋯.

안 그래도 테본은 추운 날씨 탓에 사교 문화가 뒤처진 지역이었다. 거기에는 공작의 책임이 아주 없지는 않았다.

그럼에도 사람들은 그것이 실현되기를 바라고 있었다.

"그래도 이제 공작 부인이 오셨으니까, 좋은 쪽으로 생각해도 되지 않을까요?"

어느 틈에 다가온 조세핀이 말했다.

안나도 고개를 주억거렸다.

"그러게 말이에요. 결혼식에 갔을 때 뵈었는데 공작 부인도 옷을 만드신다고 들었어요."

"정말요? 카미엘 영애와 비슷한 점이 많으시네요."

조세핀이 반색하며 말했다.

"공작 부인이라!"

그때 가까운 거리에서 한 청년과 체스를 두던 쿠나 부인이 끼어들었다.

풍채가 좋은 쿠나 부인은 무슨 비결인지 온갖 소식을 잘 아는 소식통이었다. 그러나 정작 그녀가 무슨 일을 하는지는 비밀에 휩싸여 있었고, 그저 남편의 일을 돕고 있다고만 알려져 있었다.

쿠나 부인이 주변을 살피고 목소리를 낮추더니 넌지시 말을 꺼냈다.

"그 소문 들었어요?"

"소문이라니요?"

조세핀이 반응하자, 쿠나 부인이 극비라도 되는 듯 귀를 가까이 가져오라는 표시를 취했다.

"아를렌 제국의 제일가는 수석 디자이너 콜린 자작이 내일 테본 시내에 오트쿠튀르를 연다고 해요. 펜블렌 공작 부인이 직접 드레스를 입고 나오실 참이래요!"

그녀가 귓속말처럼 소곤거렸지만, 이미 주변 사람들도 그 이야기를 다 듣고 있었다.

"그게 사실인가요?"

"그렇다면 저도 꼭 가고 싶은걸요. 세상에나!"

"그러게요. 정말 대단한 소식이잖아요."

"이럴 게 아니라 지금이라도 당장 돌아가서 내일 참석할 준비를 해야겠어요!"

"저도요! 이럴 때가 아니었군요!"

조세핀이 그리 말하자, 다른 영애들과 귀부인 몇몇도 고개를 주억거리면서 동조했다.

쿠나 부인은 본격적으로 초청장을 꺼냈다.

"다들 이걸 하나씩 가져가도록 해요."

이내 호들갑스러운 사람들 몇몇이 카미엘 자작가를 떠나면서 인사했다. 잠자코 이야기를 듣던 안나는 웃으면서 손을 흔들었다.

"정말이지 기쁜 소식이 아닐 수 없네요."

"카미엘 영애도 가실 건가요?"

쿠나 부인의 물음에 안나는 고개를 끄덕였다.

"그럼요. 물론이에요."

"그럼 이거 받아 둬요."

쿠나 부인이 웃으면서 오트쿠튀르 초청장을 건넸다.

안나에게 시녀가 다가오더니 말했다.

"아가씨, 오늘 모임은 계속 진행하실 건가요?"

이제 남은 사람들은 여자들보다는 안나나 혹은 다른 여자들에게 작업을 걸기 위한 목적으로 방문한 남자들이 대부분이었다.

이 사람들을 데리고 드레스 품평회를 할 수는 없었다.

"아무래도 다음으로 미루는 게 좋겠다."

"네, 아가씨도 내일 오트쿠튀르에 가실 준비를 하실 테지요?"

"그래야지. 공작 부인도 오시는걸."

안나는 웃음기 없는 얼굴로 대답했다.

늘 웃는 낯이던 그녀에게는 어울리지 않는 얼굴이었지만 시녀는 대수롭지 않게 여겼다.

*　　*　　*

덜컹.

이른 아침부터 펜블렌가의 마차가 속도를 냈다.

엘리샤는 오늘 드레스 단장을 도와줄 리나와 데이지, 그리고 콜린과 함께 오트쿠튀르로 향하는 중이었다.

엘리샤가 힐끔 콜린을 쳐다보자, 그는 그냥 눈을 감고 있었다.

'콜린, 어제 늦게 들어오더니 피곤한 모양이네.'

그에게 말을 걸려다가 순간 무안해져 버린 엘리샤는 그냥 조용히 차창 밖으로 시선을 돌렸다.

쾌청하고 차가운 공기가 마차 안으로 스며들어 조금 추웠지만, 견딜 만했다.

'그나저나 그 짧은 시간에 콜린이 초청장을 많은 사람들에게 돌렸을 리는 없고. 일부 귀족들만이 참석하려나?'

그리 긴장할 필요가 없었구나.

엘리샤는 마음을 차분히 가라앉혔다.

이내 마차가 테본의 시내에 다다랐다. 고풍스러운 오트쿠튀르 건물은 멀리서도 눈에 띄었다.

"콜린, 도착이에요."

엘리샤의 말에 그가 스르륵 눈을 뜨고는 대수롭지 않다는 듯 대답했다.

"압니다."

"아, 자고 있는 줄 알았는데 아니었군요."

"예."

마차에서 내린 엘리샤는 콜린의 뒤를 따라가면서 물었다.

"콜린, 어제는 기분이 안 좋아 보였는데 이제 괜찮은가요?"

"뭘 말입니까?"

이쪽을 쳐다보지도 않고 말하는 그가 이상해 엘리샤가 어색하게 웃었다.

"어쩐지 예전 같지 않아요, 콜린."

스스럼없이 그녀에게 화를 내고 제 속을 보여 주던 콜린은 없었다. 이제 그들 사이에는 뭔가 딱딱한 벽이 있는 것만 같았다.

분명 좋게 해결했다고 생각했는데, 아직 풀리지 않은 앙금 같은 게 남아 있는 걸까?

엘리샤는 자못 신경이 거슬렸다.

"정확히 무슨 말씀을 하시는지 모르겠습니다."

일말의 관심도 없고, 신경도 쓰고 싶지 않다는 듯 차갑게 굳어진 얼굴이 낯설었다.

"그래요. 아니에요, 아무것도."

"어서 준비를 하시죠. 오늘 입을 드레스가 무려 다섯 벌입니다."

"알겠어요."

까칠하긴 했지만 매사에 열정이 넘치던 콜린을 이제는 마주할 수 없는 걸까?

최종 점검을 하면서 의상들을 확인하는 콜린의 뒷모습을 엘리샤는 허무하다는 듯 바라보았다.

오트쿠튀르의 오픈 시간은 정오였다.

엘리샤의 예상과는 다르게, 오트쿠튀르에는 엄청난 인파가 몰렸다. 어느새 가게 앞에는 길게 줄이 늘어졌고, 오픈을 기다리는 사람들은 가게 안을 들여다보면서 호기심 가득한 얼굴을 하고 있었다.

드레스를 갈아입고 단장을 마친 엘리샤는 바깥에 길게 늘어진 줄을 보곤 깜짝 놀라서 눈이 휘둥그레졌다.

"세상에. 저 많은 인원이 전부 오트쿠튀르를 방문하려는 사람들 줄인가요?"

"네에, 정말 저희도 깜짝 놀랐어요! 자작님, 어제 어디를 다녀오신 거예요?"

점원 마샬도 맞장구를 쳤다.

"황금 고블린 길드에 맡겼지."

"와, 그 길드 일 처리 하나는 잘하네요. 효과가 정말 대단해요."

"……."

엘리샤의 말에 콜린은 다시 입술을 다물었다.

문득 무안해진 엘리샤가 리나에게 말했다.

"갑자기 사람이 많아지니까 또 긴장되려고 하네요."

리나가 엘리샤의 손을 꼭 잡고는 말했다. 그녀의 표정은 어쩐지 비장하게 느껴졌다.

"차라리 잘됐어요! 오늘 이 많은 사람 앞에서 마님의 아름다운 자태와 재봉 솜씨를 널리 퍼뜨리는 거예요!"

그리 말하면서 리나는 창밖을 촘촘히 살폈다.

"어머! 저기에 카일리 후작가 사람도 왔네요……."

줄을 선 사람들 중에는 리나가 잘 알고 있는 메리도 와 있었다. 그렇다는 건 카일리 후작 부인도 오트쿠튀르에 방문할 가능성이 있었다.

리나가 급히 말했다.

"마님, 드릴 말씀이 있어요."

"리나? 무슨 이야긴데요?"

그녀는 곧바로 대답하지 않고, 다른 곳으로 가자는 눈치를 주었다. 엘리샤 역시 고개를 끄덕였다.

리나가 엘리샤의 손을 잡고는 작업실로 데려갔다.

"마님, 지금부터 제 이야기를 잘 들으셔야 해요. 카일리 후작가는 명실공히 테본의 명문가 중 하나로 지금은 후작 부인만 계세요. 그녀의 인정을 받아야 사교계에서 굳건히 자리 잡으실 수 있을 거예요."

"아, 그녀라면 제 결혼식에 와 준 바로 그분이잖아요. 무척이나 인상이 깊었어요. 좋아요, 리나. 알려 주세요. 무엇이든."

"네, 제가 지난번 외출을 다녀왔던 것 기억하시죠? 그때 제가 다녀온 곳이 바로 카일리 후작가였어요."

엘리샤의 입술이 벌어졌다.

"정말요?"

"네, 원래는 나중에 말씀드리려고 했는데 오늘 털어놓게 되네요. 하지만 차라리 잘됐어요. 오늘 잘해서 카일리 후작 부인에게 좋은 인상을 남기는 것도 좋을 것이에요."

"그렇군요. 하지만 후작 부인은 제가 감당하기에는 무척이나 까다로운 분 같았어요."

"후후, 그래서 제가 후작가에 다녀온 거예요. 후작 부인의 취향과 성격, 싫어하는 것, 좋아하는 것 등등 전부 알아 왔으니까요."

리나의 말에 엘리샤는 놀랍고도 신기해했다.

"어떻게 그런 걸 전부 알아 올 수가 있죠? 고마워요, 리나."

"그건 차차 말씀드릴게요. 일단 카일리 후작 부인에 대해 알아 온 것을 알려드릴게요."

"네!"

엘리샤의 눈이 반짝였다.

오트쿠튀르 오픈을 축하하는 삼단 케이크와 분홍색 장미가 가득 담긴 바구니가 펜블렌가 마차 편을 통해서 배달되었다.

반트가 직접 내려서 공작의 인사를 전했다.

"공작 각하께서 보내시는 격려의 선물입니다. 오늘은 급히 봉신들과 회담이 잡히는 바람에 참석은 하지 못하시게 되었습니다."

엘리샤가 한걸음에 나와 감탄하면서 그가 보낸 선물을 둘러보았다.

향긋한 장미 향기가 물씬 풍기자, 그가 꾸며 준 프티 로즈궁이 생각나는 동시에 감동이 밀려왔다.

"너무나 감사하다고 전해 주세요, 랜디어스 경. 잊지 못할 선물이라고도 전해 주시고요."

"예, 마님. 각하께서는 언제나 마님을 응원하겠다고 말씀하셨습니다."

"아주 많은 힘이 되었어요."

남편의 격려와 선물에 엘리샤는 없던 기운도 샘솟는 기분이었다.

오트쿠튀르 앞에 모인 많은 사람도 공작 부인은 펜블렌 공작에게 사랑받는 모양이라며 떠들기 바빴다.

사람들이 어느 정도 모이자, 장사꾼들도 앞다투어 오트쿠튀르 근처로 자리를 잡았다.

어느새 조용하던 테본의 시내가 활기로 가득했다.

"이제 오픈하겠습니다."

콜린이 직접 오트쿠튀르의 문을 열었고, 기다리고 있던 많은 사람들은 차례차례 가게 안으로 들어섰다.

그 모습에 엘리샤도 뿌듯해졌다. 함박 미소를 짓는 엘리샤에게 콜린이 귓속말을 했다.

"무대 쪽에서 준비해 주세요. 곧 화가 프랭크가 도착할 겁니다."

"아, 알겠어요. 콜린."

콜린의 지시에 엘리샤는 드레스를 붙잡고 총총걸음을 옮겼다.

"공작 부인, 만나 뵙게 되어서 정말 영광이에요!"

가는 동안 마주친 몇몇 이들이 인사를 해 왔다. 엘리샤는 그들에게 기분 좋은 미소를 보여 주고는 무대 쪽 객석에 앉아서 대기했다.

재빨리 뒤따라 나선 리나와 데이지가 엘리샤의 옷매무새를 꼼꼼하게 살펴 주었다.

콜린이 무대 쪽으로 누군가를 데려왔다. 머리칼과 수염을 길게 기르고, 베레모를 눌러쓴 청년이었다.

"부인, 화가 프랭크가 도착했습니다."

콜린이 프랭크의 어깨를 다독이며 말했다.

"공작 부인의 초상화, 잘 부탁하겠네."

"물론입니다, 자작님."

프랭크가 베레모를 벗고는 엘리샤에게도 공손히 인사를 올렸다.

"만나 뵙게 되어 영광입니다, 부인! 와우, 제 생애 가장 사랑스러운 분을 뵙는 것 같군요."

어쩐지 느끼함이 줄줄 흘렀지만 엘리샤는 애써 태연한 척하며 인사를 받아들였다.

"초상화는 처음이에요, 잘 부탁해요."

"예, 혹시 따로 요구하실 사항은 없으신가요? 얼굴을 좀 더 작게 해 달라거나, 눈을 더 크게 해 달라거나. 보통 그런 주문들을 자주 하시는데요."

엘리샤는 고개를 저었다.

"아뇨, 있는 그대로 그려 주세요."

그러자 의외라는 표정으로 프랭크가 말했다.

"그렇게 요구한 귀족 여성은 공작 부인께서 처음이시군요."

"그런가요? 이상하네요."

"맞아요. 초상화라는 건 있는 그대로의 자기 모습을 그리는 것인데 말이에요."

말간 웃음을 지으면서 엘리샤는 준비된 소파에 앉았다.

본인은 우아하게 앉아 있다고 생각하는 것 같았지만 그 모습은 무척이나 뻣뻣했다.

콜린은 한 마디 해 주려다가 프랭크가 나서는 것 같아서 참았다.

"조금 더 편안하게 등을 뒤로 기대시고 앉으셔도 됩니다."

"아, 알겠어요. 집에서처럼 말이죠?"

"네, 시선은 우아하게 저쪽 아래를 보시면 되겠습니다. 그리고 여기 부인의 드레스를 좀 더 펼쳐 주십시오."

"앗, 네!"

지켜보고 있던 데이지와 리나가 쪼르륵 달려와 엘리샤의 드레스를 붙잡고 펼쳤다. 드레스 자락이 풍성해졌다.

엘리샤가 입은 첫 번째 드레스는 그녀가 제작한 우아한 베이지색 드레스였다.

쇄골까지 노출이 있었지만 보아 털을 두르니, 한층 격식 있고 따뜻해 보이기도 했다.

드레스의 상의 보디스에는 금사로 테를 둘렀고, 촘촘하게 박은 보석이 창문 사이로 비쳐 들어오는 햇빛에 더욱 은은하게 빛났다.

특히 엉덩이 부분이 풍성한 버슬 디자인의 화려함이 모두의 시선을 사로잡았다.

프랭크가 공작 부인의 초상화를 그리는 작업을 시작하자, 옷을 구경하던 사람들도 하나둘 객석에 자리를 잡고 구경했다.

엘리샤는 많은 사람 앞에 있는 것보다, 꼼짝 않고 가만히 있어야 한다는 사실이 더욱 힘들었다.

"공작 부인이시래요."

"어머나, 마치 인형 같아요. 어쩜 저렇게 체구가 작고 사랑스러우실까요?"

만인이 보고 있다는 생각에 엘리샤는 '나는 괜찮다'고 주문을 외웠다. 처음 미소를 지은 그 모습 그대로 지으려 노력했지만 사십여 분이 지나자 한계가 오는 것 같았다.

얼굴이 점점 굳어 가고, 떨려 왔다.

"……부인? 표정이 어두워지셨습니다. 조금만 더 밝게 웃어 주세요. 아니면 좀 쉬시는 게 좋을까요?"

"아, 그래도 될까요?"

"물론입니다."

엘리샤는 겨우 허락된 휴식에 살았다는 표정으로 몸을 일으켰다.

"아름다우세요!"

자신의 행동 하나하나를 사람들이 보고 있다고 생각하니 일어서서도 예쁜 포즈를 지어야 할 것 같았다.

"감사합니다. 레이디!"

엘리샤의 말에 또 한 번 사람들이 술렁였다.

참으로 신기했다. 자신이 이렇게 사람들에게 영향력을 끼치는 인물이 될 줄은 몰랐다.

*　　*　　*

오트쿠튀르 건물 앞은 아직도 길게 늘어선 줄이 한참이었다.

다른 사람보다 뒤늦게 도착한 안나는 마차에서 내렸다.

쭉 살펴보니 익숙한 얼굴들이 많았다. 모두 그녀의 사교 모임에 자주 나오는 이들이었다.

"카미엘 영애, 왜 이리 늦었어요?"

때마침 구경을 마치고 줄을 서던 다른 부인과 이야기를 나누다 안나를 발견한 조세핀이 인사를 했다.

"안녕하세요. 조세핀 부인은 일찍 나오셨나 보군요."

"네, 사람이 많을 것 같아서 일어나자마자 채비하고 왔는데 딱 맞아떨어졌지 뭐예요? 가장 처음으로 입장했어요."

"벌써 둘러보고 나오신 건가요?"

"네에."

"어땠나요?"

안나의 질문에 조세핀은 두 손을 꼭 마주 잡고는 말을 이어 나갔다.

이미 그녀의 표정이 모든 것을 이야기해 주고 있었다.

"너무나 황홀해요. 세상에! 내 평생 그렇게 고급스러운 옷들은 처음 봐요. 게다가 공작 부인은 또 어쩜 그리 예쁘고, 고우신지! 요정이 따로 없으시던걸요. 그리고 저기 가게 앞에 커다란 케이크와 장미 보이지요? 펜블렌 공작께서 친히 보내 주신 응원 선물이라네요. 정말로 로맨틱하신 분이에요! 아아, 사실 잠깐 수다 떨려고 나왔는데 한 번 더 구경하러 들어가야겠어요."

"그렇군요. 부인이 그리 말씀하시니 저도 정말 기대되네요."

흥분해서 호들갑을 떨던 조세핀은 곧 맨 뒤로 가서 줄을 섰다. 안나는 왠지 입술이 파르르 떨렸지만 이내 다시 평정심을 되찾고 입가에 미소를 지었다.

*　　　*　　　*

초상화 그리는 모습을 멀리서 지켜보던 콜린은 입술을 꼭 다문 채였다.

평소에도 그리 상냥한 얼굴은 아니지만, 이러고 있으니 그는 더욱 다가서기 힘든 사람처럼 보였다. 때문에 손님들은 의복에 대한 질문을 콜린이 아닌 점원들에게 쏟아 놓았고, 그럴 때마다 점원들이 콜린에게 말을 옮기는 상황이 생겼다.

계속 그런 일이 반복되자, 번거로움을 느낀 콜린은 목청을 돋웠다.

"의상에 관한 의뢰나 궁금한 점은 그냥 제게 직접 말씀하십시오. 참고로 공작 부인이 입고 계신 의상은, 그녀가 직접 제작한 것입니다."

콜린의 말에 한 사람이 손을 들고 말했다.

"그럼 부인께서 만드신 옷도 주문할 수 있을까요?"

"저도요!"

"저도 부인의 옷이 너무 아름다운 것 같아요."

"그건 본인에게 여쭤 봐야 할 것 같습니다."

그 대화를 들은 엘리샤는 프랭크에게 잠시만요, 라고 외친 후 일어나서 대답했다.

엘리샤는 자신이 만든 옷에 의뢰가 들어온 것이 처음이라 그런지 무척이나 상기된 얼굴이었다. 발갛게 달아오른 뺨과 달싹이는 입술이 사랑스러웠다.

"무, 물론이에요. 사실 의뢰를 받아 본 적은 없지만 요청하시는 분들의 것은 최선을 다해서 만들 생각이에요. 말씀해 주셔서 감사합니다."

그녀의 말이 있고 나자, 다른 사람들도 공작 부인이 입은 옷에 관심을 표했다.

그 광경에 콜린도 살짝 놀란 얼굴을 하다가 이내 웃으면서 투덜거렸다.

"쳇, 이러다가 고객 다 빼앗기겠군."

어느새 붓질을 멈춘 프랭크가 말했다.

"다 되었습니다."

"벌써?"

테본에서 가장 손 빠른 화가를 구하긴 했었지만 생각보다도 더 빨랐다.

프랭크는 이젤에 걸린 초상화에 몇 군데 번진 곳만 손을 다시 보고는 일어서서 모두에게 공개했다.

"와아!"

순식간에 탄성이 나왔다.

사뭇 궁금해진 엘리샤도 자리에서 일어나더니 자신의 초상화를 구경하기 위해 갔다.

초상화를 살핀 엘리샤는 깜짝 놀랐다. 제 손을 입으로 가린 그녀는 잠시 말을 잇지 못했다.

초상화는 정말 엘리샤의 요구대로 더 미화하거나 다른 느낌 없이 오직 그녀만의 개성을 살린 그림이었다.

붉게 홍조가 오른 뺨과 가느다란 허리까지 영락없이 엘리샤 그녀였다. 자신과 닮은 초상화를 보면서 엘리샤가 밝게 웃었다.

"어쩜 이렇게 저랑 똑같죠? 마치 쌍둥이 같아요."

엘리샤가 기뻐하자, 프랭크도 뿌듯한 모양이었다.

"가장 자연스럽게 그리려고 노력했습니다."

"정말 마음에 들어요, 고생하셨어요."

엘리샤가 리나를 불렀고, 받은 금화를 그에게 내밀었다.

"아, 이미 보수는 자작님께 받았습니다."

"괜찮아요. 받아 두세요. 그림이 마음에 들어서 드리는 거니까."

"허, 그렇다면 감사히 받겠습니다."

"네, 다음에는 펜블렌 공작 각하의 초상화도 프랭크에게 의뢰해야겠어요."

엘리샤가 웃으면서 그리 말하자, 프랭크가 눈을 동그랗게 떴다.

"아, 펜블렌 공작의 두 번째 초상화를 그리게 생겼네요."

그의 말에 엘리샤는 예전에 보았던 그 흉악스러운 초상화가 생각났다.

"그러고 보니 당신이 각하의 초상화를 그렸던 거예요? 음, 확실히 다시 그려야겠어요. 제가 그 초상화를 보고 얼마나 무서웠는지 아세요?"

"헉, 정말이십니까? 하지만 그때는 어쩔 수 없었어요. 저는 의뢰인의 요구대로 그릴 뿐이지요."

"알아요. 당신의 의지가 아니었다는 거."

엘리샤의 뒤로 누군가 다가오는 기척이 느껴졌다. 그러자 손 하나가 슥 그녀의 초상화를 가져갔다.

"좀 볼까요?"

무례한 손길은 역시 콜린이었다.

"음, 좋군요. 부인의 초상화, 우리 가게에 홍보용으로 걸어 두고 싶은데 어떠십니까?"

"으엑?"

엘리샤가 괴상한 소리를 냈다. 그녀는 잠시 고민하다가 말을 이었다.

"아니에요, 콜린. 그건 아닌 것 같아요. 나에게 그보다 좋은 생각이 있어요. 이건 엄청나게 획기적인 의견이라고요."

콜린의 눈이 믿지 못하겠다는 듯 가늘어졌다.

"그게 뭡니까?"

"잘 들어 봐요. 프랭크에게 콜린이 그동안 만든 모든 드레스를 그려 달라고 하는 거예요."

"그래서?"

"아직 내 말 안 끝났어요. 그 그림을 모아서 책처럼 만들고, 그걸 드레스를 맞추고 싶어 하는 가문들에게 돌리는 거죠."

"그게 뭐가 획기적이라는…… 아!"

엘리샤의 의도를 뒤늦게 깨달은 콜린의 초록색 눈이 흔들렸다. 그는 그날 처음 그녀에게 미소를 지어 보였다.

"제법 멋진 생각이군요."

"그렇죠? 그 책이 있으면 당신의 옷을 모르는 사람들에게도 저절로 홍보가 될 거예요. 견본용 드레스를 일부러 보내거나, 의뢰 고객이 옷 디자인을 고르러 일부러 찾아올 필요도 없어요. 그냥 디자인을 보고 선택하면, 당신은 그걸 만들어서 그들에게 보내 주기만 하면 되는 거예요. 여러 번 왔다 갔다 하는 시간을 줄일 수도 있죠."

떡 벌어진 콜린의 입술이 다물리지 않았다. 엘리샤는 뿌듯하게 그를 바라보았다.

"좋은 생각입니다. 다만, 이 모든 것은 오늘을 무사히 마친 후에 결정할 겁니다."

"후후, 그거야 당연하죠."

"응? 갑자기 왜 이렇게 자신감이 넘치시는 겁니까?"

"오늘은 그러려고요. 이렇게 많은 사람 앞에서 자신 없다는 듯 행동할 수는 없잖아요. 오늘 제가 어떻게 하느냐에 따라서 많은 게 달려 있으니까."

엘리샤는 생긋 웃었다.

"제법 기특한 말씀입니다."

"칭찬 고마워요."

콜린은 저도 모르게 엘리샤의 머리카락을 쓰다듬으려던 손을 거뒀다. 아차 싶었던 모양이었다.

다행히 엘리샤는 보지 못한 듯했고, 콜린은 재빨리 어색한 미소를 지우고 오트쿠튀르의 입구로 걸어갔다.

그는 오늘 살짝 무심한 듯 심플한 블랙 슈트 차림이었다. 평소 그가 즐겨 하던 크라바트 하나 없이 흰색의 리넨 셔츠만 밋밋하게 드러났다. 그럼에도, 콜린의 슈트는 장식을 배제한 고급스러움이 있었다.

세련되고 젊은 수석 디자이너.

그를 눈여겨보는 시선이 하나 있었다.

안나의 검은 눈동자가 데구루루 구르면서 콜린을 유심히 살폈다. 그녀는 이내, 아무렇지 않게 사람들에게 둘러싸여 있는 세간의 주인공 공작 부인 엘리샤에게로 걸음을 옮겼다.

사람들 사이를 헤치고, 엘리샤에게 다가선 안나가 반갑게 인사했다.

"공작 부인을 뵙습니다."

드레스 끝을 들어 안나가 인사했다. 그녀의 얼굴을 알아본 엘리샤의 눈이 커다랗게 뜨였다.

"어, 당신은!"

"안나 카미엘이에요, 부인. 이곳에서 다시 뵙게 되니 무척 반가워요."

두 사람의 살가운 인사에 사람들의 이목이 안나에게로 집중되었다.

"어머, 카미엘 영애는 공작 부인과 아는 사이인가 봐요!"

누군가 그렇게 떠들었고, 안나는 수줍게 웃으면서 말했다.

"공작 부인의 결혼식에 초청을 받은 바 있어요."

엘리샤는 고개를 끄덕였다.

"맞아요. 카미엘 영애를 꼭 한번 만나 보고 싶었거든요."

안나의 시선이 엘리샤의 드레스로 향했다.

확실히 테본에서는 본 적 없는, 수도풍의 드레스였지만 소재가 따스해 추운 기후에도 어울리는 옷이었다.

게다가 유행을 떠나서 보는 이를 매혹시키는 아름다운 디자인이었다.

안나는 눈을 빛내면서 말했다.

"놀랍도록 예쁜 드레스네요. 여자라면 누구나 탐이 날 만큼요."

"아, 그리 봐 주시니 고마워요. 옷을 직접 만드는 카미엘 영애의 칭찬을 들으니 더 기분이 좋네요. 아, 콜린 자작님의 드레스도 너무나 멋진 것이 많아요."

엘리샤가 신이 나서 콜린의 드레스를 가리키자, 안나가 웃음을 보이면서 말했다.

"네, 자작님의 옷은 저에게도 많은 영감을 주었답니다. 그런데 공작 부인께서는 자작님과 인연이 무척 깊으신가 보군요. 이렇게 오트쿠튀르 오픈에도 직접 나서시는 것을 보니……."

"그와는 예전부터 친분이 살짝 있어요."

웃으며 말을 아끼는 엘리샤를 보면서 안나가 검은색 눈을 빛냈다.

"그렇군요. 자작님을 실제 뵈니 미남이시라 더욱 놀랐어요."

그때였다.

웅성거리는 소리들로 다소 시끌벅적했던 오트쿠튀르 안이 찬물을 끼얹은 듯, 고요해졌다.

"어서 오십시오, 카일리 후작 부인."

콜린 역시 그녀를 예우하기 위해 존경의 표시로 손등에 입술을 맞추었다.

"멋진 가게로군요."

또각또각.

사람들이 물길처럼 양쪽으로 갈라져 부인의 앞길을 틔워 주었다.

높은 굽의 펌프스를 신고도 흔들림 한 번 없는 우아한 걸음걸이. 나이를 가늠하기 힘든 미모와 세련된 애티튜드.

무엇보다도 카일리 후작 부인은 가게 안에 있던 여느 귀부인보다도 눈에 띄는 화려하고 고급스러운 의상을 입고 있었다.

은색의 머리카락에 블랙 드레스와 얼굴의 절반을 가리는 레이스 베일이 달린 모자 덕택에 그녀는 신비로워 보이기까지 했다.

타고난 카리스마는 남편이었던 후작의 것을 뛰어넘었다는 그녀답게, 위엄이 서린 회색 눈동자와 직선의 눈썹, 뾰족한 콧날과 날카로운 턱 선이 강퍅한 인상을 더했다.

엘리샤는 그녀의 등장에 속으로 생각했다.

'드디어 그녀가 도착했구나.'

오늘 아침 리나가 제 손을 붙잡고 후작 부인의 마음을 사로잡을 방법을 이야기해 주었던 터였다.

자신감이 생긴 엘리샤가 재빨리 카일리 후작 부인에게 인사를 하기 위해서 다가갔다.

그러나 카일리 후작 부인에게로 먼저 다가선 것은 바로 엘리샤와 조금 전 인사를 나누던 안나였다.

"대모님!"

"안나, 너라면 여기 있을 줄 알았지."

"감이 좋으신걸요?"

"당연하지. 드레스라면 사족을 못 쓰는 아이가 바로 너잖니."

그들은 무척이나 친밀해 보였다.

'으음, 왠지 지금은 낄 틈이 없어 보이긴 하는데…….'

카일리 후작 부인은 평소의 굳어 있던 얼굴과는 다르게 안나 앞에서만큼은 빙그레 미소까지 띠고 있었다.

게다가 카미엘 영애는 카일리 후작 부인을 '대모님'이라 부르면서 무척이나 잘 따랐다. 엘리샤가 머뭇거리자, 어느새 리나가 그녀의 뒤로 다가와 말했다.

"마님, 제가 드린 말씀은 다 기억하고 계시겠지요?"

엘리샤는 가볍게 고개를 주억거리고 무언가 결심을 한 듯 성큼성큼 그녀들이 있는 곳으로 걸어갔다.

"안녕하세요, 카일리 후작 부인."

엘리샤는 만면에 화사한 미소를 띠고는 인사를 건넸다. 카일리 후작 부인은 엘리샤보다 큰 키였음에도 높은 펌프스까지 신어서 그녀가 한참 올려다보아야 했다.

카일리 후작 부인이 그제야 엘리샤를 알아보고는 인사에 응했다.

"아, 어디서 보았나 했더니 바로 공작 부인이셨군요."

"네, 그날 결혼식에서 뵈었어요."

"흐음, 그랬지요. 오늘도 결혼식만큼이나 눈에 띄는 드레스로 군요."

엘리샤의 드레스를 본 후작 부인의 회색 눈동자가 커졌다가 이내 줄어들었다.

이때다 싶어 엘리샤가 선홍빛 입술을 열었다.

"드레스는 주목받기 위해서 입는 옷이니까 눈에 띄는 것으로 입어야 한다고 생각해요. 사람은 변하지 않지만, 옷 하나만으로 이미지가 확 달라지니까요. 마치 마법처럼요. 그런 점에서 의복은 사람을 가장 쉬우면서도 크게 변신시켜 주는 것 같아요."

잠자코 엘리샤의 말을 듣던 카일리 후작 부인은 그녀의 얼굴을 다시 한 번 슥 살펴보았다. 엘리샤의 자수정처럼 빛나는 눈동자는 제 의지와 뜻을 똑바로 표출하고 있었다.

'그래, 이 아이도 옷을 만든다고 했었지?'

수도에서 건너온 이 어린 여자아이는 그저 순하고 투명한 물인 줄로만 알았다. 그러나 제법 영근 구석이 있었다.

공작이 그저 가문의 오랜 약속을 지키기 위해서 그녀와 결혼한 것만은 아니라는 생각이 들 만치.

카일리 후작 부인이 자신을 바라보면서 생각에 잠기자, 엘리샤 역시 속으로 생각했다.

'날 좋게 봐 주실까?'

그녀에게 잘 보이기 위해서 한 말이긴 했지만, 엘리샤가 한 말들은 자신의 생각 그대로를 꺼낸 것이었다.

카일리 후작 부인이 말했다.

"옷에 대한 신념이 마음에 드는군요. 나 역시 드레스에 대한 각별한 관심을 가지고 있어요. 그런데 공작 부인께서는 테본의 트렌드와는 다른 드레스를 입고 계시군요."

그녀의 말에 담긴 뜻을 엘리샤 역시 알고 있었다. 그녀도 테본의 유행에 대해서 아주 모르는 게 아니었다.

"네. 테본의 트렌드를 알고는 있지만, 드레스를 만들 때 일부러 테본식으로 만들지 않았어요."

엘리샤의 대답을 들은 카일리 후작 부인의 눈동자에 정말로 궁금하다는 호기심이 일었다.

분명 모르고 그리 만든 줄 알았는데, 알고 있다니 의아할 따름이었다.

"왜지요?"

"저는 오래 입을 수 있는 옷을 만들고 싶었어요. 그저 유행에 따라 만든 드레스는, 오랫동안 입을 수도 없고 개성도 없어요. 물론 유행에 민감한 드레스를 제작하기도 하지만, 테본식 드레스는 제게는 잘 어울리는 편도 아니었어요. 그리고 아직 이른 감이 있지만 곧 테본도 아를렌식의 드레스가 유행이 되리라 생각해요."

"그건 어떻게 알 수 있죠?"

"아주 오래전 저희 어머니가 입고 계시던 옷들의 대부분이 테본처럼 어두운 색의 원단들이었고, 드레스 헴 라인이나 실루엣이 비슷했어요. 그걸 보고 유행이라는 건 결국 돌고 돈다고 생각했어요."

카일리 후작 부인의 눈이 갸름해졌다.

"어린 나이에 깨달음이 빠르군요. 하지만, 아를렌식은 원단이 얇아 유독 디테일이 많죠. 테본에서는 두꺼운 원단을 사용해야 해서 공작 부인의 말처럼 유행이 쉽지 않을걸요?"

"으음, 그건 제작하기 나름인 것 같아요. 두꺼운 원단이라고 해서, 작업을 아예 할 수 없는 것은 아니니까요."

엘리샤는 보스스 웃으면서 대답했다.

부인이 지적한 내용은 자신이 이미 인지하고 있는 것이었고, 무엇보다도 엘리샤에게는 그것을 만들 자신도, 유행 시킬 자신도 있었다.

"무척이나 자신 있어 보이는군요? 하지만 내가 여태껏 살면서 아를렌풍의 드레스가 유행하는 것은 단 한 번도 보지 못했어요."

카일리 후작 부인은 슬쩍 입가를 굳히면서 말했다. 아무리 수도에서 온 아가씨라도, 테본의 사교계에서 늘 군림했던 건 자신이었다.

그녀가 들고 입으면 곧바로 유행이 되었고, 카일리 후작 부인은 언제나 그런 유행을 주도했었다.

그런데 감히 그것을 부정하는 어린 여자의 말이 왠지 거슬리기도 했고, 왠지 그녀를 시험해 보고 싶다는 생각이 들어 일부러 더욱 자극하는 말을 하고 있었다.

"그건…… 그냥 그런 드레스를 만드는 걸 시도하지도, 입어 보지도 않았기 때문이라고 생각해요."

"어째서 그렇게 생각하죠?"

부인은 부채질을 몇 번 하면서 대답을 기다렸다.

엘리샤는 아까 자신에게 의뢰를 한 부인이나 영애들을 돌아보면서 말했다.

"아까 이 드레스의 의뢰를 받아 가신 분들 아직 계시지요? 손을 한번 들어 줄래요?"

영문을 모른 채 어리둥절한 얼굴로 주변을 살피던 여인들은 하나둘 손을 들었다. 어림잡아 살펴보아도 일고여덟 명 정도 되는 숫자였다.

현재 오트쿠튀르 안에 있는 인원의 삼 분의 일이나 되는 것이었다. 카일리 후작 부인의 회색 눈동자가 여지없이 흔들리더니, 이윽고 그녀는 쿡 웃고야 말았다.

"보세요, 부인. 아를렌풍의 드레스에 관심 있는 사람들은 분명 존재해요."

"제법이군요. 사실 나는 좀 까다로운 사람이에요. 부인께서는 옷에 대한 열정이 남다른 것 같군요. 여기 있는 안나처럼 말이에요. 실례가 되지 않으신다면 이번 주 금요일에 열리는 정식 사교 모임에 초대를 하고 싶은데요. 시간이 되시면 참석해 주시기를 바라요."

"정말이세요?"

"물론이에요. 하지만 아직 내 인정을 받았단 생각은 말아 주세요. 아를렌풍은 정말 내 취향이 아니에요."

그녀의 말을 들은 엘리샤의 보라색 눈동자가 흔들렸다.

"좋아요. 카일리 후작 부인의 모임이라니 말씀만 들어도 가슴이 설레요. 꼭 참석할게요."

엘리샤의 말을 듣고 있던 건 비단 카일리 후작 부인뿐이 아니었다. 안나와 주변에 모인 귀부인과 영애들도 그녀의 말에 귀를 기울이고 있었다.

리나 역시 카일리 후작 부인의 긍정적인 반응을 이끌어 낸 자신의 마님을 보며 흐뭇한 얼굴이었다.

그리고 가장 멀리에서 그 이야기를 듣던 콜린도 고개를 주억거리고 있었다. 그의 얼굴에 설핏 퍼진 미소를 아무도 보지 못했다.

*　　*　　*

"어째서 그런 거짓말을 하신 겁니까. 직접 방문하셨더라면 마님에게 더 힘이 되었을 텐데."

가죽 갑옷과 장갑을 벗으면서 홀로 들어서는 루자크의 꽁무니를 따르며 반트가 물었다.

응접실 소파에 기대앉은 루자크는 어깨를 으쓱하면서 대답했다.

"그렇게나 사람이 많았다면서. 내가 갔다간 엘리샤의 명성보다는 내 가십이 더 떠돌아다닐걸. 뭐, 애처가라는 꼬리표가 싫은 건 아니지만, 괜히 그녀에게 안 좋은 영향을 끼칠 것 같아 그러네. 나라고 엘리샤를 보고 싶지 않은 게 아니야."

"그렇습니까."

반트가 내어 주는 냉수를 한 잔 들이켜고는 루자크가 말을 꺼냈다.

"그래, 그나저나 다음 주에 장기간 영지 시찰을 가게 되었으니, 엘리샤의 호위를 맡을 기사를 골라야겠군. 안돌프는 나와 함께 갈 거야."

"그러실 줄 알고, 기사단에 요청했습니다. 칼 부단장이 몇 명을 추려 놓았다는군요."

"기사단이면 내가 얼굴을 다 알지. 누군데?"

"앨버트 카디스, 스캇 빌런, 막스웰 워즈가 있군요."

반트의 대답을 들은 루자크는 내키지 않는 얼굴이었다.

"셋 다 한참 애송이군."

"마님의 호위를 맡기에는 부족함이 없는 실력들입니다."

"막스웰이 실력은 가장 괜찮지만, 놈은 왠지 껄렁해 보여. 엘리샤를 믿고 맡길 만한 성격은 아니지."

"스캇은 어떻습니까?"

"그놈은 인상이 영 음침해 보여서…… 앨버트로 하지. 착실한 편이고, 실력도 준수하니."

"알겠습니다. 기사단 측에 전달하겠습니다."

반트가 그리 대답하자, 루자크는 계단으로 올라서며 잠시 상념에 잠겼다.

—그렇다면 그냥 내버려 두시지요. 자유롭게.

콜린 자작이 했던 말이 자꾸 귓가에 맴돌았다. 어쩌면 오늘 엘리샤에게 가지 않았던 건 그 말 때문인지도 몰랐다.

'아무리 생각해도 불쾌하군.'

루자크는 푸른 눈을 깜빡이면서 천천히 발을 옮겼다. 엘리샤의 서재에 잠시 들어간 루자크는 서랍 안쪽에서 무언가를 발견했다.

그는 설핏 미소를 짓고 말았다. 족히 수십 장은 될 만큼 옷본이 가득 들어 있었다.

엘리샤를 위해서라면 무엇이든 해 주고 싶은 마음뿐이다. 그녀가 진짜 원하는 것이 뭘까? 분명 훌륭한 재봉사가 되는 것일 터였다.

자신이 만든 옷들을 수많은 사람들이 입어 주는 것.

'그렇다는 건…… 자신의 가게를 내는 게 그녀의 최종 목표일까?'

그 생각을 하자마자 루자크는 미간을 좁히고 말았다.

* * *

콜린의 오트쿠튀르를 다녀간 귀부인들은 너 나 할 것 없이 드레스를 의뢰했고, 너무 많은 일거리가 밀려들자 콜린은 제한해서 의뢰를 받았다. 개중에 삼 할 이상은 공작 부인 엘리샤가 입고 있던 드레스였다.

그렇게 첫날 오픈은 무척 성공적이었다. 홍보가 잘된 것도 컸고, 무엇보다 엘리샤 덕분에 더욱 많은 사람이 가게를 찾아왔다.

공작 부인이라는 선망의 대상이 만든 드레스를 살 수 있다는 건 뭇 여인들의 마음을 흔들리게 하기에 충분했다.

해 질 녘이 되자, 가게 안에 들끓던 손님들의 발길도 제법 한적해졌다. 콜린은 점원들에게 말했다.

"다들 수고 많았어. 이만 집에 가도록 해. 나는 가게에 남아서 정리할 일이 좀 있어."

그렇게 말한 콜린은 엘리샤에게로 다가왔다.

어느새 보다 간소한 드레스로 갈아입은 엘리샤는 콜린에게 말했다.

"성공적인 오픈을 축하드려요, 콜린."

"엘리샤, 제법 잘했어."

짧은 칭찬이었지만 엘리샤는 단박에 밝게 웃을 수 있었다. 오늘 일로 콜린과 다시 잘 지낼 수 있어서 다행이었다.

카일리 후작 부인에게도 좋은 인상을 심어 준 것 같아서 다른 한편으로는 설레었다.

"콜린은 남은 일이 많나요? 뭘 도와줄까요?"

"아니. 내 몫의 일이야. 나는 화가 프랭크에게 추가로 의뢰를 할 거야. 아까 그 의견을 적극 반영해서."

"제 의견이니 나중에 한턱 쏘셔야 해요. 콜린, 그럼 나중에 봐요."

"물론입니다. 조심해서 들어가시지요, 부인."

콜린이 장난스러운 표정을 지으면서 공손한 인사를 취해 보였다.

엘리샤가 두근거리는 마음으로 오트쿠튀르를 나서자 안돌프가 다가와 말했다.

"누구보다 멋지셨습니다. 마님, 본성으로 바로 향하시겠습니까?"

멀리서 모든 것을 지켜보았던 모양이다.

"고마워요, 안돌프."

시간은 오후 세 시.

생각보다 시간이 이른 감이 있었다. 엘리샤는 내내 가슴 한편에 담아 놓고 있었던 일을 떠올렸다.

"리나, 잠시 나는 가이시 경과 둘이서 나눌 이야기가 있어요."

"알겠습니다, 마님."

리나가 자리를 피해 주자, 엘리샤는 안돌프에게 말했다.

"시간이 남는군요. 안돌프, 예전에 내가 부탁한 것 말이에요. 기억하고 있지요?"

마님의 말에 안돌프가 기억을 추렸다. 엘리샤가 부탁한 것은 단 한 가지였으므로 잊어버릴 리가 없었다.

"물론입니다, 마님. 영지민들의 의복 실태는 고도가 높고 험한 지역일수록 좋지 않았습니다. 그중에서도 가장 나쁜 곳은 산악마을 에파냐입니다."

"에파냐로 가려면 얼마쯤 걸리죠?"

"마차로 가기에는 험하고, 제 말을 타고 가신다면 두 시간 걸리는 거랍니다."

"아직 오후 세 시니까, 다녀올 시간은 충분하네요. 나를 그곳으로 데려다주었으면 해요."

"다녀올 시간은 충분합니다만……."

안돌프가 말끝을 흐렸다.

"다만 각하께 아무 보고도 안 드려도 좋을지 걱정입니다."

엘리샤가 손가락으로 제 입술을 꾹 누르면서 고민하다가 말했다.

"음…… 그럼 이건 어때요? 리나를 통해서 보고를 드리도록 해요. 어차피 우리 둘만 떠나야 하니까요."

엘리샤의 제안에 안돌프도 안심하는 눈치였다.

"알겠습니다. 그렇게 된다면 문제는 없을 것 같습니다."

"좋아요. 그럼 리나에게 말하고 올게요."

"예."

엘리샤는 그들에게서 잠시 멀리 떨어져 있던 리나에게로 다가갔다. 그녀 역시 엘리샤를 보고는 부지런히 달려왔다.

"말씀은 모두 끝나셨나요? 오늘 고단하셨지요? 어서 본성으로 가셔서 푹 쉬세요. 카일리 후작 부인도 마님께 좀 놀란 눈치더라고요. 모임에 가실 때 차 선물을 가져가면 좋을 것 같아요. 후작 부인은 아침 대용으로 차를 마신다고 하는군요!"

쉴 새 없이 쏟아 내는 리나의 말을 듣고 있던 엘리샤가 말했다.

"차 선물이라, 좋은 생각이네요. 난 쉬는 건 조금 뒤로해야겠어요. 리나 먼저 성으로 돌아가도록 하세요."

"예에? 어디를 가시려고요?"

"가이시 경과 함께 에파냐라는 마을에 다녀올 거예요."

"에파냐라고요? 맙소사! 마님, 거긴 시내에서 제법 거리가 먼 깊은 마을인데요. 게다가 가난한 사람들이 많이 사는 곳이에요."

리나의 눈동자에 걱정이 가득해지는 것을 본 엘리샤가 말했다.

"걱정 말아요. 가이시 경이 이미 다녀온 것이라 안내를 잘해 줄 거고, 저는 그저 잠시 살펴보러 다녀올 거예요. 에파냐 마을 사람들은 우리보다 추운 곳에 살고 있지만, 따뜻한 의복을 제대로 못 입는다고 들었어요. 그들도 테본의 영지민이잖아요. 나는 그들을 돕고 싶어요."

엘리샤의 진심을 들은 리나는 잠시 침묵하다가 말을 이었다.

"마님의 마음은 잘 알겠지만 각하께 알리지도 않고 가시는 건 너무나도 걱정스러워요."

"그래서 그 이야기를 리나가 각하께 전달해 주었으면 해요. 미안해요, 리나에게 짐을 준 것 같아요."

"아니에요, 마님. 저는 보고도 말라고 하실까 봐 드린 말씀이었어요. 에파냐에 가시려면 조금 더 따뜻하게 입고 가시는 게 좋겠어요. 잠깐만 여기서 기다려 주세요."

리나는 마차의 짐칸으로 가더니, 양털 장갑이며 두꺼운 가죽 망토를 가져와 엘리샤에게 입혀 주었다.

"자요. 이렇게라도 하고 가면 좀 더 나으실 거예요."

"훨씬 따뜻해요. 고마워요, 리나."

"각하께 말씀은 잘 드려 놓을게요. 어서 가세요. 더 늦기 전에."

"그럼 다녀와서 봐요."

엘리샤는 리나를 향해 눈인사를 하고는 안돌프의 손을 붙잡고 그의 말 위로 올라탔다.

루자크가 말을 태워 준 이후로 처음 타 보는 것이었다. 말에 올라타자 그의 생각이 떠올랐다.

'루자크, 많이 걱정하지 말고 조금만 기다려 줘요.'

다그닥, 다그닥!

두 사람을 태운 말은 거침없이 달려 테본의 시내를 가로질렀다. 그들은 이윽고 드러난 시푸른 아일레스 강을 따라 거슬러 올라가기 시작했다.

산이 가까운 지대로 이동할수록 현저히 내려가는 온도에 엘리샤는 추위를 느꼈지만, 외투 자락을 더 끌어당기며 꾹 참았다.

앙상한 나뭇가지 끝에 대롱대롱 달린 눈꽃이 피어 있었다. 엘리샤는 블랙 윈터 본성의 가장 꼭대기 층에서 바라본 설산에 자신이 발을 딛고 서 있다는 것이 신기했다.

다행히 오늘은 눈이 내리지 않았지만, 바람에 쌓인 눈들이 조금씩 흩날리고 있었다.

눈 쌓인 산자락을 타고 오르길 한 시간 반 정도 지났을 때였다. 안돌프가 장갑 낀 손으로 가리키면서 말했다.

"마님, 저기가 바로 에파냐입니다."

아름다운 설경이 펼쳐진 산 중턱에 자리한 작은 마을 에파냐가 그제야 나뭇가지 사이로 모습을 드러냈다.

"아…… 정말 예쁜 곳에 있네요. 하지만 확실히 추위에 노출되어 있어요."

산이 바람을 일부 막아 주기도 하지만, 바위 틈새를 타고 날아드는 바람은 칼처럼 날카로웠다.

무엇보다 고도가 높아서 온도가 극심히 낮았다. 가만히 숨을 쉬기만 해도 입에서 김이 혹혹 나왔다.

"마님, 괜찮으십니까?"

"이 정도는 괜찮아요."

다행히 리나가 덧입혀 준 가죽 망토와 양털 장갑 덕에 견딜 만했다. 하지만 드러난 얼굴이며, 발은 이미 꽁꽁 얼어 있었다. 그건 안돌프도 마찬가지였으므로 엘리샤는 입술을 꾹 다물고 내색하지 않았다.

다닥다닥 붙어 있는 자그만 집들.

너무 추워서일까. 거리에는 사람들이 거의 보이지 않았다.

걸을 때마다 발이 눈 속에 푹푹, 깊게 빠졌다.

마침 지나가는 할머니와 아이 하나가 보였다. 그들은 커다란 모포 하나를 나눠서 두르고 있었다.

아이가 안돌프를 알아보곤 외쳤다.

"어? 기사 아저씨다!"

"랄프구나."

안돌프가 말을 천천히 몰아 랄프 앞에서 내렸다. 이어서 엘리샤도 말에서 내리자, 모포를 뒤집어쓰고 있던 랄프가 갈색 눈을 깜빡이면서 그들을 올려다보았다.

"이 누난 누구예요? 아저씨 부인이에요?"

랄프의 말에 순식간에 안돌프가 귀까지 빨개지더니 외쳤다.

"절대, 절대 아니야. 이분은……."

안돌프가 그녀의 신분을 밝히려 하자, 엘리샤는 조용히 고개를 저으며 눈치를 주었다.

"안녕? 나는 이 아저씨 친구 엘리샤야."

엘리샤가 고개를 숙이곤 랄프와 눈을 맞추면서 대답했다.

"옆에 계신 분은 할머니셔? 안녕하세요, 할머니."

"……."

그녀의 인사에도 랄프의 할머니는 조용히 고개를 숙일 뿐이었다.

"할머니는 말씀을 못 하세요."

랄프가 아무렇지 않게 툭 내뱉었다.

그러자 할머니가 엘리샤와 안돌프에게 무언가 손짓으로 이야기했다.

"누나랑 아저씨, 따뜻한 수프라도 드시고 가래요."

어느새 랄프의 손에 이끌려 걸어가자 자그만 오두막집이 보였다. 따끈한 수프 한 그릇을 뚝딱 비워 낸 엘리샤는 모포를 벗어 던진 랄프에게 물었다.

"랄프, 옷이 눈에 다 젖었네. 갈아입을 옷 있어?"

그러나 아이는 고개를 저었다.

"없어요. 한 벌밖에 없어요."

랄프가 입고 있는 옷은 다 해졌고, 할머니가 입고 있는 옷은 얇은 데다 몇 번이나 기워 낸 흔적이 있었다.

엘리샤는 그 모습을 보곤 옛날 자신의 모습이 떠올랐다. 그녀 역시 단벌로 지내던 시절이 있었다.

"그래? 누나는 옷을 만들 줄 알거든. 랄프랑 할머니 옷을 만들어 주고 싶어."

랄프가 반색하며 말했다.

"정말요? 안 그래도 모포가 하나뿐이라서 힘들었어요. 할머니랑 늘 같이 다녀야 하니까요."

"그랬구나. 누나가 곧 따뜻한 옷을 가져올게."

곁에 있던 안돌프가 소곤대듯 작게 말했다.

"다른 집도 사정은 마찬가지일 겁니다."

엘리샤는 작게 고개를 끄덕였다. 랄프의 옆집인 릴리네는 상황이 더욱 심각했다. 어린아이들은 옷 한 벌조차도 제대로 갖추지 못한 채 방 안에서 웅크려 떨고 있었다.

마을을 한 바퀴 돌고 난 엘리샤는 안돌프에게 말했다.

"가이시 경, 각하께서 영지 시찰을 떠나기 전에 다시 이곳에 와야 할 것 같아요. 이곳 사람들은 하루가 당장 급하니까요."

"하지만 의복을 만드실 시간이 없지 않으십니까?"

"그건 걱정 말고 나에게 맡겨요."

"알겠습니다."

리나의 보고를 들은 후부터 몇 시간째 자리에 앉지 못하고 서성거리기를 반복하는 주군을 본 반트가 한 마디 했다.

"안돌프가 함께 있으니 아무 일도 없으실 겁니다."

"……."

이 말도 벌써 몇 번째 하는 말인지 몰랐다. 그때마다 루자크는 대답이 없었다.

문득 차창 밖을 내다보던 루자크는 뭔가를 발견한 눈치였다. 연신 마른세수를 하더니 반트에게 명령했다.

"나가서 마님을 모셔 와, 지금 당장."

마치 분노한 늑대나 표범류의 동물이 그르렁거리듯 루자크는 낮은 목소리로 지시했다.

"마님께서 돌아오셨습니까?"

어둑해진 저녁에도 성안으로 들어오는 말을 보았다니 주군은 매의 눈을 가진 게 틀림없다고 중얼거리면서 반트는 재빨리 홀로 내려갔다.

안돌프와 함께 홀로 들어선 엘리샤는 눈을 맞아서인지 물에 빠진 생쥐처럼 머리카락이 다 젖어 있었다.

반트 역시 걱정했던지라 안도하면서 말했다.

"마님, 급작스럽게 에파냐에 다녀오셨다고 들었습니다. 일단 무사히 돌아오셔서 다행입니다만, 각하께서 조금 기분이 좋지 않아 보이십니다. 급하게 마님을 찾고 계십니다."

그의 말을 들었음에도 그녀는 걱정하는 기색이 없었다. 오히려 전보다 더 생기발랄해 보였다.

"랜디어스 경, 각하를 달래느라 고생 많았어요. 얼른 올라가 볼게요."

"예."

반트는 그녀의 태도에 내심 놀랐다. 마님은 루자크에게 혼날 것이 두려워 떨지 않았다. 전보다 여유롭고 유연해진 대처, 그녀는 이제 정말 소녀가 아니었다. 어엿한 공작 부인이 다 된 듯싶었다.

똑똑.

엘리샤는 망토를 벗으면서 서재의 방문을 열었다.

"루자크, 저예요."

"……."

대답이 없었다. 분명 화가 났다는 뜻이다.

엘리샤가 들어가자마자 루자크의 시선이 와 닿았다. 그가 다가와 그녀의 몸을 거칠게 확 끌어안았다.

"……루자크? 많이 걱정했어요?"

자신의 몸을 꼭 끌어안은 채 아무 말이 없는 루자크였다. 한참이나 서로의 체온을 나누고 나서야 그는 엘리샤의 몸을 놔주었다.

"사실은 화가 났어. 나와 같이 갔으면 좋았을 것을."

"각하, 그건…… 당신은 바쁘시니까 신경 쓰게 해드리고 싶지 않았어요."

그러자 루자크의 푸른 눈이 일렁였다.

"당신은 아직도 날 잘 모르는군. 그렇게 내 곁을 벗어나면 내 신경이 더욱 쓰인다는 것을 모르겠어?"

"그래요, 이번에는 내가 잘못했어요."

그녀가 순순히 잘못을 인정하자 도리어 루자크는 자신이 목청을 돋운 게 민망해졌다.

그것을 감추기 위해 루자크는 재빨리 화제를 전환했다.

"그래서 에파냐의 상황은 어땠어?"

그의 물음에 엘리샤는 어깨를 축 늘어뜨렸다.

"상황이 무척 좋지 않았어요. 추위를 막아 줄 수 있는 의복을 그들에게 지원하고 싶어요."

엘리샤의 말에 루자크도 고개를 끄덕였다.

"당장 방직 길드 여러 개에 의뢰를 하지. 살 수 있는 방한복들도 가능한 모두 사들이고 말이야."

그의 말에 귀를 기울이던 엘리샤가 그의 손을 붙잡으면서 말했다.

"아니에요, 각하. 이번 일은 제가 직접 해 보고 싶어요."

"제법 수량이 많지 않아? 당신이 무슨 수로…… 아, 그 마법 도구라는 것을 쓸 생각이군."

자신의 아내가 마녀라는 것을 뒤늦게 깨달은 루자크는 그녀가 가지고 있다는 신기한 마법 도구를 떠올렸다.

엘리샤가 고개를 끄덕였다.

"네, 이럴 때 아니면 언제 써 보겠어요. 코트는 아이 스물다섯 벌, 어른은 서른여섯 벌 정도 만들면 될 것 같아요. 안에 입을 의복은 아이들 것만 만들려고요."

"언제 에파냐에 갈 생각인데?"

"빠르면 빠를수록 좋아요. 다들 제대로 된 옷도 없이 모포로 겨울을 나고 있어요."

"좋아. 그걸 실어 나르려면 짐마차가 여러 대 필요하겠군."

"맞아요. 일단은 내가 옷을 만드는 게 먼저지만요."

"참, 오늘 오트쿠튀르에서는 잘하고 왔어?"

"물론이죠, 카일리 후작 부인의 초대도 받았는걸요."

엘리샤는 싱그러운 웃음을 지으면서 말했다. 그러나 루자크는 영 뜨뜻미지근한 얼굴이었다.

"으음, 그래. 굉장한걸. 그 노부인과 함께 있으면 난 두통과 멀미가 나더군."

"푸홋, 당신이 두려워하는 사람도 있군요."

"두렵다기보다는 불편한 거지."

루자크의 미간이 좁혀지는 걸 보며 엘리샤는 재미난 걸 발견한 아이처럼 그를 신기하게 쳐다봤다.

언제나 완벽한 그인데, 그에게도 약한 구석이 있었구나.

"왜 그렇게 보는 거지?"

"당신이 곤란한 모습을 보는 게 처음이라서 그래요."

"그걸 즐기다니, 우리 아가씨가 랜디어스 경을 닮으면 곤란한데 말이지."

"어머? 그럴 리가요."

"그나저나 저녁은 늦었으니 침실에서 간단히 하는 게 어때?"

침대에서 느긋하게 함께 시간을 보내자는 속뜻이 있음을 눈치챈 엘리샤는 괜스레 제 분홍 머리카락을 손가락으로 꼬면서 딴청을 부렸다.

"……하지만 배고픈데."

루자크가 느른하게 웃으면서 그녀의 어깨를 잡아당겼다.

"다른 게 고파서 난 죽을 지경인데."

엘리샤는 살짝 그의 품에 안기면서 걱정스레 중얼거렸다.

"하지만 당장 옷을 제작해야……"

"내일부터는 온종일 방 안에 틀어박혀서 옷을 만들어도 좋아."

점점 다가오는 그의 손길, 뜨겁게 달아오르는 눈빛에 엘리샤도 두 손 두 발을 다 들고 말았다.

"으, 알겠어요. 정말 못 당하겠다니까요."

그리 말하는 선홍빛 입술에 루자크가 입을 쪽 맞추기 시작했다. 가벼운 키스는 어느새 찐득하게 변해 서로를 빨려 들게 했다.

스르륵.

거칠게 벗겨 버린 드레스와 속옷들을 루자크가 바닥에 내던졌다. 분명 그녀에게 사랑받고 있음에도 이렇게 조급증이 나는 이유가 뭘까.

솜털이 올올히 선 뺨을 붙잡고 재차 입술 안을 파고든다. 부드럽게 끌려오는 그녀의 속살을 슬쩍 깨물어도 보고, 붙잡아도 보고, 어루만져도 본다.

무얼 해도 좋은 순간.

엘리샤의 자그만 손이 제 단단한 몸을 쓸어내렸다. 어느새 그녀도 잔뜩 기대하고 또 흥분한 눈치였다.

"리샤."

루자크는 그녀의 자그만 품에 파고들면서 여린 몸에 입을 맞추기 시작했다. 쿵쾅거리는 심장이 리듬을 맞추고, 루자크는 조심스럽게 그녀의 몸에 입을 맞춘다.

뽀얀 살결은 조금만 힘을 주어도 붉게 변했다. 루자크는 엘리샤의 가녀린 목덜미를 빨기 시작했다.

'내일은 목을 훤히 내놓는 드레스를 입을 수 없겠지.'

오늘 자신을 혼자 내버려 둔 것을 이렇게나마 아이처럼 투정 부리고 싶었다.

"꺄앗! 루자크."

엘리샤는 간지러운지 그를 밀어내면서 발버둥 쳤다. 그럼에도 그는 고집스럽게 계속했다. 이내 저항은 줄어들었고, 온전히 얌전해진 그녀의 반응을 살필 수 있었다. 엘리샤는 유독 목을 핥으면 가만히 있지를 못했다. 그렇다는 건 거기가 민감하다는 뜻이기도 했다.

그는 웃으며 입술을 떼었다. 동그랗게 부푼 그녀의 가슴이 욕망을 더욱 일어나게 만들었다. 예전보다 확실히 커진 것 같기도 하다. 한 손의 절반도 차지 않던 자그만 가슴이, 어느새 적당하게 들어찰 만큼 커진 듯싶었다.

"리샤, 가슴이 커졌군."

루자크의 말에 엘리샤는 보라색 눈을 동그랗게 떴다.

"그, 그런가요?"

스스로도 인식하지 못한 변화를 루자크가 집어내자 엘리샤는 왠지 더 민망해졌다.

"응, 내 아가씨 몸은 확실히 기억하거든. 모를 리가 없지. 이렇게 예쁜데."

그의 말에 안 그래도 달아오른 엘리샤의 얼굴이 새빨개졌다.

"그, 그런…… 그렇지만 조금 기뻐요. 사실 너무 작아서 콤플렉스였다고요."

"그래도 귀엽고 사랑스러웠어. 지금은 적당해졌군."

그리 말하면서 루자크가 그녀의 가슴을 소중하게 어루만졌다. 문득 느껴진 촉감에 엘리샤는 한결 느른한 얼굴이었다.

이윽고, 루자크는 부지런히 움직였다. 목덜미에 했듯이 그녀의 하얀 가슴과 정점에도 똑같이 사랑을 해 주었다.

기분 좋은 짐승처럼 갸르릉거리는 엘리샤의 목소리가 귓가에 달콤한 노래인 듯 들려왔다.

"사랑해, 엘리샤."

매번 입술을 열어 말해도 처음 고백하는 것처럼 심장이 쿵 내려앉고 떨린다.

"사랑해요, 루자크."

엘리샤의 온몸이, 입술이, 목소리가, 눈빛이 지금 이 순간만큼은 오롯이 자신만을 위해서 움직이고 있었다. 사랑하는 이만이, 그녀만이 줄 수 있는 이 충족감에 루자크는 정신이 몽롱해졌다.

약에 빠진 것처럼 정신을 가눌 수 없었다. 서서히 몸이 겹쳐졌다. 루자크는 가련하게 흔들리는 엘리샤의 몸을 부여잡았다.

그녀를 안을 적마다 루자크는 오롯이 느낄 수 있었다. 자신은 그녀가 없으면 단 한순간도 견디지 못한다.

아마 부서져 버릴지도 모른다. 자신이란 인간은.

"루자크!"

강하게 치닫는 감각에 엘리샤는 사고를 이을 수가 없었다. 언제나 그가 선사하는 쾌감은 그녀가 상상할 수 없을 만큼 깊고도 높았다.

마치 제멋대로 여행을 떠나는 것 같았다. 그는 자꾸만 엘리샤를 어디론가 데려가곤 했다. 늘 정신을 차리고 보면 새로운 곳이었다.

더불어 동시에 그의 여자로 태어나는 기분이었다.

입을 맞추거나, 사랑해라는 고백만으로 알 수 없는 새롭고 낯선 감정.

몇 번이나 그와 몸을 섞었는지 이제는 셀 수조차 없지만, 그때마다 느끼는 기분이었다.

이것이야말로 진짜 마법 같았다.

문득 루자크가 엘리샤의 몸을 꼭 껴안은 채로 어깨와 머리카락에 입을 맞추면서 말했다.

"당신이 마법으로 옷 만드는 걸 보고 싶어."

가끔 일이 안 풀릴 때면 루자크가 생각하던 것이었다. 엘리샤가 마법으로 옷을 만드는 건 어떤 모습일지.

엘리샤는 머뭇거리다가 고개를 끄덕였다. 남에게는 한 번도 보여 주지 않은 자신의 비밀스러운 모습이었지만, 그에게만은 허락하고 싶었다.

그에게도 분명 신비로운 볼거리가 될 터였다.

"좋아요."

얇은 가운을 걸친 엘리샤는 루자크의 손을 꼭 붙잡고는 제 서재로 그를 데려갔다.

문을 꼭꼭 걸어 잠근 뒤, 엘리샤는 책상 아래에 숨겨 두었던 재봉 상자 테일러 키트를 꺼냈다.

톡톡, 손등으로 두드리자 덜그럭덜그럭하는 소리가 대답처럼 들려왔다.

"잠깐만요, 루자크. 얘네들이 갑자기 튀어나오면 머리를 맞을 수도 있으니까 고개를 살짝 숙이세요."

엘리샤의 조언에 루자크는 머리를 낮게 숙였다. 이윽고 그녀가 상자를 열자 주렁주렁 쏟아지듯 재봉 도구들이 하나씩 튀어나왔다.

루자크는 보고 있으면서도 제 눈을 믿을 수가 없었다.

"놀랍군. 이건 상상 그 이상이야!"

허공을 둥실둥실 떠나는 가위, 바늘과 실, 초크와 골무라니……

그러나 엘리샤가 보기에 도구들은 오늘 유독 쑥스러움을 타는지 움직임이 좀 굼떴다.

"어머? 루자크가 와서 부끄러운가 본데요."

특히 오로라빛 투명한 마법의 옷감은 사르륵, 펼치려 할 때마다 자꾸만 옷깃을 여미는 아가씨처럼 도로록 말리곤 했다.

"당신을 닮아 수줍음이 많군, 엘리샤. 그래, 이것들로 옷을 만드는 건 어떻게 하는 것이지? 마법이니 저절로 움직이는 거겠지?"

갑자기 아이처럼 질문이 많아진 그의 태도에 엘리샤는 웃으며 말했다.

"잘 봐요."

자신만만하게 옷을 만드는 모습을 보여 주려 한 엘리샤가 잠시 머리를 긁적였다.

에파냐 영지민들에게 나누어 줄 방한용 코트는 아이용, 성인 남자용, 성인 여자용 이렇게 세 가지로 만들어야 했다.

"일단은 보온성을 가장 중시해야겠죠? 양털이 덧대진 코트에 모자까지 달려 있으면 좋을 것 같아요. 눈이 오면 바로 머리를 막을 수 있으니까요."

"……그렇겠군."

혼자서 재잘거리면서 디자인을 구상하는 엘리샤를 보면서 루자크는 엷게 미소를 지었다. 어쩐지 뭔가에 열심히 매진해 있는 그녀를 보니 흐뭇해졌다.

"좋아, 구상은 완료했어요. 그럼 옷본부터 먼저 그려야겠어요!"

허공에 둥실 떠 있던 초크를 주시하면서 엘리샤가 첫 번째 시동어를 외쳤다.

"그려 줘!"

엘리샤의 부름에 초크가 쪼르르 달려오더니, 부지런히 옷본을 슥슥 그리기 시작했다. 무척 신기한 광경이었으나 어째선지 루자크는 입까지 가리면서 끅끅 웃고 있었다.

도통 영문을 모르겠다는 얼굴로 엘리샤가 물었다.

"응? 왜 웃는 거예요? 웃긴가요?"

"아니, 그려 달라니, 너무 귀엽잖아."

살짝 배까지 끌어안고 웃는 루자크를 보자 엘리샤는 샐쭉해져서 입술이 톡 튀어나왔다.

토라진 모습조차도 영락없이 사랑스럽다. 루자크는 일어나서 엘리샤의 입술을 덮쳐 버렸다.

그러자 재봉 도구들이 그들의 머리 위를 뱅뱅 돌며 난리를 피웠다. 마치 얼레리꼴레리 하면서 놀리듯이 말이다.

그 모습을 본 엘리샤 또한 루자크와 함께 크게 웃고 말았다.

"갑자기 무슨 짓이에요! 애들도 있는데!"

"이 녀석들도 눈이 있나? 마치 사람처럼 행동하는군. 혹시 이 도구들이 당신을 닮아 가는 거 아닐까?"

"루자크가 엉큼한 짓을 하니 그렇잖아요."

"아무튼 신기하군."

루자크가 손을 뻗어서 가위를 붙잡으려 하자, 그가 훨훨 날듯이 솟구쳐 올라가 버렸다.

반면에 엘리샤가 손을 뻗자마자 가위는 물론이고, 다른 도구들이 비비적거리면서 손에 척척 감겼다.

루자크가 구겨진 얼굴로 투덜거렸다.

"이 녀석들, 수컷인가?"

"……당신을 좋아하는 건 저쪽이라고요."

엘리샤가 가리킨 쪽에는 살포시 몸을 돌돌 말고 있던 옷감이 루자크 쪽을 향해서 몸을 흔들고 있었다.

그녀는 언제나 재봉을 좋아하긴 했지만 오늘처럼 유쾌하게 일을 해 본 건 처음이라는 생각을 하며 차근차근 완성해 갔다.

순식간에 아이들의 방한복을 뚝딱 만들어 낸 엘리샤의 솜씨에 루자크는 입을 떡 벌렸다.

"엘리샤, 우리도 이제 오트쿠튀르를 내 볼까? 당신 정도라면 옷을 척척 만들어 내는 데 문제도 없잖아. 당신은 옷만 만들면 되고, 다른 사람을 고용해도 될 거야."

루자크는 농담인 듯 진담이었다.

그러나 엘리샤는 조용히 고개를 흔들었다.

"물론 제 꿈이 저만의 의상실을 내는 거긴 하지만 아직은 아니에요, 루자크."

"역시 그게 당신의 꿈이었군. 사실 나도 처음에는 당신이 내 울타리 밖으로 나갈까 봐 걱정이었는데, 그러지 않아도 될 것 같아. 그런데 왜 아직 아니라는 거지?"

엘리샤는 루자크의 말에 잠시 시무룩해졌다.

"……당신은 언제나 나에게 많은 것을 주고 있지만, 제 가게만큼은 스스로의 힘으로 꾸려 보고 싶어요. 미안해요, 루자크."

그의 얼굴에 슥 그림자가 비치면서 그가 억지로 미소를 지었다.

"역시 그의 말이 사실이었나."

"……네? 그라뇨?"

"아무것도 아니야. 엘리샤, 시간이 제법 지났어. 이제 자지 않으면 안 돼. 어서 침실로 가지."

"나도 너무 피곤해요."

곧장 평소의 그로 돌아왔지만, 엘리샤는 루자크의 얼굴에 비친 그림자가 어쩐지 마음에 거슬렀다. 그는 자신 혼자만의 힘으로 의상실을 열고 싶은 그녀의 꿈을 싫어할지도 모른다는 생각이 들었다.

다시 찾은 에파냐는 전보다 날씨가 더욱 혹독해져 있었다. 마을 입구에 들어선 마차 행렬에 마을 사람들이 구경거리가 난 듯이 나와 있었다.

기사단원들이 마차에 실어 온 방한복과 식량 등을 사람들에게 배급했고, 안돌프는 그 옆에서 집집마다 사람 수를 체크했다.

루자크의 예상대로 동상에 걸린 사람들이 있어서 엘리샤와 리나는 치료를 원하는 사람들을 불러 모았다.

마을의 절반에 달하는 사람들이 동상으로 고생을 하고 있었다. 모두가 정신없이 일하고 있는 탓에 엘리샤는 혼자서 살짝 움직이기로 했다.

아까 리나와 함께 마을을 돌다가 느낀 것인데 불씨가 없이 한

기가 드는 집들이 꽤 많았던 것이다.

엘리샤가 자그맣게 주문을 외우자, 꺼졌던 촛대의 불씨들이 타오르고 장작에도 불이 붙었다.

그렇게 마을을 한 바퀴 돌았을 때였다.

'타오르는 생명이여, 내 앞을 비추라.'

타다닥.

벌컥 문이 열리면서 마주치는 눈빛이 있었다. 지난번 누나라고 부르던 랄프였다.

"어? 누나, 방금 마법!"

엘리샤는 입가에 손가락을 대며 쉿, 했다.

"맞아. 난 마법사야. 근데 이게 소문이 나면 안 좋거든? 다른 사람들에게는 비밀이야. 알았지?"

"마법사? 그럼 누나 다른 마법도 할 줄 알아? 다른 것도 보여 줘!"

랄프가 눈을 동그랗게 뜨고, 엘리샤에게 다가왔다.

"윽, 나는 이거밖에 할 줄 몰라."

"그럼 또 보여 줘!"

'타오르는 생명이여, 내 앞을 비추라.'

타다닥!

"와아아."

마법을 처음 보는 랄프의 눈이 초롱초롱 빛났다.

"있지, 랄프. 이건 우리 둘만의 비밀로 해 주어야 해? 사람들이 알게 되면 나는 더 이상 마법을 못 쓰거든."

"진짜?"

"응. 그러니까 쉿."

랄프가 엘리샤를 따라서 제 입을 꼭 막으면서 고개를 끄덕였다.

"근데 랄프. 아까 마을 사람 전부를 부르러 다녔는데 뭐하고 있었어?"

"너무 추워서 못 움직였어."

"뭐?"

살펴보니 랄프의 발가락이 보라색으로 변해 있었다.

"동상에 걸렸구나. 어서 치료하자. 끙차!"

엘리샤가 랄프를 안아 들었다. 일곱 살이라는 랄프는 잘 먹지 못해서 그런지 무척이나 가벼웠다.

그때, 문이 벌컥 열리더니 할머니가 기사단 사람 중 한 명을 데리고 왔다. 파릇파릇한 신참인지, 구십 도로 인사한 후에 그는 엘리샤에게서 랄프를 데려갔다.

"제가 아이를 들겠습니다."

"아, 고마워요."

엘리샤는 구슬픈 눈으로 랄프를 바라보는 할머니를 부축했다.

"할머니, 랄프는 너무 걱정 마세요. 치료사제가 치료해 줄 거예요."

할머니의 눈에서 눈물이 흐르자, 엘리샤도 마음이 짠해졌다.

치료사제가 겨우 한 명뿐이라 좀 오래 걸리긴 했지만 마을 사람들 모두가 치료를 받았다. 랄프도 이제 기운이 나는지, 붕대를 감은 발로도 잘 돌아다녔다.

"따뜻해요! 옷이 근데 너무 크다!"

"음. 그건 네가 금방 자랄 것 같아서 일부러 크게 만든 거야!"

엘리샤가 의기양양하게 말하자, 주변 사람들이 웃었다. 마을 사람 모두가 따뜻한 도움에 행복한 얼굴로 감사를 전했다.

에파냐의 촌장이 나서서 말했다.

"이 늙은이가 보기에도 어린것들이 추위와 가난에 허덕여 안타까웠습니다. 이렇게 테본의 촌구석까지 찾아와 어려움을 헤아려 주시니 참으로 고맙습니다. 테본의 주인이시여! 만세!"

루자크는 고개를 저었다.

"미처 헤아리지 못해서 미안하게 생각하는 바요. 그리고 그대들을 돕자고 한 것은 여기 있는 내 아내의 의견이었소."

그러자 촌장의 눈동자가 말갛게 빛났다.

"여리고 작은 아가씨로 보이시는데 훌륭하십니다, 공작 부인."

"그냥 모두가 따뜻한 옷을 입었으면 했어요. 처음 테본에 왔을 때 너무나 추웠거든요."

엘리샤가 웃으면서 그리 말하자, 촌장이 자신의 집으로 함께 가 줄 것을 요청했다. 어쩐지 거절할 수 없는 청이었다.

다녀와도 좋다는 뜻으로 루자크가 고개를 끄덕였고, 엘리샤는 그를 따라갔다.

지팡이를 짚은 채 이동하던 촌장이 발을 멈췄다. 눈이 소복이 쌓인 눈밭 위에 자그만 오두막집이 있었다.

"잠깐 들어오시구려."

"아, 네에."

촌장의 집 안으로 들어가자, 뽀얗게 일어난 먼지가 허공을 떠다녔다. 햇살에 비친 먼지가 그렇게 예뻐 보인 건 처음이었다.

촌장은 새장 하나를 가리켰다.

새장 안에는 손가락 한 마디 크기의 오동통하고 작은 인형이 있었다.

"이걸 보시구려. 산속 거미줄에 매달려 있는 걸 데려왔어요. 그랬더니 요 녀석이 바느질 잘하는 사람을 데려오라고 난동을 피워서 일단 이 안에 잡아넣었는데…… 우리 마을에는 그런 이가 도통 없어서 어찌할까 고민 중이었지요."

"그랬군요. 이런 건 처음 봐요, 촌장님."

엘리샤가 그리 대답하면서 촌장을 돌아보았을 때, 그는 이미 조용히 나간 후였다.

엘리샤는 눈이 휘둥그레져서 새장 속을 들여다보았다. 그것은 인형처럼 생겼지만 자세히 살펴보니 잠자리와 같은 투명한 날개가 있었다. 게다가 살아서 움직이고 있었다.

"이게 대체 뭐지?"

"감히 이거라니, 무례하도다!"

"헉!"

버럭, 지르는 목소리가 분명 저 자그만 체구에서 들려온 게 맞는가 싶을 정도로 쩌렁쩌렁 울렸다.

"이 몸은 바느질 요정 테일러 쥬앙트 페페토디 님이시다."

엘리샤는 제 눈을 믿을 수가 없어서 눈을 끔벅거렸다. 꼬불꼬불한 하늘색 머리카락과 콩알처럼 동그란 눈, 포동포동한 팔다리가 꼭 아기 인형 같았다.

"말도 안 돼. 바느질 요정이라니…… 너무 귀엽다. 안녕?"

새장 안으로 슬쩍 손가락을 넣어 보자, 요정이 파다다 다가와선 엘리샤의 손가락을 킁킁 냄새 맡았다.

"응?"

그러자 요정의 눈이 가늘어지더니 날카롭게 말했다.

"너, 마녀의 핏줄이구나? 테일러 가문의 후손이군."

"어…… 어떻게 알았어?"

"우훗, 그 정도쯤이야, 뭐. 이 페페토디 님에게는 식은 죽 먹기라구. 그나저나 테일러 가문이라면, 바늘은 잡아 봤겠네?"

페페토디의 말에 엘리샤는 풋 실소가 나왔다.

바늘이라면 어릴 적부터 늘 잡아 왔던 게 아니던가. 엘리샤는 양손을 펼쳐서 요정이 잘 보일 수 있도록 보여 주었다.

페페토디의 콩알 같은 눈이 움직였다. 바느질을 하도 해서 엘리샤의 손끝은 공작 부인인 지금도 닳아 있었다.

"오호? 너 제법 바느질을 많이 했네."

"당연하지. 난 눈감고도 바느질을 하는걸."

"쳇, 그래. 좋아. 너에게 줄 게 있어."

"줄 거?"

페페토디는 손톱만 한 주머니에서 퐁, 하고 제 몸보다도 커다란 염료를 하나 꺼냈다. 동그란 유리병 안에 투명한 액체가 출렁거리는 염료였다. 그걸 든 요정은 무거운지 기우뚱했다.

"어라, 조심해!"

"크악! 새장 문 좀 열어 봐."

"알겠어."

엘리샤는 새장 문을 조심스럽게 열었다. 별도의 잠금은 되어 있지 않은 문이라 쉽게 열렸다.

"자, 받아."

요정이 엘리샤에게 염료를 휘익 집어 던졌다. 그걸 겨우 받아 낸 엘리샤가 중얼거렸다.

"근데 이게 뭐야?"

커다란 왕 구슬처럼 반짝이는 염료 병에는 마개가 달려 있었다.

"좀 오래된 거긴 한데, 우리 바느질 요정들이 제작한 요정의 염료야. 원래 마녀들이 이걸 사 가곤 했어. 근데 이제 테일러 가문의 마녀들이 하나도 보이질 않아서 원. 마녀를 찾으러 인간 세상 여행이라도 떠날까 했는데 마침 그 영감이 나를 데려왔어. 근데 여기서 마녀를 다 보네?"

요정의 말에 엘리샤의 표정이 조금 어두워졌다.

"실은…… 내가 아마 테일러 가문의 핏줄을 이은 마지막 마녀일 거야."

"······어쩐지 마녀란 마녀는 씨가 말랐더라. 근데 너처럼 어리버리해 보이는 애가 마지막이라니, 앞날이 걱정되는구만."

"풋, 요정인데 내가 아는 사람이랑 말투가 많이 닮았구나."

엘리샤는 어쩐지 심술기 가득한 콜린의 얼굴이 떠올라 버렸다.

"뭐야? 이 페페토디 님처럼 잘난 녀석이 또 있나 보군. 그 녀석에게 영광인 줄 알라 그래! 참, 너 그 염료, 마지막으로 남은 것이니까 소중히 쓰도록 해."

"응, 요정의 염료라고 했지?"

"그래. 옷을 만드는 과정에서 그 염료를 한 방울 섞어 넣어. 그럼 끝이야."

"그게 전부야? 요정의 염료라고 하면 뭔가 특별한 줄 알았는데?"

"으음, 효과는 무진장 많아서 나도 일일이 설명은 못 해 줘!"

"무진장 많아? 한 가지가 아닌가?"

"응. 쓸 때마다 달라져."

"그렇구나. 고마워, 페페토디. 얼른 가서 실험해 봐야겠어."

"그래, 나는 저 무거운 걸 네게 넘겼으니 이제 내 고향으로 돌아가야겠어."

엘리샤가 걱정스러운 듯 물었다.

"내가 데려다줄까?"

"됐어. 지름길이 있으니까."

"그래. 조심히 가야 해, 페페토디."

엘리샤가 페페토디의 머리를 쓱 쓰다듬자, 요정의 얼굴이 붉게 물들었다.

"에잇! 머리 건들지 마! 갈 거야!"

포로롱. 퐁!

순식간이었다. 요정은 흔적도 없이 어디론가 사라져 버렸다.

엘리샤는 마치 꿈이라도 꾼 것처럼 이상한 기분이 들었지만, 손에는 요정의 염료가 그대로 남아 있었다.

"벌써 가 버렸네."

아쉬운 요정과의 만남을 뒤로한 채, 엘리샤는 에파냐 마을 사람들, 그리고 랄프와 인사를 하고는 마차에 몸을 실었다.

"엘리샤, 약간 넋이 나간 얼굴이로군. 괜찮은 건가."

"응, 괜찮아요."

"마을 촌장 집에서는 무슨 일이라도 있었어?"

"뜻밖의 선물을 받았어요."

엘리샤가 그리 말하고 싱긋 웃자, 루자크도 더는 캐묻지 않았다.

"그렇군. 나 역시 오늘 하루가 그랬어. 영지민들과 이리 가까이 있었던 것도 처음이군. 당신 덕분에 많은 걸 느낀 하루야. 고마워, 엘리샤."

"저야말로 고마워요. 선뜻 이렇게 함께 와 주어서."

"고단할 텐데 잠시 눈 좀 붙이도록 해."

그는 엘리샤의 고개를 자신 쪽으로 기대게 만들었다.

15.
뒤늦은 짝사랑

오픈 다음날도 콜린의 오트쿠튀르의 인기는 식을 줄을 몰랐다. 수많은 귀부인과 영애의 발길이 이어졌고, 특히 공작 부인을 뵈러 왔다는 이들도 적지 않았다.

그러나 이제 콜린은 당분간 의상 의뢰를 받지 않기로 했다.

사실 그는 너무 많은 주문이 밀려드는 것도 원치 않았다. 그의 원칙 중 하나가 옷의 품질을 떨어뜨릴 만큼의 의뢰를 받지 않는다였기에, 결국 많은 사람들이 발길을 그냥 돌려야 했다. 다행히 의뢰를 하지 못해도 그저 구경하는 것만이라도 좋다는 사람들도 많았다.

반면에 엘리샤의 부탁을 받은 데이지의 손은 빨라지고 있었다. 콜린 자작이 의뢰를 받지 않자, 공작 부인에게 드레스 의뢰를 원하는 고객들이 제법 있었던 터였다.

통상 드레스 제작에 소요되는 기간보다도 훨씬 짧은 2주라는 시간에 옷이 완성된다고 하니, 호응도 높았다.

"공작 부인께서 손이 무척 빠르신 모양이에요."

"또 모르죠. 직접 만드시는 게 아니라, 사용인들을 시켜서 만드시는 게 아닐까요?"

암암리에 그런 소문이 슬쩍 돌아 의뢰를 머뭇거리는 사람들도 있었다.

끊임없이 엘리샤의 제작 의뢰를 받고 있는 시녀를 보던 콜린은 츳, 하고 몰래 혀를 찼다.

"아무래도 오늘 가서 이야기를 좀 해 두어야겠군."

점원들에게 마무리를 부탁한 콜린은 작업 공방에서 코트를 갈아입고 나섰다.

본성에 도착하자, 허허로울 정도로 성이 텅 비어 있었다. 평소보다도 두 배는 적은 사용인들의 숫자. 마치 최소한의 인력만 남아 있는 듯한 느낌이었다.

공작이나 엘리샤는 없었지만, 저 기분 나쁜 대집사는 평상시와 다름없이 콜린을 맞이했다.

"어서 오십시오."

"성이 텅 빈 느낌이군요. 공작 부인께서는 어디 가셨습니까?"

"아, 공작 각하와 함께 에파냐 영지에 의복을 지원하러 다녀오신다고 하셨습니다."

"의복 지원?"

"예, 에파냐 영지민들의 상황이 좋지 않다고 들었습니다."

"그렇군요. 바쁜 와중에 참으로 대단하십니다."

'아주 천사가 나셨군그래.'

콜린은 입술을 삐죽이면서 그리 말했다.

그런 일이라면 제게 귀띔이라도 해 주면 좋았을 것을. 그는 어쩐지 같은 성에 살고 있으면서도 외부인이라는 생각이 들었다.

하긴 저 자신은 외부인이자 이방인이 맞았다. 그냥 단순히 같은 곳에 지내는 것뿐이니까.

다소 섭섭한 마음이 들었지만, 콜린은 그걸 툭 털어 버리고는 층계로 향했다.

그러나 곧바로 홀로 들어서는 마차 무리에 콜린은 발걸음을 되돌렸다.

"이제 들어오시는 모양입니다. 마차가 보입니다."

"내게도 눈이 있습니다만."

콜린은 어쩐지 삐죽하게 가시를 내비치고 말했다. 반트가 살짝 얼굴을 구기며 공작과 공작 부인을 맞이하기 위해서 달려 나갔다.

기사단 인원들과 사용인들 일부까지 함께 간지라, 인원이 무척 많았다.

한걸음에 공작 내외에게 다가간 반트가 물었다.

"에파냐에 다녀오신 건 잘 마무리되셨습니까?"

그의 물음에 루자크가 고개를 끄덕였다.

"물론이야. 아주 잘 다녀왔네."

"맞아요, 랜디어스 경도 함께였더라면 좋았을 텐데."

그 말에 잠자코 있던 콜린의 눈살이 더욱 찌푸려졌다.

'나는 보이지도 않는 건가?'

이내 루자크가 먼저 콜린을 발견하고는 말을 붙였다.

"자작도 이제 들어온 모양이군."

"예, 에파냐에 다녀오셨다고 들었습니다. 좋은 일을 하신 모양입니다."

"맞아요, 자작께서도 함께하셨더라면 좋았을 텐데. 워낙 바쁘시니 부르지 못했어요."

엘리샤가 웃으며 말하자, 콜린은 어딘가 모르게 가시 돋친 말을 내뱉었다.

"네. 부르셨더라도 아마 참석 못 했을 겁니다, 부인. 내일은 재봉 수업이 있는 날이라는 건 기억하고 계십니까?"

"물론이에요. 오늘 오트쿠튀르 상황은 어땠나요? 여전히 사람이 많이 왔나요?"

"오트쿠튀르야 여전히 발 디딜 틈이 없을 만큼 사람이 너무 많아서 문젭니다."

콜린은 뭐 그런 당연한 것을 묻느냐는 투로 말했다.

"정말로 대단해요. 역시 콜린…… 아니 자작님이세요."

엘리샤가 슬쩍 루자크의 눈치를 살피면서 호칭을 정정했다.

"아닙니다. 의뢰는 저보다 공작 부인께서 훨씬 많이 받으셨습니다."

"앗, 오늘도 그랬나요? 데이지에게 가 보아야겠군요."

"그런데 정말 그 옷들을 전부 제작 가능하신 겁니까? 무분별한 의뢰는 오히려 옷의 품질과 명성을 떨어뜨리기도 한다는 점, 기억하셨으면 좋겠습니다."

콜린이 초록 눈을 빛내면서 강조해 말했다.

"으음, 무슨 말인지는 알겠어요."

"그럼 평안한 저녁 되시기를 바랍니다."

공작과 엘리샤에게 고개를 숙인 콜린은 층계로 향했다.

"엇, 함께 저녁이라도……."

뒤늦게 꺼낸 엘리샤의 말은 허공에 떠돌고 말았다. 루자크는 그녀의 등을 토닥이면서 말했다.

"자작이 피곤한 모양이군. 내버려 둬. 우리끼리 식사하지."

"네, 하지만 그도 저녁을 먹어야 할 텐데."

"이런. 당신이 그렇게 자작을 끔찍이 챙기는 줄은 몰랐어."

"아, 아뇨. 그럴 리가요."

루자크가 자신의 품으로 엘리샤를 끌어당겼다. 푸른 눈동자가 한층 진한 빛을 띠고 있었다. 엘리샤는 루자크가 질투 어린 눈동자를 하고 있다는 것을 알아채곤 말했다.

"같이 사니까 식사 정도는 서로 챙길 수 있잖아요. 나도 루자크랑 오붓하게 먹는 게 더 좋은걸요."

엘리샤가 그리 말하자, 루자크는 그제야 안심한 듯 느른한 미소를 지으며 그녀의 보드라운 머리칼에 코를 박았다.

"우리 아가씨는 착하기도 하지. 너무 착해서 탈이라니까."

"어서 식사하러 가요."

"그래. 나도 시장하군."

반트는 그럴 줄 알았다는 듯이 피식 웃고는 두 사람을 문홀로 안내했다.

"오늘은 고단백 영양식으로 준비했습니다. 문홀로 가시면 될 것 같군요."

"신경 써 줘서 고맙군. 오늘 같이 고생한 기사단원들과 사용인들의 식사는……"

"그레이트 홀에 마련해 놓았습니다. 각하."

"그래, 고생 많았군."

"저보다야 주방에서 고생이 많았지요."

문홀에서 즐긴 식사는 평소보다도 풍성했다. 양고기와 서너 가지 치즈를 곁들인 샐러드, 닭고기 수프, 새우와 대게까지 차려져 있었다.

"세상에. 이런 식사라면 어떤 고달픈 하루라도 보상받는 기분일 거예요."

"어서 들도록 해."

"당신도요."

말을 마치기가 무섭게 엘리샤는 부지런히 포크와 나이프를 움직였다. 루자크는 복스럽게 잘 먹는 엘리샤를 그저 사랑스럽다는 눈으로 지켜보면서 천천히 고기를 씹었다.

식사를 마친 엘리샤는 드레스가 심히 불편해질 정도로 배가 불렀다. 곁에 있던 반트에게 엘리샤가 말했다.

"랜디어스 경. 민스첼 주방장에게 오늘 너무 잘 먹었다고 전해 주세요."

"꼭 그리하겠습니다, 마님. 그도 기뻐할 겁니다."

"반트, 와인을 내어 줘. 그녀도 마실 만한 달달한 걸로."

"알겠습니다."

"와인이라면 아까 마셨지 않아요?"

"긴히 할 이야기가 있어."

얼마 후 반트가 화이트 와인 하나를 가져다주고는 나갔다. 와인이 잔에 채워지자, 루자크는 말을 이었다.

엘리샤는 루자크가 무슨 이야기를 할지 귀를 쫑긋 세우고 그의 말에 집중했다.

"이제 엘리샤, 당신이 공작 부인이 된 것에도 익숙할 때가 되었지?"

엘리샤는 와인을 한 모금 음미하고는 고개를 주억거렸다.

"네, 조금은요."

"그래서 말인데 그동안 나와 반트가 나누어 하던 업무를 이제부터 당신이 맡아서 하는 게 좋겠어. 특히 우리 펜블렌가 내부의 이출입 자산과 관련 문서의 보관 및 관리는 아주 중요해. 물론 골치 아픈 것들은 회계 담당 시종이 알아서 할 테지만 승인은 꼭 당신 손으로 해야 해. 당신은 여지없이 펜블렌가의 안주인이니까. 아, 재봉을 해야 해서 시간이 없으려나?"

"결코 그렇지 않아요. 해 볼게요, 각하."

엘리샤는 입술을 꼭 깨문 채 대답했다.

재산 관리나 사용인들의 관리 권한 같은 것을 그녀에게 주는 것은 그만큼 루자크가 자신을 신뢰한다는 뜻이었다.

그런 그를 실망시키고 싶지 않았다.

"당신이 그런 일들을 제대로 해낸다면 다른 사용인들 앞에서도 더욱 면이 설 거야. 그동안 나도 너무 반트에게 의존을 해 왔기도 해. 그를 못 믿는 게 아니라, 당신은 나의 하나뿐인 반려자니까 이 성을 함께 꾸려 가고 싶어."

"당신 말이 맞아요. 그리고 재봉 일은 걱정하지 마세요. 짬을 내서 하면 되니까요."

"그래, 내가 시찰을 떠나기 전에 반트에게는 미리 말을 하고 가지. 그에게 인수인계를 천천히 받으면 될 거야. 급할 건 없으니까."

"알겠어요."

어쩐지 무거운 책임이 더해지는 것 같은 반면에 기쁘기도 했다. 진정 그의 부인으로 인정받는 기분이 들었다. 공작 부인의 소임을 다 해내서 모두의 신임을 얻어야 할 차례였다.

*　　　*　　　*

"콜린! 오늘 수업은 프티 로즈궁에서 하는 게 어떨까요?"

한껏 들뜬 엘리샤의 목소리가 귀를 파고들었다. 콜린은 냅다 인상부터 찌푸렸다.

프티 로즈궁이라니.

이름부터가 애정이 뚝뚝 묻어 나오는, 온갖 장미가 만발한 그

곳. 공작이 직접 공작 부인을 위해서 꾸며 주었다는 온실 화원이
자 궁전.

"네에? 내 말 듣고 있는 거죠? 로즈궁에서 마시는 밀크티가 얼
마나 황홀한지 콜린은 잘 모를 거예요. 게다가 거기에서 옷을 만
들면 두 배로 더 잘 만들어진다고요. 옷본도 잘 떠오르고요. 음,
또……."

"……그래, 가자. 그놈의 프티 로즈궁이 뭔지."

엘리샤의 재촉에 결국 투덜거리듯 그렇게 툭 말을 내뱉어 버
렸다. 그때 가자고 하는 게 아니었는데, 콜린은 그리 대답한 것
을 곧 후회했다.

"정말요?"

그녀의 보라색 눈동자가 호수처럼 투명해지고, 입술은 함지
박만 하게 열린다. 저렇게 꽃을 좋아하다니 여자들은 참 알다가
도 모르겠단 말이지.

아이러니하게도 그런 여자들의 마음을 사로잡는 옷을 만들고
있는 자신이었다.

콜린은 엘리샤와 함께 재봉 도구를 들고서는 프티 로즈궁으
로 향했다. 당연히 마차를 탈 줄 알았는데, 그녀는 걷고 싶은 모
양인지 저만치 앞장서서 가고 있었다.

오늘의 엘리샤는 아이처럼 마냥 기분이 좋아 보였다.

긴 드레스를 입고 폴짝폴짝 잘도 걸음 한다. 겨울바람도 엘리
샤 앞에서만큼은 비켜 가는지 바람 한 점 없이 볕이 좋았다.

움직일 때마다 물결치듯 흔들리는 분홍 머리카락은 제 주인

처럼 허둥지둥했다.

콜린은 제 코끝을 스치는 향기로운 잔향에 자신도 모르게 손을 뻗었다. 그러나 이미 저만치 뛰어가 버린 엘리샤 덕분에 그녀의 머리카락은 그의 손을 살포시 빠져나갔다.

절대로 잡히지 않는 머리카락처럼, 그녀 역시 제게는 그런 존재였다.

"콜린, 체력이 약한 편이군요? 왜 그렇게 느린 거죠?"

엘리샤는 여유로운 미소를 지으면서 놀리듯 말했다.

"네가 쓸데없이 팔팔한 거잖아. 미리 말해 두지만 소풍 가는 것 아니다."

"알아요. 재봉 수업 가는 거잖아요."

연녹색의 프릴이 가득한 드레스를 입은 엘리샤가 새초롬한 얼굴로 대답했다. 머리 위에 달린 녹색 리본이 상큼하기 그지없다.

"근데 그 유아틱한 드레스는 누가 골라 준 거야?"

"유아틱이라뇨!"

"흐응, 공작 부인의 안목이란 그 정도였군."

턱을 문지르면서 콜린은 엘리샤의 드레스를 향한 조소를 흘렸다.

"으읏…… 너무해요! 고르고 고른 거란 말이에요!"

"아직 멀었네."

"각하께서는 예쁘다고 해 주셨다고요."

엘리샤의 말에 콜린은 왠지 열이 바싹 오르는 것 같았다. 자꾸만 심술이 난다. 괴롭히고 싶었다.

"물론 그러시겠지. 공작 각하께서는 네가 누더기를 걸쳐도 예쁘다고 하실걸?"

"……윽."

아무 반박도 하지 못하는 엘리샤를 보고는, 콜린은 한 걸음 먼저 프티 로즈궁으로 들어섰다.

언제 보아도 기분 나쁠 만치 아름다운 분홍 장미들이 가득 피어 있는 궁전.

궁 안으로 들어서던 엘리샤가 잠시 걸음을 멈추고는 둥근 천장을 보면서 폐부 가득히 숨을 쉬었다.

"여긴 언제 와도 참 좋아요."

"근데 재봉 도구는 어디에 펼쳐 놓지?"

여기에도 장미, 저기에도 장미라서 재봉 도구함을 펼쳐 놓을 공간이 마땅치 않아 보였다. 엘리샤는 핑그르르 돌아서 복층 계단을 가리켰다.

"저기로 가면, 의자와 테이블이 있어요."

손끝을 따라가 보니 아기자기한 흰색의 원목 테이블과 의자가 보였다. 작업을 하는 곳이라기보다는 티 테이블 정도의 용도 같았다.

"사실은 차를 마시는 곳이지만 그럭저럭 괜찮죠?"

"안 괜찮아. 소꿉장난하면 딱인 곳이군."

내내 투덜거리면서도 콜린은 푹신한 의자에 앉았다. 잠이 절로 쏟아질 것 같은 의자였다.

엘리샤가 테이블 위로 달그락거리면서 재봉 도구들과 지난번 만들던 옷을 한 벌 꺼내 놓았다. 그녀가 마무리한 것을 보고는 콜린이 핀잔을 주었다.

"마감선이 보이지 않도록 할 수는 없는 거야?"

"가르쳐 주지도 않았잖…… 잠시만요. 말하지 마세요. 혼자 해 볼게요."

"그래."

엘리샤라면, 방법을 알 수 있을 터였다. 통달한 바느질만 해도 얼만데…….

엘리샤는 바늘을 쥐고, 열심히 꼼꼼하게 마무리 작업을 하기 시작했다. 집중한 엘리샤의 옆선이 고왔다.

콜린은 자신도 모르게 턱을 괸 채, 그 모습을 지켜보았다.

그러길 얼마나 지났을까.

"다 됐어요."

"어? 어."

내내 엘리샤를 빤히 들여다보고 있었던 사실을 들킨 것만 같아 콜린의 얼굴이 붉어졌다.

"크흠. 그래, 진즉에 이렇게 마무리했어야지. 이렇게 옷을 만들면 한결 세련되어 보이고, 착용감도 우수하지."

그의 설명에 엘리샤가 고개를 주억거렸다.

"그렇군요."

엘리샤는 새로운 걸 배운 것 같아서 기분이 좋았다.

"오늘은 재단이 거의 필요 없는 드레이프로만 연출하는 기법을 알려 줄게."

"재단이 필요 없다고요?"

"그래. 마네킹이 없으니 엘리샤, 네 협조가 필요해. 네 몸에 대고 옷을 직접 연출할 거야. 너도 잘 알고 있는 입체재단 방식이지."

콜린이 가져온 도구함에서 남색의 천 하나를 꺼냈다. 부드럽고 광택이 있는 실크였다.

"아, 그런 방법도 있군요."

"응, 이건 몸에 직접 대고 만드니까 치수를 상세하게 재지 않아도 돼. 어서 일어나 봐."

"아, 네."

엘리샤가 정 자세로 서자, 콜린이 엘리샤의 몸 위로 남색 실크를 덮었다. 그는 실크의 가운데 부분을 등으로 가게 해서 가장자리를 소매에 오도록 했다.

엘리샤의 몸 굴곡을 따라서 한 바퀴 실크를 감고는 콜린이 시침 핀 몇 개로 고정을 하기 시작했다. 그러고 나서 아래 치맛자락 부분은 자연스럽게 주름을 만들어 주었다.

"와, 신기해요."

"이게 쉬워 보이긴 해도; 생각보다 감각이 필요해. 아무렇게나 만들면 균형이 무너지고 마니까. 드레이프는 최대한 자연스럽게 잡아 주는 게 좋아. 너무 인위적으로 많이 넣지도 말고."

"콜린, 이쪽은 자꾸 벌어지는데 시침 핀을 꽂아야 하지 않을까요?"

"어?"

엘리샤가 가리킨 곳은 가슴 부분이었다. 자신은 의도적으로 엘리샤의 신체 부위를 피하려 했던 모양이었다. 맨살도 아닌데 이렇게나 잔뜩 긴장하다니 스스로 생각해도 바보 같았다.

"거기도 고정시켜야지."

시침 핀을 붙잡은 콜린의 손이 느릿하게 다가갔다. 어쩐지 손이 부들부들 떨리고 있었다.

"……콜린? 왜 이렇게 떨어요?"

"아니, 추…… 추워서 그래."

"그래요? 온실이라서 따듯한데."

쿡, 하고 시침 핀을 겨우 찔러 넣은 콜린은 뒤로 한숨을 내쉬었다.

그녀와 옷깃 한 번 스칠 때마다 콜린은 움찔 놀라곤 했다. 엘리샤는 고개를 갸웃거리면서 생각했다.

'콜린은 엄청난 청결 주의자라서 내 옷깃이 닿는 것도 싫은가 봐. 주의해야겠다.'

그러나 그러긴 어려웠다. 엘리샤에게 입혀 놓은 실크 천의 드레이프를 잡아서 고정시켜 놓고 콜린은 그대로 가봉까지 진행할 생각인 듯싶었다.

엘리샤는 신기해서 고단한 줄도 모른 채 콜린의 손길 하나하나를 자세히 살펴보았다. 보는 것만으로도 외울 수 있었기에 하나라도 놓칠 수가 없었다.

그의 작업을 지켜보던 엘리샤가 이번에는 엉덩이 쪽을 가리켰다.

"여기에 주름이 조금 더 필요하지 않을까요?"

콜린의 눈썹이 미세하게 치켜 올라가면서 뒤쪽을 살폈다. 아마도 전체적인 옷의 선을 보는 모양이었다.

그의 초록색 동공이 마치 밤에 본 고양이의 눈처럼 작아졌다.

"그래, 조금만 더 볼륨이 느껴지면 좋겠군."

"역시 그렇죠?"

"하나 넘겨짚었다고 우쭐대지 마."

콜린의 찢어진 눈꼬리가 더욱 가늘어졌다. 한껏 자신을 톡 쏘는 눈빛으로 노려보는데도 어째 밉지가 않았다.

"콜린은 꼭 고양이 같아요. 아무리 심술궂게 굴어도 미워할 수가 없어요."

"뭐?"

초록 눈동자의 초점이 선명해지면서 그의 입술이 슬쩍 벌어졌다. 웃으려던 표정을 슥 숨기듯이 콜린이 투덜거렸다.

"감히 이 몸을 한낱 동물 따위에 비교해?"

"왜요. 고양이가 얼마나 사랑스러운 동물인데!"

엘리샤가 양손을 잡고는 털이 복실거리는 고양이를 상상하면서 스스로의 품을 비비적거렸다.

"……사랑스럽다니, 모욕적인 말이군."

그렇게 투덜거린 콜린은 약 두 시간여 동안의 입체재단을 한 끝에 말했다.

"오늘 수업은 여기까지. 내가 1차적으로 여기저기 선과 주요 부분은 잡아 주었으니까, 나머지는 네가 완성해 와."

"좋아요. 대신에 오트쿠튀르에 있는 마네킹 하나 빌려주세요."

"안 돼. 재봉사를 꿈꾼다면 그 정도는 기본으로 사야 하는 것 아니야?"

"……좋아요. 얼마를 주면 되죠? 값을 치르겠어요."

"네게는 안 팔아."

"콜린, 그냥 나랑 싸우고 싶은 거죠?"

엘리샤가 콜린을 흘기고는 홱 돌아섰다. 돌아선 그녀의 등 뒤에 대고 콜린이 아주 조그맣게 중얼거렸다.

"……난 너랑 사이좋으면 안 되잖아."

"네? 그게 무슨 말……"

엘리샤는 콜린의 말에 몸을 돌리려 했다. 그녀의 움직임에 콜린이 다급하게 말했다.

"뒤돌아보지 마."

분명 처음 듣는 낯선 콜린의 말투였다. 떨고 있는 것처럼 들리는 건…… 왜지?

"콜린?"

이어진 건 침묵이었다.

"무슨 일 있어요? 지난번에도 한 번 이랬던 적이……"

"지금 뒤돌면 후회할지도 몰라. 엘리샤, 그냥 그대로 나가 줘. 제발."

만약 그가 제발이라는 단어를 붙이지 않았더라면 그녀 또한 그냥 모른 척 나가 줄 수도 있었다. 갑자기 기분이 안 좋아진 걸 수도 있었으니까. 콜린은 남자치고는 예민한 성격을 가졌으니까 그러려니 했을 수도 있었다.

하지만 이번만큼은 엘리샤는 그를 놔둘 수가 없었다.

"콜린, 나에게 털어봐 봐요. 무슨 힘든 일이라도 있는 거예요? 아님 어디가 아프다거나……?"

엘리샤가 뒤를 완전히 돌았을 때 콜린은 의자에 널브러진 채 심장 한편을 부여잡고 있었다.

잔뜩 심각해진 얼굴로 콜린이 말했다.

"여기가 아파……."

자신의 심장을 가리키며.

"거긴 심장이죠? 당장 랜디어스 경에게 말해서 사제를 부를게요."

그러나 콜린은 말없이 고개를 저었다.

"……"

"언제부터 아팠어요?"

엘리샤가 그에게 다가갔다.

"네 결혼식 그날부터."

왠지 모르게 콜린의 눈빛이 진해졌음을 느꼈지만 여전히 그가 걱정스러워 엘리샤가 말했다.

"그럼, 꽤 시간이 지났잖아요. 일어나세요. 어서 본성으로 가야……"

엘리샤가 콜린의 팔을 붙잡아서 억지로 일으키려 했다.

"너 정말 모르는 거야? 아니면 모르는 척하는 거야?"

금방이라도 엘리샤를 잡아먹을 듯한 눈빛이었다. 콜린이 이렇게 사납고 거친 눈을 한 건 처음이었다.

커다랗게 흔들리는 초록색 눈동자. 엘리샤는 왠지 그에게서 루자크가 제게 보내는 것과 같은 눈빛을 읽고 말았다.

엘리샤는 순간적으로 놀람과 동시에 몸이 굳고 말았다.

"……엘리샤."

눈앞의 사람은 더 이상 심술궂은 콜린이 아니었다. 그의 눈은 오롯이 자신을 향해 있었다.

슥.

눈 깜짝할 사이에 콜린이 엘리샤의 팔을 잡아끌고는 뒤에서 폭 껴안았다. 귓가에 콜린이 속삭였다.

"빌어먹게도 내가 널 좋아해, 엘리샤."

설마설마하던 불안한 그림자가 커졌다. 자그만 어깨가 덜덜 떨렸다. 엘리샤는 차마 믿기지가 않아서 그대로 아무 말도 하지 못했다.

고개를 돌릴 수도, 콜린의 얼굴을 마주 볼 수도 없었다. 너무나 무서워서…….

자신은 루자크를 사랑한다. 루자크도 자신을 사랑한다.

이런 일은 생길 수 없는 종류의 것이었다. 엘리샤의 상식 밖을 벗어난 일.

엘리샤의 머릿속에는 그제야 그간 콜린이 이상하게 굴었던 행동들이 주마등처럼 스쳐 지나갔다.

괜히 심술부리고, 툴툴거리던 행동들. 알 수 없는 감정 변화.

'이건, 이건 정말 말도 안 되는 거잖아!'

아무 말 없이 멍한 인형처럼 앉아 있는 엘리샤를 보자, 콜린은 착잡해진 얼굴로 중얼거렸다.

"죽기보다 하기 싫었어, 이 말. 근데 안 하면 내가 죽을 것 같았어."

그 말에 엘리샤는 고개를 축 늘어뜨리면서 그의 품을 빠져나왔다. 충격이었다.

"……어떤 말도 못 하겠어요, 콜린."

억지로 쥐어짜듯이 대답해 낸 엘리샤는 그를 슬픈 눈으로 바라보았다.

"알잖아요. 나는 각하를 사랑해요. 그리고 이미 난 결혼까지 한 몸이에요."

지금의 엘리샤는 처연하리만치 성숙해진 여인의 얼굴이었다. 콜린은 피식 웃으면서 엘리샤의 입술을 꾹 눌렀다.

"바보인 줄은 알았지만, 이럴 때마저도 너답네. 난 네게 아무것도 바라는 게 없어, 엘리샤."

"그렇다면, 나도 아무 말 하지 않을게요. 내게 콜린은……."

"……그다음은 뭔데?"

"아무것도 아니에요."

엘리샤는 횡설수설했다. 어찌해야 할지 몰랐다.

"아니, 계속해 봐. 듣고 싶어."

콜린의 표정은 마치 마지막 남은 줄을 바라보는 낭떠러지 아래에 있는 사람 같았다.

하지만 엘리샤는 그에게 어떤 여지도 주고 싶지 않았다. 물론 콜린을 좋아하고 또 그는 매력적인 남자였지만, 엘리샤에게는 이성적인 끌림이 아니었다. 만약 그렇더라도 먼저 쳐 냈을 것이다.

그리고 그게 콜린을 위한 일이라고 생각되었다.

"콜린은 저에게는 훌륭한 선생님이자, 자극을 주는 좋은 친구예요. 한 번도 당신을 남자라고 생각한 적은……"

순간 콜린이 일어나서 웃고 말았다.

"어지간히도 노력하는구나. 본연의 위치를 잃지 않으려고. 엘리샤, 너란 애는 참."

"……상처 줬다면 미안해요. 콜린은 누구보다 매력적인 남성이에요."

엘리샤의 말에 콜린은 그녀를 노려보면서 말했다.

"입 다물어. 키스하기 전에."

"……."

엘리샤가 정말로 놀라서 눈을 동그랗게 뜨고는 입을 다물었다. 그 토끼 같은 모습에 콜린은 쿡, 하고 웃으면서 정원을 빠져나갔다.

"정말이지 못 봐 주겠군."

그가 프티 로즈궁을 완전히 빠져나가자, 엘리샤는 다리에 힘이 풀려 버린 것 같았다. 그녀는 그대로 의자에 앉아 한참 동안 눈을 감았다.

"……이제 콜린의 얼굴을 어떻게 보지? 그래도 그 정도로 얘기해 두었으니 이제 날 안 좋아하게 될 거야. 게다가 루자크가 이 사실을 안다면…… 끔찍하네, 그건."

자신은 아무 잘못도 하지 않았지만 왠지 벌써부터 그것이 두려워 가슴이 콩닥거렸다.

*　　*　　*

탁!

제 방에 돌아온 콜린은 슈트도 제대로 벗지 않고, 벌러덩 누워 버렸다.

품 안에 그 애의 감촉이 남아 있는 것만 같았다.

……쿵쿵! 아직도 울리는 심장 소리에 숨을 고르는 것조차 버겁다.

엘리샤에게 고백을 했다. 공작 부인에게.

"으악, 젠장! 미친놈. 대체 뭔 짓을 한 거냐!"

콜린의 얼굴이 벌게지면서 침대 위에 있던 베개 두 개를 차례대로 집어 던졌다.

그럼에도 분이 풀리지 않았다. 시간을 되돌려 고백한 순간을 삭제하고 싶었지만, 이미 엎질러진 물이었다.

놀라서 당황한 기색이 역력한 분홍 머리 엘리샤는 그의 예상대로였다.

―콜린은 저에게는 훌륭한 선생님이자, 자극을 주는 좋은 친구예요. 한 번도 당신을 남자라고 생각한 적은…….

　착한 소녀, 어진 공작 부인으로서의 현명한 대답.

　엘리샤가 제게 조금의 관심도 품고 있지 않다는 것쯤은 잘 알고 있었다. 그럼에도 심장이 조금, 아니 많이 아파 왔다. 사실 품고 있다고 해도 어쩌지도 못하는 관계이지 않은가.

　엘리샤는 도덕적인 여자였다. 많은 귀족 부인들이 애인을 만들고, 바람을 피워도 엘리샤는 홀로 순수하고 고결하시겠지.

　그런 그녀의 사랑을 한 몸에 받다니. 감히 질투도 품지 못할 상대인 걸 알면서도 공작에 대한 열패감이 밀려왔다.

　아니, 화가 나는 것 같았다. 그러나 가장 화가 나는 것은 바로 자신이었다. 이 와중에도 엘리샤의 얼굴이 아른거렸다. 품 안에 들어온 그 애의 향기가 자꾸 코끝을 맴도는 것 같아 어질어질했다.

　"기왕에 하는 고백, 입이라도 맞출걸."

　콜린은 심술기 가득한 얼굴로 투덜거렸다. 어쩐지 앞으로도 그녀를 곤란하게 해 주고 싶었다. 괴롭히고 싶었다.

　이 심장이 아픈 만큼.

16.
영지 시찰

"엘리샤?"

그녀는 잔뜩 우울해진 얼굴이었다. 말없이 그의 품에 파고드는 엘리샤를 보면서 루자크는 나직이 물었다.

"무슨 일이지?"

"그냥 당신이 보고 싶어서 왔어요."

다섯 번째 영지에 대한 보고서를 잠시 접어놓은 채 루자크는 엘리샤를 보듬었다.

"안 그래도 잠깐 쉴까 했는데, 내 아가씨께서 이렇게 친히 방문해 주실 줄이야."

눈가와 관자놀이를 문지르면서 그가 말했다. 엘리샤는 그의 뺨에 얼굴을 들이댔다.

"이제 내일이면 영지 시찰을 가시는 거죠?"

루자크가 고개를 주억거렸다.

"그래, 혼자 있을 수 있겠지?"

"네…… 당신은 언제 돌아오시는 거예요?"

강아지처럼 저를 올려다보는 엘리샤의 머리를 한껏 쓰다듬어 주면서 그가 말했다.

"벌써부터 내가 그리울까 봐 그래?"

루자크의 말에 엘리샤는 조금 웃었다.

"네, 최대한 빨리 오셨으면 좋겠어요."

"그대를 위해서라도, 아니 나를 위해서라도 그러도록 하지. 하지만 확언은 못 하겠어. 사정이라는 게 있으니까."

"하긴, 그렇겠죠. 상황이 시시각각 달라질 테니까요."

"그렇지. 만약 그렇다 하더라도 이해해 줘, 엘리샤."

"네, 그럴게요."

"참, 오늘 재봉 수업은 즐거웠나?"

재봉 수업 이야기에 엘리샤의 보라색 눈동자가 잠시 커다래졌다가 말했다.

"네에, 그럼요. 배움은 끝이 없는 것 같아요."

"그런가. 자작 말에 의하면 당신은 천재에 가깝다고 하던걸."

엘리샤는 사붓이 웃었다.

"그렇지 않아요. 처음에는 저도 바늘을 쥐는 것도 엉망이었어요. 차근차근, 엄마가 인내심을 가지고 가르쳐 주신 거예요. 손에 익을 때까지."

"훌륭하신 분이었군."

"네, 엄마가 아니었음 저는 옷을 만들지도 않았을 거예요."

"저런, 옷을 만들지 않는 당신은 상상이 안 돼. 아, 가기 전에 당신에게 줄 물건이 있어."

"물건이요?"

루자크는 서랍장 안쪽에서 금박이 입혀진 작은 함을 내밀었다.

"이걸 당신에게 맡기도록 할게."

"이건 펜블렌가의……."

엘리샤의 눈이 크게 뜨였다. 함 속에 들어 있는 것은 그녀도 본 적이 있는 물건이었다. 펜블렌가의 문장이 새겨진 황금빛 열쇠. 자그만 사파이어까지 정교하게 세공된 열쇠였다.

루자크는 그동안 엘리샤가 치장을 위해 필요한 보석이 있을 때마다, 이 열쇠로 창고를 열어 마음껏 고르게 했었다. 엘리샤는 왠지 제 것이 아니라는 생각에 후다닥 필요한 것만 고르고 나오곤 했었다.

"맞아. 펜블렌가의 가보와 보석들을 보관하는 가장 중요한 창고 열쇠야."

"루자크. 이것까지 제게 맡기시려고요?"

"당연하지. 당신은 내가 선택한 펜블렌가의 안주인이니까 열쇠를 가질 권리가 있어."

"……하지만 제가 조금 더 나이가 들면 그때 주시는 게……"

"스스로를 어린애라고 판단하는 건 아니지, 엘리샤?"

"물론 아니에요."

"그렇다면 당신이 보관해 줘. 거기 있는 전부와 당신까지 내겐 모두 보배니까."

엘리샤는 함을 조용히 받아 들었다.

"네, 소중히 잘 간수할게요."

엘리샤가 다짐하듯 말하자, 루자크는 씨익 웃으면서 말했다.

"그래, 얼마든지 당신 마음대로 탕진해도 좋아."

그의 농에 엘리샤도 장난기 어린 말투로 말했다.

"어머나, 루자크는 나를 너무 얕보는군요?"

"호오? 그렇다면 레이디의 넓은 씀씀이를 보여 주시지요."

"그 말 후회하지 말아요."

"기대하지."

루자크의 만면에는 그녀가 무슨 짓을 해도 재산이 바닥날 리가 없다는 자신감이 넘쳐흘렀다. 사실 그녀에게 준 창고가 가장 귀한 물건을 보관하는 창고이긴 했지만, 그 외에도 다른 창고 여섯 개가 더 있었다.

게다가 매년 영지에서 벌어들이는 수익만 해도 어마어마했으므로, 사실 그의 자산은 천문학적인 숫자에 달했다.

엘리샤는 문득 시간이 지체되었다는 생각이 들어 입을 열었다.

"제가 너무 당신 시간을 빼앗았네요. 아직 처리해야 하실 일이 남은 거죠?"

여전히 그의 책상에는 서류 더미가 가득했고, 그것들은 족히 이백 페이지는 넘어 보였다.

저걸 다 읽으려면, 윽 소리가 절로 나올 것 같았다. 엘리샤는
그에게 더욱 존경심이 솟았다. 그러나 몸을 돌리려는 그녀의 귓
가로 다정한 목소리가 들려왔다.

"그렇지 않아. 잠깐만, 가지 마. 엘리샤."

그리 말한 루자크는 곧장 줄을 당겨서 반트를 불렀다. 얼마
지나지 않아 반트가 서재로 들어섰다.

"예, 각하."

"앨버트 카디스는 본성에 들어와 있나?"

"예, 한 시간 전부터 대기하고 있습니다만."

"지나치게 착실하군. 들어오라고 하게."

루자크의 명이 떨어지자, 반트는 젊은 기사 한 명을 서재로 데
리고 들어왔다. 그는 들어오자마자 고개를 푹 숙였다.

"테본의 주인이신 공작 각하와 마님을 뵙습니다."

젊은 기사 앨버트는 몇 번이나 연습을 한 것인지 마치 외우듯
이 인사말을 읊었다.

"부인, 소개하지. 안돌프 대신에 잠시 당신을 호위해 줄 기사,
앨버트 카디스요."

"아, 만나서 반가워요. 카디스 경, 잘 부탁해요."

"네! 마님의 안전을 위해서 노력하겠습니다."

그 우렁찬 대답에 엘리샤는 루자크의 얼굴을 건너다보았다.
기가 바짝 든 부하를 본 그는 기분이 좋아 보였다.

"씩씩해서 좋군."

"그러게요."

"황송합니다!"

신참내기 기사가 얼굴을 보이자, 엘리샤는 입 밖으로 소리를 냈다. 기사단원들은 아직 다들 잘 모르지만, 그는 낯이 익은 사람이었다.

"어? 지난번에 마주친 적이 있죠? 랄프를 안아서 사제에게 데려다주었던 기사였던 걸로 기억해요."

그러자 앨버트가 쑥스러운 듯한 표정을 짓더니 또다시 힘찬 대답을 했다.

"기억해 주시니 영광입니다!"

"흐음, 칼 부단장이 신참이라고 훈련을 단단히 시킨 모양이군. 가이시 경에게 주의할 사항은 전해 들었겠지?"

"예, 전달받았습니다. 각하!"

"그래. 내가 없는 동안 그녀를 잘 부탁하겠네."

"최선을 다해 마님을 호위하겠습니다."

루자크는 만족스러운 얼굴로 앨버트의 어깨를 두드렸다.

＊　　＊　　＊

그가 떠나기 전 마지막 밤이었다. 엘리샤는 옷을 만드는 일을 잠시 뒤로한 채, 오늘 밤만은 루자크와 시간을 갖고 싶었다.

그러나 그것도 여의치 않았다. 몇 번이나 안돌프를 비롯한 기사단 사람들이 루자크의 집무실을 들락거렸던 터였다.

결국 침실로 루자크가 들어선 건 한밤중이 다 되었을 무렵이었다.

엘리샤는 이미 목욕을 마치고 슈미즈 드레스까지 입은 상태였다. 루자크가 들어서자마자 엘리샤는 그에게 안겼다.

보드라운 품과 싱그러운 향기에 루자크는 그녀의 등을 토닥였다.

"혼자 둬서 미안해. 확인할 일들이 좀 있어서."

"괜찮아요. 그보다 시간이 얼마 없네요. 바로 잠들어야 하죠?"

"그렇긴 하지만, 내 아가씨와 사랑을 나눌 시간은 얼마든지 있지. 더욱이 오늘은 마지막 밤이잖아."

"역시 못 말린다니까요."

엘리샤가 웃으면서 머리칼을 쓸어 넘겼다. 루자크는 아기처럼 보드라운 뺨에 손을 가져갔다.

이 촉감을 잊지 않으려는 듯, 그가 만지고 쓸면서 말했다.

"당신 없이 얼마나 버틸지 모르겠군. 엘리샤, 어때? 지금이라도 짐 꾸려서 나와 같이 가겠어?"

농담 반 진심 반의 이야기를 들은 엘리샤는 그의 목덜미를 보듬었다.

"무척이나 혹하는 이야기지만 저는 방해만 될 거예요."

"그럴 리가. 내 곁에 있기만 해도 크게 도움이 될걸. 겨울이 지나고 봄쯤에 함께 여행이라도 갈까?"

엘리샤의 눈이 반짝 커졌다.

"그게 가능할까요?"

"당신이 원한다면 무엇이든 가능하지. 불가능이란 없어."

"여행이라니. 좋아요. 테본보다는 좀 따뜻한 곳으로요."

"그래, 아를렌은 지긋지긋한 황실이 있으니, 더 먼 곳이 좋겠어. 남부의 세레스 섬이 그렇게 아름답다는군."

"좋아요. 이름은 많이 들어 본 곳이에요."

섬이라는 것을 막연하게 바다에 둘러싸인 땅이라는 정도로만 알고 있던 엘리샤는 환상에 젖어 고개를 주억거렸다.

"바다를 볼 수 있겠죠?"

"물론이지."

"책으로만 읽어서 어떤 느낌인지 감이 안 와요."

"직접 보면 알 거야. 그보다 지금은 다른 바다에 빠져서 허우적거리고 싶지 않아?"

그의 시선이 느른하게 엘리샤를 붙들었다. 슬쩍 미소를 지은 엘리샤는 그의 시선을 피하듯, 침대에 달려 있는 줄을 잡아당겼다.

루자크는 실망했다는 얼굴로 물었다.

"갑자기 왜?"

"따뜻하고 달콤한 게 먹고 싶어서 주문해 두었어요."

곧, 리나가 커다란 컵 두 개를 쟁반에 받쳐 들고 들어왔다. 새카만 색의 음료가 안에 들어 있었다. 냄새는 달콤하면서도 고소했다.

"그게 뭐지?"

"뜨거운 초콜릿이래요."

"초콜릿?"

"네, 랜디어스 경이 제가 좋아할 것 같다고 구해 주셨어요. 어느 나라의 왕은 이걸 여러 잔이나 마셨대요. 그만큼 체력 보강과 피로 회복에 좋다고…… 각하?"

벌컥벌컥.

엘리샤의 이야기가 끝나기도 전에 초콜릿을 모두 마셔 버린 루자크가 짧게 평가를 내렸다.

"쌉쌀한 게 괜찮군."

"앗, 그래요? 사탕수수라도 넣을 걸 그랬나 봐요!"

그와는 달리 엘리샤는 너무 쓴지 인상을 찌푸렸다. 또다시 줄을 잡아당기려던 그녀의 손을 붙잡은 루자크가 말했다.

"이제 더는 못 기다려, 엘리샤."

"……뭐, 좋아요."

엘리샤는 기다렸다는 듯 그의 목을 끌어안았다. 둘이 입을 맞추기 시작한 것은 거의 동시였다.

침실에만 들어서면 어쩜 이리 엉큼하고 사랑스러운 늑대가 되는지 모르겠다. 그러나 오늘은 엘리샤의 몸도 달아올라 있었다. 밤을 그냥 보낼 수 없을 만치.

올올히 느껴지는 감미로운 키스에 엘리샤는 아찔하고도 달콤해졌다. 그는 슈미즈 드레스를 완전히 벗기지도 않은 채, 속을 헤집었다.

단단한 손길이 무릎에서부터 허벅지를 타고 올라왔다. 엉덩이에 닿을 때쯤, 입맞춤은 더욱 깊어졌다.

이제 부드러운 키스 따위는 없었다.

침대 위에서 그는 다정한 기사님과 난폭한 폭군을 시시때때로 오가는 이중인격자 같았다. 둘 중 어느 쪽이든 엘리샤를 탐하는 것은 똑같았다.

그의 손길 아래 찾아온 아득한 쾌감에 엘리샤는 몸을 바르르 떨었다.

"……루자크."

엘리샤가 그 손길에서 벗어나려 했지만, 루자크는 더욱 그녀를 괴롭혔다.

"가만히 있어."

"흑……."

애무를 마친 루자크가 곧장 엘리샤의 엉덩이 아래에 쿠션을 받쳐 넣었다. 그가 그녀의 몸 위로 올라왔다.

투둑, 슈미즈 드레스가 조금 뜯어지는 소리가 들리더니 루자크는 그것을 완전히 찢어발겼다.

이윽고 둘의 몸이 하나로 겹쳐지자 엘리샤는 달뜬 신음을 흘렸다.

그는 그녀를 깊은 벼랑에서 떨어뜨렸다. 복부에서부터 짜릿한 소용돌이가 몰아치는 것 같았다.

"아앗……."

신음이 깊어지자 루자크는 그제야 충족되는 몸과 마음을 느끼면서 엘리샤의 귓불에 혀를 댔다.

"엘리샤, 당신은 온전히 내 거지? 그 누구의 것도 아닌 나의 것."

물과 불이 격렬하게 만나 폭발하는 것만 같았다.

엘리샤는 겨우 고개를 끄덕였다. 거침없이 파고드는 그는 폭주하는 말과 같았다.

'너무, 너무 뜨거워.'

열병에라도 걸린 듯 온몸이 열로 들끓는 기분이었다. 엘리샤는 루자크를 붙잡았다. 저절로 세워지는 손톱으로 그의 등짝을 긁으면서.

그렇게 그들의 밤은 계속되었다.

*　　　*　　　*

"부디 무탈하게 돌아오셔야 해요, 각하."

"당연하지. 당신을 걱정하게 만드는 일 따윈 안 해. 매시간 보고 싶을 거야."

쪽.

엘리샤의 손등에 깊게 입을 맞추는 루자크의 푸른 눈이 산들바람처럼 흔들렸다. 막상 떠나려니 가고 싶지 않은 마음이다. 길게는 몇 주 동안이나 그녀를 볼 수 없다니 벌써부터 애가 닳는 것만 같았다.

그것은 엘리샤도 마찬가지였다. 결혼한 후에 이렇게 오랫동안 루자크와 떨어져 지내는 건 그녀에게 처음 있는 일이었다.

"서신 보낼게요."

"하루 중 가장 즐거운 시간이 되겠군."

루자크가 그리 말하면서 눈을 휘며 웃었다. 엘리샤는 그의 단단한 몸을 꼭 끌어안았다.

"늦겠어요. 밖에 모두가 기다려요."

"다녀올게. 사랑해."

"저도 사랑해요, 루자크."

짧지만 촉촉한 입맞춤이 서로의 마음을 달래 주는 것 같았다. 루자크는 일부러 나오지 말라면서 엘리샤를 방 안에 남게 했다.

창가에 기대선 엘리샤는 루자크가 떠나는 모습을 멀리서 지켜보았다. 그는 걱정하지 말라고 했지만 괜스레 마음이 무거워지는 건 어쩔 수가 없었다.

수십의 말을 탄 기사들이 일제히 열을 맞춰 달리기 시작했다. 선두에는 흑마를 탄 루자크와 안돌프가 있었다.

영지 시찰이라기에는 제법 대규모로 떠나는 데다가, 간밤에 꿈자리도 뒤숭숭해 엘리샤는 자꾸만 조바심이 났다.

그저 아무 일도 없이 그가 어서 돌아와 주기만 한다면 아무것도 바랄 것이 없었다.

루자크가 떠나고 나자, 안 그래도 커다란 본성이 엘리샤에게는 더욱 휑뎅그렁하게만 느껴졌다.

"마님, 왜 이렇게 기운이 없으세요? 각하께서 시찰을 떠나서 그러신가요? 그래도 기운을 내세요. 각하께서 얼마나 강한 분인데요. 전장에서 그분을 만나기만 하여도 벌벌 떠는 이들이 한둘이 아니라던걸요. 이번에는 전장에 가시는 것도 아니니, 별일 없으실 거예요."

리나의 따스한 말들이 위로가 되었다. 엘리샤는 겨우 미소를 지으며 말했다.

"맞아요. 각하는 강하고 멋진 분이에요. 일깨워 줘서 고마워요, 리나. 이렇게 걱정만 하고 있어서는 아무것도 달라지진 않을 거예요. 나도 각하가 안 계시는 동안 부지런히 할 일을 찾아서 움직여야겠어요."

엘리샤는 주먹을 꼭 쥐면서 의지를 불태웠다.

"맞아요. 훌륭하신 생각이에요, 마님."

그녀는 루자크가 없는 동안 자신이 할 수 있는 일을 생각해 보았다.

가장 먼저 해야 할 일은 반트에게서 재산 관리에 대한 인수인계를 받는 것이었다.

"음, 리나. 랜디어스 경에게 각하의 명을 전달받았는지 궁금하다고 전해 주세요. 나는 서재에 있을게요."

"알겠습니다, 마님."

엘리샤는 곧장 자신의 서재로 향했다. 눈치가 빠른 랜디어스 경이라면 그렇게만 말해도 곧 그녀의 의도를 알아차리고 준비를 해 올 것이라는 계산이었다.

그로부터 약 삼십여 분의 시간이 흘렀다.

과연 그는 엘리샤의 예상대로 철저한 사람이었다.

"마님, 반트 랜디어스입니다. 말씀하신 대로 각하에게 명은 전달받았습니다. 본성의 내부 운영자금 쪽 회계 담당을 데려오고, 몇 가지 기본적인 서류를 보실 수 있게끔 정리해서 가져왔습니다."

"역시 일 처리가 명확하시네요, 랜디어스 경. 고마워요."

"과찬이십니다."

마님의 칭찬에 반트도 안경을 손가락으로 밀어 올리면서 입가에 미소를 지었다.

"네, 서류는 제가 직접 검토할게요."

묵직한 서류 뭉치를 받아 든 엘리샤는 반트의 뒤를 따라온 십 대로 보이는 청년을 발견했다.

"안녕하세요. 당신이 담당이군요?"

"그렇습니다아, 마님. 시엘 아이던이라고 합니다."

꾸벅.

느릿느릿한 말투에 굼뜬 행동이 눈에 띄는 사람이었다. 흐릿한 인상에 잿빛이 도는 장발 머리카락이 어쩐지 유약해 보이기도 했다.

회계 담당이라면 좀 더 빠릿빠릿한 인사일 줄 알았는데 의외라는 생각을 하면서 엘리샤가 말했다.

"앞으로 많이 도와주세요, 시엘."

"네, 물론입니다. 멀리서만 뵙던 마님을 이렇게 가까이에서 마주하니 어찌할 바를 모르겠네요, 하하하."

시엘의 발언에 엘리샤는 생긋 미소를 짓는 것으로 화답해 주었다.

아무래도 서류의 양을 보니, 오늘 하루는 꼬박 여기에 투자해야 할 것 같았다. 본성 내부 운영자금에 대한 서류가 이 정도라면, 각 영지에 관한 회계 서류는 어마어마할 것이다. 그렇다면 각하와 랜디어스 경은 매번 이것의 몇십 배나 되는 양의 서류를 처리하고 있는 것일까?

엘리샤가 놀란 얼굴을 애써 숨기며 두 사람에 대한 존경심을 가졌다.

랜디어스 경이 나가고, 시엘만이 남아 혹여 마님이 묻는 질문에 대답을 하기 위해 대기를 하고 있었다.

그나마 이곳에서 책을 계속 보아 온 덕분에 서류를 검토하는 일이 그리 어렵지는 않았다. 두 시간 동안 서류를 들여다보던 엘리샤는 본성 운영자금 중, 유독 자신에게 쓰이는 비용이 참으로 세세하게 정리되어 있는 걸 보곤 기분이 이상해졌다.

'앗, 나에게 가장 많이 드는 비용은 먹는 거였어?'

그랬다. 그 속에는 엘리샤를 위한 전용 요리를 비롯해서 디저트, 게다가 〈마님의 상체 성장 발육에 필요한 재료 리스트〉라는 괴이하고 변태 같은 이름으로 따로 들어가는 항목들도 있었다.

자신이 정원사 월급의 열 배나 먹어 치우고 있었다니 안 놀랄 수가 없었다.

'……사, 상체 성장 발육이라니, 이건 또 뭐람?'

엘리샤는 어리둥절한 얼굴로 내역을 살폈다. 그동안 그녀가 먹고 마셨던 음식들의 재료가 되는 것들이 쭈욱 나열되어 있었다.

주로 고단백질 음식으로 고기류가 많았다.

쇠고기와 닭 가슴살. 최근에 그녀의 가슴은 예전보다 훌쩍 성장해 있었다. 물론 좋은 쪽으로.

엘리샤는 왠지 모를 수치심으로 얼굴이 붉어지고 말았다. 그녀는 고개를 갸웃거리면서 생각했다.

'아무래도 수상해…….'

왠지 모종의 음모가 있는 듯한 기분이 들었지만, 지금은 서류를 검토하면서 생긴 다른 의아한 점을 먼저 짚어 내기로 했다.

사각사각.

엘리샤의 눈이 빠르게 구르면서 깃펜을 잡았다. 검토를 하면서 이상한 점들이나 개선해야 할 사항들을 적어 두었다.

엘리샤는 고개를 들어 서류에서 시선을 떼고는 시엘에게 물었다.

"시엘."

"네, 마님."

"올해 운영자금에 대한 지출 내역은 전부 있는데, 작년 것은 없네요. 예산안과 비교는 하고 있지만, 조금 과한 금액이 책정되었다고 생각해요. 올해가 몇 달 남지 않았는데 예산의 절반이 넘게 남았으니까요."

"아…… 작년 지출 내역 말입니까?"

"그래요. 작년과 재작년까지의 서류를 좀 보았으면 해요. 보관하고 있나요?"

"네에, 무, 물론입니다. 마님, 금세 찾아서 가져다드리겠습니다."

뜻밖에 떨어진 마님의 명령에 시엘은 발을 동동 구르면서 옛날 서류를 보관하는 회계 전용 장서관으로 향했다.

"이크, 큰일 났다."

복도를 달려가는 시엘을 본 반트가 그를 불러 세웠다. 그는 당황한 기색이 역력한 표정이었다.

"시엘, 무슨 일인가?"

"아, 마님께서 작년과 재작년 서류까지 보시겠다고 해서요. 하하하, 사실 어디 있는지 찾으려면 좀 오래 걸릴 것 같거든요."

그 이야기를 들은 반트의 눈이 커졌다.

"그런가? 꼼꼼하게 보시는군. 어서 갖다드리게."

"네, 대집사님!"

탁탁탁!

서둘러 달려가는 시엘을 보면서 반트는 마님의 의도가 궁금했다. 늘 재봉에만 빠져 계셔서 이런 일에는 전혀 관심이 없으실 줄 알았는데, 오산인 것 같았다.

반트는 가볍게 웃음을 터뜨리곤, 허리를 꼿꼿이 세운 채 노크를 하고는 서재로 들어섰다.

"마님, 반트입니다. 검토는 잘되어 가십니까?"

"아아, 마침 잘 왔어요. 랜디어스 경!"

그제야 서재에서 발딱 일어나면서 엘리샤가 말했다.

"여기 운영자금 지출 내역에서 매우 이상한 점을 발견했는데요."

"예, 무슨 문제라도?"

엘리샤의 손가락이 가리키고 있는 곳에는 정확하게, 〈마님의 상체 성장 발육에 필요한 재료 리스트)라는 이름이 자리하고 있었다.

"이게 대체 무슨 항목인지 자세히 설명해 주실 수 있으신가요? 차마 입에 담기도 민망한 이름이네요."

"……그, 그건."

반트의 얼굴이 돌처럼 굳었다.

결혼 전 그녀의 몸매에 불만을 품은 주군의 명령이 있던 탓에 반트는 별생각 없이 주방장인 민스첼에게 이렇게 전했었다.

—식단은 예비 마님의 성장 발육을 촉진시킬 수 있는 요리
들로 부탁해.

그걸 곧이듣는 이 바보스러울 정도로 융통성 없는 주방장 민스첼은 곧장 이러한 항목으로 마님의 식단 재료를 회계부 시엘에게 요청했던 것이다.

자신이 미리 확인이라도 했어야 했는데, 반트 역시 합산된 금액만을 보고 승인 처리해 버렸었다.

그러나 이건 어느 누구 한 사람만의 잘못은 아니었다. 세 사람 다, 아니 사실 궁극적으로 따지자면 주군의 잘못인지도 몰랐다.

'지금은 그저 마님의 치마폭만 보여도 미소 짓는 주제에!'

어쨌든 반트는 지금 당장 마님의 사나운 눈총을 받을 위기 상황을 모면해야겠다는 생각으로 입을 열었다.

때마침 운이 좋았다.

"마님, 요청하신 차와 쿠키랍니다."

리나가 다과를 가져오면서 생글 웃고 있었다.

"아, 고마워요, 리나. 저기 랜디어스 경? 나중에 다시 이야기하도록 해요."

"……알겠습니다, 마님."

마님의 서재를 나오면서 반트는 후우, 하고 한숨을 내쉬었다. 그리고 그 길로 곧장, 문홀의 주방으로 향했다. 문을 벌컥 열어젖힌 반트가 외쳤다.

"민스첼!"

그러나 아직 식사 시간이 한참 남아서인지 주방에는 민스첼이 보이지 않았다. 그레이트 홀에도 가 보았지만 다른 요리사들만 있을 뿐이었다. 반트가 한 명을 붙잡고는 물었다.

"혹시 민스첼 보지 못했나?"

"아마 자기 방에서 쉬고 있을 겁니다, 대집사님."

"고맙네."

*　　*　　*

엘리샤의 이야기를 들은 리나의 얼굴이 하얗게 질렸다.

"네? 아무리 그래도 모든 의복 맞춤 비용을 없애시는 것은 무리가 아닐까 싶어요, 마님."

"하지만 내가 만들면 되는걸요."

"그렇다곤 해도, 마님께서 본성에 거주하는 모든 인원의 의복을 제작하실 수는 없는 일이잖아요."

리나의 말에 엘리샤는 고개를 흔들었다.

"아뇨, 아주 불가능하진 않아요. 나는 손이 빠른 편이라서⋯⋯."

"그래도 당치 않은 말씀이세요. 어떻게 사용인들이 마님이 정성껏 한 땀 한 땀 공들여 만든 옷을 입고 일을 하겠어요. 모두들 부담스러워할 거예요."

"아, 그럴까요? 그럴 필요가 전혀 없는데⋯⋯."

리나는 모르겠지만 엘리샤는 성말로 빨리 만들어 낼 자신이 있었다. 테일러 키트가 그걸 가능케 했으니까.

하지만 리나의 말도 듣고 보니 일리가 있었다.

"으음, 내 욕심이 조금 컸어요. 그럼 이렇게 해요. 내가 입는 드레스의 비용 항목만 삭제하는 걸로."

"어머나, 마님! 그것도 안 돼요!"

리나의 목소리가 더욱 드높아졌다.

예산안이 지나치게 높은 이유는, 사실 공작 부인인 자신의 몫으로 배정된 사치에 관한 물건이 차지하는 금액이 상당히 크기 때문이었다.

더군다나 의복 같은 것은 엘리샤 스스로 제작하는 것이 더 마음에 들었던 터라 그녀는 이번만은 양보할 수 없었다.

"카일리 후작 부인의 사교 모임에 초청받으셨잖아요. 게다가 오트쿠튀르 주문들이 무척 많이 들어왔다고 들었어요. 마님께서 몸이 다섯 개 정도 되신다면 모를까, 제발 공작 각하의 재산을 마음껏 탕진하시라고요! 아무도 뭐라고 하지 않아요."

답답한 나머지 리나가 그리 고했지만 엘리샤는 들을 생각이 없었다.

"나는 조금 생각이 달라요. 리나 말대로 귀족의 품위 유지는 필요하다고 생각해요. 하지만 그게 불필요하고 과하게 책정되어서는 안 돼요. 차라리 그 돈을 현명하게 사용하는 다른 방법을 강구해 보겠어요."

"휴우…… 좋아요. 대신 다른 물건들은 안 돼요. 의복에 관해서만 삭제하셔야 해요. 아시겠죠?'

리나가 간곡하게 애원하듯 물었다. 마님을 위해서 자신이 기대해 온 모든 것들을 해드릴 생각이었는데…….

"……알았어요, 리나."

왠지 리나의 눈동자에 실망이 엿보여서 엘리샤는 얼른 다른 화제로 전환하기로 했다. 분명 리나가 관심을 가질 만한 이야기였다.

"카일리 후작 부인의 사교 모임 말인데요. 일정이 언제죠?'

"네, 안 그래도 후작가에서 초청장을 보내왔었어요. 마님께서 어제오늘 바빠 보이셔서 제가 보관만 하고 있었어요."

"아, 그렇군요. 어디 좀 보여 줘요."

리나는 서랍을 열어서 엘리샤에게 초청장을 가져다주었다. 엘리샤의 눈이 빠르게 내용을 훑었다.

"삼 일 후, 정오네요."

"네. 그때 리나가 말한 대로 눈치 보지 않고 내가 옷에 가진 생각들을 말했더니 부인에게 좋은 인상을 심어 주었던 것 같아요. 리나 덕분이에요."

"어머나, 아니에요. 마님께서 현명하게 말씀하셔서 저도 그날 얼마나 뿌듯했는데요. 솔직히 반할 뻔했다고요!"

엘리샤의 귓가에 소곤거리면서 리나가 쾌활하게 웃었다.

"그랬나요? 아, 카일리 후작 부인의 모임에 갈 준비 좀 도와주세요. 후작 부인이 혹시 좋아하는 게 뭐가 있는지 알 수 있을까요?"

"아아. 물론이에요, 마님! 잠시만요. 음…… 그때 제가 카일리 후작 부인의 취향을 적어 놓은 보고서에 의하면, 그녀는 재스민 차를 좋아한다고 나와 있답니다."

"세상에, 그걸 외우고 있는 거예요?"

"마님께서 곧 여쭈어 보실 것 같아서 아까 미리 보고 나왔거든요."

"그렇군요. 도움이 됐어요. 음, 재스민 차라…… 재스민과 어울리는 드레스를 입고 가야겠어요."

"좋은 생각이시네요. 새하얗고 단아한 재스민도 마님과 참 잘 어울릴 거예요."

어느새 두 손을 꼭 맞잡은 채 엘리샤의 드레스 차림을 상상하던 리나는 황홀한 표정이었다.

"아, 그리고 하나 더요. 재스민 차는 평소에 많이 드실 테니, 다른 귀한 차를 선물로 준비했으면 좋겠어요."

"아아, 마님. 차라면 랜디어스 경에게 상담해 봐야겠군요. 그는 도시를 방문할 때마다 티 룸에서 값비싼 차를 구입해 오니까요."

"오, 어쩐지 차를 우려내는 솜씨가 무척 좋더라고요."

"맞아요. 그 남자 차 솜씨 하나만큼은 일품이에요."

엘리샤는 언뜻 리나의 속을 찔러보기로 했다.

"다른 것은 일품이 아니던가요? 랜디어스 경은 똑똑하고, 멋진 분이잖아요."

"……할 말은 많지만 하지 않겠어요, 마님."

"음, 알겠어요. 더 이상 캐묻지 않을게요."

리나의 반응에 엘리샤는 속으로 생각했다.

'그녀는 랜디어스 경에게 관심이 있는 줄 알았는데, 아닌가? 두 사람 잘 어울리는데…….'

"리나, 그럼 내일까지 보유하고 있는 하얀색 신발과 모자, 액세서리를 정리해 주세요. 마땅한 게 없으면 함께 각하의 재산을 탕진하러 갈 테니까요."

"정말요? 알겠습니다! 마님!"

*　　*　　*

신이 난 얼굴로 나오던 리나는 문을 열자마자 밖에서 기다리고 있던 반트와 마주쳤다.

"꺄악! 애 떨어질 뻔했잖아요."

그녀의 찰진 비명에 안에 있는 엘리샤가 무슨 일이냐고 물었지만, 리나는 아무 일도 아니라며 안심을 시키고는 다시 나왔다.

"미안하게 됐소, 체임버러 양."

반트는 영 내키지 않았지만 일단은 사과했다. 그는 스스로가 예의를 지키는 사람이라고 생각하는 편이었다.

"표정은 '거참 더럽게 시끄럽게 구네' 라고 쓰여 있군요, 랜디어스 경?"

리나의 말에 반트는 입을 꾹 닫았다. 이 여자는 무척 시끄러운데다 눈치 또한 빨랐다.

"어쨌든 사과했잖소."

"도무지 진심이란 게 없는 사과였죠."

리나가 빈정거리자, 반트는 미소를 짓는 대신에 얼굴을 구겼다. 어차피 그녀는 가식을 꿰뚫어 보는 여자였다.

"……나에게 원하는 게 뭐요?"

"이따 시간 되면 당신 티 박스를 좀 보여 줘요."

"그건 왜 찾는 거요?"

"내가 마실 게 아니라, 마님께서 귀한 차를 찾으세요. 당신이라면 이런저런 차들을 많이 가지고 있잖아요."

"뭐어, 마님께 드리는 거라면 얼마든지."

그러자 리나의 눈이 슬쩍 세모꼴이 되었다.

"내가 찾는 거면 안 줄 생각인가요?"

"으음."

"쳇, 그 대목에서 고민하지 말아요!"

"체임버러 양이 원한다면 얼마든지 줄 겁니다."

싱긋, 반트가 웃으면서 안경을 들어 올렸다. 리나는 왠지 약이 바짝 올라서 말했다.

"우우, 믿을 수 없어……."

"진심이오."

"어련하시겠어요. 어서 들어가 봐요. 마님을 찾아뵈려고 온 것 아니에요?"

그리 말하면서 리나는 그제야 반트의 뒤에 숨어 있던 민스첼을 발견했다.

"어라? 민스첼 주방장님. 이게 얼마 만이야!"

"……아, 누구시더…… 체임버러 양이시군요."

무려 석 달 만이었다. 같은 본성에 지내면서도 민스첼의 행동 반경은 무척이나 좁았기에 둘은 만날 새가 없었다.

"뭐야, 너무해! 이런 미인의 얼굴을 까먹다니! 이 성 남자들이 란 하나같이 왜 이런 거야……."

리나가 충격받은 얼굴로 중얼거리면서 복도를 빠져나가자, 반트가 물었다.

"정말 그녀의 얼굴을 모르나?"

반트의 질문에 민스첼은 수줍은 듯, 씩 웃기만 했다.

'이 녀석, 요리 말고는 정말 할 줄 아는 게 하나도 없군.'

고개를 절레절레 흔든 반트가 마님의 서재를 다시 두드렸다.

"마님, 드릴 말씀이 있습니다."

엘리샤는 눈앞에 있는 키가 껑충하게 큰 소년을 바라보았다.

그는 민트색의 곱슬머리, 분홍색 파자마가 인상적이었다. 이 소년이 바로 공작 성의 주방장⋯⋯.

수십여 가지의 요리를 최고의 맛으로 내어놓아 자신의 입맛을 꼭 사로잡았던 요리사.

관록 있는 중년의 주방장일 거라고 예상했는데 뜻밖이었다. 눈앞의 소년은 자신과 또래처럼 보였다.

"말도 안 돼."

입 밖으로 소리 내어 말을 해 버린 엘리샤가 뒤늦게 흠흠, 기침을 했다.

"마님? 무엇이 말입니까?"

"아, 아무것도 아니에요. 그러니까 이 사람이 주방장 민스첼이라고요?"

"그렇습니다. 민스첼, 마님께 인사를 올리도록."

"흐아아암, 안녕하세요. 민스첼이라고 합니다."

"많이 피곤한 모양이네요. 무엇보다 좀 놀랐어요. 생각보다 어리군요."

엘리샤의 말에 민스첼이 눈을 깜빡이더니, 나른한 목소리로 말했다.

"마님께서도 생각보다 더 마르셨네요. 각하께서 그런 주문을 하신 것도 살짝 이해는 가네요."

"잠깐만요. 각하께서 주문을 했다고요?"

"이봐, 민스첼. 각하 이야기는 빼라고 했잖아."

"그랬나요?"

반트가 민스첼의 옆구리를 쿡 찌르면서 작게 말했지만, 민스첼은 눈치 없이 멍한 표정만 짓고 있을 뿐이었다.

"랜디어스 경? 다 들려요. 설명이 필요한 것 같은데요?"

"마, 마님. 제가 다 말씀드리겠습니다."

반트가 말을 더듬는 모습은 생전 처음이었다. 엘리샤는 그가 입술을 열 때까지 차분히 기다렸다.

몇 번이나 입술에 마른침을 묻힌 반트가 말을 시작했다.

"처음 마님께서 이곳에 오셨을 때, 너무 마르신 것이 염려스러웠습니다. 저와 민스첼은 논의 끝에 마님의 식단을 특별히 제작하는 것으로 정했습니다. 그래서 그런 항목이 들어간 것입니다."

말없이 고개를 주억거려 주던 엘리샤가 보라색 눈동자를 가늘게 뜨고는 물었다.

"하지만, 군이 상체의 성장 발육이라고 지칭할 필요까진 없었잖아요!"

"그 표현에 대해서는 명백하게 제 책임이 큽니다. 죄송합니다, 마님. 불쾌하셨다면 사과드리겠습니다."

거의 무릎을 꿇을 듯이 반트가 깊이 고개를 숙였다. 그러나 옆에 있던 민스첼이 또다시 말을 흘리고 말았다.

"각하의 이상형이 가슴이 빵빵한 여자거든요."

"네에?"

엘리샤의 입술이 떡하니 벌어졌다. 동시에 인상 한 번 쓸 줄 모르던 마님의 얼굴이 종잇장처럼 구겨지자, 반트는 그만 입 밖으로 신음을 내고 말았다.

"으윽!"

반트는 차마 이 참상을 마주할 수가 없어서 현실도피 격으로 제 얼굴을 가렸다가 겨우, 마른세수를 몇 번 한 후에야 손을 내렸다.

여전히 엘리샤의 얼굴은 똥 씹은 얼굴이었고, 깽판을 친 범인은 멀뚱멀뚱 자신과 마님의 얼굴을 번갈아 바라보고만 있었다.

한참 만의 정적을 가른 건 오히려 엘리샤였다. 그녀는 이제는 분노를 넘어서서 다소 차분해진 모습이었다.

"각하께서는 가슴이 풍만하신 여성분을 좋아하신 모양이군요. 안타깝게도 저는 그러지 못했구요. 그럼 오늘 이 대회는 없었던 걸로 하시고, 식단에서 그 제목도 수정하도록 하세요."

"그럼 마님의 성장 발육 식단은 그대로 진행하면 될까요?"

고개를 갸웃거린 민스첼이 생글거리면서 질문했다. 엘리샤 역시 미소를 지으면서 말했다.

"그대로 진행하면, 당신은 해고당할지도 몰라요. 랜디어스 경도 이만 나가 주세요."

웃는 낯이었지만 그녀가 말하는 내용은 무서웠다. 반트는 자신의 이름이 불리자, 같이 해고당하는 줄 알고 흠칫 놀랐다.

마님의 서재를 빠져나온 반트는 생각에 잠기면서 천천히 걸었고, 민스첼은 그를 두고 저만치 멀어졌다.

주군이 돌아오면 폭풍이 몰아칠 것이다. 그 전에 차라리 사직이라도 하고 싶었다. 펜블렌가의 집사로 오랜 세월 일하면서 모아 둔 돈도 꽤 있겠다, 아버지 대부터 이어 온 집사 생활을 접고

농사나 지으면서 사는 것도 나쁘지 않았다. 농사지으면서 살면 평범하게 결혼도 할 테지.

불현듯 결혼 생각을 하는데 눈앞에 딱 초록빛 머리카락의 미인이 서 있었다. 리나였다.

화들짝 놀라는 반트를 보면서 리나가 쿡쿡 웃었다.

"뭡니까."

"티 박스 보여 주기로 했잖아요?"

반트는 괜스레 붉어진 얼굴을 감추면서 그녀를 자신의 방으로 안내했다.

*　　*　　*

쿵!

간밤에 술이 떡이 되도록 마신 덕분에 콜린은 침대에서 보기 좋게 굴러떨어지고 말았다.

"윽!"

다행히 카펫이 깔려 있었고, 비교적 살이 있는 엉덩이 부분으로 떨어져서 크게 다치지는 않았다.

아무도 보고 있지는 않았지만 아침부터 모양새가 빠지는 바람에 콜린은 기분이 급격히 나빠졌다. 거기다가 숙취로 늦잠을 자는 바람에, 아침 일찍 블랙 윈터 본성을 빠져나갈 수가 없었다.

오늘은 결코 마주치고 싶지 않은 한 사람이 있었던 터라, 콜린은 이제라도 부랴부랴 준비를 하기로 했다.

세수를 하고, 셔츠를 입고 웨이스트 코트와 바지를 차려입었다. 프록코트와 얼굴을 가려 줄 모자도 잊지 않았다.

도둑고양이처럼 살금살금 응접실로 향하는 계단을 내려온 콜린은 주변을 살폈다.

'……오늘따라 유난히 조용하군.'

그런 생각을 하면서 육중한 본성의 문을 열자마자 보이는 얼굴에 콜린은 욕설을 내뱉었다.

"제길."

콜린이 뒷걸음질을 치자, 상대가 말했다.

"유쾌한 첫 인사는 아니네요."

콜린은 이마를 찡그렸다.

"실수였습니다, 부인."

"괜찮아요, 폴드 자작님. 그럼."

한결 서먹해진 호칭과 태도에 콜린은 그녀의 얼굴을 살폈다. 그녀 역시 어떤 표정을 지어야 할지 난감한 기색이 역력했다.

엘리샤는 도망치듯이 되돌아서 다른 곳으로 가 버렸다. 콜린은 다시금 자신이 어제 무슨 일을 저질렀는가 뼈저리게 후회를 하고 말았다.

이럴 줄 알고 있었으면서. 자신이 진심으로 한심했다. 콜린은 자신도 모르게 엘리샤의 뒤를 따라갔다.

빠른 걸음으로 달아나는 그녀를 이대로 보내면 안 될 것 같다. 무슨 말을 해야 할지는 모르겠지만, 앞으로 이런 상황으로 지낼 수는 없었다.

어느덧 눈 쌓인 소나무 숲에 이르렀을 때, 콜린은 조금 더 속도를 내어서 다가가 가녀린 손목을 붙잡았다.

"엘리샤."

"더 할 말이 남으신 건가요?"

"미안해. 그냥 어색하고 불편하게 지내지 않았으면 좋겠어."

"이미 우린 어색해졌어요. 어제 이후로요. 돌이킬 수 없잖아요."

엘리샤의 말에 콜린은 짐짓 차갑게 대꾸했다.

"너는 어차피 내게는 관심 없잖아. 오로지 공작 각하뿐이잖아. 그런데 무엇이 문제지?"

"콜린, 세상에 좋은 사람은 많아요. 당신에게도 그런 사람이 곧 생길 거예요. 분명히."

엘리샤의 목소리는 어딘지 모르게 슬펐다.

이 착한 소녀는 자신을 짝사랑하는 남자를 가여워하고 있었다. 죄책감 때문에 이렇게 괴로워하는 거겠지.

그럼에도 자꾸만 콜린은 마음이 비틀려만 갔다.

"다른 여자는 관심 없어."

"……."

겁먹은 사슴처럼 엘리샤의 보라색 눈동자가 일렁였다.

"너하고 뭘 어쩌잔 게 아니야. 그러니까 겁먹을 필요 없어. 너는 그저 지금처럼 공작과 행복하게 지내면 돼. 나도 그걸 바라기도 하고."

반은 진짜고 반은 거짓말인 말들. 우선은 엘리샤를 안심시켜야 했다.

"앞으로 내 얼굴을 안 볼 셈은 아니잖아."

"그러니까 콜린, 날 좋아하지 말아요."

콜린은 한참 동안 다른 곳을 보다가 엘리샤를 응시했다.

"너 상당히 이기적인 애구나? 그렇게 무 자르듯이 마음대로 되는 게 아니잖아?"

엘리샤는 두 눈을 꼭 감았다.

"미안해요. 지금은 이렇게밖에 말 못 하겠어요."

괜히 오기가 생겼다. 어떻게 공작은 그녀를 이렇게 꼼짝달싹 못 하는 사랑에 빠지게 만들었을까.

잔뜩 흔들어 놓고 싶을 만큼 질투가 났다. 콜린이 심술궂게 중얼거렸다.

"네가 뭐라고 하든 상관없어, 엘리샤. 난 나만의 방식으로 살 테니까."

스스로 생각해도 이기적인 말이었지만, 어쩔 수 없었다. 스물여덟 살 평생, 누군가를 좋아하게 된 건 처음이었으니까.

그 마음을 너무 늦게 깨달은 것도 운이 없었고, 그 애를 늦게 만난 것도 운이 없었다.

*   *   *

엘리샤는 콜린을 이해할 수가 없었다.

대체 그는 어쩌고 싶은 것일까?

엘리샤는 이런 일로 인해서 친구이자, 재봉 선생님을 잃고 싶지 않았다.

콜린이 엘리샤를 바라보면서 말했다.

"예전처럼 아무렇지 않게 대해 줘. 나도 그렇게 할 거야."

"그게 당신이 원하는 건가요?"

"이봐, 말했잖아. 난 네게 아무것도 바라는 게 없어."

"좋아요, 콜린. 나도 우리 관계가 흐트러지는 걸 원치 않아요."

"우리 관계라면 스승과 제자 사이, 아니면 티격태격한 친구 사이?"

"둘 다 내게는 너무 소중해요."

"무슨 뜻인지 알겠어. 그 테두리 안에서 조용히 있어 달란 거군."

"네…… 전 지금 너무 괴로워요. 당신을 마주 대할 때마다 루자크를 배신하는 기분이 들어서."

"바보야. 우린 아무 짓도 하지 않았어. 죄책감은 나 혼자만 갖도록 할게. 공주님은 옷 만드는 일에만 신경 쓰도록 해."

콜린이 엘리샤의 어깨를 그러잡으면서 말했다. 그녀의 분홍빛 머리카락을 살짝 움켜잡은 그가 머리칼에 입을 맞췄다.

엘리샤가 몸을 뒤틀어 빼내는 바람에 그것마저 찰나의 순간이었다. 콜린은 조금 웃었다.

"정말이지 너는 내게 한순간의 틈도 허락하지 않는군."

"이제 정말 가 봐야겠어요, 콜린."

엘리샤가 주변을 살피면서 말했다. 깊은 숲속이라 인적이 드물긴 했지만, 둘이서 몰래 이야기하는 모습을 누군가 보기라도 한다면 의심을 살 것이다.

"그래. 네가 먼저 나가."

엘리샤는 놀란 다람쥐처럼 잰걸음으로 총총히 달려갔다. 마치 나쁜 짓을 한 사람처럼 심장이 둥둥 울렸다. 그러면서도 한편으로는 콜린이 너무 가여웠다.

아마 루자크를 만나지 않았더라면 엘리샤도 콜린에게 마음을 열었을지도 몰랐다. 그만큼 그는 매력적인 사람이었다.

엘리샤는 진심으로 콜린이 하루라도 빨리 자신에 대한 마음을 떨쳐 냈으면 좋겠다고 기도했다.

때론 마법으로도 이루어지지 않는 일이 있다. 그래서 마음이 더 아프지만.

*   *   *

무려 수십 명에 달하는 인원이 여섯 개의 조로 흩어져 영지를 시찰했다. 늘 소규모로 움직이곤 했기에, 올해 들어서는 가장 대대적인 영지 시찰이었다.

크라우프와 가장 가까운 북측 초소에 들어서던 루자크는 몰려오는 피로를 지우면서 촛불을 밝혔다.

온종일 강행군을 했던 터라 고단했지만, 아직 자고 싶지는 않았다. 이제 고작 이틀이 지났을 뿐인데 벌써부터 엘리샤가 사무치도록 그리웠다.

루자크는 한 번에 전달하기 위해서 첫날부터 짤막하긴 해도 정성스레 편지를 쓰고 있었다.

그때였다. 안돌프가 급히 들어와 고했다.

"각하, 인근에서 수상한 자들이 발각되었습니다. 적지 않은 수로 일단은 포박해 두었습니다."

"수상한 자들? 내가 직접 가 보지."

남색의 두꺼운 망토를 급히 걸치면서 루자크는 문밖으로 나섰다.

문제의 그자들은 행상인으로 보였다. 그들의 앞에 세 마리의 나귀와 짐수레에 천을 덮어 놓은 물건들이 있었다. 루자크가 그 것을 턱짓으로 가리키며 병사에게 명했다.

"열어 보아라."

짐수레와 보따리 안에는 싸구려 가죽이나 헝겊 등이 들어 있었다. 루자크가 다섯 명의 행상인 중 커다란 모자를 쓴 자에게 물었다.

"정체가 무엇이냐?"

"저, 저희는 그저 상단에 속한 행상들입니다."

루자크는 입가를 굳히면서 다시 물었다.

"어디에서 오는 길이지?"

"예에, 그, 그야 노르두아에서 오는 길입죠!"

"바른대로 고해라."

스읔.

순식간이었다. 루자크가 허리춤에 꽂혀 있던 장검을 뽑아 행상인의 목을 겨누었다.

"커헉, 지, 진짜입니다요. 나으리! 한 치의 거짓도 없습니다."

행상인 사내는 울먹거렸지만, 루자크는 그를 봐줄 기색이 없었다.

"거짓만 고할 거라면 차라리 네놈의 혀를 뽑아 주지. 시작해."

"히익!"

루자크가 옆에 있던 병사들에게 손짓을 하자, 병사 두 명이서 행상인에게 덤벼들었다. 날카로운 칼붙이가 다가오고 행상인의 목을 움직이지 못하게 고정하자, 그는 발버둥을 쳤다.

"사, 살려 주십시오! 제, 제발. 모조리 고하겠습니다."

루자크의 푸른 눈이 한 번 아래로 굴렀다.

"좋다. 고해라."

"시, 실은 저희들이 크라우프의 도적들에게 물건을 모두 도둑맞는 바람에 지금 제대로 된 물건이 없습니다. 그래서 이런 것들을 가지고 있는 것입니다. 기, 기필코 사실입니다. 살려 주십시오."

행상인의 말을 가만히 듣던 루자크는 고개를 저으며 미간을 좁혔다.

"거짓말쟁이로군. 놈의 혀를 뽑아라."

루자크의 명령이 떨어지자, 지체 없이 병사들이 움직였다.

"커헉, 으아아아악!"

이윽고, 피투성이가 된 얼굴의 행상인이 비명을 질렀다. 나머지 행상인들은 벌벌 떨면서 억울하다고 저마다 하소연했다.

"이제라도 사실을 고한다면 살려 주지. 네놈들이 거래하는 진짜 물건을 보여 준다면 말이야."

그러자 그들 중 한 명이 눈치를 보다가 중얼거렸다.

"그, 그걸 대체 어떻게……."

루자크가 단조로운 어투로 말했다.

"예측은 쉬웠다. 노르두아 같은 대도시에서 테본까지 이런 싸구려 물건을 들여올 리 없지. 게다가 네놈들은 아까부터 우두머리의 눈치를 보고 있었다. 그렇다는 건 다른 들키지 않은 물건이 있다는 뜻. 게다가 너, 넌 아까부터 신발 뒤축을 끌고 다니더군."

"헉."

행상인들뿐만 아니라, 곁에서 루자크를 모시던 기사들과 안돌프마저도 그의 날카로운 관찰력에 깜짝 놀랐다.

"과연 각하십니다."

그러나 루자크는 아랑곳하지 않고, 들고 있던 검을 검집 안에 넣었다.

스르릉.

공작의 곱상한 얼굴이 한층 위압적으로 변했다.

"자, 어떤가. 내 제안에 응한다면 목숨만은 살려 주지."

말을 하지 않는다면, 저 검이 순식간에 튀어나오리라는 것을 그들 모두가 잘 알고 있었다.

혀를 뽑힌 행상인은 고개를 애처롭게 저을 뿐이었다. 그러나 나머지 일행은 목숨이 더 중했다. 눈앞의 남자가 가진 살기만으로도 이미 그들은 벌벌 떨고 있었다.

그들이 주섬주섬 움직였다. 모자와 양말, 속옷 속에서 빼낸 미색의 가루가 든 주머니들을 탈탈 털어서 모으자, 도합 열하나였다.

그것을 집어 든 안돌프가 향을 맡고는, 고개를 갸웃거렸다.

"아무래도 미약 같습니다."

루자크가 미약 주머니를 달라는 뜻으로 손을 내밀었다.

"위험하십니다."

"괜찮아. 집어삼킬 건 아니니까."

주머니 속 가루의 향을 맡은 루자크의 입술이 비틀어졌다.

"뭔지 알 것 같군."

일루미니아.

극소량만으로 끝내주는 환상을 품게 하는 미약.

미약이라지만 일정량 이상을 섭취하면 치사한다. 당연히 황실에서 거래 및 시음을 금지한 불법인 약이었다. 뒷골목 경매소에서 수백만 골드에 거래되는.

루자크의 눈이 가늘어졌다.

아마도 테본 내의 귀족이나 돈 많은 상인과 연루된 일일 것이다. 크라우프 지역의 도적들은 미약으로 사람을 현혹시켜 죽일 바에야 차라리 칼과 화살로 직접 덤벼드는 놈들이었다. 즉, 조용히 움직여야 할 신분이나 위치에 있는 자라는 뜻이었다.

이건 아무래도 배후를 캐낼 필요성이 있는 일인 것 같았다.

"거래인 정보와 목적지는?"

"그, 그건…… 복면으로 가리고 있어서 보지 못했습니다. 목적지는 이리 숲으로 기억합니다."

"좋아. 물건을 가지고 그대로 가도록."

"예에?"

"못 들었나. 그대로 목적지로 향해라. 안돌프, 정찰조를 붙이도록. 나도 함께한다."

"알겠습니다."

＊　　　＊　　　＊

스슷.

새카만 인영이 황태자의 침실에 찾아와 엎드렸다. 청록빛 축축한 머리카락이 얼굴의 반을 덮고 내려온 여자가 붉은 입술을 열었다.

"전하, 예상대로 미끼를 문 모양입니다."

"그런가. 역시 그답군. 그럴 줄 알았어. 수고했다, 베렐다. 계속 지켜보도록."

"예. 전하."

스스스슷.

이내 베렐다라 불린 여자의 몸은 새카만 아지랑이처럼 흩어져 사라졌다. 라이몬드는 느른한 몸을 쭉 편 뒤, 중얼거렸다.

"나도 슬슬 움직여 볼까. 주인 없는 집에 방문하는 건 실례지만."

라이몬드는 공작 부인 엘리샤가 보내온 크라바트를 매만졌다. 그의 눈동자가 검은 욕망으로 가득 물들었다. 공작을 유인해서 덫에 몰아넣고, 엘리샤를 갖는 것.

그것이 라이몬드가 꿈꾸는 것이었다.

'그래, 공작에게 가장 적절한 건 반역죄가 되려나?'

펜블렌 공작은 제국의 커다란 기둥이기도 했지만, 테본의 주인이자 왕이라고 할 만큼 강한 지도자였다.

지금이야 척박한 땅의 구석에 처박혀 있지만, 언제라도 전면적으로 나선다면 그의 능력은 빛을 발할 터였다. 더군다나 리마와 폴스는 한창 전쟁 중이다. 불똥이 언제 튈지 모르는 것이다.

전시 상황에서는 보다 강한 왕을 원한다. 어려서부터 늘 루자크와 비교당해 왔었고, 그는 늘 자신을 앞질렀다.

이제는 자신이 루자크를 앞질러 줄 차례가 오고 있었다. 라이몬드의 눈이 맹수처럼 번뜩였다.

*　　*　　*

다행히도 그날 이후, 콜린은 예전처럼 돌아왔다. 엘리샤에게 여전히 막 대했고, 다음 재봉 수업에서도 아무렇지 않게 행동했다.

처음보다는 마음이 편해졌고, 엘리샤도 그를 의식하지 않으려 애썼다. 일부러 루자크가 없다는 것을 콜린에게 알리지 않았지만, 아마도 눈치는 챘을 터였다.

엘리샤는 카일리 후작 부인의 사교 모임에 입고 갈 재스민 꽃과 어울리는 새하얀 드레스를 마무리하는 중이었다.

테일러 키트의 도구들은 아직도 기운이 남아도는지 씽씽 그녀의 방 안 허공을 날고 있었다.

엘리샤는 호기심이 솟았다. 테일러 키트와 함께 보관해 둔 동그란 유리병을 꺼냈다.

요정이 선물로 주었던 요정의 염료.

"한 번만 써 볼까?"

하지만 색을 망치면 어떻게 하지? 이미 재스민 꽃을 닮은 하얀색으로 우아함을 풍기는 드레스였다. 내일 당장 입고 갈 드레스이니 망치면, 다시 만들어야 할지도 몰랐다.

열심히 싸우던 엘리샤의 속마음에서 결국 호기심이 승리했다.

딸깍.

이내 유리병을 열자, 투명한 오로라빛 액체가 반짝였다.

"너무 예쁘다."

살짝 냄새를 맡아 보니 아무 향기도 나지 않았다.

엘리샤는 드레스 위로 염료를 살짝 한 방울 떨어뜨려 보았다. 심장이 두근거릴 만큼 염료 방울이 드레스에 투둑 떨어지는 소리가 크게 들렸다.

드레스에서 갑자기 옅은 빛이 흘렀다.

"앗."

다음 순간 엘리샤는 깜짝 놀라서 드레스를 떨어뜨리고야 말았다.

흰색의 드레스 밑단에 청초한 재스민 꽃이 한 송이, 두 송이 섬세하게 수놓아져 있었다.

"말도 안 돼."

엘리샤가 드레스를 들어 올리자, 이내 꽃송이들은 실바람에 흔들리듯이 살짝 흔들렸다.

뿐만 아니라 하얀 꽃잎이 휘날리기도 했다. 꽃잎은 진짜인지 모르겠지만 무척 보드라웠다. 은은한 향기도 났다.

"이게, 요정의 염료 힘이구나."

과연, 마법과도 같은 효과였다. 엘리샤는 다시 한 번 요정의 염료와 재스민 드레스를 살피더니 말했다.

"아무래도 정말 굉장한 걸 얻은 것 같아."

이 염료만 있으면, 특별한 드레스를 만들 수 있을 거라는 생각에 엘리샤의 마음은 설렜다.

"요정들은 정말 대단해."

당장이라도 여러 벌의 드레스를 만들고 싶었지만 그렇다고 마구 쓸 수는 없었다. 게다가 요정 페페토디 말에 의하면, 이제는 염료를 제작하지 않는다고 한다.

그때였다.

똑똑, 서재로 누군가 찾아온 모양이었다. 분명 리나와 데이지에게는 혼자 있고 싶다고 요청을 해 놓은 상태였는데 누구지?

"부인, 접니다. 콜린."

콜린의 목소리에 엘리샤는 화들짝 놀랐다.

"안에 계십니까?"

"네. 콜린, 무슨 일이에요?"

"내일 카일리 후작 부인의 모임이 있어서 드레스를 만든다고 들었습니다만. 한번 보고 싶군요."

콜린의 말에 엘리샤의 안색이 창백해졌다. 하지만 그녀는 티를 내지 않기 위해서 웃으며 대답했다.

"잠깐만 밖에서 기다려 주시겠어요?"

"좋습니다."

엘리샤는 부랴부랴 날고 있는 도구들부터 하나씩 붙잡아 챙겨 넣었다.

"쉬잇."

덜그럭거리는 소리가 조금 나기는 했지만 요정의 염료까지 모두 테일러 키트함에 단단히 넣어 보관했다.

엘리샤는 심호흡을 한 번 하고는 문을 직접 열어 주러 갔다.

"콜린이 직접 제가 만든 옷을 보러 오실 줄은 몰랐어요."

엘리샤의 말에 콜린이 초록색 눈동자를 데구르르 굴렸다.

"스승이 제자의 드레스를 보고 싶은 건 당연한 일이지."

"아, 뭐 그렇긴 하죠. 드레스는 여기 있어요."

그러나 콜린은 드레스가 아닌 엘리샤의 옷깃을 붙잡았다.

"각하께서 성에 안 계시더군?"

말끝을 묘하게 올리는 탓에 엘리샤는 그의 얼굴을 힐끔 바라보았다. 어쩐지 엘리샤가 그 사실을 감추었다는 어투로 묻는 것 같았지만 그녀는 무시하기로 했다.

"이번 드레스는 재스민으로……"

"하나만 묻자. 내게 일부러 말하지 않은 거야?"

"제가 대답할 필요가 있을까요?"

"응. 대답해 줘."

노골적인 시선에 엘리샤는 고개를 끄덕였다.

"맞아요."

"나를 바보로 아는군. 공작이 없으면 내가 널 어떻게 하기라도 할까 봐? 그래서 그래?"

잔뜩 뒤틀린 콜린의 얼굴에 엘리샤는 또다시 마음이 아팠다. 이 사람을 어떻게 해야 하는 걸까?

짝사랑—집사 얀—을 해 보기만 했지, 받아 본 적은 없었다. 기분 좋게 거절하는 방법은 무엇일까?

엘리샤는 매일 그걸 궁리했지만 답은 없었다.

그나마도 요즘 콜린이 아무 말도 없었기에 다행이다, 그냥 예전처럼 살면 되겠구나 안심했었다. 그런데 이 사람은 왜 또, 자신을 괴롭히려고 온 걸까?

*   *   *

찡그린 엘리샤의 얼굴이 그녀의 속마음을 대변해 주고 있었다. 일부러 공작이 없다는 것을 제게 알리지 않았다는 엘리샤의 대답에 콜린은 기가 막혔다.

그녀는 마치 자신이 정말 무슨 짓이라도 한 것처럼 굴고 있었다. 그것이 짜증 났다. 억울했다.

좋아하는 여자에게서 그런 취급을 당하는 것이 너무도.

심장이 저몄다. 그 짧은 기간 좋아한 게 다인데, 이렇게 심장이 아플 수 있다는 게 놀라웠다.

"드레스를 보러 왔다는 건 전부 핑계였나요? 실망이에요."

찌질하고 한심한 남자의 결말이었다. 마음을 표현하면 할수록 돌아오는 건 커다래지는 상처들뿐.

콜린은 다시 마음을 꾹 닫으려 하고 있었다.

입술이 한껏 비틀어졌다.

이렇게 비난받고 미움받는데, 제 욕심이라도 채우고 싶었다.

공작이 없는 틈을 타서 뭔가 해 보려는 엉큼한 놈이 정말 되어 주고 싶었다. 비뚤어지고 싶었다.

콜린이 엘리샤에게 한발 다가섰다. 뒷걸음질 치던 엘리샤의 등이 벽에 닿았다.

붉은 입술이 달싹이면서 눈은 엘리샤를 향해 고정되었다. 그녀 역시 긴장한 듯 움직이지 못했다.

"잊어 줘, 엘리샤. 오늘의 나는 나조차도 끔찍하니까."

이어서 조심스럽게 마주 닿은 입술이, 꿈처럼 황홀했다.

처음이자 마지막 키스.

뺨을 치고 밀어낼 줄 알았건만, 엘리샤는 마치 영혼 없는 인형처럼 가만히 있었다. 움찔하는 약간의 미동조차 없었다.

그 사실이 더욱 마음이 아팠다. 그럼에도 콜린은 그녀의 달콤한 숨결을 느끼기 위해서 노력했다.

말캉한 속살을 휘어 감자, 놓고 싶지 않았다. 이대로 그녀를 어디론가 데려가고 싶을 만큼.

뜨거운 액체가 콜린의 입 안으로 흘러 들어왔다. 그제야 엘리샤가 눈물을 흘리고 있다는 걸 알아챈 콜린은 조용히 그녀를 껴안았다.

"미안하다."

엘리샤가 조그맣게 중얼거렸다.

"나도 미안해요."

그렇게 십여 분 동안 정적이 흘렀다. 콜린은 창가에 다가섰고, 엘리샤는 침대에 가만히 앉아 있었다.

어색한 기류가 둘 사이를 떠돌았다.

소용돌이치던 감정이, 쿵쿵 울리던 심장이 어느 정도 가라앉을 무렵 그가 입술을 열었다.

"아무래도 조만간 본성을 나가야겠어. 나는 테본과 맞지 않아."

그는 입꼬리를 올렸다.

"나 때문에 그럴 필요까지는…… 없어요, 콜린."

엘리샤의 말에 콜린은 쿡, 웃음을 터뜨리면서 말했다.

"날 애인으로 삼을 것이 아니라면 그런 말 하지 마."

"그건 말도 안 돼요. 각하는 당신을 즉결 처형할지도 몰라요."

씨익, 그 말을 들은 콜린이 예쁘게 웃었다.

"오트쿠튀르에 내 목을 효수하는 건 아니겠지? 각하께서는 관대하시니 설마 그렇게까지는."

엘리샤는 상상하는 것조차 싫다는 얼굴로 말했다.

"웃. 그만해요."

콜린이 몸을 돌려 엘리샤에게 다가서며 따뜻한 눈빛을 보냈다. 한결 편안해진 눈빛이었다.

"진작에 키스할 걸 그랬어. 이제야 미련이 좀 가서. 역시 여자는 전부 환상이라니까."

그가 이어서 시니컬하게 농담을 했다. 한결 부드러워진 분위기에 엘리샤도 슬슬 받아치기 시작했다.

"와우, 이제야 날 잊을 생각이 들었어요?"

"그럴지도."

콜린은 일부러 싱겁게 말했고, 엘리샤는 콜린을 보지 않은 채 말했다.

"만약에, 만약에 말이에요. 내가 각하와의 결혼이 예정되지 않았더라면 당신을 좋아했을지도 몰라요."

"그래, 두 번째라도 되어서 다행이군."

콜린은 희미하게 옅은 미소를 지었다. 키스를 나눈 뒤에야 깨달았다. 자신은 절대로 엘리샤를 가질 수 없었다.

엘리샤가 자신을 조금이라도 남자로 보고 있는 건 아닐지, 그 빌어먹을 여지가 주는 희망 때문에 더욱 미쳐 버릴 것 같았다.

하지만, 틀렸다. 전혀 아니야.

자신과 키스하고도 저렇게 아무렇지 않은 엘리샤를 보고 나니, 콜린은 확신했다.

그녀처럼 속마음이 투명하게 드러나는 여자가 아무렇지 않다는 건 엘리샤의 마음속에는 오로지 단 한 사람, 공작뿐이라는 것.

반면에 자신의 심장이 녹을 것처럼 좋았다는 것은 영원히 비밀에 부치기로 했다. 아마도 자신은 이 여자를 죽을 때까지 좋아할 거라는 것도.

이제는 엘리샤가 바라는 대로 해 줄 생각이었다. 괴팍한 재봉 스승님으로 돌아갈 시간이다. 사랑에 빠진 얼간이 말고.

"이봐, 엘리샤. 네 드레스를 보여 줘. 신랄하게 까 줄게."

말을 마친 콜린은 그 어느 때보다 매력적인 미소를 날렸다.

*   *   *

"으음……."

"체임버러 양이 뭔가를 그렇게 신중하게 고르는 건 처음 보는 것 같소."

리나는 펼쳐 놓은 티 박스를 보면서 고민에, 또 고민을 거듭하고 있었지만 도저히 어려워서 고를 수가 없었다.

"못해 먹겠어요. 차에는 문외한이라고요. 도와줘요, 랜디어스 경!"

"카일리 후작 부인에 대한 모든 것을 알아 왔다고 큰소리쳤던 건 그쪽 같은데 말이오."

반트의 공격에 리나가 눈을 가늘게 뜨면서 팔짱을 꼈다.

"남자가 그렇게 쪼잔하게 구실 건가요?"

"사실 나도 좀 어려운 일이오. 차 맛을 잘 모르는 초보자에게는 백지 상태이니 이것저것 권할 수 있지만 차를 자주 즐기는 사람은 자기 취향이 확고하게 있을지도 모르니 더 까다롭소."

"흐응…… 좋아요. 보고서 기억을 더듬어 볼게요. 그러니까 카일리 후작 부인은, 단맛이 약하고 시고 쌉쌀한 맛이 나는 차를 좋아한대요."

"좋은 정보요. 그렇다면 이게 좋겠군. 마님께도 한 잔 타 드리시오."

반트가 내민 차는 들어 있는 병부터 무척 눈길을 끌었다. 꽃이 그려진 고운 도자기 병에 앙증맞게 리본이 묶여 있었다.

"어머나, 예쁘군요."

"리마의 왕족들이 즐겨 먹는다는 핑거루트라는 차요. 생강이랑 비슷한 맛이 나지만 건강에도 매우 좋으니까 후작 부인의 연세를 생각하면 적절한 선물인 것 같은데."

"그래요? 좋은데요? 지난번 골드 메어릿보다도 더 귀한 건가요?"

"그렇소."

"그럼 저는 찬성이에요, 후후."

"우선 차 맛을 봅시다."

그리 말한 반트는 찻주전자를 꺼내 차를 우리기 시작했다. 얼마 지나지 않아서 찻잔 두 개에 차를 쪼로록 따른 반트는 한 잔을 리나에게 건넸다.

한 모금을 마신 리나는 떨떠름한 표정을 지었다.

"……음, 내 취향은 아닌 것 같군요."

반트는 웃으면서 차를 홀짝 마셨다.

"난 아주 좋은데, 아끼는 차 중 하나요."

"어련하시겠어요. 나는 좀 달달하고 상큼한 맛이 좋아요."

"다음에 체임버러 양의 환심을 살 일이 있을 때 참고하겠소."

"뭐, 나쁘지 않군요."

리나는 차를 다시 우려내기 시작하는 반트의 얼굴을 슬며시 훔쳐보았다.

"어서 마님께도 가져다드려야겠소."

차를 우리는 일을 참으로 좋아하는지 평소처럼 무표정해 보이는 반트의 입가에 미소가 피어 있었다. 그를 바라보는 리나의 입가에도 똑같은 미소가 피었다.

'차를 우리는 모습만은 꽤 멋져 보인단 말이지.'

 *　　*　　*

<친애하는 내 사랑 루자크.

오늘이 혼자 자는 두 번째 밤이네요. 벌써부터 당신이 그리워요. 새로운 드레스를 만들었는데, 아주 마음에 들어요. 당신에게도 보여 주고 싶어요.

드디어 내일이에요. 카일리 후작 부인의 사교 모임에 참석하는 날이! 너무너무 떨려요.

그곳 상황은 어떤가요? 제발 당신이 아무 일 없이 안전하고 무사하기를, 매일 기도하고 있어요. 어서 돌아와요. 내 옆으로.

사실 당신에게 조금 따질 것도 있지만 지금은 그리움이 더 커요. 잘 자요, 루자크.>

"……휴우."

엘리샤는 편지를 다 적은 후, 깃펜을 내려놓았다.

괜스레 루자크에게 미안해지는 마음뿐이었다. 콜린과의 일은 이대로 덮어 놓기로 했다.

다행스럽게도 그는 이제 엘리샤를 괴롭히지 않을 것 같았다. 그러나 마음에 새겨진 일들을 누르는 시간이 필요할 것이다. 엘리샤는 눈을 꼭 감았다.

더욱이 내일은 중요한 날이었다. 카일리 후작 부인의 사교 모임에 가는 날. 우아함과 지성, 교양을 갖춘 귀부인들이 넘쳐 나겠지.

똑똑.

"마님, 리나랍니다. 드디어 차를 골랐어요."

"네, 들어오세요."

리나가 가져온 차의 향은 꽤나 독특했다. 씁쓸하고 강한 향이 났다.

"랜디어스 경이 골라 준 핑거루트라는 차인데, 저는 차 맛을 몰라서 그런지…… 하지만 카일리 후작 부인의 취향을 고려해서 고른 것이랍니다. 이건 후작 부인에게 가져다드릴 선물용 차에요. 리마 공국의 왕족들이 건강용으로 즐기는 차라고 하네요."

"너무 예뻐요. 후작 부인께서 좋아하셨으면 좋겠네요."

"네, 마님. 아차, 내일 열릴 사교 모임에 대한 자세한 이야기는 메리 언니도 입을 꾹 닫더라고요. 극비라나 뭐라나. 더 도움이 되어드리지 못해서 죄송해요."

"아니에요. 지금까지도 많은 도움이 되었는걸요. 고마워요,

리나."

"당연한 일을 했을 뿐입니다, 마님. 그럼 피부를 위해서 일찍 주무세요."

"그래요, 리나도 어서 자요."

엘리샤는 찻잔을 들었다. 씁쓸하고 진한 맛이 생강을 떠올리게 하는 차였다.

평소 달달한 것을 좋아하는 그녀였지만 이것도 입맛에 괜찮았다. 무엇보다 따뜻하게 열이 오르는 게 좋았다. 엘리샤는 침대에 누워 이불을 머리 위까지 끌어당겼다.

* * *

"흑, 꺄아아악!"

끔찍한 악몽이었다. 루자크를 노리는 새카만 어둠의 형체. 피를 흘리고 쓰러진 그의 모습. 그리고 금빛 사자의 문양.

상세히 기억은 나지 않지만, 조각조각 기억나는 꿈에서 루자크를 노리는 누군가에 의해 그가 죽음을 맞이한다는 것만큼은 또렷했다.

온 얼굴과 몸에 식은땀이 가득했다. 엘리샤는 겨우 숨을 몰아쉬면서 중얼거렸다.

"하아, 정말이지 기분 나쁜 꿈이야."

불안감이 엄습하자 왠지 몸까지 떨려 왔다. 실내는 무척 따뜻한데도 한기가 들었다.

엘리샤는 손톱을 잘근 깨물었다.

벌컥!

"무슨 일이십니까, 마님?"

"마, 마님……! 괜찮으신 거예요?"

"마님!"

"……무슨 일이야, 엘리샤?!"

문 앞에 있던 기사 앨버트와 헐레벌떡 달려온 리나에 이어서, 랜디어스 경과 콜린까지 엘리샤의 방으로 들이닥쳤다. 자신도 모르게 엘리샤의 이름을 불러 버린 콜린은 뒤늦게 입술을 꾹 막았다.

본성을 지키는 경비가 있었으나, 괴한이라도 들었는 줄 알았던 모양이었다.

당황한 엘리샤는 이불을 끌어 올리면서 얇은 실크 잠옷 차림인 제 모습을 가렸다.

"아, 그저 좀 기분 나쁜 꿈을 꾸었을 뿐이에요. 제가 세 사람의 잠을 깨웠네요. 미안해요. 돌아가서 좀 더 주무세요."

"정말 괜찮으십니까, 마님?"

"부인의 안색이 매우 안 좋은데, 사제라도 불러야 하는 거 아닙니까?"

콜린의 걱정에 엘리샤가 고개를 저었다.

"아니에요. 조금 쉬면 괜찮아질 거예요."

"제가 손발을 좀 주물러드릴게요. 마님의 안전에 이상이 없는 걸 확인하셨으니, 남성분들은 이제 그만 나가 주세요."

리나는 세 사람을 방 안에서 내몰고는 문을 걸어 잠갔다. 곧 따뜻한 물을 대야에 받은 리나가 엘리샤의 차가운 손발을 담그고는 주물러 주었다.

"마님, 대체 무슨 꿈을 꾸신 거예요?"

아직도 엘리샤는 불안한 눈동자를 굴리고 있었다.

"끔찍해요. 각하께서 괴한에게 당해 죽는 꿈이었어요."

"저런, 그런 일은 결코 생기지 않아요. 꿈은 반대라잖아요."

"그렇겠죠, 리나?"

"네, 그럼요. 아무 걱정 마세요. 각하께서 눈앞에 보이지 않으니 과하게 걱정을 하고 계셔서 꾸신 꿈일지도 몰라요. 게다가 오늘은 중요한 날이라 더욱 긴장을 하신 게 아닐까 싶어요. 조금 더 주무세요."

리나의 말에 조금 안정은 되었지만, 여전히 불안한 마음이 드는 건 어쩔 수가 없었다.

리나마저도 방을 빠져나가자, 엘리샤는 침대에서 다시 몸을 일으켰다.

"……루자크, 정말 별일 없는 걸까?"

이대로는 아무래도 안 될 것 같았다. 자꾸만 꿈이 신경 쓰였다. 사교 모임보다 지금은 루자크의 안전을 확인하는 게 우선이었다.

엘리샤는 급히 서신을 적었다.

<그리운 루자크. 엘리샤예요.

안 좋은 꿈을 꾸었어요. 당신이 검은 형체에 당해 피 흘려 쓰러지는 꿈이었어요. 금빛 사자도 보였어요. 대체 무슨 뜻인지 모르겠지만, 너무너무 걱정스러워요. 부디 당분간은 몸조심해요.>

급하게 휘갈긴 글씨가 적힌 서신을 엘리샤는 곱게 접은 후, 주변을 샅샅이 살폈다. 전서구를 대신해서 비둘기처럼 보일 만한 물건이 필요했다.

서랍에서 손수건을 하나 꺼낸 엘리샤는 재빨리 그것을 새 모양으로 접기 시작했다. 그것은 얼핏 멀리서 보면 새처럼 보였으나 실제로는 매가리가 없어 흐느적거렸다. 꽁지 부분에는 실로 매듭을 단단히 감고는 꿰매기까지 했다.

엘리샤는 창문을 활짝 열고 손수건 새의 양 날개를 붙잡고는 주문을 외웠다.

'새의 자리를 대신해 루자크 펜블렌에게로 날아가 전해 다오. 그의 입맞춤을 내게 가져다 다오.'

쪽, 하고 마지막 입맞춤을 남기자 손수건 새는 마치 살아 있는 새처럼 파드닥 날갯짓을 하고는 창문에서 날아올랐다.

엘리샤에게 약속이라도 하듯이 한 바퀴를 돈 새는 이내 저만치로 훨훨 날아갔다.

엄마가 알려 준 마법이었지만 이제껏 사용할 일이 단 한 번도 없었다. 서신이 무사히 도착하기를 빌면서 엘리샤는 서서히 동이 트기 시작하려 하는 새벽하늘을 바라보았다.

*   *   *

톡, 톡!

막사에서 잠을 잘 때면 루자크는 작은 소리에도 예민하게 반응하는 편이었다. 몸을 일으켜 막사의 휘장을 걷어 올리자마자, 하얀 무언가가 그의 머리 위를 스치고 안으로 날아 들어갔다.

"……뭐였지?"

뒤돌자마자 그의 침대에 내려앉는 하얀 것을 본 그가 중얼거렸다.

"전서구가 아니었군."

자세히 살펴보니 새 모양으로 접혀진 손수건이었다. 은은하게 향기가 나는 그것에는 엘리샤의 이니셜 'E'자가 자수로 새겨 있었다.

새의 꽁지 부분에 매달린 둘둘 말린 종이를 발견한 루자크는 그것을 서둘러 펼쳐보았다.

둥글둥글한 엘리샤의 필체가 틀림없었다. 서신을 발견한 루자크의 입가에 함박만 한 미소가 피었다.

간밤에 악몽이라도 꾼 모양이었다. 이렇게 마법을 사용해서 자신에게 서신을 보낼 줄이야…….

입가에 미소가 감돌던 것도 잠시, 서신의 내용은 좋지 않았다. 더군다나 자신이 피 흘려 죽는 꿈이었다니, 어린 그녀가 많이 놀랐을 것이었다.

루자크는 마음이 짠했다. 밖에 있는 자신이 제 아내의 걱정을 키우고만 있었다. 어서 가서 그녀를 다독여 주고, 안아 주고 싶은 욕구가 치솟았지만, 그럴 수가 없었다.

서신을 다 읽었음에도 손수건 새는 가지 않고, 빼꼼 고개를 내밀고 있었다. 자그만 머리를 까딱 움직이면서.

<덧붙임. 이 새에게 입맞춤을 해 주면 나에게 돌아올 거예요.>

그제야 루자크는 깨알처럼 작은 글씨를 발견하고는 깨달았다.

"아, 내가 서신을 전해 주기를 기다리고 있나?"

잠도 자지 않은 채, 창문을 열어 놓고 이 가짜 새를 기다리고 있을 엘리샤가 못내 사랑스럽고도 귀여웠다.

루자크는 엘리샤가 보낸 종이 밑에 짧게 내용을 덧붙였다. 종이가 아직 손수건에 꿰매져 있었다.

서신을 만 후 촛농으로 그 부분을 봉한 루자크는 막사 밖으로 나와서 손수건 새에게 입을 맞추고는, 날려 보냈다.

"가라."

나지막한 중얼거림 후, 흠흠 가벼운 헛기침을 한 루자크는 새가 제대로 날아가 하얀 점이 될 때까지 전부 지켜보고서야 막사 안으로 들어섰다.

곱씹어 볼수록 엘리샤의 꿈이 이상하긴 했다. 무엇보다도 금빛 사자라면 머릿속에 떠오르는 건 한 가지밖에 없는데…….

동이 트기 전 루자크는 붙잡아 둔 행상인들을 유심히 살폈다. 특별히 수상한 점이 눈에 띄지는 않았지만, 엘리샤가 알려 준 꿈 내용이 자꾸만 귀에 밟혔다.

루자크는 안돌프를 조용히 불러냈다.

"각하, 부르셨습니까."

"안돌프, 아무래도 수상하다."

"무엇이 말입니까?"

"행상인 놈들이 말하는 거래 말이다. 이 테본에서 상대를 독살시키고 권력을 탐할 만큼 야욕을 부리는 자는 아무도 떠오르지가 않더군."

"그렇긴 합니다만, 굳이 권력이 아니라 남편을 암살시키고자 하는 부인이나, 상업 길드에 손을 대고 있는 장사꾼의 경우도 존재하지 않겠습니까?"

"……아닐세. 깊이 생각해 보니 일루미니아, 그 약은…… 가격도 비쌀뿐더러 구하기도 매우 어렵지. 사실 행상인들에게 맡길 만한 물건도 아니야. 내가 그걸 잠깐 놓쳤었군. 안돌프, 이건 함정이야."

주군의 뜻밖의 말에 안돌프가 고개를 갸웃거렸다.

"하지만 나머지 행상인들이 거짓말을 한 것 같지는 않습니다."

"그래, 그놈들과 일루미니아는 단순히 미끼일지도 몰라."

"미끼라 함은, 누군가 각하를 노리고 있다는 말씀입니까?"

루자크가 조용히 고개를 끄덕였다.

"그래. 그러니 오늘 행상인의 뒤를 쫓는 일은 각별히 조심해야 할 거야. 절대로 본격적으로 나서진 마. 누구인지 상대만 파악하는 걸세."

"알겠습니다, 각하."

*   *   *

　　<사랑하는 엘리샤.

　　깜짝 서신은 잘 읽었어. 지금이라도 당장 달려가 당신을 껴안고 입 맞추고 싶어. 꿈 때문에 많이 놀랐겠지만 나는 아무 일도 없으니 너무 걱정하지 말길 바라.

　　영지에는 아직까지 별문제가 없어.

　　내가 당신을 놔두고 죽을 일은 결코 없을 테니까 사랑해, 리샤.

　　　　　　　　　　　　　상사병에 걸린 루자크.>

　　손수건 새가 안겨다 준 루자크의 서신을 읽어 내려간 엘리샤는 그것을 가슴에 꼭 품었다. 그가 무사하다는 사실을 들으니 이제야 마음이 놓이는 것 같았다. 물론 그가 돌아올 때까지 완전히 안도할 수는 없지만, 그래도 조심하라고 서신을 보냈으니 그도 조금 더 주의를 기울일 것이다.

　　'루자크, 나도 너무 보고 싶어요.'

　　그가 없는 시간이 이렇게나 길다니, 정말 상상도 못 했다. 엘리샤는 서신을 머리맡에 놓고는 다시 잠이 들었다.

　　　　　　　　*　　　*　　　*

　　행상인들을 앞세운 채 정찰조는 천천히 그 뒤를 따라 아를레스 강의 중상류까지 이르렀다. 이리 숲은 사방이 시푸른 숲이었다.

　　테본에 푸른 소나무는 많았지만, 이렇게 섬뜩하도록 시린 푸름을 자랑하는 소나무는 없었다.

　　정찰조 중 한 명의 말이 행상인들을 살피고는 돌아왔다.

　　"행상인들이 한 바위 앞에서 멈췄습니다."

　　기사의 보고에 안돌프가 말했다.

　　"제가 가까이 가서 살펴보고 오겠습니다, 각하."

　　"아직 기다려."

　　엘리샤의 꿈 때문일까. 왠지 께름칙한 느낌이 자꾸만 끼쳐 왔다. 예감이 좋지 않았다. 더욱 주의하는 게 좋겠단 생각이 들었다.

　　이 숲은 나무가 너무나 빽빽해서 길도 제대로 나 있지 않았다. 마차가 들어올 틈도 없을 정도였다.

　　스스슷!

　　이내 저만치 멀리서 허공 위에 시커먼 무언가가 드리워졌다.

　　루자크는 눈을 의심했다.

　　"저게…… 무엇이지?"

　　루자크가 손가락으로 가리킨 방향에서 곧 소리가 들려왔다.

　　으아아악! 비명 소리였다. 루자크는 안돌프와 함께 비명이 들려온 곳으로 말을 몰았다.

다그닥, 다그닥!

"하, 함정입니…… 크허억!"

누군가 그리 외쳤다. 분명 그의 기사단 중 한 명의 목소리였다. 루자크는 더욱 강하게 고삐를 당겼다.

바위 앞에는 정찰조로 갔던 다섯 명이 순식간에 피를 흘리고 쓰러져 있었다.

행상인들 역시 이용만 당한 것인지, 전부 쓰러져 나뒹굴고 있었다. 분명 누군가 미끼를 던져 놓은 것이다.

루자크가 푸른 눈을 굴려 사방을 두리번거렸다. 이내 루자크의 눈앞에 검은 연기들이 차올랐다.

스슷!

아까 멀리서 보았던 그 검은 연기였다. 루자크는 자욱하게 깔린 연기를 노려보면서 검집에서 검을 꺼내 바투 쥐었다.

스르릉!

곧 연기가 가라앉고, 그 속에서 적이 모습을 드러냈다. 상대는 검은 옷을 입은 여자였다. 갑옷이 아닌 치렁치렁한 로브를 걸친 여자는 청록빛 머리카락에 가려져 얼굴이 보이지 않았다.

검게 칠한 입술은 굳게 다물려 있었다.

'쿤 라투움 테.'

알 수 없는 언어로 이루어진 주문.

즉시 새카만 창을 든 기사 셋이 눈앞에 나타났다. 사람이 아

니었다. 투구와 갑옷 속은 텅 빈 유령 기사였다. 그것들은 거칠
게 창을 휘두르면서 달려왔다.

챙!

채앵! 스칵!

쇳덩이끼리 맞부딪쳤다. 안돌프가 한 놈을, 루자크가 두 놈을
상대했다.

휘이익!

저 커다란 창만 잘 피하면 그리 어려운 상대는 아니었다. 루자
크는 유령 기사가 돌격해 오는 찰나에 창을 피하고는, 팔목 부위
를 검으로 갈랐다.

챙캉!

순식간의 일격에 낫이 쥐어졌던 장갑 부위가 뎅그르 바닥으
로 떨어졌다. 무기를 잃은 기사는 발차기 한 번에 온몸이 조각조
각으로 흩어졌다.

"크오오!"

기괴한 신음과 함께 루자크는 다른 놈도 똑같이 만들어 주었
다. 아직도 유령 기사와 사투를 벌이는 안돌프에게 루자크가 말
했다.

"팔목을 갈라!"

루자크의 외침을 들은, 안돌프는 곧장 유령 기사를 처치했다.
그 틈에 루자크는 여자에게로 달려들었다.

슈욱.

하지만 아무리 공격해도 여자는 베이지가 않았다.

"후후……."

"넌 누구냐?"

"펜블렌 공작, 저는 당신을 압니다."

루자크는 눈썹을 까딱 치켜 올렸다. 매섭게 쏘아보는 그의 눈빛에도 여자는 꿈쩍하지 않았다.

"흑요정인가."

"아는 것이 많으시군요."

어둠의 주술을 사용하고, 그 육신은 살아 있되 살아 있는 것이 아닌 자.

그는 여자가 인간이 아님을 깨달았지만, 또 한 가지 확인할 게 있었다.

금빛 사자는 황실을 상징했다. 가장 확실한 건 직접 묻는 것이겠지.

"여기에 온 목적도 맞춰 볼까?"

"좋으실 대로."

"라이몬드가 보낸 첩자냐?"

뜻밖에도 여자는 부정하지 않았다.

"……공작 각하께서는 놀라운 분이로군요. 그가 왜 안달이 나 있는지 알 것 같군요."

여자는 매우 흥미롭다는 듯 입술을 달싹였다.

"황태자에게 가서 전해. 이번 일은 묻어 두겠지만 한 번만 더 이런 장난을 친다면 가만히 있지 않겠다고."

"……쿠후후, 쿠후후훗."

여자의 웃음소리가 사방으로 흩어지면서 그녀의 모습 또한 연기로 변해 사라졌다.

상황을 파악한 안돌프의 얼굴이 걱정과 놀람으로 인해서 일그러졌다.

"각하. 황태자 전하께서 저것을 보냈단 말입니까? 어째서……."

"전하의 적의는 예부터 공공연했다. 내 잔에 몰래 독약을 탄 적도 있었지. 그가 고작, 열두 살 때의 일이었다. 그 당시에는 하인의 실수라고 둘러대서 넘어가고 말았지만."

"……그런 일이 있으셨습니까."

안돌프가 유감의 표시로 고개를 숙였다.

"자신보다 앞서는 자를 보지 못하는 것이겠지. 우둔하긴."

루자크는 인상을 찌푸렸다. 자신 때문에 기사들이 목숨을 잃은 것 같아서 죄책감이 느껴졌다.

"시체를 수습하고, 가족에게로 보내 주어야겠다. 일단 막사로 돌아가자."

"예, 각하."

루자크는 말의 고삐를 당겼다.

"이랴!"

눈밭을 달리면서 루자크는 생각했다. 엘리샤가 아니었다면 자신은 이번 일로 큰 위기에 처했을지도 모른다.

라이몬드가 세상에 둘도 없는 미친놈이라는 것을 다시 한 번 상기시켜 주는 사건이었다. 엘노아 제국의 미래가 어두운 것 같아 어쩐지 그는 착잡해졌다.

17.
후작가의 사교 모임

카일리 후작가.

자줏빛 공단 카펫이 깔린 연회장에 들어선 엘리샤는 사뭇 느껴지는 무거운 분위기에 입꼬리를 더욱 고정하고, 허리를 꼿꼿이 세웠다.

그리고 나약해 보이지 않게 턱을 치켜들었다. 지위만 따지고 본다면 여기에서 그녀보다 높은 사람은 없었으니까.

물론 테본의 귀족들이 얼마나 텃세를 부릴지는 잘 모르겠으나, 미리 주눅 들거나 위축된 모습을 보여 봤자 좋은 건 없었다.

결혼식이나 오트쿠튀르에서 먼저 다가와서 인사를 해 주었던 귀부인이나, 영애들도 모두 보이지 않았다. 그저 도도하고 우아하기 짝이 없는 세련된 옷차림의 사람들만 보였다.

더욱이 엘리샤보다도 훨씬 나이 든 부인들도 많았다. 또래의 여인들을 많이 만날 거라 생각했는데, 그것도 아닌 모양이었다.

몇 번이나 눈을 씻고 찾아봤는데도 엘리샤는 아는 얼굴 하나 찾기 힘들었다. 이제야 테본의 사교계에 첫발을 내디딘 게 조금 실감이 나기도 했다.

'나는 정말 아는 사람 하나 없구나.'

엘리샤 빼고는 다들 아는 사이인지, 담소를 나누고 있었다. 그것도 말소리가 아주 들릴락 말락 할 정도로 작았다.

아를렌의 황성 연회 때는 어딜 가나 환영하면서 인사를 걸어오는 이들이 많았으니 화답만 해 주면 되었는데, 여기에서는 엘리샤가 먼저 나서서 인사를 하지 않는 이상 아무도 말을 걸지 않을 것 같았다.

'어쩐지 적응이 힘들 것 같아. 그래도 일단 앉아야겠지?'

인사할 사람 하나 없이 계속 이렇게 서성이는 것도 상당히 어색했으므로 엘리샤는 자리를 찾아서 앉기로 했다.

홀에는 여섯 개의 원형 테이블마다 다섯 사람씩 둘러앉을 수 있었다.

일단 아무도 없는 빈 테이블에 가서 엘리샤는 드레스 위에 입었던 가운이 벗겨지지 않게 조심하면서 앉았다. 엘리샤가 앉자 은은한 재스민 향기가 점차 연회장으로 퍼져 나갔다.

"어디선가 꽃향기가 나지 않아요?"

"글쎄요."

사람들의 중얼거림을 들은 엘리샤는 빙긋 웃었다.

'내 드레스에서 꽃향기가 나는 줄은 다들 꿈에도 모를 거야.'

자신이 만들었지만 이번 드레스는 성공적이었다. 특히 마지막 요정의 염료 덕분에 은은하게 눈길을 사로잡는 신비로운 드레스가 되었다. 또한 드레스 자락에 재스민 꽃들이 아주 살짝 움직였기에 착시처럼 보일 수도 있었다.

실제로 어제 콜린이나 리나도 엘리샤의 드레스를 보고는 '드레스의 꽃이 마치 살아 있는 느낌'이라고 표현했었다.

때마침, 누군가가 엘리샤에게 찾아와 인사를 걸었다. 고동빛이 도는 연갈색 머리카락에 선하고 검은 눈동자를 가진 카미엘 영애였다.

"공작 부인을 뵙습니다. 이곳에서 뵈니 더욱 새롭네요."

그 살가운 인사에 엘리샤의 긴장도 다소 풀어져 얼굴이 환해졌다. 엘리샤는 안나에게 속마음을 털어놓았다.

"아, 카미엘 영애. 생각보다 엄숙한 분위기라서 어찌할 바를 몰랐는데 덕분에 살았어요."

안나가 엘리샤의 귓가에 속삭였다.

"맞아요. 조금 그런 편이죠? 괜찮으시다면 잠깐 테라스에 다녀올까요?"

"좋아요."

왠지 단짝 친구라도 생긴 기분이었다. 또래 친구가 없었던 엘리샤는 기분 좋게 안나를 따라나섰다. 복도의 홀에서 대기를 하던 리나에게도 미소를 지어 주면서.

테라스로 들어서자마자 안나가 아주 자연스럽게 엘리샤의 팔짱을 꼈다.

"확실히 안쪽보다 여기 공기가 훨씬 좋죠?"

"하하, 그러게요. 사실 오늘이 처음이라 아무것도 몰라요."

"저도 대모님, 아니 카일리 후작 부인께서 모임에 새로운 일원을 초청하는 것은 제가 들어온 이후로 처음 봤어요. 아주 고지식한 분이시거든요."

평소보다도 더욱 바싹 다가와서 친근하게 말을 던지는 안나의 모습에 엘리샤는 고개를 갸웃거리면서도 좋았다.

"그렇군요. 카미엘 영애는 후작 부인과 무척 가까워 보이던걸요. 많이 가르쳐 주세요."

"물론이에요."

안나가 생긋 웃으면서 엘리샤에게서 멀찍이 떨어졌다.

"가운 안에 어떤 드레스를 입고 계신지 궁금하네요. 카일리 후작 부인께서 좋아하실 만한 드레스라도 숨겨 놓으셨나요?"

"후작 부인께서 좋아하실 만한 드레스라니, 저는 짐작도 안 가는걸요?"

엘리샤는 그리 말하면서 속으로 은근한 미소를 지었다. 역시 리나에게 물어보기를 잘한 듯싶었다. 카일리 후작 부인이 좋아하셨으면 좋겠는데…….

"그런데 이 모임에는 우리 또래가 별로 없어 보여요."

엘리샤의 지적에 안나가 크게 끄덕였다.

"맞아요. 이곳은 숙녀 중의 숙녀들만 모이는 격식 있고 우아한 모임이지만 따분한 점도 조금 있어요. 제 사교 모임과는 아주 아주 달라요. 다음에는 우리 모임에도 와 주세요. 아주 재미있을 거랍니다. 그곳에는 연령도, 성별도, 신분도 제한을 두지 않았거든요. 그야말로 진짜 사교 모임이에요. 온갖 재미난 소식을 들을 수도, 진짜 인연을 찾을 수도 있어요."

안나의 이야기에 엘리샤가 귀를 쫑긋 세웠다.

"이야기만 들어도 재미있겠어요."

"그럼요. 우린 아직 젊잖아요? 일단은 안으로 다시 들어가요. 카일리 후작 부인께서 곧 나오실 듯하니까요."

안나는 엘리샤의 손을 꼭 잡고는 가자고 재촉했다. 얌전하고 수더분한 인상인 줄로만 알았는데, 발랄한 면도 있었다.

안나의 안내 덕에 엘리샤는 맨 앞 테이블로 자리를 옮겼다. 신분이나 나이가 높은 순서대로 앉아야 한다는 규칙 때문이었다.

엘리샤와 같은 테이블에는 쉰 살이 넘어 보이는 귀부인이 두 명 앉아 있었다.

"처음 뵙겠습니다. 펜블렌 공작 부인입니다."

"어서 오세요."

가능한 밝고 생글거리는 낯으로 인사를 하자, 부인들이 마지못해 고개를 숙였다. 예를 표하긴 했지만 진심으로 반가워하는 표정들이 아니라서 엘리샤는 미소를 계속 유지할 수가 없었다.

그녀가 자신이 누구인지 밝혔음에도 그들은 제 신분을 밝히지도, 친절한 소개를 덧붙이지도 않았다. 엘리샤를 놔둔 채 두 사람끼리 속닥거릴 뿐이었다.

사뭇 거리감이 느껴졌지만 엘리샤는 먼저 손을 내밀기로 했다.

"카일리 후작 부인의 모임이 처음이라서 많이 떨리네요. 소개를 부탁드려요."

"우리는 촌스럽게 직접 소개하지 않아요."

"카일리 후작 부인께 아무런 말씀도 전해 듣지 못하셨나요?"

부인들의 냉담한 말에 엘리샤는 그만 낯이 뜨거워졌다. 차라리 가만히나 있을걸. 뭔가 이곳은 사교 모임이라기보다는 마치 기숙사 학교나 예배당처럼 엄숙하고 무거운 분위기였다. 그런 점이 엘리샤의 어깨를 더욱 짓누르는 것 같았다.

멀리서 엘리샤를 향해 미소를 지어 보이던 안나는 다른 부인들과 뒤섞여 즐겁게 담소를 나누고 있었다. 어딜 가든 조화롭게 잘 지내는 그녀의 성격이 부러워질 무렵이었다.

이윽고 모든 테이블에 자리가 찼고, 카일리 후작 부인이 등장했다.

모든 부인들이 자리에서 일어서서 박수를 쳤다. 피아노 선율이 흐르자 고고하게 등장한 후작 부인은 여느 때보다 기품 있고 아름다웠다. 마치 후광이 뒤에 비치는 것처럼 은발이 찬란했다.

'근사하다.'

일흔이 가까운 나이에도 저렇게 멋진 모습을 유지할 수 있다니 존경심이 솟았다.

"존경하는 레이디 여러분. 모임에 앞서 자리를 빛내 준 모두에게 애정을 표합니다. 다들 눈이 부시도록 아름다운 모습이군요. 오늘도 우리 모임에서 부디 즐거운 시간 보내기를 빌어요. 먼저 차부터 마실까요?"

후작 부인이 손짓하자, 정갈한 메이드복을 차려입은 시녀들이 차 트레이를 가져왔다. 차를 들자, 엘리샤는 정신이 맑아지는 것 같았다.

엘리샤는 자그만 은종을 흔들어 바깥 복도에서 대기하고 있는 리나를 불렀다. 모임에 참석할 때는 후작가의 시녀에게 시중을 받는 것이 원칙이었지만 차 선물이 생각난 터였다.

"네, 마님. 부르셨어요? 아직 어색하시지요?"

"살짝 그렇긴 하지만 괜찮아요. 리나, 어제 랜디어스 경이 골라 준 차를 지금 선물하면 좋을 것 같아요."

"아. 그러실 줄 알고 여기 가져왔답니다."

"고마워요."

"마님, 그럼 이따 뵈어요."

엘리샤는 리나가 건네준 핑거루트 차가 담긴 상자를 들고 일어섰다.

카일리 후작 부인은 따로 마련된 작은 이인용 테이블에 앉아서 다른 귀부인과 잠시 담소를 나누고 있었다.

엘리샤가 다가섰다.

"카일리 후작 부인, 잠시 실례해도 될까요?"

"아, 물론이죠. 별 이야기 아니었어요. 다음에 또 이야기해요, 거스루스 부인."

자리에서 일어선 다른 부인에게 눈짓을 한 카일리 후작 부인이 엘리샤를 향해 손짓했다.

"앉으세요, 공작 부인."

"네."

카일리 후작 부인과 이렇게 마주 앉으니 더욱 어색했지만, 엘리샤는 사뭇 밝은 얼굴을 유지하면서 말했다.

"차를 즐기신다는 이야기를 들어서 작은 선물을 가져와 봤어요. 마음에 드실지 모르겠네요."

엘리샤는 테이블 위에 가져온 상자를 올려놓았다.

"오, 이건 무엇인가요?"

"핑거루트라고, 저도 본성의 집사 덕분에 처음 맛보게 된 차예요."

'핑거루트'라는 단어를 들은 카일리 후작 부인의 눈이 동그랗게 떠졌다.

"핑거루트라고요? 세상에⋯⋯."

후작 부인이 웃으면서 머리를 감싸자, 엘리샤는 무슨 일인가 싶어서 의아했다.

"왜 그러시는 건가요?"

"꼭 구하고 싶었던 차였어요. 저는 쌉쌀한 맛이 나는 차를 좋아한답니다. 리마 공국의 왕족이 마신다는 건강 차가 아니던가요."

"아, 맞아요. 그런 이야기를 전해 들었어요."

"본성의 집사가 직접 구해 온 것이라니 차 취향이 몹시 좋군요. 귀한 차는 잘 알아보기 힘든 법인데⋯⋯."

"부인께 마음에 드는 선물을 한 것 같아서 저도 기분이 좋네요. 그에게도 상을 내려야겠어요."

"네, 뜻깊은 선물 고맙군요. 오늘 모임도 모쪼록 즐거이 보내시길 바라요."

"그럴게요."

엘리샤가 자리로 돌아가자, 지금껏 관심도 없던 테이블의 귀부인들이 엘리샤에게로 시선을 주었다. 어쩐지 대놓고 관심을 표하는 시선인지라, 모른 척하기 힘들었다.

"카일리 후작 부인과 친근한 사이셨나요? 참, 전 윌리엄 백작 부인이랍니다."

"친근하다기보다는 이제 알아 가는 사이랄까요."

엘리샤가 마지못해 대답했다.

"그렇군요. 이 모임에는 보통 추천제로 들어오는 사람들이 많은데, 카일리 후작 부인께서 직접 데려오시는 경우는 매우 드물어서 말이지요."

요는, 그래서 지금 엘리샤에게 관심을 보이고 있다는 뜻이었다. 그러기 전에는 관심 한 톨 보이지 않았으면서.

이곳, 테본의 사교계에서는 펜블렌 공작가의 명성보다도 카일리 후작가의 명성이 한 수 위인 모양이었다.

하기야 그동안 아무런 교류가 없었는데, 어느 날 공작 부인이라고 새파랗게 어린 여자애가 우뚝 나타났으니 어쩌면 당연한 것일지도 몰랐다.

'이제부터 이 모임에 자주 나와서 사교계의 입지도 닦아 놓는 게 좋겠어.'

티타임이 끝났을 무렵이었다.

카일리 후작 부인이 둥그렇게 배열된 테이블의 가운데로 오더니, 엘리샤를 바라보면서 말했다.

"눈치챈 분들도 계시겠지만, 오늘은 우리 사교 모임에 새로 오신 부인이 계신답니다. 그래서 부인들을 한 분 한 분 소개하는 시간을 가지려고 해요."

카일리 후작 부인이 테이블을 직접 돌면서 한 사람씩 소개를 해 주었다. 이를 테면 이런 식이었다.

"윌리엄 백작 부인께서는 가발에 일가견이 있는 분이시지요. 내 평생 그녀처럼 많은 가발을 가진 사람을 본 적이 없어요."

그러고 보니 지금도 굽슬굽슬한 올림머리가 비정상적으로 높은 걸 보니, 가발인 듯싶었다.

순서가 한참 지나 안나의 이름이 들려오자 환호성 비슷한 것이 들렸다. 어딜 가나 안나의 인기는 대단한 것 같았다.

"카미엘 영애는 우리 모임의 차기 유망주지요? 패션 센스나 옷 만드는 재주도 아주 좋을뿐더러, 잘 소화하기도 하는 미인이죠."

안나가 수줍게 인사하자, 사람들의 박수 소리가 들렸다. 엘리샤도 왠지 그녀가 자랑스러워 함께 박수를 쳤다.

모든 사람이 다 소개된 후, 카일리 후작 부인이 다시금 엘리샤가 있는 테이블로 걸어왔다.

"우리가 늘 꿈꿔 오던 분이 드디어 현실에 나타났군요. 펜블렌 공작 부인. 자리에서 일어나 주시겠어요?"

"아, 네."

엘리샤는 일어나면서 가운을 벗었다. 지금이야말로 드레스를 보여 줄 시간인 것 같았다. 동시에 사람들의 시선이 드레스로 온통 쏠렸다.

향기로운 재스민 향기는 차 향기보다도 더욱 널리 퍼졌다. 눈을 뗄 수 없을 만치 고운 드레스에 재스민이 여러 송이 피어 있는 것도 보였다.

카일리 후작 부인마저도 눈을 현혹시키는 단아한 드레스에 반해 잠시 말을 잇지 못하는 듯싶었다.

엘리샤는 미소를 지었다.

"그렇게 아름다운 드레스라서 감추고 있었군요? 재스민 꽃인가요? 어디에서도 보지 못한 드레스에요."

단아하면서도, 화려하고, 소박하면서도 기품 있게 느껴졌다.

살짝 움직이면 팽그르르 펼쳐지는 치맛단. 살아 움직이듯이 미묘하게 드레스가 흔들릴 때마다 착시 효과가 느껴져 보는 사람의 시선을 뗄 수 없게 만들었다.

"네, 재스민 꽃이 맞아요."

"맙소사. 공작 부인께서는 오늘 내 마음을 두 번 흔드는군요. 핑거루트에 이어서, 이렇게 황홀한 재스민 꽃 드레스라니."

다소 흥분한 것 같은 카일리 후작 부인이 빠르게 말했다. 그녀의 온몸은 엘리샤의 드레스를 향해 있었고, 물론 이 자리에 있는 사람 모두 그러했다.

멀리서 지켜보던 리나도 왠지 뿌듯함을 느꼈다. 그리고 가장 기쁜 마음인 건 다름 아닌 엘리샤였다.

"관심을 가져 주셔서 감사합니다, 부인. 모임에 참석하기 위해서 직접 드레스를 제작했는데, 좋게 봐 주시니 더욱 기뻐요."

"하아, 이 드레스도 직접 제작했다는 말인가요? 제가 초청을 드린 것은 며칠 되지도 않았는데……?"

"제가 손이 조금 빠른 편이에요. 물론 밤을 새워 가면서 만들었답니다."

뒷말은 약간의 거짓말을 보탠 것이었지만 엘리샤는 살짝 부끄러운 듯이 어깨를 으쓱했다.

"최근 보았던 드레스 중 가장 충격적이군요. 이례적인 일이지만, 공작 부인의 드레스에 감탄하며 이것을 드리지요. 제 애정의 표시랍니다. 앞으로도 멋진 드레스를 보여 주세요."

"네에, 감사합니다. 부인."

엘리샤의 손에는 손수건 세 장이 고이 포개졌다. 손수건에는 카일리 후작 부인의 이니셜 'C'가 새겨져 있었다.

"손수건 세 장을 하루 만에 획득한 레이디는 우리 모임 사상 처음이군요. 그것도 채 한 시간도 지나지 않아서 말이죠."

"그런가요?"

손수건이 의미하는 바가 무엇인지 모르는 엘리샤는 어리둥절한 표정이었지만 모두가 엘리샤를 주목하고, 혹은 시샘을 하고 있었다.

소개 시간이 끝나자, 엘리샤는 안나에게 다가가서 슬쩍 물었다.

"안나. 대체 이 손수건이 무얼 뜻하는 거죠?"

겉보기에 부드러워 보이는 것 빼고는 평범한 손수건인 것 같았다.

"그건 후작 부인께서 직접 만드신 손수건이에요. 마음에 드는 레이디나 훌륭한 레이디에게 한 장씩 선물하고 계시죠. 이를 테면, 훈장 같은 거예요. 손수건은 곧 사교에서의 힘이죠. 그만큼 카일리 후작 부인의 마음을 여러 번 사로잡았다는 뜻이니까요."

"그렇군요. 그럼 그 손수건을 가장 많이 얻은 레이디는 누구인가요?"

"글쎄요."

엘리샤의 질문에 안나가 의미심장한 미소를 생글 지어 보일 뿐이었다.

안나와의 대화를 마친 엘리샤가 연회장으로 들어서자 장내는 잔뜩 소란스러웠다. 아까의 그 경건하고 고요하던 분위기와는 달리, 사람들의 얼굴에는 사뭇 진지함과 곤란함이 들어찼다.

"어쩜 좋아요. 전 이번에는 자신 없는데……."

걱정스럽게 중얼거리는 소리들도 들려왔다. 특히 테이블에 앉은 한 사람의 드레스를 모두가 집중적으로 바라보기도 하고, 매무새를 만져 주기도 했다.

엘리샤는 앞장서서 가던 안나를 따라가면서 물었다.

"뭔가를 하려나 봐요."

안나는 잘 알고 있다는 듯 대답했다.

"맞아요. 이 모임에서 제가 가장 좋아하는 순서네요. 몇 달 동안 기다렸어요. 공작 부인께서도 좋아하실 거예요."

"대체 뭘 하는데요?"

엘리샤는 눈을 동그랗게 뜬 채 주변을 두리번거렸다.

"드레스 품평회요. 테이블마다 옷차림이 가장 멋진 사람을 대표로 뽑을 거예요. 그리고……."

"카미엘 영애! 카미엘 영애!"

안나가 말을 이으려 하자, 두 명의 부인이 안나의 이름을 부르면서 다가왔다.

"대체 어디 갔었어요? 빨리 준비를 해야죠! 우리 테이블에는 믿을 사람이 카미엘 영애밖에 없다고요. 자, 어서 가요!"

"이런, 가야겠어요. 나중에 뵈어요, 공작 부인."

"아, 그래요. 가 보세요."

안나를 데리러 온 부인들은 서둘러 그녀를 데려가서는 미리 준비해 온 보석을 걸쳐 주거나 장신구를 보여 주는 등 분주했다.

그녀의 테이블에 앉은 사람들뿐 아니라, 옆과 앞, 뒤 테이블 사람들 모두 안나를 주목하고 있었다. 안나는 그들 중 가장 젊고 아름답기도 했다. 그녀는 순식간에 사람들에게 둘러싸여 있었다.

"역시 승자는 카미엘 영애겠죠?"

엘리샤의 귀에 종종 그런 이야기가 들려왔다.

'카미엘 영애는 재주도 많고, 인기가 많구나. 역시 그녀가 손수건을 가장 많이 얻은 사람일까?'

엘리샤가 테이블로 돌아오자 노부인들은 다소 샐쭉한 얼굴들로 앉아 있었다. 엘리샤는 자리에 앉으며 말했다.

"다음 순서가 진행되는지도 모르고 자리를 비웠네요. 우리 테이블은 누가 대표로 나가야 할까요?"

그러자 노부인들은 서로의 얼굴들만을 빠끔히 바라보았다. 엘리샤의 눈에 그들이 테본식의 유행을 따른 어둡고 무거운 색상의 드레스를 입고 있는 것이 들어왔다.

"글쎄요. 그나마 우리들 중 가장 젊은 사람이 나가는 게 좋겠어요."

"내 생각도 그러해요. 공작 부인께서 입으신 드레스가 무척 눈길을 끄는데 나가 보시는 게 어때요? 아까 카일리 후작 부인의 칭찬도 받았잖아요."

노부인들은 마치 뭔가를 떠넘기려 하는 것처럼 엘리샤에게 대표로 나가라고 권했다.

"아, 제가 말인가요? 하지만 이 드레스는 아까 이미 공개를 했는걸요."

엘리샤의 말에 윌리엄 부인이 말했다.

"무려 손수건 세 장을 획득하셨잖아요. 그 드레스로도 충분할 거예요. 드레스와 어울리는 장신구를 착용하면 한결 근사해질지도 몰라요. 드레스를 직접 제작하셨으니 만든 소감만 잘 이야기해도 중간은 가겠지요."

"그럴까요? 잘은 모르지만 경험해 봐도 재밌을 것 같네요. 좋아요."

엘리샤가 고개를 끄덕이며 답했다. 어차피 카일리 후작 부인의 눈에 잘 들기 위해서 온 거니 가만히 있는 것보다는 앞에 나서는 것이 유리할 터였다.

그러나 윌리엄 부인을 제외한 나머지 부인들의 낯빛은 그리 밝지는 않았다.

"부디 잘하셔야 해요. 우리들 몫의 손수건도 달려 있으니까."

"이것도 손수건과 연관이 있나요?"

"그래요. 드레스 품평회 본선에서 일 등은 손수건 다섯 장을, 이등은 세 장을, 삼 등은 한 장을 얻어요."

"그렇군요."

엘리샤는 이해했다는 듯 고개를 끄덕였다.

"여기서부터가 중요해요. 삼 등까지는 손수건을 얻지만, 사 등부터는 반대로 손수건을 잃어요. 사 등은 한 장, 오 등은 세 장, 꼴등은 다섯 장을 잃게 되죠. 본인의 손수건뿐 아니라 이 테이블 모두의 손수건을 말이에요."

"……제 손수건만이 아니라, 모두의 손수건이라고요?"

순간 엘리샤는 머리가 새하얘지는 것 같았다.

"그래요. 모두의 운명이 공작 부인께 달려 있는 셈이에요!"

"아, 그런. 그럼 너무 부담스러운데요. 저는 처음인데……."

"아까의 활약도 있었으니 너무 부담 갖지 말아요. 그리고 보니 공작 부인께서는 꼴등은 절대로 하면 안 되겠군요."

"네, 여러분들의 손수건을 잃지 않도록 노력할게요."

"아니, 우리 말고요. 우리는 손수건이 다섯 장 이상이라 괜찮은데, 공작 부인은 지금 세 장뿐이잖아요? 그럼 꼴등을 하게 되면, 다섯 장을 잃게 되지요. 꼴등을 해도 손수건이 한 장 이상이려면 여기에서 손수건 세 장은 무조건 더 구해야 해요."

그 말을 듣던 엘리샤가 말했다.

"즉, 여섯 장은 들고 있어야 된다는 거군요. 그런데 손수건은 어떻게 구한단 말이에요?"

"저기, 손수건 상인을 하는 시아라 영애에게 말이지요."

부인이 가리키는 곳에는 한 영애가 있었다. 그동안 왜 알아채지 못했을까 싶을 정도로 가녀린 영애였다. 스무 살을 갓 넘긴 것처럼 보이는 그녀는 무척이나 마르고 여려서 병약해 보였다.

더욱이 거의 백발에 가까운 머리카락을 지니고 있어 더 그런 것 같았다. 그렇게 튀는 외모에도 불구하고 그녀는 정말 존재감이 없었다.

"……으음, 손수건을 사려면 거래를 하면 된다, 이거로군요?"

"그래요. 손수건이 하나도 없는 상태면 이 모임에서는 자동으로 퇴출당해요."

"맙소사, 그런 법이 어디 있죠? 게다가 저는 이 모임이 처음인데……."

게다가 후작 부인 또한 그런 설명은 일절 안 해 주었었다. 친절한 듯하면서도 불친절한 모임이구나.

"너무 걱정 말아요. 처음 온 신입에게는 손수건을 싼값에 주기도 한대요."

윌리엄 부인이 소곤거렸다.

엘리샤는 자신이 아무래도 이상한 세계에 발을 디딘 게 아닌가 싶었다.

자신의 앞에 놓인 미색 손수건 세 장. 이 평범한 손수건이 그렇게 중요한 물건이라니…….

'만약을 위해서 손수건을 세 장 사 두어야 할까? 리나가 말했던 사교 모임의 비밀이라던 게 이런 거였나?'

"음…… 잠시만 복도에 다녀오겠어요."

"그러도록 해요."

복도로 나온 엘리샤는 자신을 기다리고 있는 리나를 찾았다.

"리나, 큰일 났어요."

엘리샤는 손수건에 대해서 설명했다.

"……오, 이런. 죄송해요. 마님, 저 역시 손수건에 대한 이야기는 듣지 못했어요……. 말씀드렸다시피 모임에 대해서는 다들 말을 아끼더라고요. 흑, 저의 능력 부족을 용서하세요."

"아니에요. 그런데 너무 웃기잖아요. 고작 손수건 하나가 이 모임에서 사람들을 쥐락펴락하는 게……."

"그러게 말이에요. 마님, 혹시 모르시니 손수건 상인에게 세 장 사 두도록 하세요."

"음, 아직 사야 할 필요성이 있는지는 모르겠어요. 이 이상한 규칙은 정말 이해가 안 가지만, 일단은 살펴보고 올게요."

엘리샤는 손수건 상인이라 불리는 시아라 영애에게로 다가갔다. 그녀는 무미건조한 얼굴로 자리에 앉아 있었다.

"안녕하세요. 시아라 영애 맞으시죠?"

"……."

그러자 대답 대신 힐끔 시선이 돌아왔다. 엘리샤는 깜짝 놀랐다. 속눈썹과 눈동자까지 새하얀 사람을 처음 본 터였다.

"전 알비노예요."

바스락거리는 목소리로 시아라 영애가 대답했다.

"아, 그렇군요. 제 시선이 무례했다면 용서하세요."

그러나 시아라 영애는 신경 쓰지 않는다는 투로 말했다.

"용건은?"

"일단은 밖으로 나가서 이야기해요."

엘리샤는 시아라 영애와 함께 테라스로 향했다. 그 모습을 멀리서 안나가 힐끔 바라보았다.

"거래를 하러 왔어요."

시아라 영애는 당연하다는 듯 고개를 한 번 끄덕였다. 물론 엘리샤는 진짜 거래할 생각은 아니었다. 일단은 어떤 식으로 거래를 하는지가 궁금했다.

"손수건 세 장을 사면 얼마죠?"

"당신의 치명적인 비밀 세 가지와 삼십만 골드."

삼십만 골드라는 가격만 들어도 손이 떨릴 만큼 비싼데 추가로 치명적인 비밀이라니, 난감한 조건이었다.

"네? 그냥 돈으로는 안 될까요?"

"안 돼요."

"그럼 보석은요?"

엘리샤가 급하게 귀에 차고 있던 귀걸이를 끌러 보여 주었다. 영롱하고 커다란 진주라 값이 꽤나 나가는 상등품이었다.

"안 돼요."

시아라 영애는 건조하게 대답했다.

"……비밀이라니, 그게 지켜진다는 보장은 있나요?"

엘리샤는 의심스러운 눈빛으로 그녀에게 말했다.

"손수건을 내게 다시 팔면, 비밀은 지켜 줄게요."

"뭐라고요?"

"세 장을 사 가고, 다시 세 장을 나에게 팔면 비밀은 지켜져요. 아주 간단하죠."

"아, 뭐 그런 규칙이 있는 거죠?"

엘리샤는 눈앞의 이 여자가 잠시 사기꾼이 아닌가 싶었다.

"거래 없던 걸로 할까요?"

"으음……."

엘리샤는 고민하는 척을 했다. 그러면 흥정이 들어올 줄 알았건만 시아라 영애는 그저 가만히 눈을 내리깔았다.

'안 통하는구나.'

"네, 미안해요. 좀 더 신중하게 생각해 보고 나중에 다시 올게요."

"거래 결렬되었어요."

그 말만을 남기고 시아라 영애는 휙 스쳐 지나갔다. 그녀는 마치 바람처럼 빨랐다.

시아라 영애의 뒷모습을 보던 엘리샤는 손수건이 가장 많은 사람이 누구인지 알 것 같았다. 이렇듯, 비밀을 내어놓은 후, 손수건을 사 놓고 다시 회수해 가지 못한 사람이 패 될 것이다.

'어쩌면 이런 식으로 사람들의 손수건을 잔뜩 모아 둔 걸지도 몰라.'

그나저나 이 모임…… 처음 온 사람은 손수건을 미리 사 두지 않는다면 곧바로 퇴출당할 수도 있는 구조다.

그렇다면 여기 남은 사람들은 그걸 전부 이겨 내고 남은 사람들이라는 건가?

엘리샤는 왠지 머리가 복잡했다.

"이제 각 테이블마다 대표가 정해졌으면 저기 있는 시녀장에게 참가의 의미로 이름을 적어 주세요. 이번에는 더욱 재미있는 드레스 품평회가 될 것 같군요."

카일리 후작 부인의 이야기는 계속되었다.

"오늘 처음 오신 분도 있으니, 다시 설명을 드리지요. 우리 모임의 오랜 전통인 드레스 품평회는 손수건이 걸려 있답니다. 멋진 의상과 스타일을 선보인 사람을 일 등에서 삼 등까지 뽑아서 해당 테이블 전원에게 손수건을 다섯 장, 세 장, 한 장씩 드릴 거예요. 반대로 뽑히지 못하면 해당 테이블 전원의 손수건을 사 등부터 한 장, 세 장, 다섯 장씩 회수하도록 할 것이니 긴장하도록 하세요. 자, 각 테이블마다 대표가 정해졌으면 나와서 이름을 적어 주세요."

후작 부인의 말이 떨어지기가 무섭게 네 사람이 이름을 적으러 갔다.

아직 나가지 않은 사람은 엘리샤와 가장 구석에 있는 테이블뿐이었다. 이윽고 옆 테이블도 대표를 정했는지, 한 사람이 일어섰다. 바로 시아라 영애였다.

시아라 영애가 나서는 것을 처음 보았다는 수군거림이 들려오기도 했다.

엘리샤가 쉬이 움직이지를 않자, 윌리엄 부인이 채근했다.

"공작 부인, 설마 포기하실 건가요?"

"아뇨. 지금 나가요."

엘리샤가 자리에서 일어섰다. 그러고는 대표로 나온 사람들이 이름을 적고 있는 곳 맨 끝에 가서 줄을 섰다.

엘리샤 드 펜블렌, 이라는 서명을 남겼다. 긴장해서 손바닥에 땀이 나는 듯했다.

대표자들이 모두 자리로 돌아가자, 카일리 후작 부인이 진행을 계속했다.

"이번 드레스 품평회는 더욱 공정한 기회를 주기 위해서 예선과 본선 두 번에 걸쳐 진행을 하려고 해요. 매번 우승자가 정해져 있었으니까요."

사람들이 일시에 안나의 얼굴을 바라보았다. 안나는 그 시선이 익숙한 듯 자신감 넘치는 모습이었다. 게다가 그녀의 앞에는 여분의 드레스가 놓여 있었다.

'승리를 위해서 정말 많이 준비해 왔구나. 나도 하는 데까지 해 보겠어.'

엘리샤는 담담한 눈빛으로 그리 마음을 다잡았다.

"따라서 이번 예선에서는 여러분 모두에게 손수건 한 장씩을 드릴 겁니다. 예선에서 탈락한 테이블은, 이 한 장을 다시 회수

합니다."

후작 부인의 말이 떨어지기가 무섭게 시녀들이 테이블을 돌면서 손수건을 추가로 한 장씩 나누어 주었다.

"어머, 이번 드레스 품평회는 난이도가 더 높은 것 아닐까요?"

엘리샤는 속으로 다행이다 싶었다. 한 장을 더 얻었으니, 이제 네 장이었다.

예선 통과 후, 본선에 진출해서 삼 등을 하면 총 다섯 장이 된다. 괜찮은 출발이었다.

카일리 후작 부인은 이어서 설명을 계속했다.

"예선은 오늘이지만 본선은 이 주의 여유를 준 뒤 하겠어요. 이례적으로 이번 달에 또 모임이 있겠군요."

그러자 부인들은 탄식에 가까운 소리를 흘렸다. 드레스 맞출 시간이 없다는 불만이 들려오기도 했다.

"자자, 투정들은 그쯤하고 지금부터 두 시간의 여유를 추가로 드릴 테니, 단장을 마치도록 하세요. 지금은 시녀들을 데려오거나 연회장 밖으로 나갔다 오셔도 좋습니다."

딸랑딸랑.

후작 부인의 말이 떨어지자, 실버 벨이 동시에 울렸다. 모두 밖에서 대기하고 있던 시녀들을 저마다 불러들였다. 추가로 드레스를 가져오기도 하고, 신발이나 모자 같은 잡화를 챙겨 오기도 했다.

연회장 밖으로 나가는 사람은 거의 없었다. 하긴 두 시간의 여유 동안 할 수 있는 것은 극히 제한적이었다.

엘리샤와 마주 앉은 부인이 시녀를 불러 루비 브로치를 내밀었다.

"펜블렌 공작 부인, 이 루비 브로치는 내가 아끼던 것인데 달아 보시는 게 어때요?"

그러나 엘리샤는 고개를 저었다.

"음. 아니에요. 괜찮아요."

그녀가 입은 깨끗하고 순결한 이미지의 드레스와 루비는 어울리지 않았을뿐더러 엘리샤와도 어울리지 않았다.

손거울을 들여다본 엘리샤가 말했다.

"저는 잠시 연회장 밖으로 외출을 다녀올게요."

그러자 테이블의 모두가 깜짝 놀란 표정이었다.

"지금 어디를 가시려고요? 시간이 많지 않아요. 남은 시간 동안 단장만 해도 모자를 텐데!"

"잠시 다녀올 곳이 있어서요. 걱정 마세요."

공작 부인의 돌발 행동에 남은 부인들은 불안한 표정을 지었다.

엘리샤는 밖에 대기하고 있던 리나에게로 가서 말했다.

"마차에 가서 챙길 물건이 있어서 다녀올게요."

"챙길 물건이요?"

엘리샤는 한쪽 눈을 찡긋했다.

"네, 이대로 드레스 품평회에 나갈 수는 없으니까요."

"어쩌시려고요, 마님?"

"내게 생각이 다 있어요."

마차 가방 안에 숨겨 온 테일러 키트.

그러나 아무리 테일러 키트라도 지금 드레스를 새로 제작할 시간은 충분하지 않았다.

리나와 함께 마차로 이동한 엘리샤가 말했다.

"잠깐만 기다려 주세요."

"알겠습니다, 마님."

엘리샤의 자신만만한 태도에 리나는 영문을 모르겠다는 눈치였다.

'혹시 무언가 준비라도 해 오신 걸까?'

달그락.

마차 안으로 들어온 엘리샤는 가방 안에 숨겨 온 테일러 키트를 꺼냈다.

손이 닿자마자 덜그럭거리는 도구들에게 엘리샤가 쉿, 하고 주의를 주었다. 그러나 먹힐 리 없었다.

결국 도구함을 열자마자, 쏟아져 나오고 말았다. 더욱이 재봉 가위가 쿵, 하고 천정을 찍어 버린 바람에 큰 소리가 났다.

"앗!"

밖에서 놀란 리나가 물었다.

"마님? 괜찮으신가요?"

"아, 괘, 괜찮아요! 리나. 머리를 살짝 박았어요."

비좁은 마차 안을 이리저리 떠돌아다니려는 도구들은 사방을 박고 다녔다.

"……안 돼."

엘리샤가 속삭였지만 그들은 오늘따라 말을 듣지 않았다.

"……미치겠다."

바닥에 낙서를 하던 초크를 붙잡은 엘리샤는 드레스를 수정할 옷본을 다시 떠올렸다. 이 재스민 드레스에서 소매 부분과 드레스 헴라인에 추가할 레이스 장식을 추가하고는, 옷본의 이름을 재스민 드레스 흰색에서 보라색으로 색상을 변경했다.

드레스를 새로 만들 시간이 없으니, 약간의 수정만 가하려는 것이었다.

'어쩔 수 없어. 이게 최선이야.'

"정신 차리자, 엘리샤! 지금부터가 진짜야."

제 뺨을 톡톡 두드린 엘리샤는 그렇게 중얼거렸다.

"그려 줘, 초크."

명령이 떨어지자 기다렸다는 듯 종이를 소환한 초크가 허공 위에서 드레스의 일부분만 그려진 옷본을 완성했다.

엘리샤의 머리 위로 초크의 가루가 날렸다.

"콜록!"

엘리샤는 엉덩이로 누르고 있던 가위를 꺼내 들고, 도구들 중 가장 얌전한 마법 옷감을 펼쳤다. 보라색 레이스로 변한 원단을 재봉 가위가 갈랐다.

잘린 원단을 한 손에 들고는 엘리샤가 눈동자를 굴렸다.

"잠깐, 바늘이 어디 갔지?"

산 넘어 산이었다. 한참 동안 바늘을 찾아 헤매던 엘리샤의 시선이 한 곳에서 멈췄다.

"앗!"

언제 거기로 갔는지 건너편 좌석에 바늘이 꽂혀 있었다. 못 보고 앉았다가는 엉덩이에 구멍이 날 뻔했다.

엘리샤는 바늘을 붙잡아 뺐다. 세게 당긴 탓에 금빛 바늘이 조금 휘어져 있었다.

엘리샤는 드레스의 보디스 부분만을 벗고는 바늘과 실에게 명령했다.

"꿰매 줘!"

처음에는 좀 헤매는가 싶더니, 다행히도 바늘은 차근차근 소매에 레이스를 꿰맸다. 왼쪽과 오른쪽 모두 앙가장트식 소매로 완성이 되었다.

다음은 드레스의 밑단 차례였다. 밑단은 풍성하게 레이스를 다는 것이 엘리샤의 계획이었다. 다만 마차 안이 너무 비좁아서 다소 우스꽝스러운 자세를 해야 했다. 두 다리를 들고는, 실과 바늘이 자유자재로 움직일 수 있도록 드레스가 살짝 들리게 만들었다.

이윽고 드레스 밑단에도 소매와 같은 보라색 레이스가 한 땀 한 땀 달렸다.

엘리샤는 그동안 뺨에 맺힌 땀을 손등으로 슥 닦아 냈다.

'이제 마지막 단계야.'

한 번씩 몸을 풀어서인지 도구들은 한결 얌전해졌다. 엘리샤는 그 틈을 타서 도구함 가장 깊은 곳에 들어 있는 요정의 염료를 손으로 집었다. 이제는 이 아이들을 다시 도구함으로 집어넣는 일만이 남았다.

"끄응."

녀석들을 붙잡아 도구함에 가둔 엘리샤는 한숨을 쉬었다.

추운 날씨에도 불구하고 도구들과 씨름했더니 얼굴뿐만 아니라, 등에도 땀이 흐른 것 같았다. 머리도 잔뜩 헝클어진 채라 정신이 하나도 없었다.

그때 밖에서 목소리가 들려왔다. 시간이 한참 흐른 것이 분명했다.

"마님, 혹시 제가 도와드릴 일이 있으면 말씀하세요. 약속했던 시간이 거의 다 되어 가고 있어요."

"버, 벌써 시간이 그렇게 되었나요? 조금만 더 기다려 주세요, 리나."

그렇게 답을 한 엘리샤는 얼른 요정의 염료 뚜껑을 열었다.

퐁!

드레스를 다른 색으로 바꾸기만 해도 옷을 갈아입은 효과를 줄 수 있을 거라는 엘리샤의 계산이었다.

재스민 꽃이 피어난 효과는 우연히 좋은 결과를 얻었지만, 이번에도 그럴지 사실 확신은 없었다. 이번에는 어떻게 염색이 될지 그야말로 운에 맡겨야 했다.

재스민 꽃에도 보라색이 있으니 일부러 보라색 레이스를 사용한 것인데 가능할지는 모르겠다.

사실 지금 드레스를 전체적으로 보면 흰색 바탕에 보라색 레이스 원단이 달려서 특이하기는 했지만 조화롭지 않은 모습이었다. 드레스를 새로 만들 시간이 없어서 차선책으로 일부분만 수정했던 터였다. 차라리 그냥, 하얀색으로 통일해서 만들 걸 그랬나?

약간 후회가 되긴 했다.

엘리샤는 예쁜 드레스의 완성을 빌면서 염료를 드레스에 떨어뜨렸다. 오로라색 투명한 액체 한 방울이 드레스에 톡, 하고 닿았다.

두근두근.

스촤아아!

일순 마차 안을 가득 메우는 은은한 빛.

엘리샤는 드레스를 살폈다. 다행히도 드레스 전체가 보라색으로 변한 모양이었다.

그것도 연보라색의 아주 예쁜 빛깔이었다. 하지만 그것 외에 다른 드라마틱한 효과는 없어 보여서 조금 심심한 감이 있었다.

너무 기대가 컸던 터일까?

기존의 재스민 드레스가 너무 단아하고 잘 어울렸던 것 때문인지는 몰라도 약간 기대에는 못 미치는 효능이었지만 이제 돌이킬 수는 없었다.

쿵쿵!

리나가 마차 문을 두드렸다.

"마님, 이제 정말 가셔야 해요!"

엘리샤는 마차 문을 열고, 밖으로 나갔다. 쏟아지는 햇살이 비쳤다. 어느새 한낮이었다.

마차 밖으로 나간 엘리샤가 물었다.

"시간이 얼마 정도 남았을까요?"

"일단은 안으로 들어가세요."

"네!"

엘리샤는 드레스 자락을 든 채 후다닥 연회장 안으로 달려갔다. 머리를 매만질 시간도, 드레스의 매무새를 만질 시간도 없었다.

"리나, 아까 내가 걸쳤던 가운을 좀 주세요."

"예, 여기요!"

테이블에 도착하니, 같은 팀의 부인들 모두가 몸을 일으켰다. 윌리엄 부인이 놀라서 외쳤다. 모두들 공작 부인이 품평회를 앞두고 아주 가 버린 게 아니냐고 불만의 목소리가 높아지던 차였다.

시작 직전에 엘리샤가 도착하자 모두 입을 꾹 다물었다.

"공작 부인, 저기로 가세요. 어서!"

이미 대표자들은 안쪽에 모여 있었다. 카일리 후작 부인이 그녀들에게 말을 걸고 있는 듯했다.

뒤늦게 헐레벌떡 달려간 엘리샤는 주변을 살폈다. 다른 사람들은 드레스뿐만 아니라 머리 모양까지 확 달라져 있었다.

"공작 부인, 어딜 갔나 했더니 다시 돌아오셨군요? 처음 모임에 참석하셨는데도 적응을 꽤 잘하네요. 불친절한 모임이라 어려울지도 몰라요. 끝까지 행운을 빌어요."

"감사합니다."

카일리 후작 부인은 만면에 미소를 띠었지만 엘리샤는 저 미소에 속지 않아야겠다고 결심했다. 후작 부인은 결코 만만한 사람이 아니었다.

엘리샤의 헝클어진 머리카락을 보곤 안나가 다가왔다.

"이런, 공작 부인. 이걸로 좀 빗겨드릴게요."

빗을 꺼내 든 안나가 엘리샤의 머리카락을 빗기기 시작했다.

"아…… 고마워요, 카미엘 영애!"

다른 부인이나 영애들은 서로 경쟁 상대였던 터라 견제의 시선만을 보내고 있었는데, 그녀는 그렇지 않았다.

"별말씀을요. 도울 수 있는 건 서로 도와야지요."

안나가 선한 미소를 지으면서 말했다. 엘리샤는 안나를 찬찬히 바라보면서 감탄했다. 그녀는 의상부터 머리까지 휘황찬란했다.

"마치 다른 사람 같아요. 너무 멋지신걸요, 카미엘 영애. 왜 다들 당신을 칭송하는지 알 것 같아요."

엘리샤의 칭찬에 안나는 입을 가리면서 웃었다.

"공작 부인도 참. 감사해요. 그럼 행운을 빌어요."

"영애도 행운을 빌어요."

후작 부인이 다시 앞으로 나와 모임의 진행을 시작했다.

"이제 예선을 시작해 보는 게 좋겠군요. 우리 대표자들의 드레스를 살펴볼까요? 가장 먼저 서명한 릴리 오스번 영애. 앞으로 나와서 자신의 드레스를 선보여 주도록 하세요."

정숙한 인상의 오스번 영애가 단상 위로 올라오더니 드레스

자락을 살포시 든 채 인사를 했다.

적갈색 머리카락과 어울리는 자줏빛 드레스였다. 가슴까지 올라온 허리 라인 덕분에 하체가 무척이나 길어 보였다. 레이스 장식이 달린 칼라 부분이 인상적이었지만, 치맛자락이 항아리 모양이라 뭔가 어색함이 풍겼다.

엘리샤가 보기에도 뭔가 빠진 느낌이 드는 드레스였다.

카일리 후작 부인이 오스번 영애에게 질문했다.

"어떤 생각으로 그 드레스를 입었죠?"

"이 드레스는 카일리 후작 부인을 보고 영감을 받아서 맞추었어요."

"호오, 영광이군요. 오스번 영애."

"카일리 후작 부인처럼 되고 싶은 마음을 담았습니다."

"누가 보면 직접 드레스를 제작한 것처럼 느껴지는군요."

"그건 아니지만, 드레스를 만들기 전에 제가 직접 그림을 그려서 보여 주었어요. 그걸 똑같이 카미엘 영애가 만들어 주었······ 흠흠, 아무튼 저는 테본 제일의 귀부인인 카일리 후작 부인의 우아함과 도도함, 그리고 카리스마를 드레스로 나타내고 싶었어요."

"의미는 아주 후한 점수를 주고 싶지만, 안타깝게도 내 취향의 드레스는 아니군요."

후작 부인의 말에 한껏 기대를 머금고 있던 오스번 영애가 힘없이 어깨를 축 늘어뜨렸다.

이어서 카일리 후작 부인이 거침없이 말했다.

"게다가 그 드레스의 위아래 균형이 맞는다고 생각하나요? 그걸 내 선물로 가져왔다면, 음…… 옷장 안에 들어 있을 것 같군요."

선물로 줘도 꺼내 입지 않겠다니 엄청난 혹평이었다.

장내가 고요해졌다.

오스번 영애는 금세 울 거 같은 얼굴이 되고 말았다. 꽤나 신랄한 평가에 엘리샤도 가슴이 철렁 내려앉았다. 하지만 그녀가 한 말에는 전적으로 동의했다. 전부 맞는 말이었다.

'이런 독설이라면, 나에게도 도움이 될 것 같아.'

엘리샤는 긴장되면서도 자신의 차례가 오는 것이 기다려졌다. 이어서 카일리 후작 부인이 미소를 머금고 옆 사람을 소개했다.

"두 번째 대표자는 나의 오랜 벗이자, 우아한 레이디 그레이스 포군요. 올라와 주시겠어요?"

느릿느릿한 걸음에 지팡이를 짚고 단상 위로 올라선 레이디 그레이스는 말 그대로 우아하고 기품이 어린 귀부인이었다.

카일리 후작 부인이 세련되고 차갑고 도도한 귀부인이라면, 레이디 그레이스는 따뜻하고 인자한 인상이 강했다.

엘리샤의 눈도 번쩍 뜨일 만큼 우아한 옷이었다. 푸른빛이 도는 잿빛 드레스 위에는 여우의 털을 둘렀고, 같은 빛깔의 털모자를 매치한 센스도 돋보였다.

마치 물고기의 꼬리처럼 밑으로 갈수록 좁아졌다가 발목 부근에서 넓게 퍼지는 라인의 디테일도 우아하게 어울렸다.

군더더기 없는 둥근 넥 라인은 적당히 파져 있어서 보기 좋았다. 우아하게 늘어뜨린 진주 목걸이도 드레스와 한층 멋을 이루고 있었다.

"레이디 그레이스는 자신에게 잘 어울리는 옷이 무엇인지 잘 알고 있군요."

카일리 후작 부인의 칭찬에 그녀가 입을 열었다.

"고마워요, 이 늙은이에게 어울리는 드레스가 몇이나 있겠어요. 몇 살만 젊었어도 가슴이 푹 파진 드레스를 입었을 거예요."

레이디 그레이스의 말에 좌중에서 웃음이 흘러나왔다. 말투는 겸손했으나, 저런 스타일은 오랜 세월 동안 지켜 온 취향으로 보였다. 그래서 자신에게 꼭 알맞은 드레스를 선택한 것 같았다.

"물론 그런 드레스는 다음 생에 입도록 하세요. 설원의 레이디라는 내 예전 호칭은 레이디 그레이스에게 주어야겠어요. 오늘그 누구보다도 설원과 잘 어울리는 드레스를 입었군요. 모자까지 더없이 완벽해요. 다만 진주보다는 푸른색을 강조한 사파이어가 어울렸을 것 같다는 생각이 드는군요."

"호평에 몸 둘 바를 모르겠군요. 감사해요."

이어서 세 번째는 쥘슨 영애였는데 너무 요란한 드레스라, '마치 옷 위를 황금으로 바른 것 같군요. 여긴 황실이 아니에요!'라는 평가를 받고 말았다.

"네 번째는 안나 카미엘 영애군요. 언제나 내 애정을 독차지한 모습을 보여 주었죠. 오늘도 기대하겠어요."

카일리 후작 부인의 친근함이 밴 소개였다. 안나는 그 누구보다도 자신감 있게 앞으로 나왔다.

"와아!"

몇몇 사람들이 그녀를 선망하는 모양인지, 환호성을 질렀다.

"역시 카미엘 영애로군요. 눈이 다 화사해져요."

"그녀 말고는 우승할 사람이 없어요."

"드레스 품평회는 카미엘 영애를 위해서 열리는 것 같군요."

누군가 뾰족한 말도 덧붙였지만 전반적으로 안나의 인기는 상당했다. 그야말로 독보적이랄까.

카일리 후작 부인의 애정과 인기에 힘입은 덕분인지 안나는 반짝이는 얼굴을 하고 있었다.

또한 지금 입고 있는 것은 아까 입었던 살구색의 얌전한 드레스가 아니라 전혀 다른 스타일의 드레스였고, 갈색 머리가 아닌 연두색 머리카락을 하고 있었다.

"숲 속의 요정 여왕. 제 드레스에 붙인 이름이에요."

안나가 화사하게 웃으면서 말했다. 그야말로 요정처럼 변신한 모습이었다.

꽃잎처럼 갈라진 초록빛의 오버 드레스 아래, 투명한 언더 스커트. 어깨를 드러낸 상의 보디스는 선정적이기보다는 신비로운 느낌을 내고 있었다.

연두색의 긴 머리채는 가발임이 분명했지만 조화로웠다. 아까 인사하면서 보긴 했지만 커다란 샹들리에 불빛이 비치는 아래에서 보니까 안나의 드레스는 더욱 매력적으로 보였다.

"멋지다."

안나의 모습을 본 엘리샤는 내내 입을 다물지 못했다. 사람이 아니라 인형이나 요정 같은 모습이 퍼포먼스나 가장 무도회에 특히 잘 어울릴 듯한 스타일이었다.

안나는 자신을 향해 쏟아지는 환호성에 호응하면서 손을 흔들거나, 고개를 연신 숙여 인사했다.

사람들의 선망 가득한 눈망울을 바라보는 안나는 저절로 고개를 꼿꼿이 세우고 정말 요정이라도 된 양, 신비로운 매력을 뽐냈다.

모두가 빛나는 그녀를 바라보면서 부러워하고 있었다. 그리고 입을 모아 이렇게 말했다.

"더 볼 것도 없이 카미엘 영애의 승리네요!"

안나는 생긋 웃으면서 카일리 후작 부인의 입술이 열리기만을 기다렸다.

드디어 카일리 후작 부인이 유쾌하게 웃으면서 말했다.

"이런, 이런. 카미엘 영애? 그동안 보여 주었던 조신하고 숙녀다운 스타일이 아니라서 깜짝 놀랐어요. 마치 배우를 해도 될 것 같은 연기력이 더해져서 의상이 더욱 사는 것 같네요. 어떻게 이런 드레스를 다 생각해 냈죠?"

호의와 호기심이 가득한 카일리 후작 부인의 물음에 안나는 빙긋 웃으면서 대답했다.

"수십 벌도 넘는 드레스를 제작하면서 제가 항상 고민해 왔던 건 제가 가장 잘 소화할 수 있고 저에게 어울리는 드레스는 무엇인지였어요. 그러나 이번에는 그 틀을 깨고 싶었습니다. 한 번도 시도해 본 적이 없는 드레스와 아름다움 그 이상을 추구하고 싶었던 제 고민을 담았어요. 이상입니다."

"와아!"

짝짝짝. 하고 우레와 같은 박수 소리가 울렸다.

"역시 카미엘 영애는 절 실망시키지 않는군요. 좋습니다."

카일리 후작 부인도 더없이 흐뭇한 얼굴로 박수를 쳤다. 안나는 미소를 입가에 지으면서 공손히 인사를 하고는 돌아갔다.

이제 남은 것은 시아라 영애와 엘리샤 두 사람이었다.

"놀랍게도 다음은 시아라 영애군요. 시아라 영애가 앞으로 나선 것은 우리 모임 사상 처음 보네요. 사뭇 기대가 되는군요. 시아라 영애, 나와 주세요."

그녀는 발걸음도 어찌나 소리가 없는지, 참으로 고요했다. 안나가 등장했을 때와는 대조적으로, 정적이 깊었다.

시아라 영애는 머리부터 발끝까지 검은색 드레스를 입고 있었다. 목에 리본이 달린 검은색 보닛 모자와 목 위까지 올라오는 단정한 검은 드레스, 검은 장갑과 부채, 신발까지 온통 검은색이었다.

그녀의 창백한 피부와 백발이 검은 드레스의 묘한 분위기와 어우러져 약간 으스스해 보이는 건 사실이었다.

'헉, 피라도 빨릴 것 같아.'

그녀에게는 미안하지만 입술만은 정말로 새빨개서, 입을 벌리면 흡혈귀처럼 이빨이 돋아 있을 것만 같은 상상이 들었다.

그 정도로 음침한 분위기였지만, 그녀 자신과 잘 어울린다는 건 부정할 수 없었다.

"시아라 영애, 마치 마녀 같은 의상이로군요."

"……."

여전히 그녀는 침묵으로 일관했다. 엘리샤는 마녀라는 단어에 괜히 속으로 찔렸다.

"시아라 영애. 오늘 다시 보았어요. 솔직히 말하면 완전히 제 취향이로군요. 영애가 가진 특유의 몽환적인 분위기도 한몫했어요. 뭔가 홀연히 나타나는 유령 같달까요? 보는 재미가 쏠쏠했습니다. 하지만 역시 상복 같은 느낌이 드는 것은 아쉽네요."

"감사합니다."

시아라 영애는 영혼 없는 대답을 하고는 조용히 자리로 돌아갔다.

"좋아요. 이제 마지막 레이디를 모실 차례인가요? 오늘 드레스로 저를 깜짝 놀라게 했던 장본인이로군요. 펜블렌 공작 부인. 앞으로 나와 주세요."

엘리샤의 이름이 불리자 몇 사람이 박수를 쳐 주었다.

"하루에 두 번이나 주목을 받았지만 떨리는 건 매한가지네요."

수줍음을 더한 소감에 이어서, 엘리샤는 가운을 다시 벗었다.

곧바로 드러난 연보랏빛 드레스. 엘리샤가 처음 입었던 새하얀 재스민 드레스보다 더욱 화려해진 소매와 밑단의 디테일이 우선 눈을 사로잡았다.

"아니…… 새로운 드레스를 준비했었군요!"

"네."

후작 부인의 감탄에 엘리샤는 눈을 곱게 휘었다. 엘리샤가 오지 않는다고 발을 동동거리던 같은 테이블의 부인들은 옅게 환호했다.

"헛! 공작 부인께선 여분의 드레스가 없으신 것 아니었나요?"

"그러게 말이에요. 어떻게 드레스를 준비했을까요?"

그녀들이 웅성거리는 소리가 엘리샤의 귓가에도 들려왔다. 이내 삼십 초쯤 시간이 흘렀을까?

"와아아!"

갑자기 영문을 알 수 없는 환호성이 들려왔다.

'무슨 일일까?'

엘리샤는 처음에는 사람들이 왜 그런 소리를 내는지 몰랐지만 자신의 드레스를 내려다보고는 깨달았다.

"아……."

샹들리에의 불빛을 고스란히 받은 보라색 드레스는 빛이 제대로 들지 않는 곳에서는 평범한 드레스였지만, 빛을 잔뜩 받으면 문양이 살아났다.

더욱이 은은한 보랏빛 드레스 자락이 캔버스가 된 것처럼 진보라색의 재스민 꽃이 밑단을 따라서 둥그렇게 피어올랐다.

꽃이 모습을 드러내자, 향기까지 솔솔 풍겼다.

"……내 눈을 믿을 수가 없군요. 아까는 분명 드레스에 아무 문양도 없었는데, 금세 재스민 꽃이 나타났어요. 이게 가능한 일인가요?"

카일리 후작 부인이 홀린 듯한 눈으로 중얼거렸다.

"펜블렌 공작 부인? 대체 어떻게 이런 드레스를 만들 수 있었던 건가요?"

엘리샤는 여유로운 미소를 머금은 채 말했다.

"……그건 말씀드릴 수 없어요. 제작 기밀이니까요."

"맙소사. 부인께서는 오늘 저를 두 번이나 놀라게 하시는군요."

카일리 후작 부인은 마치 두 손, 두 발 다 들었다는 듯이 고개를 흔들면서 박수를 크게 쳤다.

짝짝짝!

후작 부인은 한결 따스한 눈빛을 보내면서 박수를 멈추지 않았다.

"마치 한 폭의 그림과도 같군요. 하얀 재스민 드레스는 청순했는데, 이 보라색 재스민 드레스는 은밀하게 나타난 재스민 꽃이 고혹적이군요."

생각보다도 훨씬 호평 일색이었다. 엘리샤는 기대하지 못한 뜻밖의 평가라서 그저 커다란 눈동자만 끔벅거렸다.

"아…… 좋은 평가를 내려 주시니 몸 둘 바를 모르겠어요. 그저 운이 좋았던 것 같아요. 그것도 아주, 아주 말이에요."

엘리샤는 그렇게 말하면서 요정의 염료를 떠올렸다. 이번에는 정말 염료 덕분에 좋은 결과를 이끌어 낸 것이라 해도 과언이 아니었다.

아무리 요정의 염료가 가져다주는 효과가 무작위라고 해도 어느 정도는 옷본이나 드레스와 어울리게 생기는 모양이었다. 그 점은 좀 다행이었다.

"무척 겸손한 말씀이로군요. 다만 아쉬운 건, 드레스는 훌륭했지만 신발이나 모자, 보석까지 신경 썼더라면 더욱 완벽하지 않았을까 싶군요."

"아, 참고하겠습니다. 감사합니다."

엘리샤는 드레스를 붙잡고는 테이블로 돌아가서 앉았다. 단상에서 내려왔는데도 여전히 심장이 쿵쾅거렸다.

"예선임에도 불구하고 상당히 많은 정성이 돋보였던 드레스 품평회로군요. 레이디 여러분의 애정과 열정이 느껴져서 저는 지금 상당히 감격스럽습니다. 가슴은 벅차도 해야 할 건 해야겠죠? 다시 한 번 안내를 드리지만, 이번 드레스 품평회에서 예선에 통과하신 레이디만이 본선에 참가할 수 있답니다."

후작 부인이 모두의 눈치를 살피더니 부채를 촤륵, 절도 있게 펼치면서 말했다.

"자, 그럼 이번 드레스 품평회의 예선 일 등을 가려 볼까요? 첫 번째로 뽑히신 레이디는······."

엘리샤는 그저 담담한 얼굴로 결과를 기다렸다. 주어진 시간에 최선을 다했고, 후회도 없었다. 더욱이 운 좋게 샹들리에의 불빛 아래서 문양이 피어나는 드레스의 효과 덕분에 모두를 놀라게 만들었다.

반면에 안나는 연신 웃는 낯으로 자신만만한 얼굴이었다. 이미 승자나 다름없는 여유가 그녀에게서 느껴졌다.

"지금 이 순간에도 갈등이 생길 정도로 고민스럽군요. 이 정도로 어려웠던 적은 없는데 말이죠."

천하의 카일리 후작 부인에게도 어려운 결정이 있냐며 다들 놀라워하고 있을 때였다.

"예선 일 등은 레이디 안나 카미엘! 카미엘 영애의 완성도 높은 드레스와 스타일은 드레스의 영역을 예술로까지 확장시켜 주는 인상을 받았답니다."

"와아아아!"

함성과 함께 안나가 잠시 일어서서 좌중에게 인사했다.

"다음은…… 예선 이 등. 레이니 엘리샤 드 펜블렌, 펜블렌 공작 부인에게로 이 등의 영광을 돌리겠습니다. 은은하고도 아름다운 드레스가 고혹적이었어요."

"……앗."

엘리샤는 깜짝 놀라 손으로 입을 막으면서, 일어서서 좌중에게 인사했다. 기껏해야 삼 등을 예상했는데 생각보다 높은 등수였다.

같은 테이블의 부인들, 그중 특히 윌리엄 부인은 크게 박수를 치면서 호응해 주었다.

"자, 다음 세 번째로 제 마음을 사로잡은 드레스는 바로 레이디 그레이스 포의 우아한 드레스였답니다. 축하드립니다."

레이디 그레이스가 인사를 하고 앉자, 카일리 후작 부인이 뒤이어 말했다.

"음…… 아주 이례적이지만, 시아라 영애에게 저는 기회를 한

번 더 주고 싶더군요. 시아라 영애의 새로운 면모를 본 것 같아서 다음이 기대되었어요. 시아라 영애, 다음 본선을 준비해 주세요. 대신에 예선 통과의 혜택인 손수건 한 장은 받지 못하고 회수될 거예요."

카일리 후작 부인의 말에 시아라 영애가 조용히 고개를 숙여 감사의 표시를 했다. 엘리샤 역시 시아라 영애가 탈락하기엔 아깝다는 생각이 들었던 터라 이해가 되는 바였다.

그러나 공정하지 못하다고 생각하는 영애가 있는 모양이었다. 오스번 영애가 손을 들고는 말했다.

"처음부터 예선 삼 등까지 본선 진출이라는 규칙이었는데, 이렇게 변수가 생기다니요. 게다가 저는 시아라 영애의 드레스가 딱히 입고 싶다거나 아름답다고 느껴지지 않았어요. 너무 음침해서 장례식장에 온 것 같잖아요."

오스번 영애의 거침없는 공격에도 시아라 영애는 표정 한 번 구기지 않았다.

카일리 후작 부인이 웃음을 머금고는 말했다.

"오스번 영애의 심정이 이해는 가지만, 이 규칙을 깨뜨린 변수를 생기게 한 것 역시 시아라 영애의 재능이랍니다. 영애의 개인적인 의견은 잘 들었어요."

후작 부인의 말에 오스번 영애는 다소 분한 듯 보였다.

엘리샤는 후작 부인이 깔끔하게 마무리했다는 생각이 들었다. 어차피 이 모임에서의 모든 규칙은 주최자인 후작 부인에 의해서 정해지고, 궁극적으로 그녀에게 좋은 평가를 받기 위해서 모두가 노력하고 있으니 말이다.

후작 부인은 잠시 무언가를 고민하는 눈치였다.

"존경하는 레이디 여러분. 추후 여러분에게 들려드리려고 했는데요. 사실 준비하고 있는 것이 하나 있어요. 우리 모임이 테본의 사교계를 대표하는 모임이라는 것은 모두들 알고 있을 거예요. 저는 드레스와 패션에 대한 열정을 가진 레이디들이 보다 많은 기회를 갖길 원해요. 아무리 빛나는 보석 같은 재능이 있어도 쓰임이 없으면 아무 소용이 없으니까요."

모두가 카일리 후작 부인을 향해 시선을 고정하고 있었다. 안나 역시 한 번도 들어 보지 못한 이야기에 귀를 쫑긋 세웠다. 제게도 비밀로 했던 이야기가 있었단 말인가?

"내년에 제국 제일의 드레스메이커를 뽑는 선발제가 열릴 것이에요. 저는 그 선발제의 심사 위원으로서, 우리 모임에서 가장 우수한 레이디를 선발제에 추천할 생각이랍니다. 물론 드레스를 아름답게 소화하는 것도 멋진 일이지만, 제작하는 것이야말로 진정 가치 있는 일이라 생각합니다. 그러니 드레스 선발제에 관심이 있는 레이디라면, 우리 모임에서 많은 활동을 하시면 좋겠군요."

카일리 후작 부인의 말이 끝나자 장내가 술렁거렸다. 그중에 안나가 손을 번쩍 들고는 질문했다.

"제국 제일의 드레스메이커가 되면 어떻게 되는 건가요?"

"좋은 질문이군요. 황실 전속 디자이너가 되어서 황후 전하의 드레스를 직접 만드는 영광을 누릴 테고, 타국에도 이름을 떨치겠지요. 카미엘 영애에게도 아주 좋은 기회가 될 거예요."

"네, 황후 전하의 드레스를 직접 만들어 드릴 수 있다니, 꿈만 같을 거예요."

안나가 생긋 웃으면서 그리 말했다. 카일리 후작 부인도 고개를 주억거렸다. 그녀의 재봉 실력은 수준급이었으니 안나야말로 제국 제일의 드레스메이커가 될 자격이 있다고 생각하는 사람들도 많았다.

한편 그 말을 들은 엘리샤의 가슴도 물결쳤다.

제국 제일의 드레스메이커.

제국에서 인정하는 최고 실력의 재봉사.

그런 순간이 찾아온다면 얼마나 기쁠까?

누구에게나 우러름을 받는 최고의 재봉사가 될 터였다.

'나도 드레스 선발제에 꼭 나가고 싶어.'

그러기 위해서는 카일리 후작 부인의 추천을 받아야 가능할 터였다.

'본선에서는 더 분발해야겠어.'

엘리샤가 그런 의지를 다질 때쯤, 카일리 후작 부인의 손짓에 따라 시녀들이 몇 가지 물건을 날라 왔다.

"자, 여기 앞을 보시면 네 가지 소품이 있답니다. 일 등부터 순서대로 소품을 선택해 주세요. 시아라 영애는 자연히 모두가 선택하고 남은 나머지 소품을 갖게 될 것이에요."

카일리 후작 부인이 가리킨 테이블 위에는 가위, 커다란 보석, 왕관, 검이 놓여 있었다.

엘리샤는 빠르게 머리를 굴렸다. 분명 저 물건들이 아무 의미 없는 것은 아닐 테고, 패션 소품으로 사용하라는 조건을 덧붙일 것이다.

네 가지 중 왕관은 드레스와 가장 어울리는 물건으로, 모든 여성들이 꿈꾸는 공주나 여왕을 상징했다.

하지만 엘리샤는 왕관은 끌리지 않았다. 화려함을 자랑하는 드레스는 지금이 아니더라도 언제든 만들 수 있었다.

다음으로 좋아 보이는 것은 커다란 보석. 보석 역시 드레스에 달거나 액세서리로 활용을 할 수 있으면서도 화려한 의상을 꾸밀 수 있는 좋은 소품이었다.

찬란함과 빛을 품고 있는 보석 역시 엘리샤는 평소에도 얼마든지 치장할 수 있었다.

보다 특별한 것이었으면 좋겠다.

그렇다면 남은 건 검과 가위.

검은, 일반적으로는 갑옷과 어울리는 전투 무기였다. 그리고 여성들보다는 남자들이 주로 사용하는 물건이었다. 갑옷을 만들어 낼 자신은 없지만 검과 어울리는 드레스라니, 재미있을 거라는 생각이 들었다.

엘리샤는 마지막으로 가위를 떠올렸다. 그중 가위가 스스로에게 가장 잘 어울리는 물건일 것 같았다.

하지만 가위를 소품으로 어떻게 활용해야 할까? 그걸 생각해 내는 게 가장 커다란 과제였다.

엘리샤가 그렇게 고민을 하고 있을 때였다. 얼마나 골똘히 생각에 잠겼던 것일까. 다소 소란스러워진 사람들의 기척을 느낀 엘리샤가 어느새 고개를 들었다.

네 가지 소품 중에서 안나가 무엇을 고를지 고민을 하고 있었다.

"너무 어려워요."

검과 왕관, 둘 중 하나를 고민하는 모양이었다. 화려함과 강함, 두 가지 소품 모두 안나와 잘 어울렸다.

"무엇으로 할 건가요, 카미엘 영애?"

"역시 저는 왕관으로 하겠어요."

안나가 웃으면서 대답했다. 카일리 후작 부인은 예상했다는 듯 고개를 기울이며 말했다.

"왕관이라, 가장 매력적이고 화려한 물건이 카미엘 영애에게 돌아갔군요. 영애와 무척이나 잘 어울려요. 다음은 펜블렌 공작 부인 차례랍니다."

"네."

엘리샤는 물건이 있는 테이블로 올라갔다. 막상 올라오니, 유려하게 세공된 검이 멋져 보였다. 그동안 엘리샤는 여성스러운 드레스를 많이 제작했으니, 새로운 모습을 보여 줄 수 있는 검도 나쁘지 않은 선택이었다.

엘리샤가 고개를 살짝 들자 저 멀리서 안나가 고개를 주억거렸다. 마치 이 검을 잡으라는 듯이.

엘리샤는 손을 뻗어 그대로 검을 붙잡았다. 그녀의 행동을 지켜본 안나가 희미하게 미소를 지었다.

카일리 후작 부인이 말했다.

"예상외의 물건을 고르셨군요. 펜블렌 공작 부인, 검으로 선택하실 건가요?"

그러나 역시 아니었다. 왠지 모르게 이번만큼은 가위를 꼭 집어야겠다는 생각이 들었다. 가위는 분명 매력적이지도, 화려하지도 않았고, 특히 난이도가 가장 큰 도구였다.

하지만 원단을 자를 수 있었다. 무엇이든 만들 수 있었다. 재봉을 하는 자신에게는 빼놓을 수 없는 도구였다.

갈팡질팡하던 마음을 꾹 내리누른 엘리샤가 말했다.

"다시 고를게요."

엘리샤는 검을 내려놓고는 가위를 잡았다. 후작 부인이 덧붙였다.

"이제 도구를 바꿀 기회는 없습니다."

"네, 이것으로 하겠어요."

엘리샤가 대답했다.

테일러 키트의 황금 가위보다 빛이 나지는 않았지만, 그래도 제법 멋스러운 문양이 새겨진 은제 가위였다.

묵직하면서도 날렵한 것이 이건 아무리 봐도, 일반 가위가 아니라 재단용 가위임에 틀림없었다.

자신의 자리로 돌아온 엘리샤는 가위를 가위집에 넣은 후, 내려놓았다.

세 번째로 소품을 선택한 그레이스 부인은 엘리샤와 같이 검을 한 번 들었다가 내려놓고는, 보석을 집어 들었다.

자연스럽게 마지막으로 남겨진 검은 시아라 영애에게 돌아갔다.

곧 모두를 주목시키는 카일리 후작 부인의 목소리가 들려왔다.

"네 명의 레이디께서는 이 소품들을 잘 활용해서, 본선에서 멋진 드레스를 보여 주시면 되겠습니다. 본선에서는 예선에서 탈락한 테이블의 참가자들도 마음에 드는 레이디에게 표를 던질 수 있답니다. 오늘 저는 여느 때보다 즐거웠는데 여러분은 어땠는지 모르겠군요. 오늘 사교 모임은 이것으로 마치겠어요. 수고 많으셨어요."

등장할 때와 마찬가지로 카일리 후작 부인이 사라지자, 경쾌한 바이올린 연주가 들려왔다.

모임은 파했지만 아직 몇몇 테이블은 사람들이 떠나지 않고 남아 있었다. 그럼에도 분위기가 제각기 달랐다.

예선에 통과한 테이블은 다음 본선을 대비하는 계획을 세우기도 했고, 탈락한 테이블은 일찌감치 자리를 파한 듯 비어 있었다.

그중에서도 일 등을 차지한 안나의 테이블이 가장 시끌벅적했는데, 다 함께 찻집이라도 갈 모양인 듯싶었다.

테이블 멤버 중 가장 말이 많았던 윌리엄 백작 부인은 엘리샤가 가위를 선택한 것에 대해서 불만을 품은 모양이었다.

"제 생각에는 차라리 검이 더 좋았을 것 같군요. 왜 하필 가위를 선택하신 거지요?"

"나가기 전에는 제 의견을 존중하신다고 하셔서, 제 생각대로 뽑았을 뿐이에요."

"그야 당연히 왕관이나 보석, 그것도 아니면 검을 뽑아 오실 줄 알았으니까요. 설마 제일 안 좋은 가위를 가져올 줄은 몰랐어요. 이제 어쩌면 좋아요?"

목소리 큰 윌리엄 부인의 말에 다른 부인들도 염려하는 모습이었다.

"맞아요. 가위와 어울리는 드레스라니…… 상상도 안 돼요."

엘리샤는 흔들리지 않고 말했다.

"제게 다 생각이 있어요. 저는 이길 그냥 단순한 소품으로 사용하지 않을 거예요."

"그럼요?"

엘리샤는 대답하기 전에 멈칫했다. 왠지 이 부인들에게 말하면, 자신의 계획이 다른 테이블로 퍼져 나가는 건 시간문제일 것 같았다.

"가위를 이용해서 무언가 할 거예요. 아직 저도 거기까지만 생각해서 더 이상은 말씀드릴 수가 없네요."

입을 꾹 다물고 있던 노부인 하나가 입을 열었다.

"어차피 소품은 정해졌으니 여기서 더 이야기할 필요는 없지요. 공작 부인, 뭔가 저희가 도와드릴 방법이 있을까요? 드레스를 만들 시간도 아마 부족하실 텐데…… 제가 잘 아는 의상실이 하나 있답니다. 소개시켜드릴게요."

다른 부인도 덩달아 말했다.

"아니면 필요한 원단이라도 있나요? 언제든지 말씀하세요."

엘리샤는 고개를 저었다.

"지금은 따로 생각나는 것이 없어요. 필요하면 말씀드릴게요. 그럼 저는 고단해서 먼저 일어나 볼게요. 만나 뵙게 되어서 즐거웠어요."

부인들과 인사를 나눈 엘리샤는 연회장을 빠져나갔다. 카일리 후작 부인께 따로 인사라도 드릴까 했지만, 어디론가 사라진 듯 그녀의 모습은 보이지 않았다. 오늘 그 누구보다 열정적으로 모임을 꾸리느라 힘이 들었을 것 같았다.

엘리샤가 지나가는데, 말소리가 들려왔다. 둥그렇게 모인 무리들이 안나의 주변으로 모여 있었다. 안나의 테이블은 벌써부터 뭔가를 의논하고 있는 것 같았다.

안나는 자신 있게 말했다.

"제 생각에는 주요 소품이 왕관이니까 대관식처럼 연출하면 좋겠어요."

"어머, 너무 멋질 것 같아요. 카미엘 영애! 본선도 오늘처럼만 하시면 일 등은 변함없이 영애의 몫이 되실 거예요."

조용히 눈 맞춤 인사를 하면서 지나가는데, 안나가 엘리샤를 보자마자 반가운 얼굴로 다가왔다.

"펜블렌 공작 부인, 오늘 아름다운 드레스 잘 보았어요. 대체 그런 원단은 어디에서 구할 수 있지요?"

밝고 생글거리는 안나의 얼굴을 모른 척하기는 어려웠다. 엘리샤는 마지못해 웃었다.

"아…… 고마워요. 카미엘 영애의 드레스도 멋졌어요. 영애는 팔색조의 매력을 가진 것 같아요. 왜 다들 영애를 찬양하는지 알겠어요."

엘리샤의 칭찬에 안나는 볼을 붉히면서 수줍게 말했다.

"저어…… 다음 주에 시간이 괜찮으시다면 그때 제가 말한 다과회에 와 주시겠어요? 진심으로 공작 부인의 멋진 재능에 감탄했어요. 부디 참석해 주세요."

어느새 엘리샤의 팔목을 제 손으로 감은 안나가 그리 말했다.

엘리샤는 일정이 빠듯해서 잠시 고민했지만, 안나의 모임이 궁금하긴 했다.

"좋아요. 초청장을 보내 주세요."

"네, 조만간 보내드리겠어요."

살랑거리는 눈웃음. 보기 좋은 선한 얼굴을 한 안나는 엘리샤에게 친근하게 굴면서 홀 밖까지 나와 배웅했다.

기사 앨버트와 리나를 대동한 채 엘리샤는 마차에 올랐다. 카일리 후작 부인과 짧은 인사밖에 나눌 수 없었지만 분명 은근한 호감 어린 시선을 느낄 수 있었다.

"마님, 지난번 오트쿠튀르에 이어서 오늘도 사람들의 이목을 이끄셨어요. 오직 드레스만으로 말이지요. 저는 마님이 너무도 자랑스러워요! 솔직히 카미엘 영애의 드레스보다 마님의 드레스가 백배 천배 더 우아했어요."

"아니에요. 그녀에게 본받을 점도 많은 것 같아요. 그녀는 무대에 선 순간, 정말 요정의 모습이었어요. 마치 배우처럼."

"많은 사람을 현혹시키는 화려함은 있긴 했던 것 같아요. 그런데 대체 언제 이 보라색 드레스를 준비하셨던 거예요? 제게는 하얀 드레스만 보여 주셨잖아요. 너무해요. 살짝 귀띔해 주시지는."

"음, 자고로 준비는 비밀스럽고 철저할수록 좋으니까요."

"……하지만 볼수록 신기한걸요. 이 드레스 원단 자체가 특수하게 제작된 것인가요?"

"글쎄요."

엘리샤가 배시시 웃기만 하자, 리나는 궁금증을 삼킬 수밖에 없었다. 마님에게 꼬치꼬치 캐묻는 것도 실례인 터였다.

'우리 마님도 은근히 비밀이 많은 분이라니까.'

*　　*　　*

라이몬드는 금빛 눈썹을 잔뜩 꿈틀거렸다. 사납게 일그러진 얼굴을 한 그는 제 입술을 마구 이로 짓이겼다.

"뭐라고? 다시 한 번 말해 봐. 건방진……!"

그녀가 펜블렌 공작의 말을 그대로 전하자, 황태자는 맹견처럼 굴었다.

이미 뒤집힌 체스 판을 그가 구둣발로 짓밟자, 바스락거리면서 말들이 부서졌다.

"……펜블렌 공작은 그리 호락호락하지 않은 것 같습니다."

"멍청한! 그러니 내가 뭐라고 했나? 절대 들키지 않도록 주의하라고 했잖아!"

"무언가 미리 낌새를 눈치챘던 것 같습니다. 게다가 처음부터 곧장 황태자 전하인 것을 예상하고 있었습니다."

"어떻게든 속였어야지. 끝까지."

라이몬드의 성화에 베렐다는 잠시 침묵했다가 말을 이었다.

"그러려고 했으나, 전하께서 적대심을 먼저 노출하신 적이 있으신 게 아닙니까? 그토록 의심받기 쉬운 분인 줄 저 역시 미처 몰랐으니까요."

베렐다의 검붉은 입술이 조소로 얼룩지면서 그녀의 형체는 점점 흩어졌다.

스스읏.

"이제 어떻게 할까요?"

라이몬드는 그의 앞에서 아른거리는 베렐다를 두 손으로 거침없이 헤집어 뜨렸다.

"이제 네 도움은 필요 없다. 내가 알아서 할 것이다."

"공작을 상대할 방법이라도 있으신 겁니까?"

"이봐. 어차피 루자크는 날 어쩌지 못해."

라이몬드의 적색 눈이 가늘어졌다.

그동안 보아 온 루자크 드 펜블렌은 아무리 자극해도 흔들리지 않는, 정말이지 참을성이 강한 남자였다.

"내가 아무리 쑤시고, 건드려도 아무 말 하지 못하는 유령 같은 존재라고. 그를 폭발하게 하는 건 하나뿐이지. 바로 공작 부인."

라이몬드가 비릿하게 웃었다.

덜컹덜컹!

그들을 태운 마차가 마력 터널로 빠르게 진입했다. 강렬한 마력의 홍수에 베렐다의 검은 연기는 푸른색으로 변했다.

＊　　＊　　＊

"펜블렌 공작 부인께 오늘 인사를 제대로 할 수 있는 기회였는데…… 부인께선 제 얼굴도 모르실 테니까요."

"저도 그랬어요. 그래도 어쩔 수 없죠. 영애와 약속한 게 있으니…… 오늘 보니 정말 대단하더라고요."

무심코 오트쿠튀르로 향하던 콜린은 찻집의 테라스에서 들려온 아주 익숙한 이름에 걸음을 멈췄다. 그러고는 아주 자연스럽게 평소에는 한 번도 가 보지 않았던 찻집으로 들어갔다.

잡담을 나누는 부인들의 옆 테이블이 마침 비자 그는 냉큼 앉았다. 곧 주근깨가 가득한 아가씨가 주문을 받으러 왔다.

"무얼 드릴까요?"

"뜨거운 홍차로."

"혹시 옆집 고급 의상실의 재봉사님이신가요?"

"쉿!"

콜린은 귀찮다는 듯 인상을 팍 쓰고는 주의를 주었다. 주근깨 아가씨는 고개를 으쓱하고는 물러갔다.

"……그런데 아쉬울 것 없는 카미엘 영애가 왜 그런 부탁을 했을까요?"

"그러게 말예요. 카미엘 영애의 독주일 거라 예상했는데, 생각보다 공작 부인께서도 만만치 않으신 것 같아요. 앞으로 더욱 재밌어질 것 같아요!"

"맞아요. 카일리 후작 부인도 공작 부인의 드레스에 마음을 빼앗긴 눈치던데요. 본선은 어떻게 뒤집어질지 몰라요."

"그게 묘미니까요. 후후."

콜린은 목에 맨 크라바트를 괜스레 느슨하게 풀면서 딴청을 피웠다. 귀는 여전히 그쪽 테이블을 향해 쫑긋 세운 채였다.

"응? 저기 뒤에 계신 신사분께서 우리 테이블을 자꾸 쳐다보시는 것 같은데 말이죠."

그 말에 화들짝 놀란 콜린은 흠흠, 헛기침을 하면서 다른 곳으로 시선을 주었다.

"차가 늦는군."

콜린이 점원을 향해서 그렇게 중얼거리자, 그녀가 홍차를 가지고 나왔다. 홍차를 한 모금 마신 콜린은 사색이 되었다.

뜨겁고 밍밍하고 씁쓰름한 것이 도무지 목구멍으로 넘기기 괴로운 맛이었다.

"으엑!"

'맛없어. 여자들은 이런 걸 잘도 마시는군.'

"그러고 보니 어디에서 많이 본 얼굴이지 않아요?"

"글쎄요. 저렇게 곱상한 분을 기억 못 할 리는 없는데 말예요."

소곤소곤거리는 소리였음에도 아주 정확히 잘 들렸다. 콜린은 더 이상 듣고 싶은 이야기가 들려오지 않자 냉큼 자리를 뜨고 싶었다.

아까 그 이야기는 대체 뭐였을까?

엘리샤가 오늘 카일리 후작 부인의 사교 모임에 참석한 것까지는 알고 있었지만, 나머지는 모르는 이야기였다.

더욱이 카미엘 영애와의 약속으로 공작 부인과 인사를 나누지 못했다는 이야기는 이해가 더 가지 않았다.

영 찜찜한 게 뒷맛이 개운치 않았다.

'뭔지 모르지만 얼른 본인에게 알려 주어야겠어.'

곧바로 콜린은 찻집을 나와서 마차를 불렀다.

18.
불청객

"마님, 많이 고단하시지요?"

리나의 물음에 엘리샤는 가볍게 고개를 끄덕였다. 긴장이 좀 풀려서일까. 성에 도착하니 대답도 하기 힘들 정도로 피로감이 몰려왔다.

"오늘은 대욕장에 가셔서 묵은 피로를 푸시는 게 어떨까 해요. 그동안 너무 쉼 없이 달려오셨어요. 휴식이 있어야 다시 달릴 수 있는 법이랍니다."

"아…… 하지만……."

엘리샤의 머릿속으로 지금 스쳐 지나간 할 일만 해도 서너 가지는 있었다. 그러나 리나는 진심으로 엘리샤의 건강을 염려하고 있었다.

"마님께서는 지금 지쳐 계시다고요. 세상에, 눈 밑이 퀭해지신 것 좀 보세요. 안 돼요, 안 돼."

단호한 리나의 말에 엘리샤는 별수 없다는 듯 대답했다.

"그럼 아주 잠깐만 쉴게요."

잠시 후, 엘리샤는 머리를 단정히 올리고 따뜻한 가운을 입은 채로 리나에게 거의 떠밀리다시피 대욕장에 도착했다.

둥근 기둥과 천장이 세워진 석재 건물 안으로 들어가니, 김이 모락모락 나는 뜨거운 물이 가득 채워져 있었다.

바깥의 추운 공기가 통하기는 했지만, 온수 덕에 춥지는 않을 것 같았다. 엘리샤는 이렇게 사방이 트인 곳에서 목욕을 한 적이 없어서 다소 부끄러웠다.

"아무도 없네요?"

공동 목욕 시설이라고 해서, 사람들이 바글거릴 것을 상상했는데 한 사람도 없었다.

"네, 마님이나 공작 각하께서 이용하시는 시간에는 시중을 드는 사람 외에는 아무도 들어갈 수가 없어요."

"아, 그렇군요."

"온천물이니 피부와 건강에도 좋으실 거예요. 사실 공작 각하께서는 거의 이용하신 적이 없었는데, 다음에는 두 분이 함께 이용하셔도 좋을 듯해요."

"……가, 각하와 함께요? 그런."

리나의 소곤거림에 엘리샤는 귀까지 빨개졌다. 이렇게 밝은 야외에서 루자크와 알몸으로 탕에 들어 있는다는 것 자체가 무척 민망하게 느껴졌다.

"자, 어서 들어가 보세요."

"불편하시면 저는 잠시 물러가 있겠습니다. 몸을 닦으실 천은 여기에 두었고, 목이 마르실까 봐 주전자에 물도 준비했어요."

"네."

엘리샤는 조심스레 발부터 뜨거운 물에 담갔다. 물이 어찌나 뜨거운지, 발만 담그고 있는데도 열이 올라오는 것 같았다.

다음에는 허벅지, 그다음은 허리까지 서서히 물 온도에 적응하면서 몸을 담갔다. 어느새 엘리샤는 어깨만을 내놓고 물에 들어가 있었다.

뜨거운 물이 온몸에 닿자 노곤해졌다. 한참을 멍하니 물속에 있자, 뜨거우면서도 개운한 느낌이 들었다. 리나가 말한 대로 피로가 풀리는 시원한 기분이었다.

탕 밖에 있는 빽빽한 사철나무 숲에서 찬바람이 불었다. 하지만 이 안에 있으니 하나도 춥지 않았다.

엘리샤는 문득 루자크 생각이 떠올랐다. 막상 물속에 몸을 담그니, 마음이 바뀌었다. 리나 말대로 한 번쯤은 루자크와 이렇게 맘껏 늘어져 있어도 좋을 것 같았다.

보스스 입가에 미소가 지어졌다. 그는 지금 무얼 하고 있을까.

지금만큼은 처리해야 할 서류도, 오트쿠튀르의 제작 의뢰도, 카일리 후작 부인의 사교 모임도 떠올리고 싶지 않았다. 아무 생각 없이 쉬어 보는 게 참 오랜만이었다.

"이제 그만 성으로 돌아가야겠어요. 덕분에 휴식이 됐어요."

"벌써 돌아가시게요?"

리나는 아쉬운 얼굴이었지만, 곧바로 엘리샤의 말을 따랐다. 촉촉하게 젖어 있는 머릿결을 천으로 꾹꾹 눌러서 닦아 주고는 한기가 들기 전에 따뜻한 담요로 엘리샤의 몸을 감싸 주었다.

상쾌한 기분으로 돌아온 엘리샤는 곧장 몸이 흐물흐물해지는 걸 느꼈다. 나른하게 졸음이 쏟아져서 저녁 식사도 거르고 침실로 향하는데, 복도에서 빠른 걸음이 느껴졌다.

우뚝.

상대가 말을 걸었다.

"엘리샤, 잠깐 이야기 좀 하자."

들려온 목소리에 엘리샤는 뒤를 돌았다. 눈까지 약간 풀려서 하품을 하던 중이었는데 잠이 확 달아나는 듯했다.

"앗, 콜린? 왜요. 또 무슨 일이죠?"

엘리샤는 한 걸음 다가서는 콜린을 보고는 뒤로 물러나 적정 거리를 유지하면서 말했다. 경계하는 눈빛을 보곤 콜린이 또 바짝 열이 올라 말했다.

"사적인 볼일 아니거든! 시내 찻집에서 이상한 이야길 들어서 말이야."

"이상한 이야기요?"

"그래. 복도에서 할 이야기는 아닌 것 같군."

엘리샤는 별수 없다는 듯, 삼 층의 테라스로 그를 안내했다.

"엘리샤, 너 카미엘 영애란 여자 알아?"

"네, 물론이죠. 내 결혼식에도 왔었잖아요. 오트쿠튀르 오픈 일에도 왔었고요. 콜린도 알고 있지 않나요?"

"그래? 어떻게 생겼지?"

테본에서는 오트쿠튀르를 연 지 얼마 되지 않아서 아직 콜린의 인맥이 넓지는 않았다. 그러니 홍보를 위해서 길드에 의뢰까지 맡겼지.

"청순하고 선한 인상의 미인이에요. 갈색 머리에 검정색 눈동자이고, 드레스 만드는 재주가 아주 좋아요. 게다가 카일리 후작부인의 애정도 한 몸에 받고 있고, 모두가 선망하는 그런 영애에요. 제게도 무척 친절한걸요. 그런데 카미엘 영애는 왜요?"

그러자 콜린이 턱을 문지르면서 의심스럽다는 투로 말했다.

"인상착의를 들어도 모르겠다. 아무튼 그 여자가 네게 일부러 접근한 거 아냐?"

"네에?"

엘리샤는 놀라서 말했다.

"하지만, 먼저 친해지고 싶어서 결혼식 초청장을 보낸 건 나였어요."

"그래? 근데 네 이야길 들으니 너랑 비슷한 구석이 많잖아. 옷도 잘 만들고, 많은 사람의 선망의 존재, 카일리 후작 부인의 신임도 받았다니 더더욱 너랑 라이벌 격이잖아."

"그렇긴 하지만, 그녀는 무척이나 친절한데……."

"타인의 이유 없는 친절, 그게 제일 위험한 거야. 넌 어떻게 돼먹은 애가 그렇게 물러 터져서는! 이러니 내가 너를 그냥 놔둘 수가 있겠어?"

콜린은 한심하다는 듯 고개를 절레절레 저었다.

"……그것보다 오늘 카일리 후작 부인의 사교 모임 말이에요. 그냥 담소를 나누고 차를 마시는 모임으로만 생각했는데 전혀 아니었어요. 드레스 품평회라는 것도 하고, 아무튼 범상치가 않아요. 또 거기서 카미엘 영애가 일 등, 저는 이 등으로 예선에 통과했어요."

조잘조잘 이야기를 늘어놓는 엘리샤를 잠자코 바라보던 콜린이 말했다.

"사교 모임에서 그런 것도 하나 보군. 어쨌든 이 등으로 통과했다는 거야?"

끄덕끄덕.

콜린이 제법이라는 듯, 엘리샤의 머리를 가볍게 쓰다듬었다.

"나쁘지 않아. 잘했다."

"어? 콜린, 이거 나쁜 손!"

엘리샤가 손으로 엑스 자를 그리자 콜린이 쿡 웃음을 터뜨리면서 말했다.

"야, 더한 것도 한 사이에 뭘 그렇게 철벽을…… 웁!"

"쉬이잇!"

화들짝 놀란 엘리샤가 콜린을 노려보면서 말했다.

"그만하지 않으면 화낼 거예요."

빙글빙글 웃는 모양새가 어쩐지 예전의 콜린과는 다르게 유들거렸다.

"여긴 우리 둘밖에 없는데. 공작가에는 벽에도 귀가 달렸나?"

"그날 일은 없던 걸로 해요."

엘리샤의 눈동자 가득 물기가 어리자, 콜린은 화제를 전환했다.

"명색이 사교 모임인데 많은 사람은 사귀었어?"

콜린의 말에 엘리샤가 엷게 미소를 지었다.

"처음에는 아는 얼굴이 하나도 없어서 얼마나 당황을 했다고요. 다행히 카미엘 영애가 친절하게 말을 걸어 주어서 살았어요."

그러자 콜린의 눈이 가늘어졌다. 아까 찻집에서 들은 이야기가 사실인 모양이었다.

"오트쿠튀르에 방문했던 손님들 한두 명이라도 있었을 텐데?"

"그 손님들 얼굴을 제가 일일이 기억할 수는 없으니까요. 게다가 아무도 저에게 다가오지 않았어요."

"내가 좀 묘한 이야기를 들어서 말이지."

콜린이 찻집에서 엿들었던 이야기를 엘리샤에게 전했다.

"그럴 수가…… 그렇게나 친절했는데…… 혹시 콜린이 잘못 들은 게 아닐까요?"

"그럴 리 있냐!"

"하지만 그녀가 내게 그럴 이유가 없잖아요."

"누가 뭐라든 넌 공작 부인이잖아. 그것 하나만으로도 시샘 받을 이유는 차고 넘치지. 판단은 네가 해. 난 어쨌든 들은 것만 전해 주는 거니까."

"고마워요, 콜린."

콜린이 나간 후에도 엘리샤는 손톱을 잘근 씹을 정도로 신경이 쓰였다. 자신의 사교 모임에 초청까지 해 주던 카미엘 영애가 부인들을 선동해 자신에게 인사하지 못하게 했다니 앞뒤가 안 맞았다.

무엇보다도 그 선하고 상냥한 카미엘 영애가 그랬다는 사실에 가슴이 쿵 내려앉는 것만 같은 충격이 들었다.

하지만 그것 하나만으로 뭐라고 판단을 내리기는 힘들었다. 그러나 이제 그녀를 예전처럼 마냥 호의로만 보기는 어려울 것 같았다.

'차라리 콜린이 오해해서 들은 거였다면 참 좋을 텐데…… 제발 그러길 바라요, 카미엘 영애.'

＊　　＊　　＊

엘리샤는 며칠째 줄곧 테본 성에 틀어박혀 있었다. 오트쿠튀르에서 의뢰받은 주문 건은 드레스 총 열 두벌이었다. 한 벌당 이 주씩 한다고 셈을 하면, 거의 육 개월 가까이 되는 시간이 주어졌지만 엘리샤는 이미 그중에 벌써 여섯 벌을 만들어 두었다.

물론 드레스를 전달하는 것은 의심받지 않기 위해 훨씬 나중이 될 터였다.

드레스를 만들고 나서는 서재에 들어가 본성의 내부 자산을 활용할 방안을 고민했다. 엘리샤는 마침 차를 가져다주러 온 반트에게 물어보았다.

"랜디어스 경, 예산 비용이 생각보다 많이 남을 것 같은데 일반적으로는 그런 돈으로 무얼 하지요?"

반트가 별일 아니라는 듯 말했다.

"마님께서 원하시는 대로 사용하시면 됩니다. 일반적으로 다른 귀족가의 부인들은 본성에 조각상을 세우거나, 화려한 장식품을 사들이거나, 정원이나 연못을 가꾸는 것 등등에 투자를 하곤 합니다."

"본성은 성 외관이 다소 어둡지만 멋진 성이에요. 나에게 정원은 프티 로즈궁이면 족하고요. 이미 성은 완벽한걸요."

"혹은 특별한 취미에 투자하는 부인들도 보았습니다."

"특별한 취미요?"

"예, 애완용으로 희귀한 동물을 기르거나 골동품을 수집하거나, 음악가나 화가를 후원하는 일도 있습니다."

반트의 말을 들은 엘리샤는 고민에 빠졌다.

"쿠키 한번 사 먹는 게 소원이던 나였는데, 이렇게 큰돈을 사용할 고민을 하게 될 줄은 몰랐네요."

과거 이야기를 하려니 쑥스러워진 엘리샤가 미소를 머금었다. 반트는 처음에는 놀란 눈치였으나, 이내 고개를 끄덕였다. 그런 과거가 있었기에 마님이 저렇듯 일반적인 귀족 영애와는 다르게 검소하게 살아왔구나 싶었다.

"돈의 가치를 아신다는 것은 분명 귀중한 자산이 되실 겁니다."

반트의 눈이 평소보다 부드러워져 있었다.

"고마워요, 랜디어스 경. 그나저나 각하께서는 언제쯤 오실까요?"

"아직까지는 그런 말씀이 없으십니다. 원체 보름 정도 걸리는 일정이라고 하셨으니, 아직 며칠 더 있어야 할 겁니다. 연락이 오는 대로 마님께 알려드리겠습니다."

그 말에 시선을 떨어트린 엘리샤가 겨우 대답했다. 그 모습에서 주군을 향한 그리움이 뚝뚝 묻어 나오고 있었다.

"네, 각하에게서 온 서신을 벌써 다섯 번째 읽고 있어요. 무탈하신 것 같아서 그나마 마음이 놓여요."

"예. 돌아오실 때까지 아무 일 없으실 겁니다. 너무 걱정하지 마십시오."

"다른 사람도 아닌 경이 그리 말씀해 주시니 신뢰가 가네요."

그의 말에 엘리샤는 한결 편안해져 보였다. 그러나 대답을 마친 반트의 얼굴에는 어두운 그림자가 살짝 드리워졌다.

막사에서 긴밀히 보내온 연락에 의하면, 주군이 함정에 빠질 뻔했다는 소식이었다.

다행히 주군은 무사했지만, 정찰조 하나의 인원은 모두 잃었다는 불미스러운 사건이라고 했다.

하마터면 주군도 위험했을 수도 있었다. 게다가 흑요정을 첩자로 보내온 것이 다름 아닌 황태자라니…… 이건 도무지 그냥 넘길 만한 사안은 아니었다.

흑요정은 금지된 어둠의 주술을 사용하는 어둠에 물든 자로,

상대해서는 득이 될 게 없는 종족이었다. 아니, 그것들은 살아 있는 생명체라기에는 너무도 기괴하고 끔찍한 것들이었다.

더욱이 모자란 것 없는 황태자가 흑요정과 거래했다는 것은 이해할 수 없는 일이었다.

안 그래도 업무에 치여 사는 주군을 도대체 왜 가만히 두지를 않는지. 황태자가 어려서부터 미친놈에다가 관심받고 싶어서 안달 난 줄은 알았지만, 성인이 되어서도 유효한 줄은 몰랐던 터였다. 반트는 아무래도 불안했다. 그가 그걸로 멈췄으리라고는 생각되지 않았다.

그리고 그날 밤, 그 미친 황태자가 본성에 당도했다는 소식을 들었을 때 반트는 몸에서 피가 빠져나가는 기분이었다.

공작이 없는 와중에 황태자가 방문할 줄은 꿈에도 생각지 못한 상황이었다. 게다가 본성의 이모저모를 보여 주기 위해서 반트는 물론 엘리샤까지 직접 함께 거동하게 되었다.

펜블렌 공작가의 초상화들이 나란히 걸린 커다란 화랑에 다다랐다. 라이몬드가 발걸음을 멈추면서 말했다.

"아름답소."

그가 발걸음을 멈춘 곳에는 공작가의 가족 초상화가 걸려 있었다.

살아생전 존재했던 전대 펜블렌 공작과 공작 부인, 그리고 어린 루자크가 단란하게 의자에 기대어 앉아 있었다.

전대 펜블렌 공작은 체구가 크고 서글서글한 인상이었고, 전대 공작 부인은 세련되고 우아한 미인이었다. 루자크는 어머니

쪽을 많이 닮은 듯했다.

어린 시절의 루자크는 참으로 무뚝뚝한 모양이었다. 앙다문 입술과 볼이 빵빵한 점도 무척이나 귀여웠다.

그 와중에도 라이몬드의 시선은 초상화가 아닌 엘리샤를 향해 있었다. 얼핏 보아도 사람을 불안하게 만드는 적갈색 눈동자는 위험스러웠다.

"네? 아, 그렇네요. 참 아름다운 가족이에요."

"그걸 말한 게 아니오."

"전하?"

엘리샤가 한 번에 이해하지 못하고 되묻자, 라이몬드는 피식 웃고는 말했다.

"아무것도 아니오."

뒤에서 그걸 지켜보던 반트는 주먹을 꾹 쥐었다. 아무래도 황태자가 실성한 듯싶었다. 주군이 이 자리에 있었다면 당장에 반역을 저질렀을지도 몰랐다.

엘리샤가 조심스럽게 웃으면서 말했다.

"그런데 수도에서 이리 먼 곳까지 와 주실 줄은 몰랐어요."

"사실 나는 테본에 관심이 아주 많소. 공작 내외에게도 그렇고."

커다란 눈동자를 빠르게 깜빡이는 엘리샤를 보면서 라이몬드는 가식적인 미소를 지었다.

'하필이면 루자크가 없을 때 방문하실 줄이야…… 윽, 대하기 껄끄럽고 불편해서 죽을 것 같아.'

하지만 성에 공작이 없는 이상, 귀빈을 맞이할 사람은 안주인인 엘리샤뿐이었다.

"각하가 본성에 있을 적에 오셨더라면 더 좋았을 텐데, 아쉬워요."

"아니, 괜찮소. 이럴 때가 아니면 언제 또 이렇게 공작 부인과 단둘이 이야기를 나누어 보겠소?"

은밀하게 툭툭 던지는 말투, 아까부터 자꾸 달라붙는 시선에 엘리샤는 점점 황태자가 불편해지기 시작했다.

게다가 그가 과도하게 거리를 좁혀 오는 바람에 엘리샤는 보폭을 가늠할 수가 없어서 걸음을 옮기다가 드레스 자락을 밟기도 했다.

'왜 이러시는 거지?'

"아까부터 느끼는 것이지만, 본디 이 성에서는 사용인들이 주인을 감시하는 규칙이라도 있소?"

뜻밖의 말에 엘리샤의 어안이 벙벙해졌다. 자신이 잘못 듣기라도 한 줄 알았다.

"예? 무슨 말씀이신지."

"저 집사 말이오."

황태자가 노골적으로 반트를 가리켜 손가락질했다.

"몹시 불편하군."

"네? 그럴 리가요. 그는 시중을 들려고 곁에 있는 것뿐이에요."

"그렇습니다, 전하."

반트가 조용히 고개를 숙이면서 대답했다.

"시중은 필요 없는데 말이지. 일찌감치 내 전용 시종인도 물러가라 하지 않았소? 그러니 그대도 이만 물러가라."

노골적으로 공작 부인과 둘이 있겠다는 명령에 반트는 그대로 몸을 굳히고 말았다. 돌덩이처럼 굳은 반트를 노려보던 라이몬드가 천천히 그에게로 다가갔다.

"……귀머거린가?"

"아닙니다."

대답은 공손하지만 분명하게 느껴지는 반항의 의지에 라이몬드는 심기가 상당히 불편했다.

"저는 황태자 전하가 아니라, 마님의 시중을 위해서 대기하고 있을 뿐입니다."

고개는 바닥에 떨어뜨린 채였지만 반트의 말에는 황태자의 명령에 따르지 않겠다는 뜻이 내포되어 있었다.

라이몬드는 슬쩍 입가에 미소를 흘렸다.

"하! 아주 재밌는 집사로군."

저벅저벅.

반트는 자신의 발밑으로 황태자의 금장이 달린 가죽 신발이 보이자 숨을 골랐다. 라이몬드가 새하얀 이빨을 보이면서 그의 귓가에 속삭였다.

"조금만 더 숙여."

황실이었다면 누구든 제 명령 하나면 목이 떨어졌을 터. 물론 비단 황실이 아니더라도 불가능하지는 않았다. 당장 허리춤에 걸린 검을 뽑아서 집사를 시체로 만들어 줄 수 있었다.

남의 집 개가 짖는다고 죽일 수야 없지. 그러나 주인이 없는 이상, 버릇은 가르쳐 주어야 마땅했다.

픽!

둔탁한 소리가 들렸다. 라이몬드의 가죽 신발이 반트의 등을 짓눌렀다. 하염없이 무너진 반트의 몸이 바닥까지 닿았다.

차가운 대리석 바닥에 코가 부딪쳤다. 이미 안경은 벗겨진 채였다. 그럼에도 반트는 신음 하나 없이 버티고 있었다.

엘리샤는 너무도 놀라서 외쳤다.

"……래, 랜디어스 경!"

그녀는 쓰러진 랜디어스 경 앞으로 달려가 말했다.

"전하, 그는 소임을 다한 것뿐이에요. 차라리 벌하시려거든, 저를 벌하세요."

그러자 싸늘한 라이몬드의 눈동자가 데구르르 굴렀다.

"참으로 상냥한 주인이로군. 공작가에서는 사용인의 예절 교육을 이렇게 시키시는 거요?"

비꼬듯 들려온 말에 엘리샤는 입술을 바르르 떨면서 애원했다.

"제발 노여움을 푸시길 바라요."

"내 개였더라면 그는 이미 죽었을 거요."

빙그레 웃는 구릿빛 얼굴의 사내를 본 엘리샤는 그가 두려워 미칠 지경이었다. 핏기가 싸악 가시는 공작 부인의 얼굴을 확인한 라이몬드가 말했다.

"그래, 이제는 어디를 구경시켜 줄 거요?"

엘리샤는 입술을 깨물면서 머리를 굴리기 시작했다. 성난 짐승처럼 날뛰는 황태자를 잠재울 뭔가가 필요했다.

그러기 위해서는 이 두려움과 조바심으로 떨려 오는 심장부터 진정시켜야 했다.

'떨면 안 돼. 침착해. 의연해지자. 엘리샤.'

"아, 전하. 본성의 가장 높은 탑에서 내려다보는 설경이 제법 운치 있고 아름답답니다. 함께 보러 가시겠어요? 별도 무척이나 많아요."

"부인께서 그리 말씀하시니 궁금하군."

"그럼 저를 따라오세요."

엘리샤는 몸을 일으키려 하는 반트에게 눈치를 주었다. 그가 함께 나선다면 황태자를 흥분시키는 것밖에 되지 않을 터였다.

'랜디어스 경, 따라오지 말아요.'

엘리샤의 뜻을 읽은 반트의 눈동자는 분노로 흔들렸다. 이대로 마님을 황태자와 놔두면 주군의 얼굴을 볼 낯이 없었다.

자신이 검에 맞아 죽는 한이 있더라도 마님의 곁을 지켜드려야 하는데, 광기 어린 황태자를 감당할 수 있는 힘이 제게는 없었다.

황태자가 오자마자 루자크가 있는 막사로 전갈을 보냈으니 적어도 내일 새벽…… 늦어도 아침까지는 그가 올 것이다.

하지만 그 전에 마님에게 무슨 일이 생기기라도 한다면……!

반트는 바닥에서 몸을 일으켜, 곧장 리나의 방으로 달려갔다.

＊　　　＊　　　＊

본성의 원형 탑 꼭대기 층으로 라이몬드를 안내한 엘리샤는 탁 트인 전경에 숨을 크게 들이마셨다. 깊숙이 들어차는 냉기에 두려움이 엄습했다.

'정신 똑바로 차려야 해.'

평소에도 황태자는 불편한 상대였지만 오늘은 유난히 더욱 이상했다. 긴장감이 흐르는 묘한 분위기의 위험한 맹수를 상대하는 것만 같았다.

엘리샤는 힐끗 황태자의 허리춤에 꽂힌 장검을 살폈다. 분명 장식용이 아닌, 살상이 가능한 검이었다. 언제 어디서라도 꺼내서 상대를 베어 버릴 수 있는 무기.

엘리샤가 머릿속으로 이리저리 재고 있을 때쯤, 라이몬드가 탑에서 아래를 내려다보면서 입술을 열었다.

"공작 부인 말씀대로 제법 경치가 좋소. 테본이 이렇게 아름다운 설경을 가지고 있는 줄은 몰랐는데."

라이몬드는 입매를 틀어 올리고는 뒤를 돌아보았다. 엘리샤는 자연스럽게 보이기 위해 손동작을 더하면서 주변을 둘러보았다.

"저기 저 설산이 보이시나요? 저곳에도 사람이 산답니다. 아주 작은 마을이 있어요."

"호오."

엘리샤가 가리키는 손가락을 따라 황태자의 고개가 돌아갔다. 푸르게 빛나는 산등성이가 아름다웠다.

"그리고 저쪽은……."

엘리샤가 다른 방향을 가리키자, 황태자가 엘리샤의 손목을 콱 움켜쥐었다. 그의 호기로운 눈동자는 빙글빙글 웃고 있었다.

"……전하?"

뜻밖에 벌어진 돌발 행동에 엘리샤는 당황하면서 손목을 빼내려 했으나, 황태자의 손아귀 힘이 그렇게 놔두지 않았다.

뜨겁게 열을 품은 적갈색 눈동자가 빛났다. 엘리샤는 본능적으로 느꼈다. 황태자가 남자의 눈으로 자신을 바라보고 있었다. 생각만 해도 끔찍한 일이었다.

'이거야말로 악몽이야.'

붙들린 그녀의 손목을 황태자가 제 심장으로 가져갔다. 억지로 닿는 가슴이 불쾌했다.

"다른 풍경 말고 여길 봐요. 궁금하지 않소?"

라이몬드가 느른하게 웃었다. 엘리샤는 침을 겨우 삼킨 뒤, 대답했다.

"전혀 궁금하지 않습니다. 손목을 놔주세요."

제법 단호하고 당돌한 말에 라이몬드가 쿡 하고 웃더니, 다른 손의 손등으로 엘리샤의 볼을 쓸어내렸다. 엘리샤는 뒷걸음질을 쳤다.

"……그대는 아드리안과 참 많이 닮았어."

생경한 이름에 엘리샤가 되물었다.

"아드리안?"

"죽은 내 약혼녀요."

"……."

"괜찮아. 이제는 그녀의 그림자를 떨쳐 버릴 수 있을 것 같소. 아드리안보다 나를 더 행복하게 해 줄 수 있는 이를 찾았어."

그리 말하는 황태자의 붉은 입술이 코앞까지 다가오자 엘리샤는 그만 고개를 피했다. 그는 아무래도 미친 게 틀림없었다. 탐욕에 젖은 눈으로 황태자가 속살거렸다.

"한 번에 넘어오는 여인은 나도 재미없어. 이래야 맛이지."

온몸에 소름이 쫙 끼치는 것 같았다. 라이몬드는 이어서 말했다.

"나의 정부가 되는 게 어떻소?"

가당치도 않은 말이었다. 엘리샤는 분노로 부들거리면서 겨우 대답을 했다.

"지금 누구에게 그런 말을 하는지 자각은 하고 계신 건가요? 저는 펜블렌 공작 부인이에요."

조목조목 따지는 말에 라이몬드가 말했다.

"아주 잘 알고 있지. 나의 사촌 형이자, 테본의 공작인 루자크 드 펜블렌의 아내라는 것."

"아무리 황태자 전하라도 이것은 용납하기가 어렵네요."

"순진하다는 생각을 하긴 했지만 그대는 과한 것 아닌가?"

"……."

엘리샤는 대답 대신 이를 사리물고 라이몬드를 노려보았다.

"나는 곧 엘노아의 태양이 될 몸. 왕의 정부가 되기 위해서 갖은 노력을 하는 귀부인들이 깔렸지."

"저는 원치 않아요."

엘리샤가 힘주어 말했다.

"그게 무슨 소용이오? 내가 원해! 이 라이몬드 데 바르체스가 원한다고."

거칠게 엘리샤의 턱을 들어 올리면서 라이몬드가 소리쳤다. 엘리샤도 지지 않고 그를 노려보았다.

"전하 뜻대로 결코 되지 않을 거예요."

"건방진!"

라이몬드가 턱을 쥔 손에 힘을 가했다.

"……윽!"

"공작에게 구해 달라고 소리치지는 않는군."

라이몬드가 빈정거렸다. 엘리샤는 최악의 순간에도 버티기 위해서 굳게 노력했다. 몸에 힘이 다 빠져나가는 기분이었지만, 그럴 수 없었다. 여기서 무너진다면 그야말로 황태자에게 욕보이는 결말밖에 없었다.

"이, 이거, 놔…… 으읏!"

"고 달콤한 목소리로 애걸해 봐. 아니, 침대에서는 어떤 목소리로 울지?"

"더러워!"

황태자의 희롱에 엘리샤의 몸은 분노로 파들거렸다. 그는 도를 넘어섰다.

해액!

어디서 힘이 나왔는지 모르겠다. 엘리샤는 느슨해진 황태자의 손길을 뿌리치고는 탑의 층계로 향했다.

"헉, 헉!"

다리가 금방이라도 무너질 것 같았지만 멈출 수가 없었다.

쿵쿵쿵!

두려움과 분노로 인해 심장이 극한에 이를 때까지 뛰었다.

'제발, 제발······.'

나선형의 층계 위를 올려다보자 라이몬드가 비릿하게 웃고는 곧 뒤를 바짝 추격했다. 보통 남성보다도 월등한 체력을 가진 라이몬드에게는 쉬운 일이라 생각했는데, 빙글빙글 도는 나선형의 계단에서는 그도 체력이 닳는 모양이었다. 생각보다 격차가 좁혀지지 않았다.

사 층의 복도로 들어선 엘리샤는 냅다 달렸다.

탁탁탁!

오늘따라 사용인들도 어디로 갔는지 보이지 않았다. 엘리샤는 재봉 수업이 이루어지던 방으로 들어갔다. 어느새 그녀의 전신을 휘도는 마력이 흘러나왔다.

"하아! 하아!"

파츠츠! 슛!

또 나왔다. 과거 코넬리아를 혼내 주었던 것처럼 분노와 공포로 휩싸인 엘리샤의 몸에서 발현된 알 수 없는 마법. 이 마법의 주문 같은 걸 전혀 알지 못하지만 예상이 맞다면 감정이 폭발하는 순간 마법이 발동되는 것 같았다.

엘리샤는 어두운 방에 숨어서 황태자가 들어오면 이 마법을 날릴 셈이었다. 황명으로 사형에 처해지면 어떻게 하지? 그런 걱정이 들었지만, 지금 이 순간에서는 이게 최선이었다.

그 어느 때보다도 루자크가 보고 싶었다.

콰앙!

문이 열어 젖혀졌다.

팟! 파아아앗!

*   *   *

"기사단 전원 철수하고 본성으로 돌아간다."

본성에서 전갈을 받자마자 내린 명이었다. 이후 루자크는 내내 입술을 굳게 다물고 있었다. 차갑게 얼어붙은 테본의 눈길만큼이나 그의 얼굴은 살벌하고 혹독한 겨울이었다.

번쩍이는 푸른 눈동자는 눈앞에 제 아내를 해코지하려는 당사자가 보이기라도 하는 듯 살벌하게 빛났다. 루자크는 잔뜩 털을 곤두세운 채 내달리는 늑대처럼 말을 더욱 채찍질했다.

"이랴!"

그 뒤를 바짝 쫓으려 노력을 하고 있는데도 안돌프는 주군과 한참이나 거리가 벌어져 있었다.

차마 무슨 일인지 이유조차 물을 수 없을 정도로 싸늘한 그의 기에 눌려 조용히 그 뒤를 따르는 중이었다. 본성의 마님께 혹여 무슨 일이라도 생긴 걸까. 그렇게 추측하려던 안돌프는 그런 생각을 하다가 지워 버렸다.

지금 루자크의 눈앞에는 아무것도 보이지 않았다. 부하에게 친절하게 설명이나 해 줄 여유가 없었다. 곧장 본성으로 달려가는 데에만 기력을 쏟아도 모자랄 판이었다.

사실 보이는 모든 것들을 부수고 싶을 만큼 분노한 상태였으나 겉보기에 그는 무척이나 침착해 보였다.

이성이라는 끈이 끊어진 지 한참 전이지만, 그는 최선을 다해서 버티는 중이었다.

한계치를 웃도는 분노와 절망에도 지금 그에게 가능한 일은 최대한 빨리 돌아가는 것뿐이었다. 그래, 그것뿐이다.

그 사실에 통탄해하는 대신에 그는 차분히 움직이고 있었다. 황태자의 미친 짓이 어디까지 계속되는지는 몰라도 그것을 용인하고 묵인하는 것은 비단 자신에게만 해당하는 사항이었다. 그에게 있어 가장 소중한 영역.

엘리샤를 건드리는 순간, 그 인내심은 전부 산산조각으로 깨지고 말 것이다.

당장 이 순간에도 자신이 어떻게 움직이고 숨 쉬고 있는지조차 모르겠다.

영혼 없는 이처럼 말을 타는 지금 이 순간이 루자크에게는 가장 힘들고 괴로운 고역의 연속이었다.

＊　　＊　　＊

씨근덕거리는 숨소리. 누군가 문을 열어젖히고 방 안으로 들어왔다. 기분 나쁘고 거친 땀 냄새. 어둠 속에서도 황태자임에 틀림없다는 걸 알 수 있었다.

문 뒤 구석에 숨어 있던 엘리샤는 이대로 끝이다 싶었다. 황태자가 코앞에 있으니 저 자리에서 뒤돌아 문 뒤를 살피기만 해도 꼼짝없이 들킬 터였다.

방안을 휘익 돌아보던 라이몬드가 다시 나가자마자 엘리샤는 안도하면서 벽에 기댔다. 스르륵, 다리에 힘이 풀려 저절로 바닥으로 주저앉았다.

그러나 멀어지던 발소리가 다시 가까워졌다. 엘리샤는 재빨리 눈을 굴려 숨을 곳을 찾았다. 어두워서 제대로 보이지 않았지만 방안에는 항상 마네킹이 세워져 있다는 사실이 떠올랐다.

엘리샤는 재봉 마네킹처럼 바닥에 떨어진 천을 하나 뒤집어썼다.

저벅저벅.

공포스러운 발소리가 들려오더니, 한참을 멈춰 있었다. 그는 나가지 않고 뭔가를 하는 듯했다. 황태자는 기어이 회랑 안에 있던 모든 마네킹의 헝겊과 옷들을 거칠게 잡아 뜯었다.

화악!

그가 마지막으로 엘리샤가 뒤집어쓰고 있던 천을 잡아 내렸을 때, 그녀는 눈을 질끈 감았다.

파바밧! 팟!

일순 푸른빛이 사방으로 튀었다.

지, 지직!

라이몬드의 전신이 벼락을 맞은 듯 부르르르 떨렸다. 이내 엘리샤의 발밑으로 황태자가 쿵 소리와 함께 쓰러졌다.

한참 동안 온몸을 부르르 떨던 그가 전신의 움직임을 멈추고 나서야 엘리샤는 겨우 온몸을 가렸던 헝겊을 걷었다.

엘리샤는 천천히 보라색 눈동자를 굴렸다. 떨려서 그쪽을 바라보는 데에도 힘이 들었다.

'설마 죽은 건…… 아니겠지?'

엘리샤는 조심스레 기어가서 라이몬드의 심장에 귀를 대 보았다. 박동이 들렸다. 아직도 심장이 쿵쿵 울리고 무서웠지만 이대로 갈 수는 없었다.

엘리샤는 황태자의 몸 위로 헝겊을 덮어씌웠다. 마치 혼자서 그렇게 된 것처럼 마네킹도 그의 몸 위에 여러 개 쓰러지도록 만들었다.

하지만 이대로는 안심이 되지 않았다. 빠르게 머릿속을 헤집던 엘리샤가 마침내 어울리는 주문을 찾았다.

'하루 일과의 마무리는 반드시 매듭일 것!'

스르륵, 휙, 휙!

바닥에 떨어져 있던 끈 하나가 라이몬드의 상체와 손, 발 등을 마구 둘둘 휘감더니 리본 모양으로 매듭을 지었다.

"휴우……."

엘리샤는 바닥에 형편없는 모양새로 널브러진 황태자를 보며 한숨을 쉬고는 방을 빠져나갔다.

조용히 층계를 내려오던 엘리샤는 서둘러 올라오던 리나와 마주쳤다. 반트가 이야기를 했던 모양이었다.

"마님!"

엘리샤를 보자마자 품에 꼭 안아 주면서 리나가 울먹였다.

"괜찮으신 거예요? 마님께 큰일이 나는 줄만 알았어요."

도리어 엘리샤가 리나의 등을 두드려 주면서 말했다.

"난 괜찮아요. 별일 없었어요. 황태자 전하는 사 층의 재봉 수업하던 방에 계세요. 당분간 혼자 계시고 싶다고 하셨으니, 전하의 시종에게도 그렇게 알려 주세요."

라이몬드가 벌였던 일을 사용인들에게 알려 봤자, 좋을 건 없었다. 그러나 그녀의 수척해진 얼굴, 헝클어진 머리카락과 옷매무새를 본 반트는 표정이 좋지 않았다. 일단 그는 입을 다물기로 했다.

"마님, 곧 각하께서 본성으로 돌아오십니다."

"아, 정말인가요?"

그제야 엘리샤는 긴장이 약간 누그러지는 듯했다. 루자크가 돌아오면 모든 게 지금 상황보다는 나아지리라는 생각 때문이었다. 일단 지금 당장 황태자가 깨어난다 해도 날뛰지 못하도록 예쁘게 묶어 두었으니.

　　　　　＊　　　＊　　　＊

"엘리샤!"

공작 부부는 서로를 보자마자 깊은 포옹을 나누었다. 자그만 몸이 그의 품속에 깊이 파고 들어왔다.

다른 이는 몰라도 루자크만은 알 수 있었다. 애써 담담한 척, 아무렇지 않은 척 하고 있었지만 그녀의 전신은 잘게 떨리고 있었다.

커다란 눈동자는 쉴 새 없이 미세하게 흔들렸고, 가녀린 어깨는 기운 없이 처져 있었다. 그를 붙잡는 손길도 마찬가지로 힘이 없었다.

진정 무슨 일을 겪은 건가 싶어서 루자크는 불안한 눈초리로 그녀의 손을 꼭 잡고는, 엘리샤의 방으로 함께 들어왔다. 엘리샤는 지금 무척이나 불안정한 상태로 보였다.

"엘리샤, 내가 너무 늦었군. 미안해. 라이몬드가 대체 당신에게 무슨 짓을 한 거지?"

"루자크, 난……."

그의 물음에 엘리샤는 고개를 떨어뜨렸다. 투명한 보라색 눈동자에서 나온 눈물이 툭툭 바닥으로 흘렀다. 그를 보자 안심이 되어서 나는 눈물이었다. 그러자 루자크는 엘리샤의 눈물에 더욱 걱정이 되고 놀라서 물었다.

"엘리샤? 나도 그가 찾아왔다고 해서 여기로 당장 돌아온 거야. 무슨 일이 있었어? 나에게 말해 봐. 놈이 당신을 건드리기라도 한 거야?"

루자크는 복잡한 심정이었다. 황태자를 향한 분노를 사납게 터뜨리면서도, 동시에 엘리샤에게는 미안하고 안타까워서 참을 수가 없었다. 전부 자신의 책임인 것만 같아서.

한참 만에 엘리샤가 입술을 달싹였다.

"루자크, 그분은…… 정상이 아니신 것 같아요. 랜디어스 경에게 폭력을 행사하셨고, 또 저는 그분에게 꼼짝없이 강제로 당하는 줄만 알고 도망쳤어요. 그분이 제게 정부가 되어 달라고 했어요."

횡설수설하면서 쏟아 놓는 그녀의 말에 루자크의 눈썹이 천천히 일그러졌다.

"뭐……?"

와르르르. 라이몬드를 향한 적개심을 막고 있던 벽이 무너져 내렸다. 루자크는 그 어느 때보다도 차가운 손으로 엘리샤의 볼을 감싸며 말했다.

"라이몬드는 어디에 있지?"

순간 그의 푸른 눈에 비친 분명한 살의.

루자크는 아직 무장을 풀고 있지 않았다. 지금의 루자크는 황태자를 죽이고도 남을 얼굴을 하고 있었다.

하지만 그래서는 안 된다. 제국의 황태자를 죽인다면, 무엇보다도 펜블렌가 전부가 처형당할 것이다. 펜블렌가의 영지는 황제령으로 귀속되고, 리나와 반트도 처형당하거나 노예로 팔려 갈 것이다.

놀란 엘리샤가 그를 붙잡았다.

"루자크! 안 돼요. 제발 참아요."

"놈은 죽어 마땅해. 크라우프에 있을 때도 나를 꾀어내려 했어. 무슨 짓을 벌였을지 뻔해. 나를 죽였거나, 반역죄로 몰아넣으려 했겠지. 예전에도 그랬던 적이 있어. 황족이라는 이유만으로 모두 용서받을 수는 없어. 저런 자가 황태자라니 기가 막히는군. 차라리 그를 죽이는 게 낫겠어."

"루자크, 진심으로 한 말은 아니겠죠?"

엘리샤가 걱정스럽게 그의 팔을 붙잡으면서 말했다.

"제발 진정해요. 우리에게는 지킬 것들이 있잖아요. 그중에서 가장 소중한 것은 바로 당신의 목숨이고요."

루자크는 거칠게 몰아쉬던 숨을 참고는 이내 엘리샤의 눈을 바라보면서 말했다.

"그래, 파멸로 가는 길이지. 잠깐 너무 화가 나서 흥분했었소. 놀라게 했다면 미안하군. 그에게 쌓인 것이 좀 많아."

"괜찮아요."

"그런데 그는 어디에 있지?"

"루자크. 따라와요."

엘리샤가 루자크의 소매를 끌었다. 방문을 열고 들어가자, 과연 진풍경이 벌어져 있었다.

다소 우스꽝스럽게 천으로 둘러진 라이몬드는 손발이 뒤로 꺾여 꽁꽁 포박된 상태였다. 저 모습을 보면 누구도 그가 황태자라는 사실을 상상할 수 없을 것이다.

"당신이 해낸 일인가?"

"네. 혹시 몰라서 말이에요."

"아주 잘했군."

엘리샤의 처세에 루자크는 흥분을 좀 가라앉히고, 기절한 라이몬드의 얼굴을 내려다보았다.

"이걸 이제 어떻게 할 것인가 그게 관건이로군. 나는 황제 폐하에게 간청을 드릴 생각이야. 그리고 이대로 마차에 실어 보낼까?"

"……음, 그랬다간 우리 둘 다 황실 모독죄로 체포되지 않을까요?"

"하지만 당신이 위험할 뻔했어."

"좀 더 유연하게 넘어갈 수 있는 방법이 필요할 것 같아요. 그런데 황태자 전하께서는 나를 보고 아드리안을 닮았다고 했어요."

"쓸데없는 헛소리. 당신이 황태자의 죽은 약혼녀와 닮았다니…… 그건 그냥 구실에 불과해. 그는 내 것을 빼앗고 싶은 거야."

"그렇군요. 하지만 정말로 아드리안을 사랑하셨나 봐요. 황태자 전하라면, 벌써 다른 여자를 만날 수 있었을 텐데."

엘리샤의 말을 들은 루자크는 심드렁하게 말했다.

"황후 전하 말로는 진심이었다고는 하더군. 첫사랑이었다고."

"……음. 그렇다면 제게 좋은 생각이 있어요, 루자크."

"좋은 생각?"

"네."

엘리샤는 문득 머릿속을 스치는 생각에 희망 어린 미소를 지어 보였다.

*　　*　　*

라이몬드는 기분 나쁜 무게감이 제 몸에 느껴져 흠칫 놀라면서 정신이 들었다. 답답하고, 몹시도 더웠다. 뭔가가 얼굴을 가로막고 있다는 걸 느낀 라이몬드는 몸을 일으키려 했지만, 그건 의지뿐이었다.

몸이 움직이지를 않는다. 헝겊이나 끈으로 묶여 있는 것 같기도 했다. 어딘가에 처박혀 있는 것 같은 불쾌감이 계속 엄습했다.

게다가 골이 떵하고, 전신도 후끈거렸다. 간밤에 무슨 일이 있었더라. 분명 그 계집을 찾아서 이 방 안에 들어온 것까지는 기억이 나는데, 그 뒤로는 기억이 없었다.

찬 바닥에 오래 누워 있었더니, 몸이 저리기까지 했다.

평생 이런 땅바닥에서는 잠시라도 누워 본 적이 없었으니 그에게는 난생처음 겪어 보는 일이었다. 그래서 더욱 황당하고 낯설었다. 아무리 테본의 본성이라도 사용인이 드나드는 곳일 터였다.

갈라진 목소리로 라이몬드가 외쳤다.

"감히 누가 황태자에게 이런 짓을 하느냐!"

라이몬드는 그 집사 놈의 반항적인 눈빛이 떠올랐다. 별별 생각이 다 들었다.

황태자인 자신이 포박당해 방에 갇혀 있다니, 기가 막힌 상황이었다.

"······이런 짓을 벌이고도 살아남을 줄 아느냐?"

한참 동안 공허한 메아리만 울려 퍼졌다. 아무리 외치고 외쳐도 개미 새끼 한 마리조차 없었다.

"거기 누구 없느냐?"

그러나 돌아온 건 정적뿐.

"나, 내가 여기 있다. 알프레도!"

라이몬드가 핏대를 세우면서 외쳤다.

항시 제 곁을 지키던 시종조차 대답이 없었다. 감히 자신이 부르는데도 아무 대답이 없다니, 목을 쳐도 할 말이 없을 터였다.

그런데 누가 자신을 이렇게 포박해 놓은 거지? 스스로 이 방으로 걸어 들어오긴 했지만, 꽁꽁 묶인 건 자신이 한 짓일 리가 없었다. 찰나에 문득 푸른빛이 튀는 걸 본 것 같기도 했다. 대체 그게 뭐였는지 모르겠지만.

뒤통수를 후려치는 냉기에 라이몬드는 이를 으드득 갈았다.

"루자크······!"

그가 뭔가를 꾸민 것일지도 몰랐다. 이제야 본색을 드러내는 것이군. 루자크를 향한 살기를 드러내기도 전에 그는 이 방에서 미칠 것 같은 추위를 느꼈다. 따뜻한 기후에서 자란 그는 추위에 대한 내성이 없었다.

"이 나라의 황태자를 이렇게 내버려 두는 것인가! 나를 풀어
줘라."

그가 당장이라도 안면을 가린 이 천부터 좀 걷을 수 있다면 좋
겠다는 생각을 할 때였다.

스르륵.

누군가의 기척이 느껴졌다.

"……전하. 제가 왔어요."

가느다랗고 힘이 없는 작은 여자의 목소리.

'혹시 베렐다인가? 그 흑요정 계집이 자신을 위해 달려올 리는
없는데…….'

라이몬드는 긴장한 채로 물었다.

"누구냐?"

"전하……."

"당장 이것을 풀어라."

시야를 가리던 천이 걷혔다. 눈이 부셨다.

자그맣고 붉은 입술이 달싹였다.

'오늘을 잊으면 반드시 달콤해질 지어니, 눈앞에 별들
을 세어 보세요.'

의미를 알 수 없는 말들이 귀에 꽂히자, 라이몬드는 눈가를 비
비면서 일어났다.

이윽고 드러난 건 붉은 머리카락에 투명한 보라색 눈동자.

라이몬드의 적갈색 눈동자가 크게 뜨이며 흔들렸다.

"넌…… 아드리안?"

라이몬드는 제 눈을 믿을 수가 없었다.

죽었던 아드리안을 다시 보게 될 줄은 꿈에도 몰랐다. 아니, 어쩌면 이건 현실이 아니라 꿈인지도 모른다. 그러고 보니, 사방이 어둑했다. 그 가운데 어둠 속 한줄기 빛처럼 흰색 드레스를 입은 아드리안만이 환했다.

라이몬드는 울컥해 목이 메는 것 같았다. 무려 칠 년 만에 다시 보는 그녀의 얼굴이었다.

"아드리안, 널 만나게 되다니. 내가 꿈을 꾸고 있는 건가? 정말 그리웠어."

아드리안이 고개를 끄덕였다. 그녀는 몹시도 슬픈 표정이었다.

"저도 전하가 늘 그리웠어요."

"이걸 좀 풀어라. 그대를 안을 수가 없다."

그러자 그녀가 안타까운 듯 말을 이었다.

"그건 안 돼요."

"어째서?"

"저는 줄곧 전하를 지켜보고 있었어요. 그로부터 너무나 오랜 시간이 흘렀죠. 그러시면 안 돼요, 전하."

"……그게 무슨 말인가?"

그녀가 머뭇거리다가 어렵사리 입술을 열었다.

"저 때문에 전하께서 계속…… 방황하시는 것 같아서 그래요.

펜블렌 공작은 결코 황제의 자리를 넘볼 사람이 아니에요. 그러니 안심하세요, 전하."

"⋯⋯아드리안. 그렇다고 하더라도 나는 그를 놔둘 수가 없다. 대신들이 타고난 재목은 따로 있다고들 이야기하는 소리를 들었지. 나와 루자크가 비교 대상이 되고 있는 건 사실이야. 위험한 싹은 잘라 버려야 해."

라이몬드가 서슴없이 말했다. 아드리안이 그의 어깨를 토닥이면서 말했다.

"그동안 많이 괴로우셨군요."

"⋯⋯."

"하지만 피는 피를 부를 뿐이에요. 주변에서 아무리 그를 추대하더라도 펜블렌 공작은 결코 황제의 자리를 원하지 않을 사람이에요. 저는 모든 것을 꿰뚫어 볼 수 있어요. 전하는 전하의 길을 가는 것이 옳아요."

"⋯⋯모르겠군. 아드리안, 일단 날 어서 풀어 줘. 꿈에서라도 그대를 안을 수 없다는 건 잔혹한 일이다."

"약속하세요. 이제 전하께서는 전하의 길만 가시겠다고. 저는 더 이상 전하께서 어긋나시는 걸 두고 볼 수가 없어요."

"⋯⋯그리하지. 그러니 어서 날⋯⋯"

"한 가지 여쭈어 보고 싶은 게 있어요."

"또 무엇인가?"

"펜블렌 공작 부인에 대한 마음은 어떤 마음이신가요?"

그녀의 물음에, 황태자의 눈동자 속에 또다시 파문이 일었다.

"모르겠어. 아드리안, 그대를 닮았기에 눈길이 더 간 건 사실이야. 하지만 그대와 바꿀 수는 없지. 어쩌면 루자크의 여자이니까 더 그런 생각이 들었는지도 모르겠군."

"그렇군요. 다행이란 생각이 들면서도 이제는 전하께서 진정한 사랑을 찾으셨으면 해요. 황태자비를 맞이하셔야 하니까요."

"어머님과 같은 소릴 하는군. 어서 날 풀기나 해."

아드리안이 꽁꽁 묶었던 끈을 풀어 주자 라이몬드가 그녀를 품에 넣었다. 달콤한 숨결이 마치 정말 현실인 것 같았다. 라이몬드의 눈에 눈물이 살짝 고였다.

"믿을 수가 없군."

"라이몬드."

아드리안의 품에 안기니, 추위가 가셨다. 이렇게 영원히 그녀의 품에서 지낼 수 있다면 좋을 텐데.

"꿈에서 깨지 않으면 좋겠군."

"……그럼 제가 도와드릴게요."

"뭐?"

라이몬드의 귓가에 귓속말이 들려왔다.

'잠의 신 퀴노스여, 모래시계를 뒤집어 다오.'

*　　　*　　　*

"이것 봐요. 황태자 전하께서 완벽하게 잠드셨어요. 좋은 꿈을 꾸시나 봐요."

엘리샤의 속닥거림에 루자크는 흡족해했다. 정말이었다. 라이몬드는 평온한 얼굴로 깊이 잠들어 있었다.

"하지만 이런다고 정말 앞으로 순순히 얌전해질까?"

"……그것까지는 몰라요. 그래도 적어도 이번 일만큼은 황태자 전하 본인도 얼떨떨해서 그냥 넘어갈 거예요. 저와 랜디어스 경이 황태자 전하를 제대로 보필해드리지 못했다며 납작 엎드려 사죄를 구하면 잘 해결될지도 몰라요."

"으음, 그렇다면 난 어떻게 하는 게 좋지? 꼴도 보기 싫은데."

"그렇다면 각하의 서재에 계시면 되잖아요. 영지 시찰 가 있는 걸로 하세요. 아니면 집사 얀으로 나오실래요?"

"뭐라고?"

이제 제법 여유가 생긴 모양이었다. 엘리샤의 입술에서 저런 농담이 다 나오고 말이다.

루자크는 못내 속상한 마음을 털어놓았다.

"엘리샤, 당신이 가장 힘들 때 곁에 있어 주지 못해서 미안해. 난 그것만 생각하면 가슴이 아파. 혹시 날 원망하지 않았어?"

엘리샤는 부드럽게 고개를 저었다.

"다름 아닌 영지 일을 위해서 다녀오신 거잖아요. 당신을 원망하지 않아요. 그 정도로 철부지는 아니라고요."

루자크는 애써 담담한 척 말하는 엘리샤의 가느다란 손목을 당겨 끌어안았다.

"앞으로 두 번 다시는 이런 일 생기지 않게 하겠소. 당신을 지키지 못하는 건 나에게 있어서 죽을 만치 괴로운 일이야."

"각하……."

"일단 우리 방으로 가도록 하지. 황태자 전하는 사용인들이 다른 방으로 잘 모실 터이니. 깨어나면 곧장 황실로 모셔 가라고 명령은 내려 두었어. 당신은 그를 배웅하는 것까지만 해 줘. 할 수 있겠어?"

"그럼요. 그것뿐이라면 얼마든지 할 수 있을 것 같아요."

루자크는 엘리샤의 손을 다정히 잡고는 말했다.

"그럼 이제 우리 이야기만 하러 가 볼까?"

"좋아요."

거칠면서도 따뜻한 손의 촉감을 느끼면서 엘리샤는 그를 올려다보았다. 무서운 일을 당할 뻔하긴 했지만, 솔직히 말하면 자신은 루자크가 돌아와서 무척이나 기뻤다. 그는 예정보다 며칠이나 앞당겨서 급히 온 것 같았다.

층계를 내려오면서 엘리샤는 문득 걱정이 들었다. 만약 그가 자신 때문에 본성으로 빨리 돌아오게 된 것이라면, 다시 영지 시찰을 떠날지도 모른다는 생각에서였다.

그러나 어느새 둘은 그들의 침실에 다다랐고, 아늑한 향기를 맡자 엘리샤의 마음이 편안하게 내려앉았다. 엘리샤의 두 손을 꼭 잡고 쓰다듬는 루자크의 행동에 그녀는 마냥 행복하게 웃었다.

"내 아가씨는 이렇게 웃을 때가 가장 예쁘지."

"당신이 날 예쁘게 만들어 주는 거네요?"

"응?"

"날 웃게 해 주잖아요."

서로를 바라보는 따스한 시선이 교차했다. 루자크가 엘리샤의 허리에 자연스레 손을 감았다.

"보고 싶어서 죽을 뻔했어. 앞으로 영지 시찰은 짧게 다녀야겠어."

"그게 뭐예요, 필요한 일이면 다녀오셔야죠."

"머리로는 알고 있긴 해도 내가 못 버텨서 안 돼."

씩 웃으면서 그리 말하는 루자크를 본 엘리샤는 조심스레 물었다.

"그런데 루자크, 이번에는 제가 걱정되어서 본성으로 급히 돌아오신 거지요? 혹시 시찰을 다시 떠나야 하는 건 아닌가요?"

"그런 걱정 마. 아주 온 거야. 당분간은 그대 곁에 꼭 붙어 있을 거야. 보고서 검토도 한 공간에서 할 테니까 각오하도록 해."

루자크의 말에 엘리샤의 얼굴이 붉게 달아올랐다.

"네에? 거짓말! 다른 사람들이 흉본다고요."

"그딴 거 나는 상관없어. 당신과 함께 있을 수만 있다면 말이야."

어쩌면 이렇게 매 순간 자신의 심장을 쿵쿵 울리게 하는 걸까 이 남자는.

"루자크."

"응?"

"그냥요, 그냥 지금 이 순간이 너무 행복해서요."

"나도 지금 너무 행복해. 무엇보다도 당신을 이렇게 만질 수 있다는 사실이."

루자크의 품에 안겨 있던 엘리샤가 중얼거렸다.

"……분명 많이 괴로웠을 거예요."

"응? 누구?"

"황태자 전하 말이에요. 사랑하는 사람을 떠나보낸다는 건 정말 힘든 일이잖아요."

"뭐, 그렇지…… 나 역시 당신을 잃는다는 상상만 해도 가슴이 철렁 내려앉아. 누구든 힘든 일이지. 하지만 힘들다고 해서 누구나 저렇게 극한으로 달리지는 않아. 그건 그놈이 그냥 못나서라고."

"가엾은 사람이네요, 그분은."

"지금 가장 가엾은 건 나로군. 침실에서 사랑하는 여자가 다른 이야기만 하고 있으니……."

루자크는 슬쩍 토라진 얼굴로 말했다.

"아이, 알겠어요. 이제 그만할게요."

"응. 지금은 나만 봐."

"루자크도요."

"이미 그러고 있지."

눈싸움이라도 하듯이 상대방을 응시하던 두 사람은 천천히 서로를 얼싸안았다. 살결이 맞닿는 것만으로도 들뜨는 기분이었다.

장난기가 발동한 루자크가 엘리샤의 코끝을 제 코로 누르더니, 가지런한 입술을 열어젖히고 들어왔다.

포실하고 말캉한 속살을 한입 가득 머금고, 부드럽게 혀를 굴렸다. 시럽처럼 흘러내리는 타액을 남김없이 마시고 쪽쪽 빨았다.

이제야 온전히 그녀의 곁에 있다는 것을 깨달은 느낌이 든다. 붉은 입술이 여전히 달다. 마주 닿은 우윳빛 살결도 달다. 그녀의 분홍빛 머리 색도 달다. 촉촉한 눈망울도 달다. 엘리샤의 어느 것 하나 달콤하지 않은 것이 없었다.

그녀의 몸에 더욱 자신을 바짝 밀착시키던 루자크는 겨우 입술을 떼고는 중얼거렸다.

"그러고 보니 아직 준비를 하지 않았군."

사실 현재 그는 무거운 갑옷만을 벗었을 뿐, 아직 목욕도 하지 않은 상태였다. 그의 말에 엘리샤가 말했다.

"고단하실 텐데 어서 씻고 푹 쉬어요."

"정말 푹 쉬라는 건가?"

"루자크도 참. 내일도 있고, 모레도 또 있잖아요. 오늘만 날은 아닌데……."

"나를 두 번 죽일 셈이로군. 미안하지만 그렇게는 안 돼, 내 아가씨."

그가 한껏 느른해진 얼굴로 셔츠를 벗으면서 말했다. 침실과 부부용 욕실이 연결되어 있긴 해도 늘 따로따로 준비를 하고 만나는 바람에 그곳을 사용하는 일은 극히 드물었다.

"함께 저기로 가서 느긋하게 목욕하면 피로가 풀릴 것 같군."

"같이하자고요?"

"응, 싫어? 싫다면 별수 없지만."

"다음에 대욕장에서 함께 탕욕을 즐기도록 해요. 당신이 없을 때 한번 해 보았는데 너무 좋았어요."

"대욕장이라니…… 야외는 내 취향이 아니야."

"하지만 각하께서도 만족하실 거예요. 본성에서 가장 인기 있는 장소라고 리나가 그랬는데……."

"난 둘이서만 있고 싶어."

한결 촉촉해진 목소리로 그가 연신 신호를 보냈다. 하지만 엘리샤는 제대로 알아듣지 못하는 것 같았다. 루자크는 아쉬워하며 엘리샤의 손을 꼭 잡았다. 이미 그는 셔츠를 벗고 하의만 걸친 상태였다.

"당신을 느긋하게 끌어안고 싶어. 밖에서는 좀처럼 그러기가 힘들단 말이지."

그 말뜻은 목욕뿐 아니라 이런저런 것도 하고 싶다는 뜻이리라. 그제야 알아들은 엘리샤가 얼굴을 잔뜩 붉히자, 루자크가 줄을 당겨 시종을 불렀다.

"욕실을 쓰고 싶으니 따뜻한 물을 준비하도록."

"예, 알겠습니다."

잠시 후, 모든 준비가 된 모양이었다. 시중을 들기 위해서 대기하고 있는 데이지와 다른 시녀를 본 엘리샤는 여전히 얼굴이 붉어진 상태였다.

루자크는 편안한 얼굴로 시종이 걸쳐 주는 가운을 입고 있었지만, 엘리샤는 자못 쑥스러운지 아직 드레스도 벗지 않았다.

"마님? 가운을 입혀드릴게요."

"……웃, 네에."

엘리샤가 거우 양팔을 벌리자, 시녀들이 드레스를 벗겨 냈다. 고스란히 루자크의 시선이 따라왔다. 드러난 알몸이 부끄러운지 엘리샤는 몸을 더욱 배배 꼬았다.

곧 가운이 엘리샤의 몸을 감쌌다. 그녀는 양 볼이 붉어진 상태로 그것을 더욱 여몄다. 둘 다 알몸 상태로 시중을 받으려니 무척이나 민망한 모양이었다. 엘리샤는 평소보다도 어색해했다.

그것을 눈치챈 루자크가 명을 내렸다.

"이제 둘 다 물러가도록. 필요한 것이 있으면 부르겠다."

"네, 목욕을 마치시면 불러 주십시오."

그제야 엘리샤의 표정이 조금 더 편안해지는 것을 본 루자크가 말했다.

"아직도 시중을 받는 것이 그렇게 어색한가?"

"목욕 시중은 조금 그래요. 게다가 당신과 함께 알몸으로 있으려니……."

정말이지 이 여자는 사랑스러움으로 이루어져 있다는 생각을 하면서 루자크는 손을 내밀었다.

"자, 이제 가 보도록 할까요, 레이디?"

"네."

루자크의 손 위로 엘리샤가 손을 올렸다. 루자크는 그녀의 보드라운 손을 살포시 잡고는, 손등에 장난스레 입을 맞추었다. 마치 그가 집사라도 된 듯이 공손하게 입구에 드리워진 붉은 휘장을 걷어 냈다.

욕실로 향하는 소복도가 나타났다. 커다란 나무 문이 보이자, 루자크가 벌컥 열어젖혔다.

"우리가 제대로 들어온 게 맞나요?"

안에 들어서자마자 그의 목을 끌어안은 엘리샤가 꺼낸 첫 마디였다.

"그런 것 같군."

"루자크. 날 내려 줘요."

엘리샤가 버둥거리며 말했다.

"명대로 따르지요."

루자크의 품에서 벗어난 엘리샤가 바닥에 발을 내디뎠다. 욕실이라고 하기엔 몹시도 화려하고 쾌적한 방이었다. 무엇보다도 바닥에 길게 깔려 있는 갈색 융단은 물론이고, 침대 대용으로 써도 좋을 기다란 소파와 테이블 덕분에 이곳은 마치 또 하나의 침실이라고 해도 손색이 없었다.

본래 두 사람의 침실은 화사한 하늘색 톤에 맞춰져 있었는데, 이 욕실은 붉은색과 갈색을 중심으로 중후하게 꾸며져 있었다.

최고급 목재를 사용한 욕조는 장정 네 사람이 들어가도 좋을 만치 넓었다. 일부러 그윽한 분위기를 내려고 그런 것인지는 모르지만 촛불이 단 하나만 켜 있는 탓에 이곳은 다소 어두웠다.

자세히 살펴보니 곳곳에 멋스러운 촛대가 놓여 있었다. 그것들을 다 켜 놓으면 분위기가 한층 좋아질 것 같았다. 엘리샤는 루자크를 힐끔 바라보고는 말했다.

"너무 어두운 것 같아요."

엘리샤는 촛대 하나로 다가가 장난스럽게 주문을 외웠다.

'타오르는 생명이여, 내 앞을 비추라.'

타닥타닥.

촛대 몇 개에 불씨가 붙었다. 순식간에 은은한 빛이 실내를 비추었다.

그런 엘리샤를 뒤에서 지켜보던 루자크의 푸른 눈이 일렁이면서 얼굴이 붉어졌다. 촛불에 설핏 일렁이는 엘리샤의 뒤태.

가운에 살짝 드러난 가느다란 허리와 탐스러운 엉덩이로 이어지는 라인까지 시선을 뗄 수 없었다. 작은 몸이 움직일 때마다 제 마음도 흔들리는 것 같았다.

이내 루자크가 엘리샤의 뒤로 다가와 폭 끌어안았다.

"근사한 마법이군. 우리 레이디의 실루엣도 근사하고."

그는 기다란 머리카락을 한쪽으로 정돈해 넘겨 주곤, 하얀 목덜미에 입을 맞추었다.

〈다음 권에 계속〉